新潮文庫

八本目の槍

今村翔吾著

新潮社版

11548

目次

八本目の槍

一本槍　虎之助は何を見る

一

名護屋城の近く、呼子《よぶこ》の浜に着いた虎之助《とらのすけ》は安宅船《あたけぶね》から降りると、瘦《こ》けた頰を無造作に撫《な》でた。髭《ひげ》は伸びるままになっており、潮風に晒《さら》されて妙な粘りを感じる。船中で剃《そ》ることは出来た。晴れがましい帰国とはいえぬが、めでたい瞬間には違いない。身づくろいをしたほうがよいことは承知している。だが敢《あ》えてそのままにすることにした。

――俺に喰って掛かって来い。

何事にも生真面目《きまじめ》な男である。そして周囲に流れる険呑《けんのん》な雰囲気など気付かないかもしれない。仮に気付いたとしても、それで引き下がるような種の男ではない。めでたい時にその顔は相応《ふさわ》しくないのではなどと、必ずや咎《とが》めてくる。それでよい。そうなれば皆に先んじ、頰桁《ほおげた》を殴りつけてやるつもりだった。そうでもしなければ、その場で八つ裂きにされてもおかしく無いほど、あの男は怨《うら》みを買っているのだ。

「いつからこうなった……」

虎之助はぽつんと言った。それに近くで険しい顔をしていた黒田甲斐守長政《くろだかいのかみながまさ》が反応した。

「加藤《かとう》殿、いかがした」

「いや、独り言よ」

知らぬ間に口から滑り出てしまっていたらしい。

「それにしても治部少《じぶのしょう》め。朝鮮で血を流していた我らを、迎えに出ても来ぬとは……」

長政はあからさまな舌打ちをした。周囲にいた武将は大半が同意し、口々に罵詈雑言《ばりぞうごん》を重ねる。虎之助はそれを横目に見ながら小さく溜息《ためいき》をついた。

長政が言う治部少とは、石田治部少輔三成《いしだじぶのしょうゆうみつなり》のことである。虎之助の想《おも》う「あの男」もまた同じであった。もっとも虎之助は三成と呼ぶより、未《いま》だ通称である佐吉《さきち》のほうがしっくりとくる。

佐吉は豊臣《とよとみ》家の奉行衆の一人として辣腕《らつわん》を奮っており、此度《こたび》の出兵においても、ほかの奉行衆とともに大名の行程、兵数の精査、武具の輸送、そして兵站《へいたん》までを担《にな》っている。大陸に渡っていた諸将の中には、その三成に対して憤《いきどお》っている者が多い。この長政たちもそのような者たちである。

長政は同調を得ると満足げに鼻を鳴らす。この男、己が皆の盟主にでもなった気分でいるのだろう。

——品の無い男だ。

虎之助は一瞥《いちべつ》すると、今一度髭を荒々しく撫でた。

長政の父である黒田官兵衛《かんべえ》孝高《よしたか》も元は播州《ばんしゅう》の田舎侍、お世辞にも品がよいとは言えぬ男である。しかしその智謀《ちぼう》は殿下も一目おくところで、豊臣家の天下統一に大いに功績があった。

では長政はどうかというと、父に数段劣っているのに、己のことを天下の知恵者であると思っている。功を為《な》した者から数えて二代目特有の、驕慢《きょうまん》さを備えていた。何代も続く公卿《くぎょう》という訳でもあるまいに、すでに二代にして己が名家であるような錯覚に陥っているらしい。一代で功を為さねばならぬ虎之助のような者にとっては、驕《おご》りが鼻につき辟易《へきえき》する思いであった。

「まあ、色々やることもあるのだろうよ」

長政らの卑《いや》しい笑みを見るに堪えかねていたからか、口を衝《つ》いて出た。

「何がある。米や武具を送るだけではないか」

——それがいかに難しいか、お主は知るまい。

紛れもない事実である。虎之助は口にしたことを後悔した。長政らには佐吉ら奉行衆の苦労は到底解《わか》らないし、解ろうともしない。だが虎之助にはそれが痛いほど解ってしまうのだ。

此度の唐《から》入りにおいて虎之助は、主将の一人として大小百戦以上を指揮し、敵に日本軍随一の猛将として大いに恐れられた。

しかしその前に虎之助が何をしていたのか。長政やその取り巻き、それだけでなく世の殆《ほとん》どの人々が、その間の記憶がすっぽり抜け落ちているかのように忘れている。無理に怒る支度をしているからか、躰《からだ》が火照《ほて》っている。噴き晒す寒風が心地よかった。虎之助は佐吉との出逢《であ》いに思いを馳《は》せ、どこか重く灰がかった空を見上げた。

かつて虎之助は佐吉と同じ奉行であった。唐入りまで万の大軍を指揮したことなど、ただの一度もなかった。

虎之助が世に出るきっかけとなったのは、天正《てんしょう》十一年（1583年）四月、殿下がまだ羽柴秀吉《はしばひでよし》と名乗っていた頃、宿敵の柴田勝家《しばたかついえ》と雌雄を決した賤ケ岳《しずたけ》の戦いである。

この時に虎之助は小姓として本陣に侍《はべ》っていた。

あと一突きで崩れると見た殿下は、残りの手勢を全《すべ》て投入することを決め、小姓衆にも突撃を命じたのである。若き虎之助も無我夢中で敵を求めた。そして敵将、山路《やまじ》正国《まさくに》の首を挙げるという大手柄を立て、三千石を拝領することになった。

華々しい活躍をした殊勲者が他にも数名いたことから、そのうちの七人を以《もっ》て、「賤ケ岳七本槍《しちほんやり》」と呼ばれるようになった。「七」という数は縁起が良く、古今このような時によく用いられる。

殿下の旧主である織田《おだ》家にも、かつて小豆坂《あずきざか》七本槍と呼ばれる者たちが出た。低い身分から一代で身を起こし、譜代の家臣を持たなかった殿下は、自らにも武勇に優れた家臣がいることを知らしめる為《ため》、これを踏襲して喧伝《けんでん》されたのであろう。

一躍、名を轟《とどろ》かせた七人の反応は様々であった。

最年長の甚内《じんない》は、ようやく出世の足掛かりが出来たと興奮していた。助右衛門《すけえもん》は喜びこそすれ、自ら誇るような真似《まね》はしなかった。己もこの部類である。助作《すけさく》などはむしろ持て囃《はや》されるのを嫌うように苦笑していた。孫六《まごろく》は元来出世に頓着《とんちゃく》が無いのか、茫《ぼう》と皆の輪に加わっていたように思う。

最も喜んでいたのは市松《いちまつ》と権平《ごんべい》か。未だにどちらも、

――賤ケ岳七本槍の……。

と、自らを名乗る時に枕詞《まくらことば》のように使っている。七本槍の面々が、名実ともに横並びだったのはその頃までだった。

実は賤ケ岳で活躍した者は七人ではない。ある者はその場で討ち死にし、またある者は「七」という縁起のよい数を維持するために数えられなかった。佐吉もこの時、敵を討って殊勲を上げている。

謂《い》わば佐吉は、七の枠に阻《はば》まれた八本目の槍であった。

その後、殿下は天下統一に向けて小牧長久手の戦い、四国攻め、九州攻めと多くの戦いを繰り広げた。市松や甚内、孫六が千を超える軍勢を指揮するようになる中、虎之助は殆どが殿下の周辺を固めるか、今の佐吉らのように後方での支援にあたっていた。率いている兵数も百五十前後と極めて少ないものである。賤ケ岳以降、武功らしい武功など立ててはいない。

確かに手柄は立てた。立ててはいたが、播磨《はりま》国や和泉《いずみ》国に点在した蔵入り地の代官を皮切りに、九州平定後、敗残勢力が跋扈《ばっこ》する中での難しい戦後処理、改易によって闕所地《けっしょち》となった讃岐《さぬき》国に次の領主が入るまでの代官など、その殆どが吏僚としての功績であった。

殿下は已に政権の財務を任そうとしていた。虎之助が授かった官職が何よりそれを物語っている。

――従《じゅ》五位下主計頭《かずえのかみ》。

主計寮の長官のことを謂う。主計寮とは税を徴収、監査することが職掌である。公卿が政権を担当していた古来と異なり、現在の官職などはお飾りに過ぎない。とはいえ、佐吉がその手腕を発揮した外事、戸籍、儀礼全般を職掌とする治部少輔に補されたこと、粗暴だが戦場では勇猛な市松が武官である左衛門大夫に任じられたこと、そこには殿下の、そのように育って欲しいという願いが込められていたように思えるのだ。

事実、殿下は虎之助と佐吉がともにいる時に酒を過ごされて、

「おみやあらで天下の流れを作るんじゃ」

と、仰《おっしゃ》ったことがあった。天下の流れとは米、金、人のことではなかったか。それを佐吉と両輪となって回せという意味であったろう。虎之助は愛想がなくとも抜群の頭脳を持った佐吉を、それを成し得る者と認めていたし、佐吉も多くは語らぬが、

「虎之助、少しよいか」

と、よく相談を持ち掛けて来たから、認めてくれていたのだろうと思う。

財務吏僚として豊臣家の中枢《ちゅうすう》を担うはずだった虎之助の運命は、天正十六年（１５

88年）を境に大きく方向を変えた。肥後半国十九万五千石の大名に封じられたのである。

「虎之助、大出世ではないか！」

市松は痛いほど肩を叩《たた》いて喜んでいたが、虎之助は心中穏やかではなかった。大領を得れば出世などという時代はすでに終わったと考えている。豊臣家の大政に関わるためには、たとえ大封でなくとも畿内《きない》に領地を得ねばならない。しかし虎之助が得たのは大坂から遥《はる》かに遠い肥後。中枢での出世の道は断たれたに等しかった。

一方の佐吉は、虎之助が肥後に赴いた翌年、近江水口《おうみみなくち》に四万石を得ている。石高では五分の一に過ぎないが、水口は京と目と鼻の先で、大坂とも程近い。己とは対照的に、佐吉は中央での出世が約束されたようなものであった。

――殿下は何故《なにゆえ》、俺を外されたのか。

虎之助は心中でそのような愚痴を零《こぼ》すようになった。

肥後は国人の勢力が強く、酷《ひど》く手を焼く地であった。前任者である佐々成政《さっさなりまさ》はこの地を治めるのにかなり難航した。検地において国人《こくじん》の反発を買い、ことは一揆《いっき》にまで発展する事態となった。佐々はその責を取らされ、改易切腹に処されており、その後《あと》釜《がま》が虎之助という訳である。殿下からはそのような難しい地を任せられるのは虎之助しかいないと言われた。

それは本心であったのか。

いくら殿下子飼いの己とはいえ、佐々の二の舞を演じれば許されないだろう。虎之助は慎重にことを運び、神経をすり減らしていった。そのような日々だから愚痴の一つも浮かんでくる。しかし心中で唱えるのみである。虎之助は憤懣《ふんまん》を口にして、殿下の不興を買うほど愚かではない。

肥後に封じられた翌年の天正十七年（１５８９年）、大坂に肥後の現状を報告に戻った時、虎之助が供の者数人を引き連れて歩いていると、往来でいきなり声が掛かった。

「虎ではないか！」

「助右衛門か！」

虎之助も吃驚《びっくり》して仰《の》け反《ぞ》った。

彼も「七本槍」の一人で名を糟屋《かすや》武則《たけのり》と謂う。虎之助にとってはいわば同じ時期に世に出た仲間で、こちらも通称である助右衛門のほうが慣れ良い。歳《とし》は虎之助と同年。

鋭く高い鼻梁《びりょう》、鞣革《なめしがわ》のような褐色の肌、そこから覗《のぞ》く純白の歯、美男子でありながら精悍《せいかん》さが際立《きわだ》っている。

「実に、久しぶりだ。そこで一杯酌《く》み交わそう」

供の者たちが渋い顔になる。肥後半国の大名になってからというもの、何事にも堅苦しく振る舞わねばならず、このように町の茶屋になど行く機会はない。

「よし、望むところだ。お主らは先に帰れ」

「しかし……」

供の者は苦い顔になった。これは主君が一人歩きすることを、快く思わないという意味だけではないだろう。恐らく助右衛門に対するものである。

「二度は言わぬ。去《い》ね」

虎之助が低く凄《すご》むと、供の者たちは身を震わせて頭《こうべ》を垂れ、足早に帰っていった。

「助右衛門、行くぞ」

「おおよ」

助右衛門は目尻《めじり》に細い皺《しわ》を作り、爽快《そうかい》な笑顔を見せた。

虎之助にとって、助右衛門は憧《あこが》れの男の一人である。訳は、とにかく強い。その一言に尽きる。虎之助の身丈は六尺三寸と極めて高い。それに比べ助右衛門も大柄であるが、五尺七寸ほどか。それでも虎之助は助右衛門と腕相撲し、ただの一度も勝ったことが無い。

力だけではない。助右衛門は槍を実に巧緻《こうち》に扱う。短穂槍《たんぽやり》を用いた稽古《けいこ》において、市松が何度も負けていきり立っていたのをよく覚えている。しかし何度挑んでも市松の槍は搦《から》め捕られて宙に舞う。

腕力と技量が合わさるのだから、助右衛門はまさに槍を取らせれば古今無双である。唐にもこれほど扱う者はいないのではないか。虎之助はそう思っていた。

茶屋に腰掛け、互いに手酌でやる。市松が盗み食いをして政所様《まんどころさま》に叱《しか》られただとか、甚内が惚《ほ》れた女に夜這《よば》いをかけ、相手の親父《おやじ》に露見して下帯一つで退散したとか、夕刻に孫六が屈《かが》みこんでいるので何をしているかと思えば、朝から蟻《あり》の行列を見ていたと真顔で言ったとか、同じ釜の飯を食った者しか知らぬ懐《なつ》かしい話に花が咲き、時に二人腹を抱えて笑い合った。

「あと、城下の柳の傍に物《もの》の怪《け》が出ると、皆で退治に向かったこともあった」

助右衛門はすでに結末を思い出して、噴き出している。

「ああ、野犬が飛び出してきて、佐吉が小便を漏らした時だ。皆が臆病者《おくびょうもの》と笑うと、あいつ顔を真っ赤にして、手を洗って股間《こかん》で拭《ふ》いたと言い訳しおって……ふふ」

虎之助もまざまざと思い出して笑いが堪《こら》え切れない。しかし、ふいに助右衛門の顔に悲哀が浮かぶ。

「まあ、今では俺のほうが臆病者、腰抜け助右衛門さ」

助右衛門は自嘲《じちょう》気味に笑うと、椀《わん》の酒を一気に呷《あお》った。

「知っていたのか……」

助右衛門は巷《ちまた》で「腰抜け助右衛門」と陰口を叩かれている。賤ケ岳の戦いの後、小牧長久手の初戦で槍を放り出して一目散に逃げ出したのである。殿下は烈火の如《ごと》く怒り、折角得た三千石もふいになると思われた。しかしどうした訳か、翌日になると嘘《うそ》のように殿下の怒りは収まり、前線から退くように命じられた。

以降、虎之助や佐吉と同じく、後方支援ばかりを担うことになる。しかし言っては悪いが、助右衛門はあまり要領がいい方ではなく、吏僚に向いているとは思えなかった。汚名を雪《すす》ぐため、前線に復帰を望んだほうがよいのではないか。何せ槍を取らせれば誰にも後れを取らぬ猛者《もさ》なのだ。虎之助は一度そのように勧めたことがある。しかし助右衛門は、

——こちらのほうが性に合っているさ。

と、快活に笑うのみであった。

「それにしてもお前は凄い。肥後半国十九万五千石と聞いた。市松は伊予一国十一万三千石、佐吉は近江水口四万石か」

助右衛門はまことに感心しているように話す。その言葉から妬《ねた》みや嫉《そね》みは一切感じられなかった。助右衛門はあれから未だに槍働きをしていない。故に賤ケ岳の戦いの恩賞として与えられた、三千石を食《は》むのみである。賤ケ岳の戦いからまだ六年しか経《た》っていない。だがそれぞれの身代に大きく差が出始めているのは確かであった。

助右衛門は酒を椀に注ぎながら続けた。

「虎、佐吉に感謝してやれよ」

「何故だ？」

身代の話と佐吉への感謝。どう繋《つな》がるというのか。

「肥後は虎之助に任せるがよいと、殿下に進言したのは佐吉じゃ」

「なっ――」

虎之助は傾けようとした椀を宙で止めた。殿下の一存で決まったと、今の今まで思っていたのだ。

「己に任せて欲しいと申すことも出来たのに……な」

助右衛門はこれを佐吉の好意と信じている。表裏の無い助右衛門ならばそう取るのも無理はない。市松も一番の大領を得たことを、ただただ羨《うらや》ましがっていた。だが虎之助はそうは取らない。佐吉もこれからの出世というものは、石高の多寡《たか》で決まらぬことを熟知しているはず。つまりこれは佐吉の讒言《ざんげん》とも言えるのではないか。

——いや、どうだろう。

若い頃からあの男は、その種の手練手管が苦手なことを知っている。愚かなほど真っすぐで、それ故に方々で軋轢《あつれき》を生んでいる。話と謂うものは人から人に亘《わた》る間に尾《お》鰭《ひれ》が付く。装飾されるのは悪意からだけとは限らない。

助右衛門は佐吉に好感を抱いているらしい。殿下の側近が進言したと聞いて、それが佐吉と決めつけた可能性もあるのだ。だから虎之助は、己が見聞きしたことしか信じぬことにしている。

「いかがした」

助右衛門の言葉で、はっと我に返った。

「なあ、助右衛門」

「何だ？」

「殿下に進言したのは佐吉だというのは真《まこと》か。お主は誰から聞いた」

「ふむ……誰であったか。福原《ふくはら》殿であったように思うが」

福原長堯《ながたか》と謂う、佐吉の妹婿《いもうとむこ》である。いよいよ当てになりそうもない。義兄の権勢を誇るためか、人気を取るためか、そのように吹聴《ふいちょう》しているとも考えられる。

「肥後は難しい地だと聞くが、その期待に応《こた》えてやれよ」

助右衛門は純白の歯を見せて椀を傾ける。

「お主もな……」

「ああ……」

助右衛門は苦いものでも舐《な》めるような呑み方をしている。気の無い返事をしてしまったことを悔い、虎之助は声に明るさを込めた。

「助右衛門ならば心配ない。十万石の価値はある槍だ」

「間もなく戦《いくさ》の無い世になる」

確かにもう天下に豊臣家に抗《あらが》う者は少ない。関東に盤踞《ばんきょ》する北条《ほうじょう》家、陸奥《みちのく》の諸大名を屈服させれば日ノ本からは戦が絶えよう。槍を振るう機会も無い。それを憂慮しているのかと思い、虎之助は身を乗り出して声を落とした。

「すでに気付いている者も多いが、誰にも言うでないぞ。殿下は関八州、陸奥を一統なさった後も、まだ戦を続けるおつもりだ」

「何……誰と戦う」

「唐入りをお考えである」

殿下は唐入りの野心を持っておられる。それは少し頭の回るものならば、話の端々から気付いてもおかしくない。だが助右衛門はそもそも殿下と話す機会もめっきり少なくなっている。それを感じろというほうが無理であろう。

「まだ……戦はあるか」

今度は助右衛門が椀を宙で止める番であった。椀の中の酒に微《かす》かな波紋が立っている。まだ世に名を轟かせる機会がある。そう思って武者震いをしているものと、虎之助は信じて疑わなかった。

小牧長久手で槍を捨てて逃げたというのも、助右衛門の武勇を妬む者たちが話に尾鰭を付けて吹聴したものだと思っている。実際、幾ら達人といえども数人に取り掛かられれば抗しようがなく、虎之助も三人に槍を向けられ、これはいかぬと脱兎《だっと》の如く遁走《とんそう》したこともある。

「そうだ。まだ機会はある」

己に言い聞かせるように言った。唐入りは一筋縄ではいかぬ。己は百や二百の兵を率いたことしかないのだ。いくら石高が増えたとはいえ、野戦司令官に抜擢《ばってき》されるとは考えにくい。古今未曽有《みぞう》の兵を興《おこ》すことになるだろうこの戦、これも今までの常識が通じない兵站が必要になってくる。

異国の地を治めるとなれば、民政手腕に長《た》けた者も重用されよう。これこそは虎之助の得意とするところであり、ここで力を発揮すれば中央への返り咲きもおおいに有り得る。

もしかしたら、唐入りに際して朝鮮に近い地に子飼いの臣を置くべく、己は派されたのかもしれない。それとも、出世の邪魔に遠ざけたかったのか。

――真のところはどうだ。佐吉。

今までは心からその辣腕ぶりを認めるだけであった。だが虎之助は、初めて佐吉に濁った感情を抱いた。

二

天正十九年（1591年）、虎之助は再び落胆することとなった。唐入りの陣立てが発表され、己が二番備えの大将に抜擢されたのである。虎之助が一万、鍋島直茂《なべしまなおしげ》が一万二千、相良長毎《さがらながつね》が八百、合わせて二万二千八百の大軍を率いることになる。

落胆するには二つの訳がある。一つは己の吏僚としての手腕を発揮する機会を失ったこと。ここで虎之助が思う「本道」に戻れなければ、二度とその機会は訪れない。

もう一つは、

——二万などとても無理だ。

と、いうことである。己には大軍を率いる才が無いと思い極めている。兵法にも通じていなければならないだろうし、仮に通じていたとしても実際の戦場で用兵するのは、兵法書のように上手《うま》くはいくまい。

虎之助も軍を率いた経験が全く無い訳ではない。二年前、肥後を分ける小西行長《こにしゆきなが》の領内天草で大規模な一揆が起こった。行長はこれを交渉によって服させようとしていたのが、虎之助には腹立たしかった。確かに時を掛ければ、話し合いで天草だけは収まるかもしれない。しかしようやく治めつつあった己の領内の国人たちが、行長が手こずっているものと見て、これに呼応しようとする兆候があったのである。

——一揆鎮圧の手伝いを致す。

虎之助は兵五千を率いて小西領内に進出した上でそのように申し送ると、慌《あわ》てふためいて制止しようとする行長をよそに、一気に天草を鎮圧した。だがこの時も手勢は五千に過ぎない。一揆勢が油断していたという僥倖《ぎょうこう》もある。

今回の唐入りはその四倍以上の二万余。ましてや己よりも経験豊かな武将を配下に従え、納得させる采配《さいはい》を振るう自信など全く無かった。

天正二十年(1592年)、唐入りのために築城した肥前名護屋城に入り、虎之助は遠征の支度に追われていた。

この地に各地の大名の陣屋が建てられており、随時結集しつつある。陣屋といっても木造の建物で、規模は大坂の屋敷より一回り小さい。無用な装飾も省いてあるものの、しっかりとした造りになっている。

虎之助は肥前と未だ不安定な肥後を幾度となく往復し、留守を預ける家老たちにも細やかに指示を出していた。国元で不穏な動きがあろうとも、大陸に渡ってしまえばおいそれと帰ることも出来ないのだ。

名護屋城は屹峭《きっしょう》たる断崖《きりぎし》に建っており、海風が強く木々は常に騒いでいるような地である。その日は特に風の強い日であった。岩礁《がんしょう》を撫でて巻き上がる風は、虎之助の耳朶《じだ》には妖《あやかし》の慟哭《どうこく》のようにも聞こえた。

虎之助がそろそろ眠りに就こうかという夜半、陣屋に予期せぬ来訪者があった。佐吉である。取次の者に言い、自分の居室に招き入れた。このような時刻に訪ねて来るということは、思わぬ事態が出来《しゅったい》した可能性も考えられる。ともかく二人きりのほうが良い。

現れた佐吉は強風に煽《あお》られたからか、髷《まげ》から髪が零れ、頬に張り付いている。怜悧《れいり》すぎるほどの頭脳を持ちながら、どこか抜けているところもある。そのような点は昔から変わらないようで、虎之助は何故《なぜ》か少しばかり安堵《あんど》してしまった。

「頬に髪が張り付いておる」

「ああ……そうか」

佐吉は興味なさげに応じて手で払う。

「座れ」

「うむ」

無用な儀礼などは必要ない。十数年前、お互い何者でも無い頃からの付き合いなのだ。だが肥後に封じられたのが佐吉の直言に依《よ》るものという噂《うわさ》を耳にした時から、何となく避けるようになっていた。こうして二人で話すなど何年ぶりのことか解らない。

「心配ないのか」

このような夜半に一人訪ねて来て、怪しまれないのかという意味である。殿下の耳に入れれば、謀叛《むほん》を企てていると思われる可能性がある。殿下は陽気な振る舞いとは対照的に、昔から疑い深い性質《たち》であることを知っている。最近は特にその傾向が強くなっていると感じていた。

「兵糧《ひょうろう》のことで直《じか》に談合すると申してある」

やはり賢《さか》しい佐吉だけあって、それだけで意は通じたようだ。

「それでも怪しかろう。殿下はお前を疑わぬと言いたいのだな」

「殿下は私を信じてなどいない」

「ほう……」

佐吉がそう思っているのは意外なことであった。虎之助は暫《しば》し間を空け、人の気配を念入りに探ると、一段と声を落とした。

「誰も信じぬようになっておられるということか」

「貴殿や私のような者は駄目だろうな」

「では誰を信じておられる」

虎之助は興味が湧《わ》いていた。最側近の佐吉ですらそうならば、一体誰ならば信じているというのか。五大老の筆頭にして関八州二百四十五万石の太守、徳川家康《とくがわいえやす》か。それとも殿下が猶子《ゆうし》として育《はぐく》み、この唐入りにも真っ先に賛同した宇喜多秀家《うきたひでいえ》か。その辺りをぶつけてみたが、佐吉は首を横に振って言った。

「助作……くらいだろう」

「お前も軽口を叩けるようになったか」

助作とは片桐且元《かたぎりかつもと》のことである。歳は虎之助より六つ上。虎之助と同じく賤ケ岳七本槍に数えられている。だが助右衛門と同じく、その後の出世は芳《かんば》しくない。賤ケ岳の戦いの後に知行された三千石に加えて千二百石しか増やすことが出来ず、現在は四千二百石。奉行の一人に名を連ねているが、道作りにやや才を見せるだけで、佐吉の才幹とは比べるべくもない。

「私は真しか口にせぬ」

佐吉は顔色一つ変えず言うが、虎之助には煙に巻こうとしているとしか思えなかった。佐吉が切れ長の目をさらに細める。この相貌《そうぼう》から、殿下に阿《おもね》る「狐《きつね》」と佐吉は揶揄《やゆ》されている。だが虎之助は知っていた。これはこの男の熟考している時の癖なのだ。

佐吉は唇を尖《とが》らせるように、細く息を吐き続けた。

「それに……私を斬《き》れば唐入りは初めから頓挫《とんざ》する。それだけよ」

だから殿下は斬らぬということか。大半の者は驕りと取るだろうが、あながち間違いではあるまい。この男を欠けば、この途方もない戦の兵站は一月もせぬうちに綻《ほころ》びを見せるだろう。謙遜《けんそん》も誇張もしない。佐吉はただ事実を言っている。

「で、用件は何だ」

虎之助は少し投げやりに言った。佐吉が死ねば代わりがいないのに対し、一方面司令官の己などの代わりは幾らでもいる。そのようなことが頭を過《よぎ》ったからかもしれない。

「単刀直入に申す。戦に負けてくれ」

「おい……無茶を申すな」

あまりの言い分に怒りさえ湧いてこない。何か思うところはあるのかもしれないが、あまりに段飛ばしの結論に呆《あき》れた。

「お主ならば、解っていよう。この唐入りはどうやっても上手くいかぬ」

虎之助は生唾《なまつば》を呑んだ。実は己も考えていたことである。とはいえ、口に出すことはない。それがいかに恐ろしいことか虎之助は熟知している。反対すれば不興を買い、即座に改易や切腹を申し付けられてもおかしくはない。それほど殿下はこの唐入りに熱を上げているのだ。

「口に出すな」

「相手を見て話しているつもりだ」

――ああ、なるほど。

虎之助はゆっくりと息を吐いて唇を結ぶ。

佐吉が自らの家臣や、諸大名の一部には絶大な人気があるのを妙に納得してしまっている。このように照れもなく言われれば、心惹《ひ》かれる者も多いのではないか。良いも悪いも相手へ思ったままに話す。その歯に衣《きぬ》着せぬ物言いに、また反発する者が多いのも事実である。

「私は殿下自らが大陸の土を踏むことを望んでいる。さすれば殿下もこれを無謀と悟られ、熱を冷まされると信じている」

佐吉は眉《まゆ》一つ動かさず言い切った。

「お前から進言すればよい」

「そうした。だが内府《だいふ》が海を渡るのを止めている」

五大老の筆頭、徳川家康のことである。名護屋に入って虎之助は度々耳にしていた。佐吉は殿下を焚《た》き付けて大陸に渡らせる危険を冒させようとし、内府がそれを一喝したということである。佐吉の権勢に不満を持っている諸将はそれで溜飲《りゅういん》が下がる思いであったらしい。

「内府殿が心配なさるのも無理なかろう。それに中納言《ちゅうなごん》殿も同じように止められたと聞く」

虎之助が中納言殿と呼ぶのは、加賀の太守にして、殿下の盟友、前田《まえだ》利家《としいえ》のことである。五大老では徳川家康に次ぐ地位にある。その一番、二番が口を揃《そろ》えて制止するのだから、流石《さすが》の殿下も腰が重くなるだろう。

「中納言殿は内府に乗せられたのだ」

そこで気が付いたが、佐吉は明らかに家康に嫌悪感《けんおかん》を抱いている。中納言には付ける敬称が、内府には無いのだから解りやすい。

「お主、内府殿に一物あるのか」

「内府は豊臣を簒奪《さんだつ》するつもりだ」

虎之助も馬鹿《ばか》ではない。家康があわよくば豊臣の天下を奪おうとしていることくらい解る。しかしそれは何も家康に限ったことではなく、大半の大名に当て嵌《は》まることである。

それは殿下も考えているからこそ、名将の呼び声高い蒲生《がもう》氏郷《うじさと》を会津に移封して北から牽制《けんせい》させている。虎之助の予想では今後も対策は積み重ねられていくはずだ。例えば子飼いの中でも、最も殿下に心服している一人である市松などは、今後東海筋に配されるのではないか。家康が叛心《はんしん》を抱こうとも、どうにもならぬ手が着々と打たれている。

「あれは油断がならぬ」

「あれときたか」

「私も腹の内が読めぬが、内府が是といえば否、否といえば是が、豊家《ほうけ》には正しいように思う」

「内府殿も厄介な男に付け狙《ねら》われたものよ……ともかく、それで俺に力を貸せと。つまりわざと負けを重ね、殿下に痺《しび》れを切らさせろと申すのだな」

「そうだ」

「俺以外の七大名をどうする。特に摂津」

唐入りは一番から八番に分けて進軍する予定である。一番備えの小西摂津守行長は、己と共に先陣を任されている。仮に己が負けてみせようとも、行長が勝ち進めれば佐吉の構想は画餅《がべい》に帰す。

「摂津には……」

「呑まぬだろう。それで普通だ」

虎之助は顎《あご》をつるりと撫ぜて瞑目《めいもく》した。まともな神経をしていれば、このような提案を呑む者がいるはずがない。行長がわざと負けて、己が勝ち進めば必ずやその指揮のまずさを咎められる。また負けるということは、少なからず自らの配下を犠牲にするということである。そのことが佐吉は見えていないのか。

「話しておらん」

「何……」

「摂津もこの戦の無謀は解っていよう。口には出さずともな。だがあれは商人、利のために動く男よ。義を説いても無駄。餌《えさ》を与えねば動かぬ」

豊臣家には急速な膨張に従って派閥が形成されつつある。これはどこの家でも起こり得ることで、大きくは戦の現場に立つ武将が集まる武断派、もう一つは内政、行政、後方支援に当たる奉行らで構成される文治派である。佐吉はその文治派の中心人物と目されている。行長は元が商人であったこともあって、荒くれ者揃いの諸将と反りが合わないのか、野戦指揮官にしては珍しく文治派に属している。では虎之助はどうか。

――俺は根無し草よ。

常々そう思っている。経歴の前半は吏僚として送って来た。肥後国に封じられて現場の諸将と交わることも多くなったが、なかなか馴染《なじ》めないでいた。とはいえ行長のように距離を置くほどではない。そもそも虎之助はそのような群れがあまり好きではなかった。そのような状況なのだ。佐吉が行長より先に、己に持ちかけるのが奇怪でならない。

――まさか……。

その時、ずっと忘れようとしていたことが頭を過った。殿下に己を肥後へ封じるように進言したという一事である。真偽すら定かではないのだ。助右衛門の聞き間違いかもしれない。

仮に真実だとしても、よかれと思い大領を得られる機会を呉《く》れた。そのように何度も思い直してきた。だが今、眼前の佐吉を見ていると、疑念が再び頭を擡《もた》げてくる。

虎之助は片目を開くと、声低く話した。

「佐吉……一つ訊《き》く」

「何だ」

「この唐入り、お主いつから気付いていた」

「内府と和議を結んだあたりだ」

「では……唐入りの先鋒《せんぽう》は九州勢になるとも分かっていたな」

「ああ。そうなるだろう」

「俺を肥後に封じるよう、殿下に進言したのはお主か」

「問いは一つではなかったのか？」

「よいから答えろ」

虎之助は畳を這うほど低く、生温かい吐息を混ぜて言った。佐吉は口を噤《つぐ》んだままじっとこっちを見つめて来る。凩《こがらし》の音が暫しの無言の時を埋める。

「そうだ」

「肥後半国……市松なら礼を言うかもしれぬ……」

「いや、言わぬだろう。お主に勧められるほど落ちぶれてはおらぬと怒鳴られそうだ」

「ならば、俺が何を考えているか分かるか」

「大封を得ても、奉行から外れることは、必ずしも出世とは言わぬ……か」

「貴様!!」

虎之助は膝《ひざ》を立てた。畳が激しい音を発する。心配した家臣たちが廊下を走って来る跫音《あしおと》が聞こえる。佐吉はそれでも人形のように身動きを取らなかった。

「退《さ》がれ！　何でもないわ！」

「しかし——」

「言う通りにせよ！」

二度目の咆哮《ほうこう》が響き渡り、家臣たちの脚が止まったのが解った。暫くして人の気配が去っていくのを感じると、些《いささ》か嗄《か》れた声を震わせた。

「貴様……己の出世のために、俺を追いやったか」

「違う」

「何が違う。俺の前途を潰《つぶ》したのは貴様ではないか」

「殿下のご存命のうちに限って、それは認める」

眉一つ動かさずに言い切るこの男、一体どのような心根をしているのか。虎之助の中央での出世を阻んだことは認める。しかしながらそれは己の利益のためではない。そのような戯言《ざれごと》が通るはずもない。

「俺はな……お主とならば、殿下を、豊臣の家を支えていけると思っておったのだ……」

嘘ではない。佐吉は天下を回す才を持っている。初めの頃はその才に圧倒され、負けるものかと奮起した。いつしか認めるのを通り越して、一種の憧れさえ持つようになっていた。

だがこの非凡な吏僚には唯一《ゆいいつ》の欠点がある。己を決して曲げないということである。なまじ賢しいからこそ、他人の論の破綻《はたん》をすぐに見抜く。概してそれは「正しい」のだが、排されたほうにはしこりが残る。人とは正誤の生き物ではないのだ。そこで生まれる軋《きし》みを、己が潤滑油のように上手く立ち回ってやればよい。そう虎之助なりに気勢を上げていたのに、この仕打ちは何だ。

「私も同じだ。虎之助」

佐吉は今日初めて「虎之助」と呼んだ。虚《むな》しく耳朶に響く。虎之助は俯《うつむ》いた。殿下に進言という名目の讒言をしておいて、この場では聞こえのよいことを言う。同じ想《おも》いであったならば、そのようなことをするはずがない。

「お前は変わった」

佐吉は怪訝《けげん》そうに眉を顰《ひそ》める。

「私は変わらぬ。あの時……」

「黙れ」

虎之助は勢いよく立ち上がった。丹田から得体の知れぬ感情が湧き上がって来る。泣き出したい衝動に駆られた。長じてこのような感覚は一度たりともなく、それこそ佐吉と出逢《であ》った子どもの頃以来であった。虎之助は堰《せき》を切ったように捲《まく》し立てた。

「俺でなくてもよかったのではないか……俺が奉行でいることが殿下のためにならぬか」

「そういうことではない。お主の代わりは右衛門尉《うえもんのじょう》でも務まる」

右衛門尉とは、虎之助の後を継いで財務を担当する奉行の増田長盛《ましたながもり》のことである。

「言わせておけば……貴様、俺を愚弄《ぐろう》するために来たか！」

虎之助は佐吉の胸倉を摑《つか》んで思い切り引き上げた。己は仁王のように躰が大きく、一方の佐吉は華奢《きゃしゃ》である。枯れ枝を拾うほど容易《たやす》く引き上げられた。家臣たちもあれほど言ったからには、もう止めには来ないだろう。

佐吉は紙のように顔を白くしているが、舌の動きは止めようとしなかった。

「違う。肥後は治めるのが難しい土地、あの百戦錬磨の佐々殿でもしくじったのだ。お主ならば上手くやってくれると申したまで。それに我らには兵が足りぬ」

「我ら？　お主の徒党のことか」

「いい加減にしろ！　お主こそ忘れているのではないか！」

佐吉も何に引っ掛かったのか、言葉を荒らげた。もう子どもの喧嘩《けんか》である。虎之助も今まで腹の内に秘めていた不満や不安が次々に口を衝《つ》いて出た。

「俺が百や二百の軍勢しか率いたことがないのを知っておろう！　俺にはその才は無い。それを――」

「いいや、お主は我らのうち、最も戦の才に長けている」

「まだ言うか。お主の徒党に加わった覚えはないぞ！」

「だから徒党などではない！」

「そもそも何のための兵ぞ。唐入りのためか」

「お主は何を聞いていた。私も唐入りは反対している！」

「では何だ！」

息が詰まって苦しいのだろう。白かった佐吉の顔は紅潮しており、歯ぎしりをしている。佐吉はそれまでとは一転して、声低く、唸《うな》るように言った。

「内府の謀叛に備えるためだ」

「お前というやつは……」

虎之助は手を離す。自分の意思というよりも、呆れて手が緩んだといったほうが適当かもしれぬ。佐吉は胸に手を当てて激しく咳《せ》き込んだ。それを見下ろしながら虎之助は吐き捨てた。

「お主の妄想もそこまでくれば病だ」

「妄想などではない……あやつは何かを企《たくら》んでいる」

喉《のど》を抑えた佐吉の眼が光を帯びた。

「何を」

「解《わか》らぬ。唐入りを止めたくないのは、自身の野望に利するからだ」

「そこまで内府を嫌う訳は」

「眼だ」

「眼？」

鸚鵡《おうむ》返しに訊くと、佐吉は深く頷《うなず》いた。

「殿下が私や、お主、市松、孫六、助作らのことを語る時、あやつは何とも言えぬ侮《ぶ》蔑《べつ》の眼をする。誰にも悟られておらぬつもりだろうが、私は見逃がさぬ」

もはや言いがかりに近い。確かに家康の力は強大である。将来、豊臣の大政を担《にな》う者としては危惧《きぐ》するのも解る。だがそれを心配し過ぎているのか、疑心暗鬼に陥って正常な判断が出来ていない。内府が大領を得ているとはいえ、豊臣家の蔵入り地のほうが遥《はる》かに多い。異心を抱けば簡単に潰せる。

佐吉にこのような一面があったのかと、何故か僅《わず》かに安堵すると、押し寄せてきていた怒りも幾分和らいだ。

「それで俺を肥後に？」

「内府に異心あれば誰が止める」

「相手は二百四十五万石だぞ」

「それを破れるのは、お主だけだ」

佐吉は曇りない眼でこちらを見つめた。今まで大きな戦は一度しかしたことが無い。幾軍才があるなど己でも信じていないのに、どうして他人の佐吉が解るというのだ。

ら聞こうとも己が左遷《させん》に追いやったことに今更ながら負目を感じ、得意な弁舌で取り繕おうとしているとしか思えない。

「俺がわざと負ければ、腹を切らされるかもしれぬ。そうなれば内府に異心あれど、その時に俺はこの世におらぬ。矛盾しているぞ」

「だからそれは私が命を賭《と》して……」

そこで頭に閃《ひらめ》くものがあった。恐る恐る虎之助は口を開く。

「今日のこと……俺を肥後にやった時から企てておったな」

佐吉の瞼《まぶた》が痙攣《けいれん》した。これがこの男の動揺を表すことを、虎之助は古くから知っている。佐吉は僅かに伏し目がちになる。長い睫毛《まつげ》もまた小刻みに震えていた。

「ああ、考えていた」

虎之助は溜息《ためいき》をつくと、そっと目を瞑《つぶ》った。

虎之助には虎之助の夢があった。虎之助は「七本槍」の中では孫六に次いで若い。同年の生まれに助右衛門がいるが、あれは武人としての天賦《てんぷ》の才が備わっており、とても比較にならない。子どもの頃は小柄だった虎之助はもともと気性も大人しく、槍を取っても、相撲を取っても、いつも負けて泣きべそを掻《か》いていた。

そんな頃、手習いで算盤《そろばん》を扱っていると、近くを通った殿下が小さな驚きの声を上

げ、

──虎、おみゃあは頭が柔らかい。

と、頭に優しく手を置いて褒めてくれた。槍よりも、こちらを学べと、良き算学の師匠を付けてくれたのもその頃であった。

齢《よわい》十五のころから竹のように日に日に背が伸び、力でも市松に引けを取らなくなった。しかし幼い頃に抱いた苦手意識というものはそう簡単に払拭《ふっしょく》出来ぬ。相撲を取っても、槍の稽古をしても、十回のうち八、九回は市松に負かされた。

賤ケ岳で手柄を挙げられたのも、実は横から助右衛門が助けてくれたからである。殿下もそれに気付いていたのだろう。以降は前線で使うことなく、後方で才を振るわせてくれたのである。

誰が見てくれていなくともよい。皆を後ろで支える。豊臣家の屋台骨を支える。それこそが虎之助のささやかな野心であり、夢でもあった。

佐吉にはどんな思惑があったにせよ、豊臣家のためと大義名分を掲げようとも、己の夢を潰《つい》えさせたのは間違いない。

──俺の人生は何だ。

佐吉の掌《てのひら》で踊らされている。そう思えてくると無性に腹立たしかった。

「人は駒《こま》とは違うのだ」

「誰もそのようなこと──」

「もう止《や》めだ。帰れ」

顔を背けた。燭台《しょくだい》に照らされ、畳に茫《ぼう》と二つの影が並んでいる。

偏屈なところは昔からあるが、それでも虎之助はこの男が嫌いではなかった。市松にお前は佐吉の肩を持ちすぎると愚痴を零《こぼ》されたこともある。しかし今、眼前にいる男は姿形こそ同じなれども、どうしても同じには思えなかった。己が見て来た佐吉の姿は、この影のようなものだったのかもしれない。

「治部、万が一お主の申す通り、内府が牙《きば》を剝《む》いたとしよう」

今日、初めて官職名で呼ぶと、佐吉は微《かす》かに肩を動かした。

「そうなったとしても、俺は俺のやり方で豊臣家を守る」

凜然《りんぜん》と宣言すると、佐吉は柳の葉のような形の眼をゆっくりと瞑った。

「お帰りじゃ。表までお送りせよ！」

「虎之助……」

何か言おうとするのを手で制す。脳裏に浮かんだのは文机《ふづくえ》を並べ、算盤の使い方を熱心に教えてくれた幼い佐吉の姿である。虎之助は蚊の鳴くような細い声で言った。

「さらばだ、佐吉」

三

唐入りが始まった。海を渡ると風の質も変わるのか、口内が酷《ひど》く乾く。匂《にお》いさえも異なるらしく、どこか甘い香りが含まれている。大陸の土を踏んだその時に、虎之助はもう二度と故郷に戻れぬ覚悟を決めた。唐入りの先鋒は主に九州中国の諸大名が務める。これも肥後に左遷された悲劇の産物である。

――治部、お主のおかげで俺は死ぬるわ。

己の軍才に全くといってよいほど自信が無い。殿下の采配《さいはい》をすぐ傍で見てきたが、あのように一瞬で物事を判断して最善の手を打つなど考えられぬことである。まして初めての大戦が異国の地なのだから、不安にならぬ者がどこにいるというのだ。

――それにしても殿下は何故。

時折、虎之助は考えた。佐吉の進言を容《い》れて肥後を任せたまでは解る。だからといって己を先鋒にする必要はあるまい。肥後に封じられてからというもの、領地を治めることに心血を注がねばならず、大坂に行くことも儘《まま》ならない。自然と話をする機会も減り、今の殿下が何を考えておられるのかも想像が難しくなった。

昔が懐《なつ》かしかった。殿下は小姓の間にふらりと現れると、肘《ひじ》を突いてごろんと横になり、皆と沢山物語ってくれた。その頃ならば、この唐入りの意義や、己に先鋒を任せた真意も尋ねられただろう。

だが今となっては望むべくもない。それと同時に驚嘆すべきことは、殿下が己に指揮を執らせることを、佐吉は見抜いていたことである。肥後に配すように勧めた訳の一つは、それであったとも当人が認めている。

今の虎之助は、命じられたことに死力を尽くすほか道はない。

釜山《ふざん》に上陸したのが四月十七日である。虎之助は即座に副将である鍋島直茂と相良長毎と軍議を開いた。己の家臣も含め、余人は誰も交えない。

鍋島は日焼けした面長、口辺に髭《ひげ》を八の字に生やしているが、元来、体毛が薄い体質なのだろう。髭が褐色の肌とほぼ同化して見える。慎重な男だと聞いていた通り、その薄髭を人差し指で撫《な》ぜながら、虎之助が口を開くのを無言で待つ。

一方の相良は丸い童顔と不釣り合いな、隆々とした躰《からだ》である。これで連歌の達人だというのだから、人は外見ではないというよい証拠であろう。こちらはやや思慮に欠けるが、陽気な性質のようで、

「加藤殿、先鋒を仰《おお》せつかったからには、大いに手柄を挙げてみせましょう」

と、手の骨を鳴らしながら豪快に笑った。

「お二人に話があってお呼びした」

虎之助は前置きすると、交互に両人を見て続けた。

「俺は大きな戦をしたことがない。己の采配に懸念《けねん》を抱いている」

鍋島の顔に驚きが浮かぶ。相良の口元もいつの間にか引き締まった。これからかつて誰も経験したことのない戦に臨む。その矢先の大将の意外な告白に、戸惑いを隠せないようだ。

「侮《あなど》りを受け、軍紀が乱れるのではないか。正直なところ、話すかどうか酷く迷った……だがこれから生死を共にするのだ。話しておかねばなるまいと考え打ち明けたのだ」

虎之助は二人の前で苦笑した。

「で、我らにどうせよと」

相良は膝に手を置き、ずいと盛り上がった肩を近づける。田舎大名とどこかで侮っていたが、やはり修羅場を潜《くぐ》ってきただけはあり、先ほどまでの明るさは消え、代わりに凄《すご》みが顔に浮かび上がる。

「私の采配に間違いがあれば、遠慮をせず申して欲しい」

「ほう……」

梟《ふくろう》の鳴き声の如《ごと》く声を上げたのは鍋島であった。

「いかが？」

「我らは諾々《だくだく》と従うのみと思っていました。故《ゆえ》に願ってもないこと」

「ならばそれでよろしいな」

鍋島は相良と視線を合わせ、手を挙げて話を制した。

「構いませぬ。が……貴殿は何をなさる。それでは皐月《さつき》人形と変わらぬのでは？」

「私は……責を負うのを役目としよう。負けたる時は、貴殿らの罪を免じるように願い、領地を返上して腹を切ろう」

二人の将は絶句したように黙り込んでいたが、突如どちらともなく噴き出し、共に笑いあった。

「いや、失礼。馬鹿にはしておりませんぞ」

相良は早くも目尻《めじり》に涙を浮かべている。

「いや、お見事。加藤殿は名将の器をお持ちよ」

鍋島も好ましげな視線を送ってくる。虎之助としては出来ぬことを出来ると言い張れば、無為に命が散ることになる。故に恥は掻くだろうが、打ち明けたに過ぎない。

二人の副将は過大に評価していると思った。

「俺もお二人から学ぶように努める。どうか頼む」

深々と頭を下げると、相良は快活に笑って答える。

「田舎大名の田舎兵法でよければお教え致す」

「そのような……」

「我らでお支えし、加藤殿に大手柄を立てさせたくなった」

鍋島も鷹揚《おうよう》に話して穏やかな笑みを浮かべた。

かくして二番備え加藤隊は唐入りの先陣を駆けた。最初の関門は慶州城《けいしゅうじょう》であった。

――城中に恐慌《きょうこう》の気配あり。相良殿を先陣に雄叫《おたけ》びを上げて攻めかかるべし。

という鍋島の献策を容れた。相良は腕を旋回させて配下を鼓舞すると、一塊となって慶州城の門に攻めかかった。敵軍からも弓での防戦があったが、鍋島の言う通り引け腰になっているのか狙いも覚束《おぼつか》ない。あっと言う間に門を破って乱入すると、城中は大混乱となり難なく落とした。

「戦《いくさ》の心得はまず、敵の気を読むことです。勇んでいる敵はあしらって耐え、逸《はや》っている敵は罠《わな》に嵌め、恐れている敵は容易く屠《ほふ》れる」

鍋島は兵学の師匠になったように一々解説してくれた。

加藤隊は翌四月二十一日には永川《えいせん》を占領し、新寧《しんねい》、比安《ひあん》へと破竹の勢いで進撃した。この先、虎之助は義城《ぎじょう》、安東《あんどう》へと東路を行き、一番備えを率いる小西行長と足並みを揃えて進むことになっている。そして同日に朝鮮の首都である漢城《かんじょう》を包囲合流する計画である。

――小西隊、忠州《ちゅうしゅう》へ進出。

漢城まで半ばとなった永川でこの報を聞き、虎之助は思わず叫んでしまった。

「何を考えている！」

虎之助は東部を鎮撫《ちんぶ》しつつ、ぐるりと回って漢城を目指すため時が掛かる。一方の行長の進路は漢城までは直線である。故に行長が速度を落として合わせてくれなければならない。しかし報告に依れば、行長は緩めるどころか速めているのだ。

「漢城に単独で乗り込み、手柄を独り占めするつもりだろう」

相良は臍《ほぞ》を嚙《か》むように苛立《いらだ》ちつつ推理した。忠州まで行けば漢城はもうすぐである。

「飛州殿はいかが考える」

虎之助は鍋島の意見を求めた。

鍋島の官職は飛驒守《ひだのかみ》。飛州とも呼ぶ。鍋島家は今、主家である竜造寺家《りゅうぞうじ》を凌《しの》がんとしている。故に曲者《くせもの》などという悪評も立っていた。しかし、大局を見て人柄は誠実、相当な将であると、この数日で気付いた。やはりこの目で見て、耳で聞かねば、真実は解らないものである。

「小西摂津は慎重な男、それは加藤殿もご存知のはず」

過日の天草一揆《いっき》のことを指していると解った。鍋島は鼻先を指で撫ぜて思案し、ゆっくりと言葉を継いだ。

「漢城が落ちればよし、落ちなければ軍令違反で、初戦の勢いを削《そ》いだと咎《とが》められましょう。その危険を冒してでも行かねばならぬ何かがあるやもしれませんな」

「何か……」

虎之助にはそれが思い浮かばない。相良の言うように手柄を求めていると見るのが妥当だろう。だが何やら腑《ふ》に落ちないものも感じる。

「決断は大将の役目です」

鍋島は目元で笑いながら言った。

「忠州へ。摂津に会いにいく」

虎之助が宣言すると、副将二人は計ったように同時に頷いた。

鳥嶺《ちょうれい》を越えて急ぎ行長の後を追った。四月二十九日朝に到着したとき、すでに行長は忠州を占領していた。まだ首実検を行っていることから、それほど時間は経《た》っていない。訊けば昨日のことであったという。

「軍議をしたい」

虎之助が提案すると、行長は露骨に嫌な顔をしたが、断られる謂《い》われはない。一番、二番備え合同で、すぐさま軍議が開かれることとなった。

行長は鼻がやや上を向いており鼻孔がよく見える。商人の頃ならば愛嬌《あいきょう》のある顔と思えたかもしれないが、武将と思えば、尊大な顔に見えるから不思議である。

「何故、諸隊と足並みを揃えぬ。軍令を忘れたか」

虎之助の第一声がそれだったので、行長は面食らっており、鍋島、相良の二人も思わず苦笑している。

「きついお言葉ですな」

「役目に無用な世辞などはいらぬ」

「誰かと同じことを仰《おっしゃ》る」

すぐにそれが佐吉だと解った。なるほど吏僚というものは無駄を省く。己もその気質は抜け切れていないのかもしれない。行長はようやく抗弁を始めた。

「拙者は殿下から先鋒を仰せつかった。故に漢城を目指す。何が悪いのでしょう」

「先鋒は俺も同じよ。互いに助け合い、足並みを揃えろとも付け加えられたはずだ」

虎之助がすぐさま反論すると、行長は小さく鼻を鳴らした。

「こちらは随分と足を落としているつもり。そちらが遅れているのでは？」

行長の発言は挑発とも取れる。市松ならばこの時点で罵声《ばせい》を飛ばしていただろう。

そのようなことを考えられるほど、虎之助は落ち着いている。

「一番備えには朝鮮の地理に明るい宗《そう》家がいる。それに距離も近い」

「それは事前に決まったこと。文句があるなら治部少に申して下され」

佐吉はこの唐入りの軍監も兼ねている。文句があるなら、そこから殿下に取り次げと言っているのだ。

――佐吉の差し金か？

わざと負けてこの無謀な戦を早期に終息させる。それを虎之助に断られた佐吉は、恐らく次はこの行長に接触したはずだ。しかし行長は負けるどころか、方々で勝利を収めてここに来ている。何か裏があるということか。

「では今日までのことはいい。ここから漢城までは足並みを揃えるぞ」

これならば断わる理由はないだろうと思ったが、行長はこれも承知しない。

「それは困ります。この道は我らの道。加藤殿は元の道筋にお戻りあれ」

鍋島がちらりと視線で合図を送る。

――摂津は漢城に一番乗りしたがっている。

何のために。通常考えれば手柄のためである。それでは佐吉とも結託していないということか。

「では平壌《へいじょう》は我が方に譲るか」

虎之助は漢城を譲る構えを見せた。平壌は朝鮮における第二の都市であり、明国との国境に近い。朝鮮を屈した後はここに本陣を据え、いよいよ唐入りの本番となる重要拠点である。

「それは構いませぬが……戦は生き物、確約は出来ません」

「流石、強欲な商人よ」

行長の出自を陰で揶揄《やゆ》する者も多い。怒りから罵《ののし》ったのではない。こうして揺さぶりを掛け、何か糸口になることでも口を滑らさぬかと敢《あ》えて挑発した。

行長は顔を真っ赤にして席を立つ。

「もう一度言えるか」

「何度でも言おう。面《つら》の皮が厚い商人め」

「言わせておけば！」

行長が刀に手を掛けたところで、鍋島が一喝した。

「御二方とも止《や》められよ！」

行長の副将である松浦鎮信《まつらしげのぶ》も続く。

「ここで争い、敵に利するは、万死に値する殿下への不忠です」

「申し訳ない。些《いささ》か熱くなった……」

行長は柄《つか》から手を離して詫《わ》びた。

「こちらこそ口が過ぎた」

「どうだろう。また二手に別れては」

漢城の南大門へと続く道程、こちらは漢江《かんこう》を川幅のある河口付近で渡らねばならないが百里と短い。一方、東大門へ出るには百余里と距離は長いが、渡河は比較的簡単である。この好きなほうを選んでよい。行長はそう提案してきた。

「南大門へ向かおう」

「分かりました。では我は東大門へ」

行長は抵抗を示さなかった。そもそも怒ってなどいない。あれは何かをうやむやにしたいため激昂《げきこう》した演技をしていた。その証左にすぐに矛を収めたではないか。

——こやつの単独で何かを企んでいる。

副将の松浦は真に狼狽《うろた》えていた。ともかくこの男を先に漢城へ行かせてはならないと虎之助の勘が告げていた。

翌日、一番、二番備え共に払暁《ふつぎょう》から出発した。ここで新たに指揮下に加わった男がいる。これも七本槍の名を背負う脇坂安治《わきざかやすはる》。皆からは未《いま》だ通称の甚内と呼ばれていた。淡路洲本《すもと》三万石の大名となっており、水軍の将として参加しているが、ここからは陸上に加わることになっていた。甚内は虎之助よりも八つ年嵩《としかさ》で、七本槍最年長であるが、それを感じさせぬほど飄々《ひょうひょう》とした男である。

「虎とこうしてまた轡《くつわ》を並べることになるとはな。いや、今は大将ゆえ、軽々しくは虎などと呼べぬか」

帷幕《いばく》に挨拶《あいさつ》に来た甚内は、軽口を飛ばすような調子で言った。

「市松は渡ったか」

市松は五番備えの大将として渡ってくることになっている。単純だが裏表がなく、様々な腹の探り合いとは無縁な男である。虎之助とは肝胆相照らす仲といってよく、様々な思惑が飛び交っている今、最も信頼のおける者だろう。

「予定していた兵糧《ひょうろう》を買いそびれたらしく、出発がやや遅れている。市松は早く行かせろと喚《わめ》いていたさ。今、佐吉は昼夜を徹して米を集めている。

殿下の命で日本中の米が名護屋に集まっている」これを邪魔することは何人たりとも許されない。とはいえ商人たちはしたたかで、米価が高騰《こうとう》すると見て、裏で露見せぬように買い漁《あさ》っているらしい。

「佐吉ともあろうものが……」

佐吉は兵站《へいたん》において卓越した能力を持っている。商人たちの動きも気付きそうなものだが、それほどの余裕もないか、あるいは余程買い漁りが酷いのかもしれない。市松との合流が絶望的となれば、気心のしれた相手は眼前の甚内しかいない。虎之助は意を決して話を切り出した。

「摂津より先に漢城に辿《たど》り着きたい。力を貸してくれ」

「揉《も》めたらしいな。聞き及んでおるぞ」

「あやつ、何か企んでいるようだ」

「そのことで、孫六から伝言がある」

甚内が孫六と呼ぶ男、これもやはり七人の内の一人、加藤嘉明《かとうよしあき》のことである。甚内と同じ淡路国の津名、三原郡で一万五千石を食《は》んでおり、これも千人を率いて水軍として参加している。つい先日まで甚内と行動を共にしており、己に伝えて欲しいと頼んだらしい。甚内は眉を開いて耳元に口を近づける。

「佐吉は唐入りを早く終わらせたいようだ」

「だろうな。俺にも諸事頼みに来おった」

虎之助はあの日、佐吉が来て話したことを声低く甚内に伝えた。

「知っておったか。それにしてもわざと負けろとは……殿下の耳に入れば首が飛ぶぞ。臆病《おくびょう》なのか、豪胆なのか」

甚内は目頭を摘まんだ。二重瞼の大きな目が特徴的である。苦笑しつつ甚内は続けた。

「佐吉は摂津と頻繁に会っていたようだ。漢城に一番乗りさせ、李《り》氏と早期講和を目《もく》論《ろ》んでいる。これが孫六の見立てだ」

——やはりそちらへ行ったか。

己に断られれば、佐吉がもう一人の先鋒である行長の元に行くのは予想が付いた。だが行長はわざと負ける様な真似《まね》はしていない。むしろ積極的ですらある。恐らく行長にも負けるのは断られ、新案として講和を考えているということか。一番乗りの将が、総大将の名代となるのは慣例である。それに役立つと、副将に朝鮮と馴染み深い宗家を付けたのも、佐吉の差し金と見てよい。

「俺から一つ。摂津は領地を欲し、佐吉を通じて殿下に了承も得ている。漢城を獲《と》った暁には下賜《かし》されるだろう」

「熊本か？」

虎之助は目を細めた。行長とは肥後を半国ずつ分け合っており、これまでも諍《いさか》いが絶えない。行長が欲しがるとすれば、己の領地しか考えられなかった。

「いや、咸鏡南道端川《かんきょうなんどうたんせん》郡。この大陸にある」

唐入りに際して、各備えに半島の地図が配されている。虎之助はそれを広げた。

「どこだ。それは」

「半島の東北。兀良哈《おらんかい》との境に近い地」

甚内は暫《しば》し指を迷わせると、突き立てるように差した。兀良哈とは朝鮮とも明とも違う、北方の騎馬民族の地である。

「何故《なにゆえ》、このような地を……」

地図でも山地ばかりが描かれており、決して肥沃《ひよく》な地でないことが解る。むしろ不毛と言ってもよいだろう。

「解らん。まあ、俺も孫六もお主に勝って欲しい。だから知っておることを全《すべ》て伝えた」

「行長の領地の話、誰から聞いた？」

疑う訳ではないが、甚内は中枢《ちゅうすう》から遠い武官で、さらにその中でも決して高位とはいえない。これほどの事情を易々《やすやす》と知り得るとは思えない。

「ふむ……悪いがそれは申せん。信じるも、信じないもお主次第。だが確かな筋だ」

流言のつもりならば、もっともらしい情報源を語るはず。それをせぬということからも、確たる証拠は無いが真実だろうと思えた。

二番備えは陰城《いんじょう》、竹山《ちくざん》、陽智《ようち》、龍仁《りゅうじん》とみるみる漢城へ迫った。五月二日正午、漢江までたどり着くが船が無いことで、足止めをくらった。

「水練に達者な者ならば泳げるだろうよ」

甚内の意見を容れ、各隊から水練に長《た》けた者を選抜して対岸にまで泳がせると、敵船を奪ってこさせた。

「まずい……」

漢城の方角から黒煙が上がるのが見えた。行長が攻撃を仕掛けているのだ。状況は摑めぬが、ここまでまともな抵抗が無かったことから、そう長く持つとは思えない。敵の城よ、今少し持ってくれと祈る。このような不思議な戦は、他に類を見ないのではないか。

「鍋島殿、漢城まで全軍で駆ける」

「手柄に拘《こだわ》っている……という訳ではないのですな」

「摂津はやはりおかしい」

妙な違和感をずっと抱いている。己にも武将の勘が備わったのか。いや、これはもっと懐かしい記憶に直結しているような気がしてならない。

「治部少の意を受けていると」

鍋島ほどの男とあれば、やはり行長の背後に佐吉がいることに察しがついている。

「佐吉……いや、治部少の意とは別のことを、摂津は企んでいるような気がするのだ」

虎之助の指示は、鍋島、相良らによって瞬《また》く間に伝播《でんぱ》し、全軍漢城へ向けて急行した。常軌を逸した速さに脱落する足軽が後を絶たない。それでも軍を緩めることはなく、漢城南門に辿り着いた。こちらは少数の小西軍が包囲しているだけで、主力は東門を攻めているらしい。突如現れた加藤軍に、敵兵だけでなく、小西軍まで慌《あわ》てふためいている。

「掛かれ！　城門を破れ！」

虎の如き咆哮に応《こた》え、二番備えは猛攻を開始した。たった半刻《はんとき》後、南門に大きな穴が穿《うが》たれ、加藤軍は一気に雪崩《なだ》れ込んだ。ほぼ同時に東側でも歓声が上がる。小西軍が東門を破ったのである。

――同時刻……何とか間に合った。

虎之助はまだ戦いの続く中、すでに安堵《あんど》している。この焦燥感は何なのか。やはり考えても答えは出なかった。

漢城で再び軍議が開かれた。行長の顔には明らかに不満の色が浮かんでおり、憮然《ぶぜん》とした態度で切り出した。

「主計殿、我らが東門で引き付けている間の抜け駆け。感心致しませんな」

「お主らが緩々としている故、痺《しび》れを切らしたのよ」

「一番乗りは我らですな」

「ぬかせ」

またもや一触即発の様相を呈し、両備えの将たちも睨《にら》み合う恰好《かっこう》となった。一番乗りの手柄を得たほうが、優先的に進路を決めてよいとお達しが出ている。

「進路は我らが先に決めたい」

行長は自らが一番乗りだと決めつけたように主張した。実際はほぼ同時、言い争っても水掛け論になるだろう。

「お主らの狼藉《ろうぜき》、殿下に申し送った。お主の指示であったと、付け加えたほうがよかったか」

半ば脅しと言ってもよい。漢城に入って行長らの軍勢は民に略奪を働いた。行長は必死に制止したが、気が昂《たかぶ》った兵を収めることが出来ず困惑していた。同士討ち同然にそれらを蹴散《けち》らし、止めたのが虎之助であった。

行長は苦虫を噛み潰《つぶ》したような顔になった。

「……分かりました。では、お先に決めて下され」

「二言は無いな。各々方《おのおのがた》もお聞き頂けましたな」

諸将が銘々頷く中、行長は大仰な溜息を零して言った。

「平壌に向かいたいのでしょう」

平壌は漢城に次ぐ第二の町、ここを落とすのが手柄になる。最も旨味《うまみ》のあるところを譲るというのである。

「いや、我らは安辺《あんぺん》を目指す」

「なっ――」

行長は絶句した。半島東北部の安辺などは比較的手薄であろう。つまり手柄を挙げる機会は殆《ほとん》ど得られない。しかし行長の欲する咸鏡南道端川郡を通ることになる。

「どうした。顔色が悪いぞ」

「いや……平壌をお譲りしようと思ったのに……」

「いいさ。では決まりだ」

虎之助は無理やり締めると、軍議の場を後にした。行長の反応は異常である。

――やはり何か隠している。

虎之助は心中で呟《つぶや》きつつ帷幕を出た。この地は異様に蠅《はえ》が多い。水はけが悪く、牛が多く放し飼いされているからであろう。顔の前を飛び交う蠅を払いながら、乾いた風が吹く漢城を歩く。

行長は軍議の後も再度、進路の交換を申し出たが虎之助はこれを一蹴《いっしゅう》し、予定より早い五月十日に漢城を発《た》った。臨津鎮《りんしん》に到着したが、あまりに川の流れが速く、対岸に敵が守りを固めていることもあり、そこで一度止まらざるを得なかった。そんな時、行長の使者が加藤軍の陣に駆け込んで来た。

「殿は朝鮮と再度交渉を始めます。交渉は随時行えとの殿下の命でございますれば、暫し進軍をお止め頂きたい」

余程行かせたくないらしい。確かに殿下は剛柔使い分けろと申されていた。しかしこの段階での交渉は決裂するだろう。行長もそれは解っているはず。

そうなれば、一時足止めをする意味は何か。使者が帰った後、人払いをすると、鍋島と相良の両将を呼び寄せた。密談は二刻《ふたとき》に亘《わた》って行われた。

十八日の早朝、交渉中であるはずの朝鮮軍が、突如渡河を始めると、最前線の加藤軍に襲い掛かって来た。後方で報告を受けた虎之助は落ち着き払っていた。

「やはり来たか」

危惧《きぐ》していたことが的中した。行長が二番備えを敵に売ったのである。この予想を告げると、相良はまさかと絶句していたが、鍋島は低く唸った後、あり得るかもしれないと同意した。

「行くぞ！」

虎之助は叫ぶと先陣を駆ける。最前線には敵が渡河してくるかもしれない旨《むね》を伝えてある。そうなれば高地に上って半刻包囲に耐えろと命じていた。

「味方を救え！」

配下に命を下し、まず加藤家のみで数倍からなる敵に攻めかけた。

「敵は右翼に寄って来る。兵を回せ！」

濁流のように攻めかけてくる敵に、息を合わせるように用兵する。加藤軍を囮《おとり》にして引き付ける段取りであった。そこに敢えて遅れて行軍してきた、鍋島、相良の軍が駆け付け、敵の両脇《りょうわき》に猛然と攻めかかった。敵は一気に大混乱に陥る。さらに高地に上った味方も討って出たのだから堪《たま》らない。挟み撃ちを受けた朝鮮軍は総崩れとなった。

結果、劉克良《りゅうこくりょう》、申硈《しんかつ》、洪鳳祥《こうほうしょう》の三将を討ち取るという大勝利であった。対岸に残った朝鮮軍も恐慌状態に陥り、味方を助けるどころか風の如く退却していく始末である。

「見事でしたな」

戦後、馬を寄せて来た鍋島は舌を巻いていた。

「緒戦で朝鮮も降《くだ》ることはあるまい。ならば時を稼ぐため、何か別の目的があると踏んだのです」

「御見それした……そして用兵も見事。殿下は見抜いておられたのですな」

「何のことでしょうか？」

虎之助は頰をつるりと撫でた。手には煤《すす》がべったりと付く。

「経験の乏しい加藤殿を大将に抜擢《ばってき》した訳です。その将才を見抜いておられた。ここに来て日に日に成長されているように見える」

「そうですか……」

あまり喜ばなかったからか、鍋島は少し首を傾《かし》げた。

――殿下ではなく佐吉だ……。

佐吉は己に軍才があると訴えていた。何故そのように思ったのかは聞かず仕舞いであった。

「だが摂津が真にここまでするとは……咸鏡南道端川郡に何があるのでしょう」

鍋島は話題を転じた。行長が欲している痩《や》せた僻地《へきち》である。

この未曽有《みぞう》の戦、敵は朝鮮や明だけではない。味方は戦国を生き抜いた一癖も二癖もある諸将である。この戦の結末を予期している者が、己や佐吉以外にいても何らおかしくない。この後の世を見据え、各々の思惑で暗躍している。そちらのほうが足を掬《すく》われる敵なのかもしれない。

「行ってみましょう」

虎之助は凜然と言い、どこまでも伸びる斑雲《まだらぐも》を見つめた。

開城《かいじょう》、平山《へいざん》とやはり難癖を付けて来た行長を振り切り、虎之助は軍議で決まったように谷山《こくざん》、伊川《いせん》へ抜けて半島の東北部である安辺にまで辿り着いた。寂寞《せきばく》とした荒野である。田畑もあるにはあるが、土に粘りがなく、実りも僅《わず》かでしかない。だが虎之助は気が付いた。財務を担《にな》う奉行として、何度か訪れたある土地に酷似しているのである。

虎之助は川を探すと、家臣に命じて川浚《かわざら》いをさせた。鍋島、相良などは何が始まったかと目を白黒させている。

「やはりそうか……」

虎之助の予想は的中した。川の中に砂金が流れ込んでいる。近くの村の者を摑《つか》まえて、通詞《つうじ》を介して訊《き》いた。

「この辺りで金や銀が取れるのではないか」

村人は隠すこともなく即座に認めた。この近辺では金塊、銀塊が見つかることがあるという。しかし村人たちには採掘する技術も無ければ、国王に禁じられてもいる。李氏も昔は採掘に積極的であったらしいが、何を思ったか世宗《せいそう》の代になって鉱山開発を禁止した。以降、その恩恵を受けていた近隣の村は廃《すた》れる一方で、今の寂寥《せきりょう》たる風景が広がるようになったらしい。

「これが摂津の望んだものということか」

相良は小指の先ほどの金の粒を摘まんで言った。

「そうでしょうな。だが腑に落ちません。正直、この戦はそう続かぬ」

虎之助が応じると、鍋島は神妙な面持ちで首を横に振る。

「お慎みあれ。我が密告すれば、どうなさる」

「貴殿らはそのような男ではない。この一月《ひとつき》でよう解《わか》っている」

鍋島は溜息《ためいき》をつき、相良は牛の鳴き声のように豪快に笑う。

――だがあれは商人、利のために動く男よ。義を説いても無駄。餌《えさ》を与えねば動かぬ。

渡海前、佐吉が言っていた言葉が過《よぎ》った。餌とは何か。この領地である。痩せた地であることは佐吉も気付いているはず。敢えてその条件を呑《の》むことで、己の意である早期講和に向けて、行長を操っているということか。

――いや、やはりおかしい。

講和が成ったとしよう。しかし朝鮮に領地を持つ限り、そう遠くなく講和は破られて再度戦となる。長く持っても二、三年というところか。この地の金銀の埋蔵量は多いようだが、そんな短期間の採掘には限界がある。十年、二十年と採掘出来てこそ、金山は旨味があるのだ。元は大きな薬種問屋の倅《せがれ》だった行長が、その程度の実入りに拘るのは訝《いぶか》しい。そう述べると、相良が苦笑した。

「商人の多くは強欲。たとえ二、三年だとしても欲しいのでござろう」

「商人……」

虎之助に閃《ひらめ》くものがあり、今まで聞き得たことが脳裏で音を立てているかのように組み合わさっていく。

「佐吉……まずい。一杯喰わされておる」

今では金山、銀山の殆どが豊臣家の直轄《ちょっかつ》になっている。僅かに持つ大名がいれども、細々と採掘しているに過ぎない。そして未だかつて日ノ本に金山、銀山を領有した商人はいない。

「摂津は金で金を生むつもりだ」

武士にとって金銀は消費するものでしかない。だが財務に明るい虎之助は昔考えたことがある。

——条件さえ揃《そろ》えば無限に富を生むことが出来る。

と、いうことである。金銀は庶民には殆ど流通していない。市井《しせい》が気にする基準といえば米価である。その米価は金の値と密接に関係している。米が余れば金の値が上がり、米が足りなければ値は下落する。

今はかつて日ノ本が経験したことのないほどの大軍を興《おこ》しており、必然的に米不足に陥っている。そして商人も値上がりを期待して米を買い漁っており、佐吉は集めるのに大層苦労していると聞いた。

――摂津は裏で米を買い占めている。

これで行長は金と米、二つの「通貨」を手に入れることになる。あとは双方を市場に流しては買い占め、買い占めては流し、利鞘《りざや》を上げていくつもりである。このような遣い方を思いつく武士はおらず、仮に虎之助のように思いついたとしても金を手に入れる術《すべ》がない。

行長は途方もなく儲《もう》かる。しかしこれをされると、米価は十倍、いや百倍、青天井に跳ね上がる。そうなれば立ち直らせるのは容易ではない。銭の反乱は百万の敵よりも恐ろしいことを虎之助は知っている。民の暮らしは必ずや逼迫《ひっぱく》し、怨嗟《えんさ》の声は豊臣家の屋台骨を揺るがす。

「紙と筆を持て……」

虎之助は声を震わせて小姓に命じた。強大な敵を水際《みずぎわ》で食い止められる。これに気付けるのは吏僚でもあった己しかいない。虎之助の初めての武者震いであった。

名護屋にいる殿下に向けて書状を書いた。軍監である奉行を飛ばして直《じか》にである。

──咸鏡南道端川郡に金山、銀山多数。統治の折は直轄すべき地に御座候《ござそうろう》。

殿下は大いに喜んで虎之助の進言を容れた。行長は周囲に理由こそ話さないものの、大層不機嫌になっているという話が漏れ伝わって来たのは、その直後のことであった。

四

慶長《けいちょう》三年（1598年）八月十八日、殿下が身罷《みまか》られた。それにより朝鮮から撤兵する方針が固まり、こうして久方ぶりに日ノ本に帰るという訳である。

呼子の浜から陣に向かう途中、虎之助が敢えて伸ばしたままにした髭《ひげ》をしごいていた時、黒田長政が低く言った。

「おい……治部少だ」

佐吉が遅ればせながら出迎えに現れたのである。朝鮮において現場で戦う武将の絆《きずな》は強くなった。共に死地を乗り越えたという経験は、少々の性格の違いなど乗り越える連帯感を生む。それに反して後方支援を務める奉行衆とは溝が深まっている。憤懣《ふんまん》のぶつけ先として、現場にいない彼らほど適当な者はいない。

佐吉も悪い。もし己が佐吉の立場ならば、もっと戦地に足を運ぶだろう。佐吉も戦をしなかった訳ではないが、その数は少ない。兵站に専念するのが豊臣家のためだと思っていたのだろう。解るが人はそのように簡単なものではないのだ。

「皆々様、無事のご帰国、祝着《しゅうちゃく》至極に存ずる。まずは一席設けます故、茶でもご堪能《たんのう》してお休み下され」

虎之助がまずいと思った時には遅かった。長政が眉間《みけん》に皺《しわ》を寄せてずいと踏み出す。

「治部少、我らは飢えにも耐え、泥を啜《すす》り戦ったのだ。茶では腹が満たぬわ」

言いがかりでしかない。佐吉の言う茶席には料理や酒も含まれる。教養が無いのか、それとも気付いて難癖をつけているのか、長政は突っかかった。

「故に、茶席と申したまで」

「よし、俺がお主に泥水の茶を点《た》ててやろう」

――これ以上、喧嘩《けんか》を買うな。

虎之助は心の中で佐吉に呼びかけた。

「甲斐殿のお点前《てまえ》が疑われるかと」

「無礼者が！」

咆哮《ほうこう》したのは長政ではなく、虎之助である。佐吉の胸倉を摑んでぐいと引き寄せた。

（殴るぞ）

佐吉は小さく頷《うなず》く。虎之助は佐吉の頬桁《ほおげた》に鉄拳《てっけん》を見舞った。

「主計《かずえ》殿――やりすぎだ！」

長政は一転して焦《あせ》りを見せて止めに入った。

「甲斐殿に援《たす》けられたな」

虎之助は地に唾《つば》を吐き、皆を促してその場を立ち去った。

その夜、佐吉が虎之助の陣屋に訪ねて来た。朝鮮に出兵する前と同じである。ただあの頃と違うのは、互いの立場がより難しいものになっている点であった。それを知ってか、佐吉は葉武者《はむしゃ》が着るような安い具足に身を固め、一見しては天下の奉行と解らぬようにして来た。人払いをして二人きりになると、佐吉は切り出した。

「昼間は助かった」

「怜悧《れいり》に見え、あのように熱くなる性分は直らぬか」

「流石《さすが》、虎之助は良く知っている。愚弄《ぐろう》されると、ついな」

虎之助という呼び名がどこか遠いものに思えた。殿下が去った今、このように呼ぶのは佐吉と他の七本槍の面々だけだろう。

「治部少、もう虎之助ではない」

「そうだな。主計殿」

二人の間に沈黙が流れた。虎之助は佐吉をまだ憎みきれずにいる。誰よりも豊臣家を想《おも》っていることだけは解っているからである。己を肥後に飛ばした訳も嘘《うそ》ではなかったのだろうと気付いていた。

「俺に軍才があると殿下に進言したのもお主らしいな」

「そうだ」

「お主の言う通りだった。俺はどうやら戦が強い」

朝鮮で数々の戦いを経たが、虎之助は常勝であったと言ってもよい。最初は懇切丁寧に戦を指南してくれていた鍋島や相良も、最後にはもはや何も言うことが無いと舌を巻いていた。

「聞いている」

「何故、そう思った」

「雪合戦を覚えているか」

はて、そのようなこともあったように思う。確か長浜城下に住んでいた頃、冬に雪が降れば他の小姓も交え数十人でそれに興じたことが何度かあった。

「お主が大将を務めた時の勝ち負けも覚えているか」

「いや……」

「十四戦、十四勝、無敗。これが加藤虎之助の戦績よ」

佐吉はあまり雪合戦には加わらず、傍で見て帳面に筆を走らせていたのを思い出した。何をしているのかと問うと、勝つための理《ことわり》があるような気がするので、逐一記録を取っていると大真面目《おおまじめ》で答えていた。

「そのようなことで……」

子どもの遊びではないか。そう言いかける虎之助に、佐吉は間を置かずに言った。

「そのようなことではない。殿下はそれを真剣な面持ちでご覧になられていた。私はそれが気に掛かり、いつか聞いたのだ。すると殿下は、虎には並々ならぬ戦の才があると仰った」

「そうなのか……」

「それだけでなく、吏僚としての才も高く買っておられた。これを合わせて考えられる者こそ、将の器とな」

故に全ての経験を積ませるつもりであるとも仰っていたらしい。佐吉はさらに続けた。

「殿下が肥後に誰を置くか頭を悩まされていた時、確かに私はお主を推挙した。殿下は虎之助もそろそろ次の段階に入る頃かと、これを採られたのだ」

全て知らなかったことである。よく考えれば、殿下は当人にはそのようなことは申されなかった。反対に虎之助には、佐吉の吏僚の才の凄《すご》さを褒め、同時に人心が解らぬところがあるから助けてやれと申されていた。亡《な》き殿下に思いを馳《は》せる虎之助に、佐吉は燃え滾《たぎ》る闘志を抑え込むように訥々《とつとつ》と言った。

「今一度頼む。内府を討つのを助けてくれ。天下静謐《せいひつ》となった暁には……」

「いや、待て。今一つだけ確かめたいことがある」

金と米の話である。商人ならば考えつく。始めはそう思っていた。だが朝鮮で長きに亘って戦っている間、ある疑問が浮かんだ。一大名が米をそれほど多く買い占められるのかということ。そして佐吉ともあろう者が、兵站で米不足に陥らせるかということ。この二つを紡《つむ》ぎ合わせて出る結論は一つである。

「金と米を使い無限の富を生み出す。お主の入れ知恵だな」

信じたくないと思っていたからか、声が僅かに上擦った。佐吉は少し下唇を嚙《か》み、吐息混じりに答えた。

「そうだ……」

「お主、これがどういうことか解っているのか。豊家への謀叛《むほん》だぞ」

「違う。私なりに戦を止める方策を考えたのだ。米不足ならば戦は長く続けられぬ」

米を買い占めて隠匿《いんとく》するなど一朝一夕で出来るはずがない。己に負けを頼みにきた時、すでにこちらはこちらで計画を進めていたのだろう。そしてまだ隠していることがあると、虎之助は勘付いていた。

「米で内府を殺す気だったか」

佐吉のこめかみがぴくんと動いた。

米と金を売買し続けるのは米価を吊《つ》り上げるためではなかった。その逆、米を砂粒同然の値まで下落させることにある。そうなれば最も損をするのは、二百四十五万石という大領を持つ内府徳川家康である。米価が十分の一になれば、その国力は実質十分の一の二十四万五千石となる。しかし金銀山を大量に保有する豊臣家は被害を受けるどころか、金銀を十倍の価値として使うことが出来る。この時点で開戦となれば、内府は絶体絶命に違いない。

「我らの石高を十倍には出来ぬ。ならば奴《やつ》に十分の一になって貰《もら》わねば、太刀打ち出来ない」

虎之助は唾を呑み込んだ。古今、米や金を矢玉のように使おうとした者がいただろうか。いや一人だけいた。亡き殿下である。殿下は鳥取城を攻める時、先に商人を城下に出発させ、米を倍の値で買い占めさせた。いざ開戦となった時、鳥取の米は枯渇《こかつ》し、兵糧《ひょうろう》攻めが瞬く間に効果を発揮した。世に謂《い》う鳥取城の飢え殺しである。

今回の佐吉の描いた絵図は、それよりも壮大で、日ノ本中を巻き込んでいる。そして忘れてはならないことがある。虎之助の心には、かつて感じたことの無い怒りが沸々と湧《わ》き上がってきた。

「甲斐の申したことは、当たらずしも遠からずか……」

口を真一文字に結ぶ佐吉を、豁《かっ》と睨むと虎之助は堰《せき》を切ったように捲《まく》し立てた。

「その論理は吏僚のもの。正に戦場で戦った我らには、また違うものが見えている。お主の策のため、援軍が遅れて散った命がある。それはいかがするか」

「豊臣家を守るためだ」

「他に方法があるはずだ」

このやり方は度が過ぎている。一体そのために何千人が無為に死んだのか。

「それにこれが、何千万の民を守ることにもなる」

「治部少……何を見ている」

佐吉は目を狐《きつね》の如《ごと》く細めて遠くを見た。

「武士のいない世だ」

「貴様、公卿《くぎょう》にでもなるつもりか」

冷静に受け答えする佐吉に、虎之助は気圧《けお》され始めていることを感じた。

「いや」

「貴様も武士ではないか」

「そうだ。故《ゆえ》に私もいずれ消え、豊臣家だけが残る」

「どういうことだ……」

佐吉は訥々と己が思い描いていることを話した。佐吉は数十年後、いや数百年後のこの国の形を語るのだ。どれも虎之助には信じがたいことで、中には何度訊いても理解出来ぬこともある。ただ最大の障壁が内府であり、為《な》すためには豊臣家を守らねばならぬと説いた。

「お主の語る国の形、俺にはとても信じられぬ。ただ一つだけ言えることがある」

「聞こう」

「俺の家臣には唐入り直前に結納を上げた若侍がいた。その者は手柄を挙げて帰ると、意気揚々としていた」

虎之助はそこで一度言葉を切り、その家臣の顔を脳裏に思い浮かべた。

「米が遅れたせいで援軍が来ず、痩せ細った躰《からだ》で懸命に戦って死んだ。俺は百年後の民より、この者を救いたかった。これが奉行失格ならば、俺はそれでよい」

「だがそれを抜きにしても内府は豊臣家を――」

「治部少、俺は俺のやり方で豊臣家を守る。仮に内府に異心あれば、俺が討ち取ってやろう」

佐吉は小さな溜息をついて何かを思案すると、口元を綻《ほころ》ばせた。

「分かった。それが聞けただけで満足だ」

佐吉が笑うのを見たのは何年ぶりだろう。どこか懐《なつ》かしい香りが鼻孔に押し寄せる。それを紛らわすかのように、虎之助は下唇を噛みしめた。

慶長五年（１６００年）九月十五日、東西両軍合わせて十七万余が美濃関ケ原で激突した。東軍の大将は徳川家康、西軍の大将は毛利《もうり》輝元《てるもと》だが、実質的に率いていたのは佐吉であったといってもよい。

西軍は一日で大敗を喫し、佐吉はその後に長浜の寺で捕まった。そして大津城の城門の前で数日の辱《はずかし》めを受け、六条河原で首を落とされたと聞いた。

虎之助は東軍に付いた。佐吉を止めるべきだと感じたのだ。同じ釜《かま》の飯を食った己だからこそ止めてやらねばという、得体の知れない使命感すら燃やしていた。

佐吉は内府を殊《こと》の外《ほか》警戒していたが、仮に謀心を抱いていたとしても、虎之助は佐吉に宣言したように己のやり方で退ける自信もあった。

——熊本城を天下無双の城とする。

佐吉の言ったことで一つ正しかったこともある。己の軍才が稀有《けう》であるということである。己が縄張りを引き、改築を繰り返す熊本城は、たとえ数十万の敵に囲まれても撥《は》ね退《の》ける自信がある。関ケ原の功績により、肥後一国を領すことになり、その自信にさらに拍車が掛かっている。

虎之助は東の空を見上げた。

——お前の考えは、恐らく早過ぎた。

虎之助には理解しえない「この国の形」であった。それを妄言と断定する気は無い。佐吉の考えは一度として外れたことは無かった。ただ百年後、千年後と言われても確かめる術もない。そして人は、今日を噛み締めて生きるだけで精一杯の生き物なのだ。殿下と佐吉に見初《みそ》められたこの将才で、目眩《めくるめ》く訪れる今日に向かっていく。世に対峙《たいじ》していく。蒼天《そうてん》をゆく二羽の秋燕《あきつばめ》を目で追いながら、虎之助はそう心に誓った。

二本槍　腰抜け助右衛門

一

怖い。それ以外に表しようは無かった。

槍《やり》の穂先の煌《きら》めきを見ると躰《からだ》の底から震えが起こった。弓弦《ゆづる》の弾《はじ》く音でも同じである。酷《ひど》い時などは、馬の蹄《ひづめ》が巻き上げる土の香りでもひやりとしたことがある。

——俺はやれたはずだ。

以前はこうではなかった。殿下の麾下《きか》に加わってからというもの、播州《ばんしゅう》では数々の戦場《いくさば》で槍を振るって大いに手柄を立てた。

だがある時を境に戦を恐れ、槍を取る手が震えるようになった。それでも助右衛門は己を叱咤《しった》して戦場に立ち続けた。それが限界を迎えたのが、殿下が柴田勝家と矛を交えた賤《しず》ケ岳《たけ》の戦いであった。

その頃の助右衛門は殿下の小姓頭であった。殿下が勝機とみるや、自身の周りを固める小姓衆も投入し、助右衛門も敵を求めてひた走った。脂汗《あぶらあせ》が額をじっとりと濡《ぬ》らし、動悸《どうき》が激しくなる。

——恐れるな、助右衛門。

己に何度も呼びかけつつ、仲間の後ろを追った。

敵将の佐久間盛政《さくまもりまさ》配下に宿屋七左衛門《やどやしちざえもん》と謂《い》う、槍の名人として天下に名を轟《とどろ》かせる剛の者がいた。宿屋は総崩れになる佐久間軍の中で、烏打坂の南で殿《しんがり》として、雲霞《うんか》の如《ごと》く迫る兵を次々に突き伏せている。

同じ小姓衆の中にあって、なかなかの腕前の桜井《さくらい》という者が宿屋に立ち向かった。桜井は背後から一太刀浴びせたものの、振り返った宿屋は敢《あ》えて眉庇《まびさし》で受け、狂犬の如く頭を振って払いのけると、雷撃のような速さで槍を繰り出す。桜井は腹を深々と刺され、低い呻《うめ》き声とともに膝《ひざ》から崩れ落ちた。

「次ぃ！」

宿屋は咆哮《ほうこう》して周囲を見渡す。勇壮ではあるのだが、助右衛門はその目の奥に何か怯《おび》えのようなものを感じた。宿屋の奮戦ぶりに、それまで勢い付いていた小姓衆の足が止まる。どんな時も猪突猛進《ちょとつもうしん》の市松ですら宿屋に異様なものを感じたのか、一歩後ろに下がった。宿屋は水車のように槍を回して待ち構えている。

「このような者、いかに討ち取る……」

今は平野《ひらの》長泰《ながやす》と名乗っている権平が喉《のど》を鳴らした。

「俺は死にたくないね」

後の脇坂安治、甚内は引き攣《つ》った笑みを浮かべる。

「やらねばならぬ。ただ……それだけだ」

皆が恐れおののく中、意外なことにそう奮い立たせたのは、小姓の中でも最も臆病《おくびょう》と揶揄《からか》われる佐吉であった。佐吉は槍を構えて下唇を噛《か》む虎之助に囁《ささや》きかけた。

「虎、いかにすればよい。こやつを討たねば先に進めぬ」

虎之助の両手も震えている。それを抑え込むかのように短く気合を発した後、小姓衆全員に届くように言った。

「一の陣は俺が正面、市松が左翼、助右衛門が右翼。二の陣は正面が佐吉、右翼が孫六、左翼が助作。甚内、権平はさらに後ろ。同時に向かい、誰が倒されても屍《しかばね》を乗り越えて槍を繰り出せ」

虎之助は即座に陣立てをした。小姓が起居する近江長浜は冬になると雪が積もる。非番の時に暇を持て余した小姓衆は雪合戦に興じる。交互に大将を務めるのだが、虎之助は滅法強く負けたことが無い。逼迫《ひっぱく》する事態にも拘《かか》わらず、助右衛門の脳裏にそのようなことが過《よぎ》った。佐吉ももしかしたら同じことを考えているのかもしれない。

その時である。絶命したと思っていた桜井の手がぴくりと動いた。まだ生きている。声には成らぬが喉が鳴っているのも、助右衛門の耳朶《じだ》ははきと捉《とら》えた。

「まだ生きておるか」

宿屋は地に唾《つば》を吐き捨てて桜井に近づき、止《とど》めを刺さんと槍を大きく振りかぶった。

刹那《せつな》、助右衛門は何かに弾かれたように駆け出していた。何故《なぜ》か恐れは感じなかった。ただ桜井を救わねばという一心である。

「助右衛門！　待て！」

虎之助が叫ぶのが聞こえる。それでも脚は止まらない。助右衛門は小脇《こわき》に槍を構えて、宿屋に向かって突き進んだ。

「来い、若造！」

宿屋は両手を広げて待ち構えた。助右衛門は槍を疾風の如く旋回させたが、宿屋が大きく飛び退《の》いたので虚空《こくう》を切った。すぐさま反撃に移った宿屋の突きを柄《え》でいなし、助右衛門は叫んだ。

「桜井を頼む！」

宿屋が槍をしごいて何度も突いて来る。助右衛門は身を捻《ひね》って辛うじて躱《かわ》す。今の己は啄木鳥《きつつき》に攻め立てられる毛虫に似ているに違いない。

「私が診る！　皆はやり過ごして突貫してくれ！」

今度は佐吉の声だ。宿屋が舌打ちし、脇を抜けようとする助作に槍を向けんとした。

「貴様の相手は俺だ！」

助右衛門は必死に当て身を喰らわせ、仰《の》け反《ぞ》った宿屋に穂先を伸ばす。

「小癪《こしゃく》な！」

宿屋は相当に強い。槍が目で追い切れない。しかし不思議であった。感覚が極限まで研ぎ澄まされているのか、躰が勝手に反応する。受け、捌《さば》き、躱して、薙《な》ぎ、突く。全《すべ》ての動作が息をするように自然に出来た。虎之助が唖然《あぜん》としながらすり抜けていくのも見えるほど、落ち着いている。

何度目かに互いの槍が重なった時、全く手ごたえを感じなかった。宿屋の槍が鉄輪《かなわ》を嵌《は》め込んであるのに対し、己はただの素槍《すやり》。柄が折れたのだ。

――死ぬ。

勢い余って横に倒れ込んだ助右衛門の頭にその二文字が浮かんだ。宿屋は何度も槍を突き立てる。助右衛門は土に塗《まみ》れながら必死に転がって避けた。

「うわああ！」

悲鳴に似た声が聞こえた。槍を構えた佐吉がこちらに突進して来る。その形相は幼子がお化けに立ち向かうかのように悲痛なものである。佐吉の突撃は軽く躱され、宿屋の裏拳《うらけん》で佐吉は仰向けに倒れた。

「下手くそめ。こやつの後で――」

「させるか……」

助右衛門はどんと宿屋にぶつかった。その手には折れた槍の先が握られている。具足を貫通しても助右衛門は脚の力を緩めなかった。地を蹴《け》ってそのまま押し倒して馬乗りになった。宿屋は槍を手放すと助右衛門の躰に手を回し、下から抱きかかえるような恰好《かっこう》となった。恐ろしい力である。具足だけでなく、背骨まで軋《きし》む。

「死ね、死ね……何故死なん」

人は中々に頑強だと知っていたが、こうまで死なぬものか。助右衛門は取り憑《つ》かれたように繰り返し、絞められた上半身を激しく前後に振って槍を捩《ね》じる。宿屋の口が大きく開く。胃の腑《ふ》から湧《わ》き出た血が口内を深紅に染めており、柘榴《ざくろ》を割ったかのように見えた。

「化物《ばけもの》め――」

助右衛門は顎《あご》を天に向けた。喉仏の一寸先で、がちんと鈍い音がした。宿屋が喉を嚙み切ろうとしたのだ。

「死ね、早く……死んでくれ」

祈るような思いで柄を前後左右に動かす。

「ふふ……なる……ほど」

宿屋は瞼《まぶた》を激しく痙攣《けいれん》させながら薄ら笑った。絶句する助右衛門に、宿屋はぽつりと付け加えるように言った。

「お主も……身内を殺したか……」

背筋に凍るような悪寒《おかん》が走る。己しか知り得ぬことを、宿屋は見事に言い当てた。脳裏にある記憶が濁流のように蘇《よみがえ》ってくる。

「黙れ、黙れ……黙れ」

背からはらりと両手が落ちた。だが助右衛門は気が触れたように槍を抜き差した。肩に触れるものがあり、慌《あわ》てて身を翻《ひるがえ》す。

「もう死んでいる」

佐吉であった。先ほどまでと異なり、戦の喧騒《けんそう》の中でも冷静そのものである。

「こいつ……」

「気にするな。死の間際《まぎわ》の戯言《ざれごと》だ」

「ああ……桜井は」

佐吉はゆっくりと首を横に振った。

「そうか。無念だったろうな」

「皆は先に雪崩《なだ》れ込んだ。追おう」

「そうだな」

助右衛門は立ち上がったが頭が朦朧《もうろう》とする。激しい吐き気を催して胃の中のものを吐いた。咄嗟《とっさ》に顔を背けて宿屋の顔に掛からぬようにした。先ほどの言葉が呪詛《じゅそ》のように全身を駆け巡っている。

「大丈夫か」

「ああ、ちと疲れた。少し休むから、お主は先に行け」

「お主が心配だ。ここに残る。それに虎之助や市松がもうあらかた、大きな手柄は攫《さら》っただろう」

「すまない」

この辺りにもう敵の姿はない。助右衛門は覚束《おぼつか》ない足取りで木陰へと移動した。

「顔色が尋常ではない。本陣へ下がろう」

木を背にして、ずり落ちるように助右衛門は腰を降ろした。

「心配ない。それにしても何故……」

助右衛門は肩で息をしながら、地に大の字に横たわる宿屋の亡骸《なきがら》を見た。宿屋は死してなお、気味の悪い笑みを浮かべたままである。先刻よりずっと、ある光景が目の前にちらついている。これこそ助右衛門が戦を恐れるようになった原因であった。

「戯言だと申しただろう。気に留めるな」

「ああ……」

佐吉は知らない。魂が抜け落ちる直前、宿屋が放った一言は事実であった。助右衛門は、この手で血を分けた兄を殺したのである。

遠くに喚声が聞こえる。時折、銃声も届いた。腿《もも》に触れるものがあり視線を落とすと、己の手が激しく痙攣している。心に蓋《ふた》をしてこれまで懸命に耐えて来た。その蓋が割れるのを助右衛門は感じていた。

戦後、助右衛門は宿屋七左衛門を討ち取った功により、播磨《はりま》国加古郡に二千石、河内国河内郡に千石、合わせて三千石の領地を与えられ、虎之助、市松らと共に「賤ケ岳七本槍」に数えられる栄誉を得た。しかしそれと引き換えに、助右衛門は槍を握ることが出来なくなった。

二

　永禄《えいろく》五年（１５６２年）、助右衛門は播磨国の小豪族である志村《しむら》氏の嫡男《ちゃくなん》として生まれた。父は武張ったところがなく温厚な人柄で、播磨国御着《ごちゃく》城主、小寺政職《こでらまさもと》の被官であった。

　母はその小寺政職の妹である。だが父が初めての夫ではない。以前に糟屋《かすや》朝貞《ともさだ》という別所《べっしょ》家の被官に嫁いでいた。謂わゆる政略結婚である。

　母はそこで朝正《ともまさ》という一子を産んだが、夫の朝貞が病没したことを機に家に戻ることになった。そこで改めて父に嫁ぎ、己を産んだという訳だ。

　小寺家は赤松《あかまつ》家の分家であり、本家を支えていたが、後に力を得て半ば独立したような恰好となっていた。一方の別所家は鎌倉以来の名家で、播磨では有数の勢力を誇っている。小寺家は赤松家、別所家の狭間《はざま》で上手《うま》く泳いでいるような状態である。そう言った意味では小寺家の被官である志村家、別所家の傘に入る糟屋家は敵味方に別れることもある。だが所詮《しょせん》は小競《こぜ》り合《あ》いの域を出ず、ことが収束すれば往来が復活する。田舎の地侍などそのようなものであり、この両家もまた同じであった。

糟屋家は母が生んだ朝正が家督を継いだ。助右衛門よりも歳《とし》は十一も上、父違いの兄となる。助右衛門はこの朝正にひどく懐《なつ》いており、折を見つけては糟屋の館《やかた》に泊まりがけで訪ねた。助右衛門も志村家の嫡男である。他家の家に泊まるなど不用心と苦言を呈す者もいたが、父母ともに朝正の人柄をよく知っており、父は、

「天地が逆さになろうと、朝正殿がそのような卑怯《ひきょう》をなさるはずがない」

と、断言するほど信じている。事実、朝正は清廉《せいれん》な人で、それなのに史書に出て来る好漢のような親しみやすさもある。武芸、学問にも長《た》けており、糟屋は朝正の代で大きく飛躍するのではないかと周囲に嘱望されていた。

「助、来たか！」

助右衛門が訪ねると、朝正は全身で喜びを表現して迎えてくれる。

「兄上、槍の稽古《けいこ》を。今日こそは兄上を倒しとうございます」

助右衛門は槍が好きであった。少年が強さに憧《あこが》れるのは理屈ではない。

「大きく出たな。だが、まだまだ負けんぞ」

朝正は口元を綻《ほころ》ばせて応じてくれる。

朝正の槍は神技と言っても過言ではない。唸《うな》るほどの速さで突きを出す。それを何とか受けたとしても、助右衛門の槍はくるりと搦《から》めとられて宙を舞う。剛と柔が両立

した槍術《そうじゅつ》である。

助右衛門は槍を取りに走ってすぐに構える。

「まだまだ」

「おうよ。何度でも来い」

朝正は武芸の神の寵愛《ちょうあい》を受けているとしか思えない。槍術だけでなく、弓術、馬術、小具足と何をやらせても滅法強い。中でも最も秀《ひい》でているのは「弭槍《はずやり》」と呼ばれるものであった。

弭槍とは弓の先、弓弭《ゆみはず》と呼ばれるところに槍の穂先が付いたもので、騎乗で矢を射かけつつ敵に肉迫し、近づいたならば槍として使用する。二つの用途がある反面、槍としては脆《もろ》いもので、仮に敵を刺殺出来ても、そのまま折れてしまうといったことが珍しくない。

「弭槍は脆く、人は存外強い」

弭槍の教えを請《こ》うた助右衛門に、朝正はそのように言った。多くの者が一突きで人は死ぬと思い込んでいる。しかし実際のところは、人の命を奪うのは簡単ではないという。故《ゆえ》に神経を研ぎ澄まし、具足の隙間《すきま》を通すように突く。そう朝正は言うが、戦の狂騒の中でそれをしてのけるのは並ではない。

ある日、朝正は突然訊《き》いてきた。

「なあ、助。人は人を殺《あや》めてよいものだと思うか」

「それは……よいとは申せません」

陳腐な答えしか言えない助右衛門を、朝正は穏やかな目で見つめた。

「その通り。このような荒《すさ》んだ世だ。人の命など何でもないと吹聴《ふいちょう》する者も多い。だが我が身となればどうだ」

自らの命など惜しくない。人の命など路傍の塵《ちり》。そのような大言を吐く者ほど、えてして自らの命が危機に瀕《ひん》すれば、見苦しく命乞《いのちご》いをするのを朝正は見てきたと言った。

「これこそ人の命は尊いと思っている証《あかし》ではないか」

朝正は遠くを見つめながら続けた。

「しかし戦は続きます」

「本来ならば等しくあるはずの命に差異をつける。それが武家の業《ごう》というものだ」

「武家の業……」

「俺はその業から抜け出す道はないものか、ずっと考えておる」

朝正は一騎当千の強さで播州に名が轟いている。その男がこのように思い悩んでいることは誰も知らぬであろう。

「兄上でも答えが解《わか》らぬので？」

「ああ、そうだ。世は広い。どこかにきっと答えを見出《みいだ》す者もいるはずだ」

助右衛門は首を捻った。朝正以上の男がいるとは到底思えなかったからである。ただ空を見上げる朝正の顔が、どこか哀《かな》しげであったのが印象的であった。

天正《てんしょう》五年（1577年）、播州に暗雲が垂れ込めはじめた。織田信長《のぶなが》に、東播州の雄である別所長治《ながはる》が反旗を翻したのだ。

別所家は播州の諸氏の中でも、かなり早くから織田信長に従っており、当代の長治も天正三年（1575年）に家督を相続すると、安土まで赴いて信長に謁見《えっけん》している。

織田家は別所家を先鋒《せんぽう》に立てて、中国の大勢力である毛利家と決戦に及ぼうとした。その時に方面司令官として派されてきたのが、後に助右衛門が殿下と呼ぶことになる羽柴秀吉であった。

別所家は鎌倉以来の武門、百姓から成りあがった秀吉とは反りが合わなかったらしい。他にも謀叛《むほん》の訳は色々と噂《うわさ》されたが、朝正は、

「案外これが真相であろうよ。播州の国侍を見れば解ろう。己の出自を飾り、猫の額

ほどの領地を比べ、俺が上だ、お前が下だなどと、下らぬことばかり言い争っている故な」

と苦笑し、これが京《みやこ》に近すぎず、かといって遠くもない播州の風土だと付け加えた。

「兄上も……」

糟屋家は別所家の直臣《じきしん》である。共に戦わねばならないだろう。

「三木《みき》城に籠《こも》ることになる」

三木城とは別所家の本城で、播州随一の堅城だとも言われている。助右衛門も一度三木城を見たことがある。これが落ちるなどとは到底想像出来ないほど、守りが堅かった。

「暫《しば》し会えませぬな……」

大局のことよりも、助右衛門にとってはそのことのほうが一大事である。助右衛門の志村家は、小寺家に属している。その小寺家は織田家に従ってはいるものの、病を理由に去就を明らかにしていない。故に矮小《わいしょう》な志村家としては身動きが取れない事態となっていた。

「三木城の手強《てごわ》さに、羽柴筑前《ちくぜん》も手を焼いて和議を持ち掛けるだろう。そうなればすぐに会える」

朝正は朗らかに笑って肩を叩《たた》いた。しかしその思惑は大きく外れることになる。

翌、天正六年（1578年）。助右衛門は果てることもなく峠を越えてくる羽柴軍の大行列を見て唾を呑《の》んだ。

――これは何だ。

世にこれほどの人がいるのか。広いと思っていた播州で、未《いま》だかつてこれほどの軍勢を見たことが無い。播州もこの国においては矮小であったと思い知らされた。これが天下なのだ。それに比べれば志村の領地など、砂粒ほどでしかないだろう。

さらに驚かされることがあった。羽柴軍は三木城が堅いと見るや、取り囲むように付城《つけじろ》を多数建築するのみで、まともに戦おうとしないのだ。兵糧《ひょうろう》攻めである。その戦法自体はしばしば見られたが、これほど大規模なものは見たことは勿論《もちろん》、聞いたことすらない。

一方の三木城には、播州一帯から集まった七千五百の兵が籠っている。このように本城に大半の兵を集めることを「諸籠《もろごも》り」などという。別所家としても国人が各個撃破され、織田方に寝返る者が出ることを恐れている。

――兄上は危ないのではないか……。

助右衛門は三木城に籠っている朝正に思いを馳《は》せた。

そのような時、小寺家が動いた。当主の小寺政職は凡庸な男との評判で、恐らく織田家の大軍を見るまでは両天秤《てんびん》に掛けるつもりだったのだろう。それが織田家の心証を悪くすることは、助右衛門でも解った。それに小寺家の家老で、神算鬼謀と名高い小寺官兵衛孝高が気付かぬはずもなく、懸命に説得して動かしたのだ。

こうして志村家にも出陣の命令が出た。志村家は小寺の陣の中で最も端、羽柴本隊と隣接する場所に配された。気が昂《たかぶ》る戦場では諍いが絶えない。ただでさえ温厚で、近頃は病がちな父ならば、そのような事態は起きないだろうという配慮だろう。

——これが戦なのか……。

三月もすると、助右衛門は自問自答するようになった。

三木城は当初、後ろ盾となる毛利家から兵糧を運んでもらい、海沿いの高砂《たかさご》城などに揚げ、そして山間《やまあい》の道から三木城に運び込んでいた。

だが羽柴軍は協力する支城を次々に殲滅《せんめつ》し、反対に付城を構築して完全包囲を達している。別所軍は何とか包囲を破ろうと三木城から打って出る。これは羽柴軍も計算しており、手ぐすねを引いて待ち構えた。

助右衛門も防御に加わった。悩むようになったのは、それが切っ掛けであった。すでに飢え始めた別所軍の兵の頬は痩《こ》け、眼窩《がんか》に悲壮感が沈んでいる。涎《よだれ》もあまり湧かないのか、どの者の唇も縦にひび割れていた。

別所の兵には気合いこそ感じられるものの、躰が付いてきていない。思考も単純になるのか、何の策も講じず真っすぐ向かってくる。

討ち取るのは簡単だった。槍を出し、引く。それだけで勝手に敵は倒れる。どこか機織《はた》りに似ている。助右衛門はそのように思った。

ある日、陣で躰を清めていた時、羽柴軍の侍二人が水を使いに来た。助右衛門は会《え》釈《しゃく》して水をざぶんと被《かぶ》る。

「見たか。あの別所の兵の面《つら》」

「ふふふ……思い出させるな。笑いが込み上げて来る」

足軽たちは卑《いや》しい笑みを浮かべながら談笑する。

「どいつも目が虚《うつ》ろで、犬のように舌を出していた者も……」

「だからやめろ。笑いが……止まらぬ」

助右衛門の中で何かが弾けるのが解った。桶《おけ》を諸手で摑《つか》むと、つかつかと二人の元へ歩んでいく。そして桶の中の汚れた水をぶちまけた。

「貴様！」

「我らを筑前守《ちくぜんのかみ》様の大母衣《おおほろ》衆、尾藤《びとう》様配下の者と知っての狼藉《ろうぜき》か！」

大母衣衆といえば羽柴軍の近衛兵《このえへい》である。

「知らぬ。ついでに尾藤某も知らぬわ」

助右衛門は冷たく言い放った。

「お主、小寺の者であろう。このようなことをしてただで済むと思うのか！」

「済まぬならどうなる。上に報じるのか。自ら成敗すればよかろう」

「言わせておけば——」

侍が振りかぶって拳《こぶし》を放つ。助右衛門はその腕を取り、旋風《つむじ》のような足払いを掛けた。侍は脳天を強《した》たかに打って悶絶《もんぜつ》している。残る一人も肩を摑んできたが、これも身を翻すと腰に乗せて投げ飛ばした。

「相手に敬いを持たずして何が武士だ！」

助右衛門は、転がった二人目掛けて怒鳴った。

「くそ……尾藤様に……」

「待たれよ」

侍が腰を浮かせて行こうとした時、静かだが威厳のある声が飛んで来た。見るといつの間にか、若い男が立っている。歳は十八、九といったところか。肌の色は絹のように白く、迷いのない線のような鼻梁《びりょう》、涼やかな目元。妖狐《ようこ》が化けて出たかのような顔であった。

「一部始終見させて貰《もら》いましたが、その男の申すことはもっともなこと。そのような卑しい振る舞いは羽柴筑前守の麾下には相応《ふさわ》しくない」

「何を……若造が」

侍の一人が今度はこの色白の男に突っかかった。

「その若造に教えられねば解りませんか」

「お主も——」

「おい、止《や》めておけ。こいつ……いや、この方は」

もう一人の侍が耳元で何か囁くと、突っかかっていた侍の顔が蒼《あお》く染まった。

「これはご無礼を。些《いささ》か気が立っておりました故、このような……」

「言い訳は結構。行かれよ」

侍たちはすごすごと荷を纏《まと》めて立ち去って行った。

「怪我《けが》は……ないだろうな」

色白の男は流すようにこちらを見て尋ねた。

「はい。どなたか存じ上げぬが助かりました」

助右衛門は諸肌を脱いだまま深く頭を下げた。

「相当な武芸だとお見受けした。名は何と申される」

「志村助右衛門です」

「志村……小寺殿の配下でござるか。一つお尋ねするが、何故あそこまで激昂《げきこう》なされた」

「それは……」

助右衛門は語ることを躊躇《ためら》ったが、男は執拗《しつよう》に訊いてくる。どうやら気になったことは何が何でも知らねば気が済まぬ性質《たち》らしい。手頃な石に二人腰を降ろし、助右衛門はぽつぽつと話し始めた。

先ほどの侍たちがあまりにも別所家を侮辱したこと。別所軍の中には兄の朝正をはじめ、かつて共に戦った者も多くいること。様々なことが相まって激昂してしまったと話した。

助右衛門は無言で三木城の方角を見た。男は小さく溜息《ためいき》をついて言った。

「なるほど」

「はい……」

「何か思うところがあるようだ。決して他言はせぬから申されよ」

名も知らない。だが約束を違《たが》えるような男にはどうしても思えず、助右衛門は悩んでいたことを吐露した。

「これが戦なのでしょうか……別所軍は華々しく散ることさえ許されず、このまま飢えて死んでゆく。私には到底、相手を敬った戦とは思えぬのです」

「ふむ。そのような考えは嫌いではない。だが私は武士の本分とは民を守ることと思う。それ故、民からも憧れられる清廉潔白な者ほど相応しい」

「あなたもそう思いますか」

「だが……そのような武士は少なく、大半が醜き者。三木城に籠る者とてそうだ」

「何故です。三木城に籠る者は播州の民を守ろうと──」

助右衛門が喰ってかかろうとするのを、男は手を挙げて制した。

「そうかな。私にはそうは思えぬ。民の平穏を思えば、降《くだ》るのが最もよい」

「ならば別所家への忠義で……」

「それも違う。この戦は長引こうとも、必ず織田家に軍配が上がる。解らぬ阿呆《あほう》もいるだろうが、解る者もまたいるはずだ。真《まこと》に忠義の心あれば、織田家に降ることを勧めるはず。たとえ己が斬《き》られようともだ」

「では何のために……」

「人は変わることを恐れるものだ。特に武士というものは権益を持っているだけに、その傾向が強い。自らが特別だと思い込んでいる」

まるで自らは武士ではないかのような口ぶりであった。

――本来ならば等しくあるはずの命に差異をつける。それが武家の業というものだ。

朝正の言葉が頭を過った。この男の言うことは、それと異口同音のように思えたのだ。

「武士が嫌いか」

助右衛門の唐突な問いにも、男は即答した。

「好き嫌いではない。ただ数を減らす必要はある」

「まさか羽柴軍は三木城を鏖《みなごろし》に……」

「そのような小さな話ではない。日ノ本から武士を減らすべきだというのだ」

「日ノ本から武士を……減らす？」

助右衛門はその真意を解《げ》しかねた。

「そうだ。武士があまりに多すぎる。日ノ本を守れるだけの兵がいれば十分なのに、私の見立てではその五倍はいる。これを適当な数にする」

「全く意味が解らん」

男はまた溜息をついた。どうやら阿呆と思われているようだ。男は木の枝を拾って地に何か描き始めた。絵を以《もっ》て何かを解説しようとしてくれている。どうやら嫌われている訳ではないらしい。

「よいか。百姓一人が年に耕せる田は一反だと言われておる」

「ふむ」

「そこから穫《と》れる米は痩《や》せた地で三石、豊穣《ほうじょう》な地で五石、間を取って四石としよう」

男は大きく四角を、その中に四つの丸を描きつつ続けた。

「まともな働き手となる齢《よわい》十二から、人生五十年というから齢五十まで。三十八年。それに四石を乗じれば百五十二石。これが百姓一人の一生で生み出す米の量となる」

「おお……なるほど」

このように考えたことは無かった。己だけでなく多くの者がそうではないか。

「一人が年に食う米の量は凡《およ》そ一石。つまり死ぬまでに五十石を食い、差し引けば百二石残る。これが百姓の一生を示す値となる」

「そう言われると何か釈然とせぬが」

頭では理解出来たものの、一生を値で計るのは、百姓をあからさまに見下しているようで、気分の良いものではなかった。だが男の真意は別にあるらしく、首を大きく二度振った。

「では武士はどうだ」

「む……」

「何を生む。五十石を食い散らかすだけの一生だ。いや米を刀槍、具足、馬に変え、その数倍も浪費する」

「民を守るために武士はいると申したではないか」

先ほどの男の話を引き合いに出して反論した。

「確かに。だがそれは国難に備えるだけでよい。武士は油虫に似ている。害虫を屠《ほふ》るが、増えすぎると自らが害を招く」

「油虫とは痛烈だな。仮にそうだとすれば、如何《いか》にすればよい……」

「即刻、日ノ本にいる全ての武士が矛を収めれば全ては終わる」

「そのようなこと……」

出来るはずが無い。そう言いかけたが、男も鋭敏にそれを察して話を続ける。

「その通り。それは出来ぬ。故に誰かが武力で統一せねばならぬ。最もそれに近いのは織田家よ」

「そうなれば武士はどうなる」

「先ほど申したように大半が武士を止めざるを得ない。右府《うふ》様がその先は考えられる」

右府とは織田信長のことである。男の口振りから何か腹案があるように思われた。

「お主が右府様ならば如何にする」

男は渋い顔になって周囲を見渡し、声を落として早口で捲《まく》し立てるように話し始めた。

「食を生む百姓、物を生む職人、それらを隅々まで行き渡らせる商人、これらを徹底的に増やす。武士から転じたい者には金を貸して助ける。また子を産むことを奨励する。一人産めば十石、十二歳まで育てばさらに十石、齢三十を迎えればさらに十石。先刻申したように、それでも元が取れる」

政《まつりごと》に疎《うと》い田舎者の助右衛門だが、これが壮大な話だということはよく解った。そこで疑問が湧く。皆がそれほど米や物を生めば、余るのではないかということだ。それをぶつけると、男は細い目を見開いて少し驚いた顔をした。

「阿呆だと思っていたが……」

「やはり思っていたか」

あまりに正直に言うものだから、助右衛門は苦笑してしまった。

「余った米や物は売るのよ」

「誰に」

「国の外だ」

年齢や装《よそお》いから見るに、小姓程度の身分だろう。その男が夢のような構想を語るものだから、助右衛門は啞然としてしまった。

——世は広い。どこかにきっと答えを見出す者もいるはずだ。

また朝正の言葉が思い起こされた。少なくとも播州に、ましてやこの歳でここまで世を憂《うれ》う男は見たことが無かった。

「播州は小さいのだな」

助右衛門が感嘆すると、男は口を綻ばせた。

「私は播州の片田舎と侮《あなど》っておった。だがお主のような者もいるとは。あれに怒りを持つ武士に、私は指を折るほどしか出逢《であ》えていない」

助右衛門にとっては至極当然のことであったが、何故か感心してくれているようだ。男は立ち上がると尻《しり》を手で払い、つと歩み出そうとした。

「名は……名を教えてくれ」

己が名乗ったにも拘わらず、男が名乗らなかったことを思い出した。

「石田佐吉。筑前守様の小姓を務めている」

「佐吉……」

助右衛門は呟《つぶや》く。これが後の石田治部少輔《じぶのしょう》三成との邂逅《かいこう》であった。

三

戦いは膠着《こうちゃく》状態のままである。

――これはいよいよまずい。

助右衛門は焦《あせ》っていた。羽柴軍の規模、その大胆な戦術は助右衛門の想像を遥《はる》かに超えている。このままでは三木城はいずれ陥落するに違いない。開城して降伏するならばよい。だが捕虜の話では、城主の別所長治にはその気はさらさら無く、逃げ出そうとする者は全て殺されているらしい。

尤《もっと》も朝正は逃げることなどなく、その時となれば城を枕《まくら》に討ち死にするだろう。そのような男だと助右衛門はよく知っている。

一月前、父が陣で病没した。身近な人が死んだことで、朝正には生きて欲しいという思いがより強くなった。助右衛門は今や志村家の当主である。去就の全てを決められる立場にある。

——兄上を説得してお連れする。

助右衛門は三木城に入る覚悟を決めた。とはいえ容易《たやす》いことではない。別所軍からは攻撃を受けるだろうし、よしんば入ることが出来ても間者と疑われる。また連れ出せたとして、羽柴軍には寝返ったと勘違いされて討たれるかもしれない。予《あらかじ》め胸中を誰かに語っておかねばならないが、主家である小寺家に告げても止められるだけであろう。下手をすれば監禁されることも考えられた。

「……という訳なのだ」

助右衛門が全てを打ち明けたのは、あの佐吉であった。他に頼るあてが無かったということもあるが、この男ならば信用出来るのではないかと、どこかで思っていた節がある。

「反対だ」

佐吉はばっさりと斬り捨てるように言った。

「頼む」

「第一に三木城に入れる保証がない。第二にその朝正殿が縦に首を振らぬかもしれぬ。第三に抜け出すのは城内の目もあり、さらに難しい」

「覚悟の上だ」

助右衛門は身を乗り出して佐吉の顔を凝視した。佐吉はふいと顔を背けてぽつりと言う。

「第四に俺はお主を死なせたくはない」

「ふふふ……ありがたい」

思わず笑ってしまった。出逢ってから数度話すことはあったが、まだそれほど長い付き合いでもない。だが、佐吉が何故か己に強く好意を抱いてくれていることは解っていた。

「笑うな」

佐吉は舌打ちして続けた。

「以前話したことを覚えているか。武士を減らすという話だ」

「ああ。よく覚えている」

「お主のような武士こそ残らねばならぬ」

「ならば猶更《なおさら》死ねぬな」

佐吉は三木城の方角に目をやった。

「朝正殿はそれほどお主にとって大事か」

「うむ。お主にはそのような者はおらぬか？」

「幾人かいる」

「そうか。俺も是非逢ってみたいものよ」

助右衛門がからりと笑うと、佐吉は苦い顔で俯《うつむ》いた。

「解った。証人《あかしびと》となろう。ただし……」

「必ず帰ってくる」

助右衛門は声に力を籠《こ》めると、佐吉も強く頷《うなず》いた。

別所軍は状況を打破せんと三木城から度々打って出る。助右衛門はこれを利用した。乱戦に飛び込み、別所軍の兵の旗指物を奪ったのである。やがて退《ひ》き太鼓が鳴らされ、助右衛門も三木城に引き上げる恰好で潜入を試みた。その気力も無いのか、大して怪しむ者もいない。

城内に入って程なく、助右衛門は絶句した。兵の顔に生気が乏しい。具足を放り出して横臥《おうが》する足軽もいた。その脇腹《わきばら》には骨が浮き上がっている。朝正は百五十の兵を率いて二の丸の守備を任されており、すぐに見つけることが出来た。

「兄上！」

「助……何故ここに……」

朝正は吃驚《びっくり》して口をぽかんと開けている。やはり朝正にも疲弊の色は見られた。随分と痩せただけでなく、いつも脂《あぶら》が乗っていた肌にも潤《うるお》いがない。僅《わず》かに覗《のぞ》き見える歯も、以前は純白だったのに、どうした訳か薄茶色くくすんでいた。

「少し話を」

助右衛門は有無を言わさず、朝正を配下から引き離すと、己が何故ここに来たのかを告げた。

「そうか……だがそれは出来ぬ相談だ」

聞き終えた朝正はそう言った。助右衛門の想定の内である。

「父が身罷《みまか》りました……母も兄上を頼りに思っているはず」

「お主がいるではないか」

「私では駄目なのです。何卒《なにとぞ》……」

更に諦《あきら》めずに何度も説く。しかし、朝正は一向に首を縦に振らなかった。

「志村の当主となったお主にも解るだろう。配下を見捨てる訳にはいかぬ」

朝正の言葉で、佐吉の言ったことが喚起された。主君を想《おも》うならば降伏を諫言《かんげん》するべきであるということだ。それはこの場合にも当て嵌《は》まる。真に配下を想うならば、皆で城を出ればよいではないか。百五十が一斉に寝返れば、流石《さすが》に全てを止めることは出来まい。

「命は尊いと教えてくれたのは兄上ではありませぬか……別所に付き合う必要はございません。そうなされませ」

「先祖が築き上げた糟屋の名に、泥を塗る訳にもいかぬ。言ったであろう……これが武家の業なのだ！」

朝正が急に語気を荒らげた。このような朝正を見るのは初めてのことで、助右衛門は唖然《あぜん》となった。朝正ははっとして頭を掻《か》きむしる。

「すまぬ……ここのところ気が昂って、一向に静まらぬ」

「そのようなこと……こちらこそ申し訳ありません」

「俺の中には二人いるのだ。どんなことをしてでも命を守るべきだと言う俺。だが武士として華々しく散れ、このような愚弄《ぐろう》する戦《いくさ》を許すなと強く訴えかける俺もいる……」

どのように説得しても朝正は降ることはない。長年の付き合いから助右衛門は悟った。朝正は頭を掻きむしりながら続ける。

「助、武家としての誇りを奪われかけ、この城は闇《やみ》に堕《お》ちかけている」

「闇……」

三木城の兵は日に日に躰《からだ》が衰え、正気を失いかけているという。通常ならばこのまま先細りし、羽柴軍は難なく城を陥落せしめるだろう。だが朝正は、話はそう簡単ではないと言う。武家の血は灯火が消える間際に狂ったように燃え上がる。それがこの飢餓と交われば、想像を絶することが起こるのではないか、朝正はそれを闇と表した。

「俺もいつまで正気でいられるか解らぬ。飢えとは恐ろしいものだ」

朝正は下唇を噛《か》んだ。ただ話していただけなのに、肩で息をしている。

「兄上……」

「夜陰に紛れて逃げよ。抜け穴を教える。助、さらばだ」

朝正は無理やりのように笑みを作った。

三木城の北に「かんかん井戸」などと呼ばれる石積の井戸がある。これが実は場外への抜け穴になっているのは、朝正を含め城内でも限られた者しか知らない。大人一人がやっと通れるほどで、ここから兵糧を運び入れることは難しいという。

夜が更《ふ》け助右衛門は井戸を目指した。後ろ髪を引かれる思いはある。だが朝正は梃子《てこ》でも動かない。井戸に足を掛けた時、丁度櫓《やぐら》の角を折れて来た見張りの兵に見つかった。

「貴様、逃げるか！」

通常ならば身投げを心配する。つまりこの見張りはこの井戸が場外に続くことを知っているのだ。助右衛門が腰の刀に手を掛けた瞬間、見張りが呼び笛を吹いた。井戸の底が見えず、一瞬躊躇ったのが悪かった。意を決して飛び込む寸前、体当りを喰らって助右衛門は尻もちをついた。わらわらと兵が集まってくる。どの者も眦《まなじり》が吊《つ》り上がっており、憑き物がついたように見えた。

助右衛門は縄に掛けられた。狭い播州である。助右衛門のことを見知った者がいて、小寺家の被官、つまりは羽柴軍の者だと判明した。詮議の場に煌《きら》びやかな甲冑《かっちゅう》に身を固めた男が現れた。かつて遠目に一度だけ見たことがあった。ここの城主、別所長治である。

「お主、間者か」

別所は短く問うた。常時ならばさぞかし眉目秀麗《びもくしゅうれい》なのだろう。しかしその両眼の下には、日に焼けていてもはっきりと解るほど深い隈《くま》が浮かんでおり、どこか悪鬼を思わせた。

「違う」

「では何しに来た」

「言えぬ」

朝正に迷惑を掛ける訳にいかず、助右衛門は口を噤《つぐ》んだ。

「よい。殺せ」

別所は興を削《そ》がれたように言い放った。別所は若いが相当な器量だと播州では評判であった。別に助けてくれるとは思わぬが、己から羽柴軍の様子を引き出せるかもしれず、利用価値がまだあるだろう。そのような判断もついていないのか。

「別所様、一つ伺いたい！」

助右衛門は咆哮《ほうこう》した。このままだとどうせ殺される。苦し紛れといってもよい。

「何だ」

「何故、織田家に服さぬ。この戦は必ずや負ける。聡明《そうめい》な別所様ならばお解りのはず。今、降れば将兵の命は助かります」

別所は鼻を鳴らして嘲笑《あざわら》った。

「信長は羽柴などという百姓上がりの猿を寄こした。武の名門である当家が、何故猿に猿回しをされねばならぬ」

「そのようなこと……命に比べれば耐え忍べませぬか」

黙らせろ、殺してしまえ、などの罵詈《ばり》雑言《ぞうごん》が飛び交うのを、別所は手を挙げて制した。

「それが武家というものよ」

――佐吉の言った通りだ。

助右衛門は痛感した。人中にあって武家だけは、異形の生き物であると思わざるを得ない。国を守るには役立つかもしれぬが、増えすぎると厄災を招く。そう思うと別所の顔が黒光りした油虫に見えてきて、口元が緩んだ。

「何が可笑《おか》しい」

「俺は、こうなりたくないものと思ったまでよ」

「小癪《こしゃく》な。引っ立てて殺せ」

数人掛かりで立たされた時、遠くがにわかに騒がしくなった。すわ夜襲かと皆が備えようとする中、一人の侍が駆け込んで来た。

「羽柴軍より軍使が来ました。小寺官兵衛です」

小寺家の家老、小寺官兵衛孝高である。小寺家に属す助右衛門も当然面識がある。かなりの切れ者で、最近では主君である小寺政職を飛び越え、羽柴筑前守に重宝されていると聞いている。

「なに……用件は。降れというならば無駄よ。即刻追い返せ」

「それが……当家から軍使を派したが、戻らぬ故参った。武門の誉れを重んじる別所殿が、まさか殺した訳ではあるまいなと……」

「軍使？　名は」

「志村助右衛門」

「こやつか」

別所は唾棄《だき》する如《ごと》く言った。助右衛門は事態が呑み込めない。

「官兵衛は手違いがあったならば当方にも非がある、米五俵と交換で返して頂きたい、とも付け加えました」

「米五俵か……もう少し取れるのではないか」

別所はひび割れた下唇をちろりと舐《な》めた。

「十俵とふっかけましょうか？」

「十五俵と言ってみよ。乗ってくれれば儲《もう》けものよ」

別所とその周囲は卑しい笑みを浮かべながら相談している。

助右衛門は可笑しみを抑え込むので必死だった。何が武門の家だ。窮すればやっていることは商人と同じではないか。そしてこれも佐吉が言った、武士は米を貪《むさぼ》るだけという言葉が思い出された。

助右衛門は米五俵と交換に解放された。

「全く手を焼かせおって」

官兵衛は陣への帰路、ぶつぶつと小言を零《こぼ》した。

「小寺様が何故……」

「羽柴様の命じゃ」

「羽柴様が私をご存知なのですか？」

「阿呆。そのような訳があるか。石田佐吉が頼んだのよ」

佐吉は助右衛門が窮地に陥っていると知るや、

——志村助右衛門、膠着する状況を打破せんと間者として潜り込みましたが、敵の手に落ちた模様。武芸に秀《ひい》で、見所のある男。何卒救いたく存じ上げます。

と、秀吉に言上したというのだ。

「佐吉が……」

「お主、よい男に気に入られたようだ。あれは出世するぞ」

官兵衛は低く言って片笑んだ。

「しかし何故、私が捕らわれたと……」

「矢文じゃ。あの手は見たことがある。糟屋じゃ」

「兄上が……」

助右衛門は振り返り、月光を受けて茫《ぼう》と浮かび上がる三木城を見た。先ほどまであそこにいたとはどうも思えない。朝正に会ったのも、別所と対峙《たいじ》したのも、まるで夢のようであった。

四

状況は目まぐるしく変じた。十月、摂津の荒木村重《あらきむらしげ》が織田家から離反して有岡城《ありおか》に立て籠った。これで三木城は摂津から丹生山《にぶやま》を越えて兵糧を運び込むことが出来る。状況を打開すべく、小寺官兵衛が荒木の説得に向かったが、一向に帰らない。官兵衛も寝返ったのではないかという憶測も飛んだが、助右衛門は信じなかった。

――あの方は「武家」ではない。

と、直感していたからである。

事件はそれだけでなかった。助右衛門にとっては、むしろこちらのほうが一大事である。主君である小寺政職が近親の者とともに陣から忽然《こつぜん》と姿を消した。そして城に籠ったのである。荒木に呼応し織田家に反旗を翻《ひるがえ》したのだ。置き去りにされた配下の被官は右往左往した。中には武具も放りだしたまま、主君を追った者もいる。

助右衛門は迷わなかった。すぐさま石田佐吉を訪ね、

「志村家は小寺には従わない。羽柴軍の末席に加えてくれるように取りなして欲しい」

と、己の身の振り方を定めた。

「大半の被官が小寺に追従している。殿もそやつらを好きにさせておけと仰《おお》せだ。よいのか？」

佐吉はそのように念を押す。

「あれは武家よ。消えた方が世のためだ」

「ふ……左様か。相解《わか》った」

こうして助右衛門は羽柴家の麾下《きか》に加わった。佐吉は秀吉に助右衛門の武芸が並々ならぬと売り込んでくれ、即座に小姓頭に抜擢《ばってき》された。

「志村助右衛門殿だ。虎之助と同年の生まれになる」

佐吉は他の小姓頭に引き合わせてくれた。彼らは次世代の大名とも噂《うわさ》される者ばかりらしい。

「加藤虎之助だ。よろしく頼む。槍《やり》の名人らしいな」

かなり身丈のある男である。若くして髭《ひげ》が濃いのか、剃《そ》り痕《あと》が青々としていた。

「何!? よし。助右衛門といったか。表へ出ろ」

嬉々《きき》とした表情で太い腕を回す男を、佐吉は耳元で囁《ささや》き、福島《ふくしま》市松だと紹介した。

「市松。お主は手加減が無い故《ゆえ》、戦中の稽古《けいこ》を禁じられたのを忘れたか」

そう窘《たしな》めたのはこの場で最年長の脇坂甚内である。

「む……」

「俺を睨《にら》むなよ」

「まあまあ……戦が終わってからでよいだろう? さすが市松は頼もしい。だが甚内殿の申されることももっともだ」

そうやって笑顔を浮かべながら仲裁に入ったのは平野権平。他に二人。片桐助作は苦笑いして静観し、加藤孫六は何を考えているのか茫と宙を眺めていた。とにかく個性が強い面々なのは確からしい。

翌天正七年（1579年）二月六日、別所軍が大きく動いた。荒木、小寺と相次いで謀叛《むほん》したことで、この機をおいて機会はないと考えたのか、突如兵二千五百で打って出たのだ。小姓頭もすぐさま集まって秀吉の元へ走る。

「まずいぞ。互角だ」

そう言ったのは虎之助である。羽柴軍は一万近い軍勢を播州に入れたが、七つの付城に兵を分散させている。さらに荒木や小寺に備えねばならず、平井山の本陣に残った兵は二千三百程しかいない。

小姓たちが駆け付けると、秀吉は自身の身の周りはよいから、すぐさま防戦に当たれと命じた。小姓とはいえそれぞれが数百石を食《は》んでおり、三、四十の手勢を抱えている。つまり秀吉もそれを投入せねば守り得ぬと即座に判断したのだ。

「あれを見ろ。中村《なかむら》殿の付城を狙《ねら》っているぞ！」

市松が指差して叫んだ。平井山からは別所軍の動きがつぶさに見える。久留美《くるみ》村の付城は部将の中村一氏《かずうじ》が守っており、別所軍は北上してそれを攻める構えを見せている。

「我らも打って出て、背後を衝《つ》けと命が下るのではないか」

助作が佐吉を見た。佐吉はそれに答えずに虎之助に振った。

「虎、どうだ」

「俺か……？」

虎之助は怪訝《けげん》そうにしながらも、佐吉が意見を求めるので仕方なくといった様子で話した。

「あれは偽装だろう。中村殿が半刻《はんとき》も持ちこたえたら、我らに背後を取られる。そのような愚を犯すとは思えぬ」

「では……どうなる？」

助作が恐々といった調子で尋ねた。

「殿の首を狙い、乾坤一擲《けんこんいってき》ここを攻めにくるぞ」

虎之助がそう言った直後、眼下の別所軍が一転して東に向きを変え、こちらに向かってくるのが解った。法螺貝《ほら》が鳴り響く。堅守せよという合図である。

「前線は姫路小寺家……官兵衛殿は不在……崩れるぞ」

普段より言葉数が滅法少ない孫六が呟いた。別所軍が搦手《からめて》を目掛けて猛進してくる。味方の火縄銃が火を噴き、無数の矢が宙を飛んだ。しかし別所軍は怯《ひる》むどころか、味方の屍《しかばね》を乗り越えてさらに加速し、柵《さく》に取りついて引きはがし始めた。孫六の言った通りのことが眼前で起きている。

「我らの手勢を全て集めて二百余。姫路小寺家の加勢に参ろう」

佐吉が宣言し、皆が頷いたその時、助右衛門の目にあり得ぬ光景が飛び込んできた。

「あれは……」

「奴《やつ》ら……正気か」

虎之助は愕然《がくぜん》としていた。別所軍全体の三分の一ほどが分かれ、平井山正面に向けて移動を開始しているのだ。

「中入りを狙っているのではないか」

甚内は額に浮かんだ汗を拭《ぬぐ》った。中入りとは敵の拠点を越えて突き進む、一か八かの戦法である。上手《うま》くゆけば敵の後方から崩せるが、古今成功した例は稀有《けう》で、失敗すれば退路を断たれて全滅の恐れがある。

「闇……闇に堕ちている」

助右衛門の口から零れ出た。

「どういうことだ」

佐吉は小声でも聞き逃さなかった。

「兄上が申されたのだ。武家の誇りと飢餓が交われば、闇に陥ると……別所軍は正気を失っている……」

「正気でないならば好都合よ」

吐き捨てるように言った市松に、助右衛門は首を横に振った。

「違う。あれはもう死んでいる。我らは死兵を呼び寄せたのだ」

化鳥《けちょう》の如きけたたましい叫び声が聞こえた。別所軍が甲高い声を発し正面に攻撃を仕掛けている。助右衛門は目を細めて凝視した。別所の兵は腕が飛んでも構わず向かってくる。全身に矢を受けて針山が転がるように戦っている者もいる。大凡《おおよそ》七百、自らを捨て石とし、羽柴軍の半数を引き付ける。そして搦手から突破し、大将の首を挙げるつもりである。また法螺貝が山に鳴り響く。百戦錬磨の秀吉とて完璧《かんぺき》ではない。敵の策に嵌まって兵の半数を正面に割くつもりである。

「佐吉！　殿へお伝えしろ！　半数を割けばこの城は搦手から落ちる」

虎之助が大音声《だいおんじょう》で叫んだ。

「解った。必ずやお止めする。しかし誰があの死人を防ぐ！」

ようやく状況を呑《の》み込めたか、市松が一歩進み出た。

「我らしかあるまい……死を覚悟してな」

佐吉を除く小姓頭は正面へ急行した。戦場は阿鼻叫喚《あびきょうかん》の様であった。別所軍の目は一様に血走っており、奇声を発して向かってくる。脚を薙《な》ぎ払われた敵は、腕で這《は》って味方を押し倒し、喉《のど》に喰らいついた。

「こやつら……いくら討っても止まらぬぞ！」

市松は二人纏《まと》めて槍を突き通し、足蹴《あしげ》にして坂から落とした。

「駄目だ。駄目だ。駄目だ」

権平は顔を真っ青にして、念仏のように唱えつつ槍を腹に突き刺す。しかし敵は唸《うな》りつつ両肩を摑《つか》んだ。その両手を虎之助が抜き放った刀が吹き飛ばす。

「権平、大丈夫か」

「ああ……だがどうすれば……刺しても死なぬぞ」

――人は存外死なぬものよ。

助右衛門は朝正の言葉をまた思い出した。

「頭を狙え！　それで死なねば真に化物だ！」

助右衛門はそう言うと、向かってくる鬼の形相に槍を撃ち込んだ。敵はどっと地に伏せ、ぴくりとも動かない。武芸に長《た》けた者が集められた小姓たちである。別所軍の頭を的確に狙って倒していく。

「行けるぞ！　逆落としに崩せ！」

市松が雄叫《おたけ》びを上げると、他の兵たちも戦意を取り戻して押し返し始めた。七、八人ほど敵を討った時、助右衛門は脚を止めた。

「兄上……」

朝正である。いや助右衛門には朝正に似た何かに見えた。槍を掠《かす》めたか片頰に大きな穴が空き、鮮血に染まってなお口内が見えた。左手は肘《ひじ》から先が無くなっている。右手一本で槍を取り回し、猿《ましら》の如き奇声と身のこなしで味方を次々に狩っている。

「兄上！」

助右衛門は叫びながら向かった。こちらを向いた朝正の片目が潰《つぶ》れている。助右衛門の目は次に「白点」を捉《とら》えた。振り向きざまに朝正が槍を出したのだ。夕闇の中、向かってくる穂先がそう見えたのである。助右衛門は慌《あわ》てて身を捻《ひね》って躱《かわ》す。

「助……か」

「はい。助右衛門でございます。もうお引き下さい！」

敵味方入り混じっての乱戦であるはずなのに、不思議であった。戦場の神が、この二人の結末を見たいと欲しているかのように、誰も見向きもしない。

「糟屋……糟屋の名を……この戦に刻まねばならぬ。俺はもう死ぬのだから……」

朝正は嗚咽《おえつ》し始め、やがて嬰児《えいじ》のように泣きじゃくった。このような朝正の姿を見るのは初めてであった。

話している間にも左手から血が滴《したた》り、溜りが出来ている。確かにもう余命幾許《いくばく》もなかろう。

「そのようなもの……」

「今の俺にはそれしかない……それしか考えられぬのだ」

朝正は顔をくしゃくしゃにして震える声で言った。佐吉の理論に当て嵌めれば、朝正もまた武家だったのだ。そして空腹と、このような戦への憤《いきどお》りが、朝正を変貌《へんぼう》させている。これこそが朝正の言う「闇に堕ちる」ということになる。

「助……」

一瞬だけ昔の朝正が顔を覗かせたような気がした。

「はい。今楽に」

助右衛門は槍を構え、朝正も腰を落とす。暫《しば》し無言の後、朝正が槍を振った。宙が歪《ゆが》んだかと思うほどの勢いである。助右衛門は首を大きく傾けた。

――見える。

稽古では十度戦って一度勝てるかどうかであった。朝正を闇から解き放ってやりたい。その一心が神に届き、己に力を与えてくれているとしか思えない。

耳元に槍の唸りを感じながら、大きく踏み出した。間を取ろうと下がる朝正の具足に付着した泥の粒まではきと見えた。かつて朝正に教えられたように助右衛門は具足の隙間にすうと槍を差し込むと、そのまま一気に手許《てもと》まで貫いた。抱きかかえる様な恰好となる。

「ああ……」

朝正の唇が震える。

「兄上……」

「腹が減った……」

将来の別所家の支柱になると嘱望された、糟屋朝正の最後の一言はそれであった。

搦手では数に勝る羽柴軍に押され、別所軍は正面の味方を見捨てて退却を始めた。

助右衛門ら小姓頭たちの正面では、中入りした七百は退却もままならず、決死の形相で山肌を駆け上り、やがて最後の一人が倒れるまで向かって来た。

戦は羽柴軍の大勝。別所軍は当主長治の弟、治定《はるさだ》を含む八百名もの被害を出した。内、七百が正面を攻撃した中入りの兵である。

助右衛門が親類に志村の家を譲り、糟屋の名跡を継ぎ、糟屋助右衛門武則と名乗るようになったのは、その後間もなくのことであった。

五

天正十年（1582年）六月二日、織田信長が本能寺で明智《あけち》光秀《みつひで》に討たれると、羽柴秀吉は中国から常軌を逸した速さで戻り、瞬《また》く間に仇を討った。それは即《すなわ》ち、天下の主に近づいたことを意味する。

織田家の宿老である柴田勝家は、秀吉の躍進を防ごうとし、両者は近江賤ケ岳の地で激突、助右衛門は敵の猛将宿屋七左衛門を討ち取った。そうして一躍その名は轟《とどろ》き、賤ケ岳七本槍の一人に数えられるようにもなった。

しかし、助右衛門は心穏やかでなかった。毎晩、酷《ひど》い悪夢に魘《うな》されるのである。内容は決まって同じものであった。あの平井山合戦の光景である。

全身を朱《あけ》に染めた兵が次々に迫ってくる。突いても、薙いでも死なず、助右衛門は焦燥の中駆け回る。そんな中、がしと肩を鷲摑《わしづか》みにされ、恐る恐る振り返る。するとそこには顔の半ばが崩れ、歯までも赤くなった朝正がいる。そこで己の叫び声で目を覚ます。これを二日に一度は必ず繰り返すので、助右衛門の目の下には深い隈が浮かんでいた。鏡を見れば丁度、あの日に見た別所長治の顔に酷似している。

だが時世は助右衛門の苦悩などは待ってくれない。殿は旧主織田信長のかつての盟友、徳川家康と雌雄を決しようとしており、助右衛門にも出陣の命が下った。

「お主、どこか悪いのか」

尾張へ向かう途中、鈍感な市松ですらそう声を掛けて来た。

「いや、近頃よく眠れないのだ」

「無理はするな」

たように思う。

虎之助も話に入ってきた。こちらは異変には気付いていたが、訊《き》くのを遠慮してい

「すまぬな」

「まあ、助の槍の腕前ならば心配はなかろうが……」

虎之助は己の槍を高く評価してくれている。それが市松には癪に障《さわ》るらしく、この話題が出るといつも不機嫌になった。だが今回は流石の市松も些《いささ》か緊張しているのか、それとも余程己が酷い顔をしているのか、それ以上なにも言わなかった。

――俺はやれるのか……。

助右衛門が抱いていた不安は的中した。緒戦で小競《こぜ》り合《あ》いがあった。助右衛門は馬に跨《またが》り突撃したが、その途中半ば記憶が飛んでいた。必死に馬にしがみ付いていただけというのが正しい。

馬が長槍を受けて棹立《さおだ》ちになると、助右衛門はどっと地に落ちた。起き上がろうとするが躰が動かない。宿屋を討ち取った直後の症状、いやそれよりももっと悪い。首を挙げようとする足軽が迫る。槍が無い。何時《いつ》失《な》くしたのかも解らなかった。

助右衛門は悲鳴を上げ、土を摑んでぶちまけた。足軽が怯んだ時、臆面《おくめん》もなく身を翻し、脱兎《だっと》の如く逃げ出していた。

その醜態を見ていた者がいて殿に報じた。殿は味方の士気を挫《くじ》いたと激怒しており、今日は軍議がある故、明日の一番で顔を見せろとお達しがあった。よくて切腹、悪ければ斬首《ざんしゅ》も有り得る。どうしたことか死ぬこと自体は怖くなかった。敵に向かうほうが百倍恐ろしく思えるのだ。

「助右衛門……」

震えが収まらず一人蹲《うずくま》っていた助右衛門の元に、佐吉が訪ねて来た。

「佐吉……俺はもう行かぬ」

「何があった」

佐吉はすぐ傍に屈《かが》み肩に手を置いた。助右衛門は嗚咽してしまい、平井山合戦で朝正を討ち取ったこと、その凄惨《せいさん》な姿が忘れられぬこと、必死に己を奮い立たせてきたが、賤ケ岳で宿屋が放った一言で、それらが鮮明に蘇《よみがえ》り、身と心に変調を来していること、全《すべ》てを滔々《とうとう》と打ち明けた。

「解った。今は休め」

全てを聞き終えると、佐吉は助右衛門の陣を後にした。

翌日、助右衛門は腹を決めて殿の元へ赴いた。しかしどうしたわけか殿は怒ってはいない。それどころか少し憐《あわ》れみの目さえ向けてくる。

「助右衛門」

「はっ……」

「すまなかった。これより本陣を固めよ。後のことはまた考えておく」

皆目意味が解らない。何故、怒りは収まったのか。何故、反対に謝られたのか。ただ、前線から下がれることに安堵《あんど》していた。

やがて助右衛門の耳にも真相が届くようになった。佐吉が助右衛門のことで話したき儀ありと、殿に上申したのである。当初は殿も一切聞く耳を持たなかったらしい。しかし佐吉が、

――助右衛門の変調、三木、鳥取、備中高松と殿が思い悩まれてきたことが原因です。

と言った途端、はっとされて瞑目《めいもく》したらしい。そして殿は大きく溜息《ためいき》をつかれ、心変わりされたらしいのだ。

助右衛門は後方に回された。後日、佐吉が一人の時、助右衛門は礼を言いに行った。

「気にするな」

佐吉は吏僚としての道を歩み始めており、山ほど積み上げた書類に目を通しながら言った。

「でも何故そこまで……」

「殿は無用な血を流さぬようにと干殺しの方策を採られた。鳥取の飢え殺し、備中高松の水攻めもそうだ」

助右衛門は頷いた。殿がそのような思いであったことは解っている。

「民を想うならば降《くだ》るべき。あくまで降らぬ相手が悪い。とはいえ……これらの策には二つの支障がある」

黙す助右衛門に、佐吉は手を動かしながら続けた。

「一つは相手が武家であること。銭を稼ぐためが目的ならば降るだろう。だが武家は長らく跋扈《ばっこ》しすぎた。そのことが異様なまでの自尊心を育《はぐく》み、それを誇りなどと言葉を飾って吐く。そこを逆撫《さかな》でてすると、あのようになる」

佐吉が指すのは平井山の戦いのことである。他にも鳥取、備中高松で程度こそ違え、似たような光景を見た。

「二つ目は仕掛けた側の心にも暗い翳《かげ》を落とすこと。罪悪の心と言うべきか。これがお主の心を蝕《むしば》んでいるものだと思っている」

佐吉はそこで一度途切らせ、筆を置いて溜息をついた。

「秘匿《ひとく》している故、お主は知らぬだろうが……同じように幻覚、幻聴に悩まされ、自ら命を絶った者もいる」

初耳であった。三木城攻めの後に五人、鳥取の後に七人、備中高松の後に三人、同じような症状に苦しんで自害、あるいはそうとしか思えぬような死に方をした者がいるらしい。

「そうか……だがお主や、虎之助、市松らはそうはなっていない。俺がおかしいのだろう……」

佐吉は身を返し、こちらをじっと見つめた。

「このような世で、平気でいられるほうがおかしいのだ。お主のほうが余程まともよ」

助右衛門は何も言えなかった。知らぬ間に涙が溢《あふ》れ、頬に伝うのを感じた。佐吉は笑わない。いつもと何ら変わらぬ顔で言った。

「それ故、戦が無くなった日、お主のような者が活《い》きる」

羽柴家の勢いは止まらなかった。徳川家康と小牧長久手の戦いの後、和議を結ぶと、四国、九州、関東、東北と順に数年のうちに併呑《へいどん》した。助右衛門は手勢二百を率い、いつも本陣で殿下の警護をし、まともに戦うことは一度とてなかった。佐吉の言を容《い》れ、殿下が配慮してくれたということである。

人の口に戸は立てられぬものである。徳川との戦いで逃げ出したこと、そこから盟友の佐吉が後方に回るように取りなしてくれたこと、いつしかそれらが広まり、

——腰抜け助右衛門。

と、呼ばれていることを薄々知った。しかし天下が定まり戦は絶えた今、助右衛門は気にすることは無かった。佐吉の語った世がすぐそこまで来ていると思ったから。

もう二度と槍を握る必要がないと思った矢先、虎之助から唐攻めのことを聞いた時は吃驚した。世の全ての武将が駆り出される大事業で、流石に己にも命が来た。

だがやはり殿下は考慮してくれたらしく、八番備えまでの実戦部隊ではなく、予備隊の性質を持つ九番備えに配された。立場は佐吉ら奉行衆の配下の御代官衆と呼ばれるもので、敵地を占領した後、代官を務めることになっている。これは馴染《なじ》みの片桐助作も同じであった。

「助右衛門、お主今の身代でよいのか？」

二人の時、助作が尋ねて来た。虎之助は肥後半国十九万五千石、市松は伊予一国十一万三千石、佐吉は近江水口《みなくち》四万石と順調に出世を重ね、この助作でも摂津などに四千二百石を食んでいる。それに比べて助右衛門は、官位こそ従《じゅ》五位下内膳正《ないぜんのかみ》に叙任さ

れていたが、身代は賤ケ岳で得た三千石のままなのだ。

「だが何もかもが凡庸な拙者と違い、お主は槍だけでも万石の価値はあろう」

「十分だ」

――今や一石の価値もない。それに三千石も頂いているのだ。

助右衛門は心中で考えたが、何も答えずに苦笑するだけだった。

朝鮮では一度だけ晋州城《しんしゅうじょう》の攻防戦に参加した。少しでも兵を欲する長谷川秀一《はせがわひでかず》に請《こ》われて配下の指揮権を渡し、その一人が二番槍の手柄を挙げた。だが助右衛門は後方でただ戦を眺めるのみであった。この功により三千石が加増された。

一時帰国した文禄《ぶんろく》四年（1595年）、殿下の養子である豊臣秀次《ひでつぐ》が失脚した。その折には秀次が高野山に発《た》つまでの監視を、伏見の助右衛門の屋敷でするように命じられた。それを成し遂げた功と、賤ケ岳での戦功を追賞するとの名目で、さらに六千石が加増され、同時に播磨加古川城が与えられた。一万二千石の大名となったのである。

――殿下は俺に負目を感じられているのか。

この無理やりの加増はそうとしか思えなかった。昔は小姓の間にふらっと姿をお見せになり、よく物語ったものだが、昨今は儀礼を除けばとんと話す機会はない。ただその僅《わず》かにお会いする時、殿下はいつもあの日と同じ申し訳なさそうな目をしておられた。

慶長《けいちょう》三年（1598年）、その殿下が身罷《みまか》られた。するとすぐに雲行きが怪しくなってきた。いくら世相に疎《うと》い助右衛門でも、佐吉が五大老筆頭の徳川家康と対立していることは知っている。そのような時、伏見の屋敷にいた助右衛門に二人の来訪者があった。一人は甚内、脇坂安治である。今は淡路洲本三万三千石の大名となっている。

「お主はどうする」

甚内の第一声はそれであった。

「俺は戦には出ぬ」

「そのような曖昧《あいまい》な態度は通らぬぞ」

甚内は声を潜めた。

「皆あてになどしていないさ。何しろ腰抜けだからな」

「む……」

知っていたかと言ったように、甚内は小さく唸った。

「ただ、兵を貸せというならば考えぬでもない。それで取り潰されても後悔はない。そもそも同情の一万二千石だ。お主こそ、どうするのだ」

「俺は……佐吉に付こうと思う」

「そうか。佐吉は喜ぶだろうな」

助右衛門がからりと笑うと、甚内は何故《なぜ》か微妙な笑みを浮かべた。それ以降は物騒な話は無く、昔の思い出話に花を咲かせただけであった。

二人目の来訪者はその佐吉であった。

「甲斐の話。聞いたぞ」

佐吉は着座するや否《いな》や不機嫌そうに言った。

朝鮮から一時帰国した時、小寺から黒田に姓を変えた、あの官兵衛から頼み事をされた。甲斐とはその嫡子《ちゃくし》、黒田長政のことである。

――是非とも倅《せがれ》の槍の師匠になってはくれぬか。

と、いった内容である。長政は軽率なところがあるらしく、大身となっても自ら槍を取って戦うことが儘《まま》あるという。官兵衛がいくら自重を促しても一向に止《や》めない。ならばせめて身を守る術《すべ》をと良い師匠を探しており、助右衛門に白羽の矢が立ったのだ。二人は元を辿《たど》れば同じ小寺の家中。助右衛門の並外れた槍の腕前を知っていた。

助右衛門はこれを快く受けた。震えが来る原因は槍を摑むことではなく、戦場に立つことだと解っていた。

約束の日、官兵衛は黒田家を訪れた助右衛門に長政を引き合わせた。

「糟屋内膳正である。元は父と同じ家中であったのは知っておろう。今日よりお主の槍の師匠を務めて頂く」

官兵衛がそう紹介した時、長政の顔に嘲《あざけ》りが浮かぶのを見逃さなかった。

「甲斐守殿、よろしくお頼み申す」

己が師匠になるとはいえ、元は主君の分家の嫡男。助右衛門は慇懃《いんぎん》に頭を下げた。

「父上の申し出とはいえ、お断り申す」

助右衛門は官兵衛が叱《しか》り飛ばそうとするのを制し、穏やかに話しかけた。

「思うところがあるならば申されよ」

「では無礼を承知で申し上げる。まず内膳殿は賤ケ岳の武功の他に、何か特筆すべきものがありましょうや」

「無いな」

助右衛門はすぐさま答える。

「さらに古来、名将と呼ばれた方々が、槍の師匠についたとはとんと聞いたことがありませぬ」

「ふむ。そうやも知れぬ」

身を揉《も》む官兵衛をもう一度制して言った。

「それに失礼ながら、内膳殿は何と陰口を叩《たた》かれているかご存知か」

「腰抜け助右衛門……ですな」

「戯《たわ》け!!」

官兵衛は遂《つい》に我慢の限界と怒鳴ったが、助右衛門はすぐに諸手を上げて取りなした。

「お待ちを。ご子息が仰ることは一々もっとも。きっといつの日か、大手柄を立てる大物になるに違いありませぬ。拙者がお教え出来ることは何もないようだ」

助右衛門は呵々《かか》と笑うと、何度も頭を下げる官兵衛を労《ねぎら》ってその場を後にした。そのようなことがあったのだ。

「甲斐の小倅め。どこまで増長しておる」

佐吉は忌々《いまいま》しそうに舌打ちをした。

「よいのだ。真《まこと》のことだ」

「まだ……悪夢を見るのか……」

「ああ、変わらずな」

助右衛門は笑みを作った。嘘《うそ》ではない。ただ苦しみを外に見せない術を覚えたに過ぎない。

晋州城攻防戦の時、助右衛門は遥か後方で目を瞑《つぶ》っていた。それでも遠くから聞こえて来る喊声《かんせい》で吐き気を催し、戦が終わるまでに四度も嘔吐《おうと》した。とてもではないが敵兵を前にすることは出来ないだろう。

佐吉は居住まいを正して切り出した。

「助右衛門、頼みがある。お主の兵を貸してくれ」

「おうよ」

「お主は出ずともよい」

「言われずともそのつもりだ」

助右衛門は苦笑しつつ手をひらりと振った。

「助右衛門……勝てば武家は亡《ほろ》びる。民を守るための純然たる武士だけが残る」

佐吉にとって家康こそ武家の象徴なのだろう。佐吉は細く息を吐いて続けた。

「当然ながら負けもある。その時はこれが今生の別れだ」

「新たな世が来るか、もしくは死か……お主らしい」

ふと出逢《であ》った頃の佐吉を思い出した。これが最後になるならば、どうしても今一度訊きたかった。

「何故、俺を守ってくれた」

佐吉は眉間《みけん》に皺《しわ》を寄せて首を捻った。

「あの時、お主に泰平の世の武士のあるべき姿を見た気がしたのだ」

佐吉は珍しく笑った。このような笑顔はここ何年も見ていない。

そして佐吉は今まさにその泰平の世を摑むため、命を擲《なげう》たんとしている。

「さらばだ。助右衛門」

佐吉はそう言い残して部屋を出ようとする。助右衛門はたった一度だけ、あと一度だけ戦場に立たせて欲しいと禱《いの》った。どちらにせよこの戦が最後になる。世の人に蔑《さげす》まれていた己を、信じてくれていたこの男の力になってやりたいと願っている。助右衛門は唇を強く嚙《か》み締め、その背に向けて言った。

「佐吉、俺も行こう」

慶長五年（1600年）九月十五日、東西両軍合わせて十七万余が美濃関ケ原に陣を構えた。助右衛門は三百六十の兵を率い、西軍の副将である五大老の宇喜多秀家隊に属した。

東軍の井伊《いい》直政《なおまさ》が宇喜多隊に攻撃を仕掛けたことをきっかけに、この未曽有《みぞう》の対戦の火蓋が切られた。

瞑目するとあの日の光景がまざまざと蘇ってくる。

――俺は今日死ぬ。だから赦《ゆる》してくれ。

そう心中で決意と詫《わ》びを述べると、憤怒《ふんぬ》に染まっていた亡霊の顔が、酷く哀《かな》しげに見えた。このように思えたのはこの十数年で初めてのことであった。

宇喜多隊に対するは、井伊直政の他に四千の兵を率いた市松。市松は佐吉ではなく家康についていた。一進一退の攻防を繰り広げている。

「皆、すまなかった」

そのように言うと家臣たちは目を丸くした。さぞかし口惜《くちお》しい思いをしただろう。腰抜けの家臣と揶揄《やゆ》されても、今日まで己に付き従ってくれた者たちである。

「俺が出る。弭槍《はずやり》を」

軽やかに馬に跨って弭槍を受け取る。その瞬間、三百六十名全員が身震いするのが解った。

「こんな馬鹿《ばか》げたことを、子の代にさせるものか。我らが最後ぞ！　続け！」

助右衛門は高らかと吼《ほ》え、馬を駆った。千にも匹敵する雄叫びが上がり、糟屋隊は一塊となって突撃を開始した。

助右衛門は箙《えびら》から矢を抜いて弭槍につがえると、前面の敵に向けて射た。凄《すさ》まじい速さで飛んだ矢は、脳天に突き刺さる。すかさず右手に持ち直し、怯んだ敵を突破する。糟屋隊は止まらない。福島隊の奥深くまで錐《きり》を揉むように突き進んだ。助右衛門は弭槍を手中で転がすように扱い、次々に敵を討ち取っていく。三十間先に市松の姿を見た。

「市松！」

「助！　戻ったか！」

市松の顔が嬉々としているのが解った。槍を寄こせ、祝いに俺が戦うなどと喚《わめ》き、家臣たちは縋《すが》りついて制止している。

「お主はよき男よな！」

助右衛門は思わず噴き出してしまった。

「何だと？　待ってい――」

その時である。南方で異変が起こった。松尾山に陣取っていた味方であるはずの小《こ》早川秀秋《ばやかわひであき》隊が、西軍を目掛けて山を下っているのだ。

「金吾《きんご》、お主も武家か」

助右衛門は吐き捨てるように言い、弭槍を旋回させて二人討った。

「卑怯《ひきょう》な！　赦せぬ！」

市松は寝返りを喜ぶ立場にいるはずだが、顔を真っ赤にして憤っている。助右衛門は嬉《うれ》しくなって口元が緩んだ。その時、山の中腹に陣を布《し》き、小早川隊を防がねばならぬ甚内の隊も動いた。これも西軍を目指している。

「甚内まで！　見損なったぞ！」

市松の怒りは頂点に達したようで、今にも甚内に攻めかからんとする勢いである。

「あれは何か事情がありそうだ。そう怒るな」

「しかしだな――」

「市松、この戦は負けだ。悪いが俺には行かねばならぬところがある」

助右衛門は繰り出された槍を搦《から》め捕りつつ言った。

「そうか。残念だ！」

「さらばだ」

槍の石突《いしづき》を摑み、天に向けて真《ま》っ直《す》ぐに立てる。左手で先を指差し、下へと宙をなぞった。

――市松、そういうことだ。

一見、意味不明なこの行動も、同じ小姓組の者ならば、きっと解ってくれるはず。

助右衛門は向って来る穂先を搦め飛ばし、微笑《ほほえ》みを浮かべて馬首を転じた。

目指すは佐吉の陣である。西軍は南からみるみる崩れていく。津波の如く押し寄せる東軍の先を走り、石田隊に合流を果たした。

「助右衛門……」

佐吉は顔面を蒼白《そうはく》にして顔を顰《しか》めた。

「佐吉、負けだ」

「そのようだ」

石田隊は東軍全ての攻撃に晒《さら》され、総崩れになりかけている。

「左近《さこん》は？」

島《しま》左近は佐吉の家老で名の知れた武人である。助右衛門はその指揮下に入ろうと思った。

「卑怯な真似《まね》をした甲斐に……」

長政は鬼の如く奮戦する左近に手を焼き、二十数名の鉄砲足軽をこっそり近づかせ、ただ一人を目掛けて一斉に狙撃《そげき》させたらしい。左近は全身を蜂《はち》の巣のようにして絶命したという。

「助右衛門、頼みがある」

佐吉は紫に変じた唇を震わせた。

「それを聞きに来た」

「半刻……いや、四半刻時を稼いでくれ。何とか逃れて、行かねばならぬところがある」

「よし、解った。任せておけ」

「すまぬ……」

「それはこちらが言うべきことよ。長らく世話を掛けた。早く行け」

助右衛門は白い歯を見せて馬首を返すと、雲霞《うんか》の如《ごと》く迫る敵に躍り込んだ。箙から三本の矢を抜き、同時に番《つが》えて放った。三方向に飛翔《ひしょう》して全て的中する。このような古風な戦いをする者は今の時代少ない。源平の時代から彷徨《さまよ》い出た亡霊のように見えているかもしれない。

弭槍を四方八方に繰り出して突き進んだ。家臣はもう誰も付いて来てはいない。己一人である。

「甲斐!! 槍を教えてやろう!」

助右衛門は鋭く叫ぶ。五十間先の長政は、市松とは対照的に哀れなほど狼狽《うろた》えているのが見えた。箙に手を伸ばした。残る矢はあと一本。助右衛門は疾駆する馬の上で狙いを定めると、右手を後方へと弾《はじ》いた。矢は旋回しつつ長政に豪速で向かっていく。

長政の家臣が咄嗟《とっさ》に身を挺《てい》して守り、喉に矢を受けて吹っ飛んだ。

「さ、左近と同じように仕留めよ！」

両手をばたばたと動かし長政が命じると、ずらっと鉄砲足軽が展開する。助右衛門は馬脚を緩めなかった。弭槍を小脇《こわき》に構えつつ一文字に長政を目指す。

「お主には播州が似合っておるわ！」

「黙れ、黙れ！　早く撃て！」

轟音《ごうおん》と共に眼前に煙が立ち込めた。全ての景色がゆっくりと流れ、弾が向かってくるのもはきと見える。腕、肩、腹にそれは吸い込まれていく。

――今の己の顔はどのようなものか。

馬から滑り落ちる最中、助右衛門はそのようなことを考えた。兄上のように修羅の形相であろうか。いやどうも違うらしい。ようやく悪夢から逃れられる安堵からか、世話ばかり掛けた佐吉に報いることができたからか、頬が緩んでいるのが解った。

空は蒼《あお》かった。そこには一片の雲とて無い。助右衛門は鼻孔から思い切り息を吸い込み、長い吐息を宙に溶かして目を瞑ると、もう二度と目を開くことはなかった。

三本槍　惚《ほ》れてこそ甚内

一

山の頂で鬨《とき》の声が上がった。戸惑う者がいたのか、一万五千の兵が発するものにしては頼りないものであったが、数を重ねるごとに大きくなり、遂《つい》には輪郭がはきとしてきて一つの塊となった。声は木々の葉を震わせ、山肌が剝《は》がれたかのように喊声《かんせい》が斜面を転がり落ちてくる。

「小早川中納言《ちゅうなごん》殿、寝返り！」

家臣が悲痛な声で叫ぶ。自軍の兵数は僅《わず》か千。近くに陣を構える友軍の赤座《あかざ》直保《なおやす》六百、小川祐忠《おがわすけただ》二千、朽木《くつき》元綱《もとつな》六百を合わせても四千二百。三倍からなる小早川軍に逆落としに攻められれば、成す術《すべ》なく粉砕されてしまうのだから慌《あわ》てるのも無理はない。

「今からでも遅くはありませぬ！　内府《だいふ》殿に付きましょう！」

家臣の一人が顔を赤らめて訴えた。

「寝返りなど許される訳はありません。すぐに討って出て小早川を攻めるのです」

これは別の家臣である。家中でも意見が二分している。

「小早川軍は何故《なぜ》かこちらに来ません……北国勢を目指しております」

また一人、唖然《あぜん》となって小早川軍を指差す。

もしこちらが横腹を衝《つ》けば、二面から攻撃を受けた小早川軍は浮足立つことになる。凡愚な将と揶揄《やゆ》される秀秋はともかく、家臣団はその危険は重々承知のはず。それなのにこちらに見向きもせず、大谷吉継《おおたによしつぐ》が取りまとめる北国勢に向かっていく。まるでこちらも寝返ることを知っているとでも言わんばかりに。

「早く、ご決断を！」

これだけは皆が同じ意見で、異口同音に捲《まく》し立てて来る。

——言われずとも解《わか》っておるわ。

甚内は下唇を嚙《か》んで内心罵《ののし》った。家臣たちにも告げてはいないが、甚内はすでに内府に寝返りの内諾を得ている。いや、厳密にいうと気が付けばそのようになっていたというべきか。

——佐吉……。

甚内の頭に浮かんで来た佐吉は、今の壮年の姿をしていない。焚火《たきび》の柔らかな灯りに横顔を染めた、まだどこか幼さの残る青年の姿であった。

「許せ」

遠く石田軍の陣を見つめ思わず口から零《こぼ》れた。周囲の家臣たちが怪訝《けげん》そうにする。

甚内は歯を食い縛ると、高らかに吼《ほ》えた。

「当家は内府に御味方する！」

「しかし……この期《ご》に及んでの寝返りは――」

「当家はすでに東軍に付く旨《むね》を内府に告げ、許しを得ている。心配は無用じゃ！」

皆の顔が一様に明るくなった。西軍に付けと促していた者も含めてである。結局のところ己たちの明日が心配なだけで、それさえ保証されれば何でもよいのだ。己の家臣たちであるが淡く軽蔑《けいべつ》した。しかし己も人のことを言えたものではない。甚内は自問しつつ馬に跨《また》がると、勢いよく軍配を振りかぶった。

「目指すは大谷刑部《ぎょうぶ》の陣！　皆の者続け！」

佐吉と内府、選ぶならば断じて佐吉である。佐吉が目指す世に己は惹《ひ》かれていた。そうでなくとも佐吉とは苦難の時代を共に生きて来たのだ。その男の一世一代の勝負に力を貸してやりたい。だがそれももう叶《かな》わない。

――すまぬ。佐吉。

手綱を引き絞りながら、甚内は再び詫《わ》びた。己はとっくの昔に人生の題目を定めていた。惚《ほ》れた女のために生きる。そのために全《すべ》てを犠牲にすると。だがそれに疲れ果てたのも事実だった。

大谷軍の兵が見えて来た。小早川軍に必死に抵抗している。その兵たちは続けて寝返ったこちらにも気付き、怨嗟《えんさ》と憤怒《ふんぬ》の入り混じった強烈な視線を向けてくる。

「刑部殿、出合え！」

思わず敬称を付けてしまうあたり、己の心はやはり西軍に寄っている。自ら先頭に立って駆けるなど何年ぶりであろう。甚内はどこかで敵の手に掛かって死んでもよいと思っていた。

「殿を討たせるな！」

気負い立った家臣たちが己を抜き去ってゆく。その幾人かの背を見て、ふと己が動いていないという錯覚に捉《とら》われた。確かに大名となった今も、変わらず一所に留まっている。そう思うと情けなさが込み上げ、甚内は自嘲《じちょう》気味に嗤《わら》って鐙《あぶみ》を鳴らした。

二

天文《てんぶん》二十三年（1554年）、近江国浅井《あざい》郡脇坂《わきざか》に甚内は生まれた。父は脇坂安明《やすあきら》と謂《い》い、江北を治める浅井家に属する豪族であった。

浅井家が興《おこ》って以来の英傑との呼び声高い浅井長政《ながまさ》は、旧主の六角《ろっかく》家を破り、破竹の勢いで版図を広げる織田信長の妹を娶《めと》った。

永禄《えいろく》十一年（1568年）、甚内が齢《よわい》十五の時、織田信長が足利義昭《あしかがよしあき》を奉じて上洛《じょうらく》を開始、同盟を結んでいる長政は先鋒《せんぽう》を務めた。その時に父の安明も長政に従って出陣したが、観音寺城攻めの戦いで喉《のど》に矢を受け、敢《あ》え無く討死してしまった。家を継いだ甚内は、浅井家の一員として各地を転戦して大いに手柄を立てた。

——甚内の槍《やり》は千貫の値がある。

浅井家中ではそう褒めそやす者もいる。若者というものは無用に強さを衒《てら》うものだが、甚内はそのことに何の感慨も持たなかった。生まれながらに人よりも膂力《りょりょく》が強かっただけである。人は努めて得たものにこそ喜びがあるのではないか。甚内は漠然とそう考えていたのである。

ある日、甚内は浅井家の本拠である小谷《おだに》城下で長政を見た。その時の衝撃は生涯忘れ得ることがない。馬に跨った長政は、鞍《くら》の前に妻のお市《いち》を乗せ、愉《たの》しげに会話をしながら城下を見回っていたのだ。

妻と馬に二人乗りするなど類が無いだろう。はしたないと言われても致し方ない。

だが家臣たちも苦笑はしつつも強く窘《たしな》めようとしない。二人の間には肉欲の香りは一切せず、まるで仲睦《むつ》まじい兄妹のような微笑《ほほえ》ましさがあるからだろう。城下の民たちも憧憬《しょうけい》の眼差《まなざ》しを送る。

「皆、田畑はどうだ」

長政は偉ぶることなく、気さくに民たちに話しかけた。

「御屋形様、よい大根が穫《と》れました」

百姓が土の付いた大根を献上しようとする。長政は馬上から大根を取ると、土を手で払って齧《かじ》り付く。

「旨《うま》い」

百姓は自らこさえた大根を、領主が頬張っていることに感極まっている。

「御屋形様、お口に土が」

お市がくすりと笑うと、護衛の家臣、集まった民がどっと沸いた。

「ああ、取れたか」

長政は顔を赤らめて口の周りを拭《ぬぐ》った。

「反対。こちらです」

お市は美しい着物にも何の拘《こだわ》りもないのか、袖《そで》で口を拭《ふ》いてやる。

「うむ。すまぬ」

「私にも味見をさせて下さい」

お市は大根を両手で掴《つか》み、小さな口でかぶり付いた。

「美味《おい》しい」

あっと皆が息を呑《の》む。絶世の美女だといわれるお市であるが、本当の魅力はこの屈託の無い笑顔にあることを、小谷の民はよく知っていた。

——男の幸せとはこれではないか。

甚内は、一生涯その幸せを追うことを心に決めた。


元亀《げんき》元年（１５７０年）、長政は信長との同盟を突如破棄した。同盟の約束の内に、長年浅井家と関係の深い朝倉《あさくら》家を攻めないというものがある。これを信長が破ったからである。長政は越前に向かう織田軍の背後を強襲したが、信長は這《ほ》う這《ほ》うの態で虎口《こう》を脱して京へと辿《たど》り着いた。

その年の六月、長政は軍を興し、盟友朝倉家とともに、姉川で織田徳川連合軍と決戦した。甚内はこの時、先鋒を務める磯野《いその》員昌《かずまさ》の与力として配されていた。

磯野隊は錐《きり》を揉《も》むようにして織田軍に突貫し、幾重に構える備えを突き破って進んだ。甚内も槍を取って躍動した。討ち取った武者は三人、足軽は数えれば暇がない。

しかし奮戦虚しく浅井朝倉連合軍は敗れた。

以降、浅井家は天嶮を利用した小谷城に立て籠もり、織田家と一進一退の攻防を繰り広げることになる。

しかし大勢はすでに決している。天正元年《てんしょう》（1573年）八月、小谷城は三万の織田軍の攻撃を受け、遂に陥落した。お市は長政と共に殉じると頑《かたく》なに訴えたと聞いた。だが長政はそれを許さず、お市とその間に生まれた三人の子を織田家へと送り、自らの命を絶った。この戦国の世ではむしろ稀《まれ》なことといえる。二人にどのような会話がなされたかは知らない。だが甚内は、

――殿は何としてもお守りになるだろう。

と、妙に腑《ふ》に落ちた。他の浅井家臣もそうであったに違いない。二人の仲睦まじさは、落ち込む浅井家の光であった。その一縷《いちる》の光を道標《みちしるべ》に皆が奔走してきたのだ。こうして浅井領は全て織田家に併呑《へいどん》され、甚内は領地を失うこととなった。

年が明けて天正二年（1574年）の冬、近江塩津に住む縁者の元に身を寄せていた甚内に来訪者があった。己と同じ浅井家の旧臣で、近江国浅井郡須賀谷《すがたに》の国人の嫡《ちゃく》男《なん》、片桐助作という男である。よく言えば誠実、悪く言えば面白みのない朴訥《ぼくとつ》とした

男であったが、歳《とし》が己より二つ下の十九歳と近く、同じ国人領主の子息ということもあり、初対面から馬が合った。それ以来、交流を持っている。

助作の父、片桐直貞《なおさだ》は小谷城落城の際に討ち死にした。助作も己と同じように織田家に領地一切を没収され、須賀谷の近親を頼って逼塞《ひっそく》していると語った。互いに今後の身の振り方などを考えねばならぬ繁忙な時期である。須賀谷から塩津までは二里半の道程、茶飲み話をしに来た訳ではあるまい。助作は挨拶《あいさつ》もほどほどに切り出した。

「北近江の新たな領主を知っているか」

「木下藤吉郎《きのしたとうきちろう》という成り上がり者だな」

「今は羽柴秀吉と名乗っておられる」

浅井家の旧領である北近江三郡に封ぜられた男である。百姓から身を起こし、遂には大名になったと噂《うわさ》になっている。助作が言うには、近頃羽柴と姓を改めたらしい。

「今浜……いや長浜と名を改めたらしいな。城を建てているとか」

琵琶《びわ》の湖に程近い今浜という地を、信長の名を頂戴《ちょうだい》して長浜と改め、城を建てていることも耳にしている。

「今や凄《すさ》まじい人気だ」

秀吉は当面の年貢《ねんぐ》や諸役を免除するという触れを出したため、近在の百姓の中には田畑を捨てて長浜に集まってくる者も後を絶たないらしい。

「左様か」

甚内は不愛想に答えた。あれほど旧主の長政とお市を慕っていたにも拘《かか》わらず、年貢が無くなるというだけで、掌《てのひら》を返したように秀吉を持て囃《はや》す百姓どもが腹立しかった。助作はこちらの感情に気付かないようで、興奮気味に続けた。

「羽柴殿は家臣が足りずに苦労されているらしい。仕官の志ある者は長浜に集えと仰《おお》せだ」

助作が来訪した意図がようやく解った。己を誘って共に仕官しようというのだ。

「気乗りがせんなあ……」

甚内は苦々しく笑った。それで飛びつけば、己も利に逸《はや》る百姓と同じではないか。

「お主、いつか一国一城の大名となり、絶世の美女をものにすると言っていただろう？」

「確かに言った」

助作は半ば冗談だと取ったようだが、己からすれば大真面目《おおまじめ》である。お市のような人を娶ることを一生の目標と立てた。庄屋の娘から流れ巫女《みこ》まで、これはと思う者には片っ端から声を掛けた。懇《ねんご》ろな仲になった者も、一人や二人ではない。だが甚内は満たされることは無かった。どうやら己は、知らぬ内にお市の方と比べているらしい。それほどの美女をものにしようと思えば、一介の小領主ではちと心許《こころもと》ない。出世をして、せめて大名と呼ばれるほどの身代が必要であろう。

「お主も二十一になる。このまま鬱々《うつうつ》としていては、とても大名など覚束《おぼつか》ぬぞ」

「ふむ……だが何も羽柴に仕えずともよい」

織田家には他にも柴田勝家、丹羽長秀《にわながひで》、明智光秀など有望な将がいる。それらに仕える伝手《つて》を捜しているところだったのだ。

「羽柴様は才ある者は、身分に拘わらず抜擢《ばってき》されると聞く。お主の夢である大名へ最も近いと思うが」

助作のいうことは一々もっともである。破竹の勢いで出世する秀吉には、譜代の家臣と呼べる者が少ない。働き方次第ではすぐに出世もあり得る。長政やお市の方には少し申し訳ないが、甚内の心は大きく傾いた。

「分かった。仕官しよう」

喜色を浮かべる助作をよそに、甚内は膝《ひざ》に目を落とすと、

——貴方《あなた》様のようになりたいのです。

と、もう黄泉《よみ》の国に渡られたであろう旧主に心中でそっと詫びた。

三

翌日、甚内と助作は連れ立って長浜を目指した。秀吉のお触れが出たのはつい三日前。助作は耳にするや否《いな》や、離れた塩津にいて知らないであろう己のことを思い出し、駆け付けてくれたことになる。

お触れが出てすぐということもあり、建築中の長浜城は仕官を望む者でごった返していた。羽柴家の家臣たちが並ぶように指示する。そして一人一人、名や歳、在地、これまでいかな功があったかを聴き取り、旧主から感状を持っているなら提示しろとも付け加えた。

「近江浅井郡須賀谷の住人、片桐直貞が嫡男、片桐助作且元と申します。よしなに」

助作は慇懃《いんぎん》に頭を下げる。

「近江浅井郡脇坂の住人、脇坂安明の嫡男、脇坂甚内安治……姉川の合戦の折は、織田家の侍首を三つ。足軽首は数知れず」

途中までは助作を倣《なら》ったが、最後にしっかりと功を付け加えた。若い役人は感心して帳面に筆を走らせる。助作は片笑みながら言った。

「お主は抜け目がないな」

「功を言えというのだから、言わねば損だろう。お主も姉川では侍首を二つ挙げたと聞いたぞ」

「私はいいのだ。お主と違って大名などは夢見ておらん。大きな声で言うのは憚《はばか》るが……不便なく食っていければよい」

「控えめなことだ」

「お主の押しが強いのよ」

二人で笑い合ったその時、役人の次の聴き取りが始まった。次の者は齢十四、五といったところか。還俗《げんぞく》したてなのだろう。髪を伸ばしている途中で毬栗《いがぐり》のような頭になっている。

「今までの手柄は？」

役人は帳面に視線を落としつつ訊《き》く。

――おい、名を訊いておらんぞ。

甚内は内心で苦笑した。己が手柄話を印象付け過ぎたせいか、役人はすっ飛ばしてそこから尋ねてしまっている。

「未《いま》だ戦《いくさ》に出たことはあらず。幼少時に槍も習いましたが、人並みだと自認しております」

答えるほうも答えるほうである。臆面《おくめん》もなくそう言うものだから、甚内は小さく噴き出してしまった。この場は自らを売り込む市のようなもの。助作のように語らないのもどうかと思うが、わざわざ不得手を言う必要はさらにない。一連の流れが出来の悪い喜劇のように思えてしまう。

「確かあれは……」

横の助作が顎《あご》に手を添えて呟《つぶや》く。

「知っているのか」

「弥《や》三郎《さぶろう》殿の弟ではないか」

甚内はその弥三郎という男も知らない。助作は人柄がよく誰とでも隔てなく付き合うからか、存外顔が広いようである。役人は顔を上げて怪訝そうに尋ねる。

「では、貴殿は何が出来るでしょうか」

「還俗したての身。己が何を出来るかも解っておりませぬ」

正直過ぎる。この男は召し抱えられないだろう。甚内は口をへの字にしてこめかみを掻《か》いた。問いに詰まったようで、若い役人は困り顔で訊いた。

「では、当家に仕官して何かしたいことはありますかな？」

まるで子ども扱いの問いに、居並ぶ仕官者たちは忍び笑う。坊主《ぼうず》上がりの男は少し顎を上げて天を仰いだ。細めた目が針のように細くなる。

「世の戦を絶やしたいと思っております」

あまりに大言を吐くと思ったか、仕官者たちは遂に堪《こら》え切れず、どっと嘲笑《ちょうしょう》の声を上げた。中には目尻《めじり》に涙を浮かべ、腹を抱えている者もいた。

だが甚内は真顔で男の横顔を見つめた。横の助作も同じく頬を引き締めている。この場でこれを言ってのけるのは余程の阿呆《あほう》か、稀なる大器の持ち主であろう。何か根拠がある訳ではないが、甚内には後者のように思えて仕方がなかった。敢えて訳を求めるならば、男の細めた目が一点の曇りも無いように見えたことか。

「お主、名は」

甚内が横から口を挟み、若い役人もはっとして帳面に目を落とす。名を訊くのを忘れていたことを思い出したに違いない。男はこちらに気付いて少し首を傾《かし》げた。

「近江国坂田郡石田村《いしだ》の出。石田佐吉です」

役人が帳面に名を記していたところ、少し離れたところにいた年嵩《としかさ》の役人が駆け寄って来た。

「石田佐吉殿と申されたか？」

「はい」

「殿よりお聞きしております。名乗って下されば良かったものを……」

「お尋ねになりませんでしたので」

佐吉と名乗った男はくすりとも笑わず答える。年嵩の役人は、若い役人に向けてしかと確かめろと叱《しか》り飛ばした後、恐る恐る尋ねた。

「紹介状をお持ちのはずでは……」

「皆と同じように扱って頂きたく置いてきました」

「はあ……ともかく殿にお伝え致します」

「よしなに」

このやり取りですでに佐吉が特別の扱いを受けていることが解ったか、先ほどまでさざめいていた仕官者たちもばつが悪そうに顔を背けている。年嵩の役人が去った後、佐吉はこちらをじっと見つめて言った。

「そちらは」

「む……」

「私は名乗ったのです。そちらも名乗られるのが筋では？」

なるほど。名を訊いたのは確かに己である。

「脇坂甚内だ」

「片桐助作です。以後お見知りおきを」

「よろしくお願い致す」

佐吉は慇懃に頭を下げると、またものさしで測ったかのように同じ位置に並び直す。名乗りのことといい、何事にも真面目な性質《たち》なのであろう。甚内は眉《まゆ》を開いて助作と顔を見合わせた。

仕官が認められて一年が経《た》とうとしていたが、甚内は不満を抱いていた。流石《さすが》にそれをおくびにも出さないが、古馴染《なじ》みの助作にはつい愚痴を零してしまう。縁に二人腰掛けている時、甚内は顔を顰《しか》めて言った。

「あまりに少なすぎやしないか」

甚内は小姓として召し抱えられたが、その俸給はたったの三石であった。

「文句を言うな。十分ではないか」

助作は小声で言いながら、周囲を見渡して誰もいないことを確かめる。助作もまた同じく俸給は三石である。

「市松や虎は縁者だから三十石というのも解る。だが佐吉も三十石だ」

腕枕《うでまくら》をしてごろんと横になり、縁先からはみ出した足を揺らした。

「佐吉は入りからして違うのだ」

後に聞いたことだが、殿が鷹狩《たか》りに出掛けた折、休息に寺に立ち寄って茶を所望した。そこの坊主であった佐吉は、殿の喉の渇きに合わせて茶の熱さや量を調節したようで、その才気を高く買われて家臣にと誘われたらしい。出世競争において、初めから一歩も二歩も先を進んでいたのだ。

「孫六さえ十石だぞ」

甚内は小姓組の中では最年長の二十一歳。反対に最年少の十二歳がその加藤孫六である。いつも茫《ぼう》としているので皆に揶揄《からか》われている。

「我らより一年早く仕えているではないか。それに孫六は皆が言うほど間抜けてはない」

「それは知っているが……」

武芸にせよ、学問にせよ突出している訳ではないが、だからといって決して落ちこぼれてもいない。飛びぬけて若いにも拘わらずいつも三番手、四番手には付けている。何より馬術は皆の中で最も上手《うま》い。普段から言葉数が少なく、押しが強くないせいでその印象が薄まっているだけだ。

「早く手柄を立てて出世したいものだ。そして良き女を……」

「お主はいつもそれだ」

助作は大きな溜息《ためいき》をついた。あくまで己は良き女と巡り合うのが人生の目標である。長政とお市の仲睦まじい姿を見て決めたことだが、思えばずっと前から男女のことに並々ならぬ拘りを持っていた。

原因は母であろう。母は六角家麾下《きか》の国人、田付景治《たつけかげはる》の妹であった。田付家は砲術に長《た》けており、六角家の中でも重く用いられていた。対立する浅井家の麾下にある脇坂家に嫁いできたのは、謂わば政略結婚という訳である。

父の安明と一緒になり己という子を産んだが、実家の主家である六角家が織田家に滅ぼされた頃、置手紙も残さずに姿を消した。後に風の噂で聞いたことだが、景治が織田家に気脈を通じようと、家にたった一人しかいない女の母を呼び戻したのが真相だという。そして自身の養女とし、織田配下の武将に嫁がせようと画策したが、母はその計画の途中、病に罹《かか》って亡《な》くなった。

捨てられた格好になった安明は、

「甚内、母を恨むではないぞ。女子《おなご》とは弱いものなのだ」

母を庇《かば》うように言っていたのをよく覚えている。それでも甚内は素直に受け入れることは出来なかった。

——母に捨てられた。

その感情が甚内の心に暗い翳《かげ》を落とした。女を憎んだこともある。だがその想《おも》いを長政とお市が氷解してくれた。全ての女がこうではない。己もこのような人に巡り合いたいと焦《こ》がれるようになったのだ。立身出世はそのための手段であり、出逢《であ》った人を守る最低限の力を得たいがためである。

「甚内」

寝そべったまま瞑目《めいもく》し、思いを巡らせていた甚内に声が掛かった。目を開くと佐吉がこちらを覗《のぞ》き込んでいる。

「おう。どうした」

「御役目だ」

「ふむ。やれば俺も三十石を食《は》めるか？」

甚内が不敵に笑うものだから、助作はこれと窘める。佐吉はそれも気にせず続けた。

「殿はこの御役目を大きく見ておられる。上首尾に終えれば三十石は疎《おろ》か、百、百五十石を得ることも能《あた》おう」

「ほう、それほどか……どこに行き、何をすればよい」

甚内は腹に力を込めて身を起こし、伸びをした。

「安土へ。石運びだ」

佐吉は細い眉をぎゅっと寄せて答えた。

四

織田信長は近江安土に空前絶後の城を建てようとしており、織田家の諸将に石垣のための巨石を集めさせている。長浜に程近い伊吹山《いぶきやま》からは質の良い石が沢山採れる。これを一度長浜まで運び出し、殿が自ら吟味を行う。そしてそれを安土へ運ぶ一行を宰領するというのが、佐吉の言う「御役目」であった。

天正三年（1575年）、年が変わって間もなく、甚内と佐吉は安土へと向かった。一行は二百人。巨石は三つ。丸太を置いてその上を転がし、通り過ぎた丸太を取って前へ置いて曳《ひ》く。歩みは牛のように遅く、なかなか気が遠くなる道程である。

織田領内において石を奪う者はいないだろうが、傷付けようとする者はいないとも限らない。陽が昇るが如《ごと》き殿の出世を快く思わない諸将もいるのだ。故《ゆえ》に夜でも石の側《そば》に見張りを置いておかねばならない。配下の足軽にやらせてもよいのだが、

「私だけ畳の上で寝る訳にはいかない」

と、佐吉は石の側にいることを主張した。この点は甚内も同じである。石に万が一のことがあれば、折角の手柄も水泡に帰すどころか、お咎《とが》めを受けることになる。よって石を中心に置いて野営する日々が続いた。

ある日、焚火を囲んでいると佐吉がふいに言った。

「甚内は女のために出世をしたいとか」

「悪いか」

このようなやり取りを幾度となく経験している。大抵の者は嘲《あざけ》りに似た反応を示すが、僅かながら助作のように呆《あき》れつつも好ましげにいてくれる者もいる。

「大切なことだと思う」

佐吉の反応はそのどちらとも異なった。枝で焚火を弄《いじ》る横顔に嘲りも呆れも感じない。

「馬鹿《ばか》にせぬのか」

「何故、馬鹿にする」

佐吉は本当に意味が解らないといったように首を捻《ひね》りつつ、続けた。

「世には男と女の二つしかいない。夫婦になって子を育《はぐく》む。人とは詰まる所、この繰り返しだ」

「なるほど」

佐吉は十六になったばかりとは思えぬほど、悟ったようなことを言う。甚内は感嘆してしまった。

「女を物のように扱う者が多い中、甚内の考えは立派なことだと私は思う」

「初めて言われたぞ」

少々面映ゆくなって頬を指で掻いた。

「だがその先も見据えねばならぬ」

「その先？」

甚内は鸚鵡《おうむ》返しに問うた。知らぬ間に佐吉の話に惹き込まれている。

「言ったように世には男と女しかいない。子を産むだけが女の役目としていては、この国はいずれ破綻《はたん》する。女も働く世にならねばならない」

「女も田畑を耕すだろう」

「あくまで主は男。女はその手伝いに過ぎない」

耕作に限らず、漁や商いでもそうだと佐吉は言った。

「織物もするではないか」

「確かに。では他に何が思いつく」

「む……」

すぐには思いつかず考え込んだ。

「この国はみすみす半分の才を捨てているのだ」

佐吉はぱちんと枝を折って焚火に投げ入れた。開墾、商い、学問、物作りなど、女の中にも様々な才を持っている者がおり、それらを活《い》かせる世を作らねば、この国はいずれ恐ろしい停滞に陥ると佐吉は言った。

「女が武士に取って代わるか」

甚内が軽口を飛ばすが、佐吉は新たな枝を取りつつ、くすりともせずに答えた。

「才があるならば、国の政《まつりごと》を執る女がいてもよい」

「そんなこと……世の男が許すか？」

「解っている。だが時が掛かっても、やらねばならぬ」

甚内はそのようなことを考えたことはなかった。いや世の誰もが同じではないか。佐吉が見つめているのはいつか来る現《うつつ》か、それともただの妄想に過ぎないのか。ともかくこの男が常人と異なることだけは確かである。

また焚火に枝をくべる佐吉の横顔を甚内は見つめた。

翌日、能登川《のとがわ》村の近くで野営をしていた時、甚内ははっと立ち上がった。女の叫び声が聞こえたような気がしたのである。佐吉が怪訝そうな顔で見上げる。

「どうした？」

「間違いない」

今度は確かに聞こえた。それは佐吉も同じようで周囲を見渡す。その時には甚内はすでに、刀を引っ提げて駆け出している。

「待て、甚内！」

背後で佐吉の呼ぶ声が聞こえる。

「お主は来るな！　石を頼む」

甚内は耳を欹《そばだ》てながら走った。また悲鳴が聞こえた。何が起こっているのか大凡《おおよそ》の予想はつく。歯を食い縛りながら声の元へ向かった。

「おい、何をしている」

予想は当たった。五人の男が今まさに女を手籠めにしようとしているところだった。女はどこかの百姓の娘なのだろう。押さえつけられて滂沱《ぼうだ》の涙を流している。

「誰だ」

焚火が一つ。薄暗い中でもはきと解るほど男の顔は赤らんでおり、吐息から酒の匂《にお》いも漂っている。

「貴様ら何をしている」

「酌をさせようとしただけよ」

「そうは見えぬがな。貴様ら、織田家の領内と知っての狼藉《ろうぜき》か」

甚内はゆっくりと右手を柄《つか》へと動かす。

「何者だ」

「羽柴家家臣、脇坂甚内」

男たちの顔にさっと動揺の色が走るのが解った。

「それは無礼をした。儂《わし》らは丹羽様の足軽だ」

「丹羽様のだと……嘘《うそ》を申すな」

丹羽長秀は織田家の部将の一人である。織田家が規律に厳しく、このような所業を赦《ゆる》すことがないのを知っているはずではないか。

「い、いや真《まこと》だ。此度《こたび》、安土に石を運ぶにあたり、新たに召し抱えられたのだ」

そう別の男が宥《なだ》めようとする。織田家が膨張するにあたり、諸将の石高も増え続けている。それなのに戦に次ぐ戦で兵の消耗も激しく、どの将も上は侍大将から下は足軽まで、人手を必死に揃《そろ》えていた。中にはこのような胡乱《うろん》な者も混じっているということである。

「丹羽様は貧乏籤《くじ》を引かれたようだ。女子を離せ。このことは殿にお伝えする」

「俺たちは酌を……」

「二度は言わぬ。離せ」

「おい……」

男たちが互いに目配せをする。そして焚火の側に無造作に置いてあった刀を取ると、ほぼ一斉に鞘《さや》から抜いた。死人に口なしと、己を葬《ほうむ》り去るつもりである。

「俺も舐《な》められたものよ」

甚内はゆっくりと刀を抜き払うと、着物の裾《すそ》を噛むようにして震える女に向け、優しく話しかけた。

「目と耳を閉じていてくれないか」

冬の森は静寂《しじま》に恋する。百を数えるほどの僅《わず》かな喧騒《けんそう》の後、辺りはまた水を打ったように静まり返った。その時には足軽たちは皆が屍《しかばね》と化している。返り血に女が怯《おび》えないようにするため、甚内は袖でしっかり顔を拭った。

「もう目を開けてよいが……俺の顔だけを見るように」

甚内は穏やかな声で言うと、女は薄っすらと目を開けてしがみ付いてきた。その時、甚内は背後に気配を感じて首だけで振り返った。

「甚内……」

佐吉は屍を見て茫然となっている。

「すまんな。ちとややこしいことになった」

甚内がことの顚末《てんまつ》を話すと、佐吉は憤然として言った。

「心配するな。甚内は当然のことをした。このことを公《おおやけ》にして……」

「いや待て。何があったかは言わずともよい」

「まさか……お主」

昨夜、佐吉の話を聞いた時の己はこのような顔をしていただろう。見た所、女子はまだ乱暴を受ける前であった。だがこのことが公になれば、勝手に傷物になったと思う者もいよう。そうなれば嫁の貰《もら》い手も皆無である。佐吉は危惧《きぐ》していることを察したようである。

「何と言ってのける」

「困った。何か筋を考えてくれ」

「何故、私に頼む……」

「お前が俺より遥《はる》かに賢いことは解っている。それにお主も女を大切に想っているからな」

女子の背をさすりつつ甚内がへらっと笑うと、佐吉はこめかみを掻き毟《むし》って大きな溜息を零《こぼ》した。

佐吉が引いた筋書きはこのようなものである。

夜のため見間違ったか、丹羽家の郎党たちが己たちの石を自分たちのものだと因縁を付けて来た。

再三違う旨《むね》を言ったが、郎党たちは承服しない。挙句の果てにはこちらの言い分を無視して勝手に運ぼうとしたので、甚内が縄を切って曳けぬようにした。そこで怒った郎党たちが襲い掛かって来て、甚内が五人を悉《ことごと》く殺《あや》めてしまったというものである。

「それでいけるのか？」

どうも出来過ぎた話のようで、甚内は苦笑した。

「心配ない。娘のことは他言しないと約束する故、私の言う通りにしろ」

佐吉はあっさりとした調子で言ったが、甚内はすぐさま殿に呼び出された。何でも烈火の如く怒っているらしい。

――話が違う。

甚内は泣き出したい気持ちになった。あの夜は腹を切る覚悟は出来ていたが、人とは弱いもので何とかなると言われればその決意も鈍っている。何より世間に知られるのが、あの女子に申し訳ない。

甚内が赴くと、殿は険しい顔で人払いを命じた。背に冷たいものが流れる。

「甚内」

「はっ……」

「よくやった」

恐る恐る顔を上げると、殿は悪戯《いたずら》っぽく片笑んでいた。

「困る女を見捨てるような男、当家には要らぬわ。で、どうだった」

「と、仰《おっしゃ》いますと……」

意味が解《わか》らず、流れる汗を拭うこともなく問い返した。

「よい女子だったか」

「はい。人懐《なつ》っこい顔をしておりました」

「それは見たかった」

殿は軽く手を打って口惜《くちお》しがった。殿の女好きは有名な話で、奥方の寧々《ねね》様などは

時折小姓の詰め間に訪れて、

――殿の悪さを見つけたら私に言うように。私から褒美《ほうび》を取らせます。

などと冗談を言って、皆を笑わせていた。

殿は指で鼻先を弄りながら言った。

「女子の先を思い、自ら罪を被《かぶ》ると申したそうだな」

「申し訳ございません」

甚内は畳に頭を擦《こす》り付けた。佐吉は殿には全《すべ》て真実を告げた上で、女に狼藉したとあれば丹羽家もただでは済まない。石を巡っての誤解から生まれた喧嘩《けんか》とあれば、御屋形様も自分が急ぎ命じた手前、苛烈《かれつ》な処置を下さないだろう。丹羽家にも恩を売ることが出来ると冷静に分析して、己が描いた絵図を伝えた。

織田家の宿老の一人だけあって丹羽長秀も愚かではない。これには何か裏があるとすぐに長浜に飛んで来た。そこで秀吉は仔細《しさい》を話した後、平謝りしたものだから、却《かえ》って長秀も恐縮して、

――よい家臣を持っている。当家もそのほうが助かる。

と、筋書きに乗ることを了承して帰ったそうである。

「俺や丹羽殿とて、女子の不幸を願っている訳ではない」

「今のお主には真の意味で、女一人守れぬということよ」

殿の一言が胸に突き刺さった。確かに暴漢から救い出せたが、その後のことは全く考えていなかった。殿と丹羽殿が丸く収めることを見通し、佐吉が動いてくれたからである。

「は……いかさま」

「喧嘩としたからには、丹羽殿の顔も立てねばなるまいて。甚内、暫《しばら》く暇《いとま》を与える」

真綿に包《くる》んだ言い方だが、放逐を宣言されたということだと取った。

「短い間ではございましたが、お世話になりました……」

初めは仕えるつもりもなかったし、三石という石高に不満を持っていた。だが今、その人柄に触れてこの殿に奉公したいと思っている。それに何より佐吉や助作を始めとする、同輩たちと離れるのが妙に哀《かな》しかった。己の無力さが嫌になり、口を窄《すぼ》めて涙が溢《あふ》れそうになるのをぐっと耐えた。

「暫《しば》しと言っておろうが。せっかちな奴《やつ》だ。それでは女子にもてぬぞ」

殿は呆れ笑いを浮かべ、首の後ろをひたひたと叩《たた》いた。

「しかし今、暇をと……」

「明智殿に預ける。暫し働いて来い」

明智光秀は織田家の諸将の中で、殿と並んで最も勢いのある将である。今は御屋形様より丹波攻略を命じられていると聞いている。

殿は左右を見渡すと口にそっと手を添え囁《ささや》くように言った。

「丹波の女は美しいらしいぞ」

一気に緊張から解き放たれ、甚内は喉《のど》を震わせるように笑った。殿は慌《あわ》てた素振りで今一度周囲を窺《うかが》うと、口に人差し指を当て、しっと息を吐いた。

五

明智光秀は丹波の攻略に難航しているらしい。光秀に援軍を請《こ》われた御屋形様は、各諸将に少しずつ手勢を送るように命じた。殿はこれをよい機会と捉《とら》え、甚内を応援としたという訳だ。

まずは明智家の本城である近江坂本城に向かう。光秀が丹波より戻っており、そこで指示を仰ぐことになっているのだ。

「全く巻き添えだ」

道中、助作は愚痴を零した。己一人で行かせるのは不安と思われたか、殿は助作にも明智家への出向を命じられた。

「そう言うな。そのお陰でお前も百五十石取りだ」

他家に応援に行かせるのに、三石取りの軽卒では流石にまずい。それで石を守った功という名目で、一躍百五十石の身分に取り立てられた。助作も日頃実直であることで同様に、百五十石を食むことになっている。そもそも今まで三石取りだったことに、却って殿のほうが驚かれており、

「なに!? お前、三石取りか!」

などと、瞠目《どうもく》していた。

殿は多忙極まりなく、評定《ひょうじょう》を開いている合間に吏僚が決裁を仰ぐことも儘《まま》ある。新規召し抱えの伺いを立てた吏僚に対し、話を続けつつ指を三本立てた。その前に十石の者が続いたため、殿としては十三石の意だったらしいが、吏僚が三石と取り違えたらしい。

「阿吽《あうん》の呼吸で取り計らってくれる者はいないものか……」

殿は疲れの色を見せて溜息を零し、多忙とは言え己の不明だったと詫《わ》び、改めて百五十石を下さったのだ。

甚内、助作、共に三十人の兵を率いて坂本城に入ると、すぐに光秀が応対してくれ

た。

「羽柴筑前守様の命を受け参上致しました」

此度は甚内らの他に二十数家から五、六十名ずつ。併せて千余が応援に回されている。一家から纏《まと》まって兵を出せないのは、各々《おのおの》が何らかの任に忙殺されていることを意味した。

そもそも織田家ほど将を酷使する家は類を見ない。光秀は丹波攻略だけでなく、自領の内政は勿論《もちろん》、畿内で起こる一揆《いっき》、謀叛《むほん》の討伐、朝廷との折衝など多岐に亘《わた》る任を背負っている。

「よく来てくれた」

そう迎えてくれた光秀の頰はこけ、目の下には濃い隈《くま》が刻まれている。殿も疲れておられると思ったが、光秀はさらに増して消耗しているように見えた。

「何なりとお命じ下さいませ。丹波へは何時《いつ》お戻りで」

やや差し出がましいと思ったか、横の助作は小さく首を振って窘《たしな》める素振りをした。

しかし光秀は遠い目つきになって、ぽつぽつと話し始めた。

「永禄《えいろく》十二年（1569年）に丹波平定を命じられ、昨年ようやくその大半を手中に収めた……だが今残っているのは亀山《かめやま》城ただ一つ」

亀山城は昨年光秀が築いた城で、今はここを丹波平定の拠点としている。その本拠以外の全てを失う大敗を喫したことは甚内も耳にしていた。

昨年末、光秀は丹波最後の砦《とりで》である黒井城を落とすため出陣した。付城《つけじろ》を築いて完全に包囲して兵糧《ひょうろう》を遮断したことで、春までには落とせるものと確信していた。しかし翌天正四年（1576年）一月十五日、状況は一変した。すでに取り込んでいたはずの国人たちが突如三方より急襲、黒井城からも兵が討って出てきて明智軍は総崩れになった。光秀も這《ほ》う這《ほ》うの態で逃げ、亀山城に戻った時には誰一人として側にいないという有様であった。

「奴は城にいながら、我が軍のことを手に取るように見通し、他の国人たちを蜂起《ほうき》させた……」

光秀は薄紫に変じた下唇を嚙《か》みしめて続けた。

「丹波は、古くは鬼が住まう地と恐れられた。まさしく奴は鬼よ」

「鬼……」

「黒井城主、赤井《あかい》直正《なおまさ》。丹波の赤鬼の異名を持つ男だ」

今の段階で攻めても、昨年の二の舞になるのは火を見るよりも明らか。光秀は亀山城に兵を詰めさせ、赤井がどのようにして外のことを知っているのか、いかにして繫《つな》いでいるかを徹底的に洗っているところであるという。しかし一向にその手法は解らず、反対に亀山城は再三の攻撃を受けて窮地に陥っているらしい。

「私どもが調べましょう」

「馬鹿者――」

助作が止めるのも聞かず、甚内はさらに続けた。

「新たな眼でみたほうが、糸口を摑《つか》みやすいかもしれません」

その提案は容《い》れられることとなり、坂本に着いた翌日、早くも甚内と助作は丹波を目指すことになった。己もう齢《よわい》二十三と若くはない。一刻も早く出世の足掛かりを得たい。その焦《あせ》りが甚内の躰《からだ》を突き動かす。

丹波亀山城に入ったのは十日後、すぐに甚内と助作は手分けして手掛かりを探した。所謂《いわゆる》、間者《かんじゃ》働きというものである。これは朴訥《ぼくとつ》で一見武士に見えない助作の方が得意で、旅の商人を装《よそお》って村々から有益な話を聞き出して来る。

赤井直正は当年四十八、一度他家に養子に出されていたが、兄の死を受けて家督を相続。敵対する外叔父を容赦なく滅ぼしたことから、赤鬼のほかに「悪右衛門《あくえもん》」の二つ名でも呼ばれている猛将である。だが肝心の、赤井がどうやって情報を得ているかはさっぱり判《わか》らない。

一方の甚内はというと、助作のように上手くはいかない。出世や女への欲が肩から気として立ち上っているのか、すぐに正体が露見して逃げ出すことを繰り返していた。

一月ほど経ったある日、甚内が喉を潤《うるお》そうと川辺に向かうと、女が白布で躰を洗い清めていた。顕《あら》わになった肌は雪のように白く、布との境目さえはきとしない。その横顔は天女を彷彿《ほうふつ》とさせるほど美しかった。

——殿の仰ったことは真だ。

丹波は陽が当たる時が短いからか、確かに肌の白い美女が多い。だが眼前のこの女はその中でも別格の美しさで、甚内は思わず見惚《みと》れて立ち尽くした。

女がこちらに気付いた。居合わせた非礼を詫びようとしたが、女は一瞥《いちべつ》しただけで、布で躰を隠すこともなく清め続ける。逃げれば却って下心があると思われかねない。甚内はふてくされるようにして進み、川にざぶんと頭を突っ込んで水を吞《の》んだ。

「失礼した」

そう言い残して去ろうとすると、背後から女が呼び止めて来た。

「商いの旅ですか？」

「ああ、丹後に行くつもりだ」

「そうですか……」

女は憂《うれ》いのある顔になると、川から出て河原に置いてあった衣服を身に着け始めた。百姓ではない。着物から見るにどうやら武家の娘らしい。この辺りの武家といえば九割九分までが敵方である。

「明智家の御方かと思いました」

ふいの一言に心の臓が激しく律動する。

「まさか……だがもしそうであったら如何《いかが》する。黒井城に走るか。ならば俺はお主を殺さねばならぬ」

動揺を隠そうとしたからか、言わずでもいいことを捲《まく》し立ててしまった。

「おお、怖い」

「男とは怖いものだ」

「どのように？」

女は妖《あや》しく笑う。それがその目、口、仕草、全てが蠱惑《こわく》を纏《まと》っており、甚内は喉を動かした。

「でも黒井の御城には走りません。八重《やえ》は別のことを考えておりました」

——八重と謂《い》うのか。

名を知ると、さらに女のことを知りたくなるから不思議なものだ。

「別のこととは？」

「言えませぬ。明智の御方では無いのですもの」

「俺は確かに明智の者ではない。だが商人でもない。羽柴筑前守様という御方の手の者だ」

何を正直に話している。己を殴りつけてやりたい衝動に駆られたが、反面この女は敵ではないと直感もしていた。女、いや八重はあっと声を上げた後、囁くように言った。

「では織田家の中でも昇竜の如きと噂《うわさ》される羽柴様のご家中……」

「そうだ。百五十石取りの脇坂甚内と謂う」

禄高は余計である。だが八重を前にして、少しでも己を大きく見せたいと思ってしまった。

「そのお若さで。有望な方なのですね……八重の頼みをお聞き下さいますか」

「聞こう」

「私の父は織田家に奉公したいと申していますが、何の足掛かりもなく困っているのです……」

「ほう。お父上は名を何と申される」

これは何かの手掛かりになるかもしれぬ。黒井城に籠《こも》っている武士、つまり赤井家の郎党だろうと考えた。

「吉見則重《よしみのりしげ》と」

「なっ――」

大物の名が飛び出したので甚内は声を詰まらせた。黒井城の東北東に位置する鹿集《かたかり》城主の名である。吉見氏は則重、守重《もりしげ》の父子共に武勇の誉れが高く、これらが八重の父、兄であるという。

「我が鹿集城は黒井城と目と鼻の先。寝返りが露見すれば、一族郎党皆殺しの憂《う》き目に遭います。かといって遅ければ、織田家への忠勤にならず。故に先に内通したいと日頃から申しています」

父の想いを聞いていただけに、ここで甚内に逢えたのも天啓だと思ったらしい。

「私の一存では。ともかく明智様に図ってみましょう」

「よろしくお願い致します」

「十日後、この場所にお越しください」

「はい……あのう」

八重は口籠り、絞るように続けた。

「どなた様がおいででしょうか」

なるほど、知らぬ者が来ては、事が事だけに声を掛けてもよいか迷うということだろう。

「私か、片桐助作という者が来ます。助作の特徴は……」

「脇坂様が来て下されば嬉《うれ》しく思います」

八重の頰が薄紅色に染まる。甚内は視線を川面《かわも》に逸《そ》らした。

「解りました」

答えた声は微《かす》かなもので、せせらぎの音に乗って遠くへ流されていった。

文で寝返りのことを告げると、すぐに光秀から返信があった。内容の概略は、

——半信半疑であるが、真ならば捨てがたい。以後も繫ぐように。

という、甚内からすれば願ったり叶《かな》ったりのものであった。あの日、一瞬にして甚内は恋に落ちたのである。光秀には繫ぎ役が八重とは言わなかった。ただ吉見家の者とだけ伝えてある。

甚内は十日と空けず八重と会った。あくまで名目は寝返りの打ち合わせである。

三度目の時、天からぽつりと滴《しずく》が落ち、すぐに沛然《はいぜん》たる驟雨《しゅうう》へと変わった。近くに樵《きこり》の小屋があるというので、八重に連れられて雨宿りをすることになった。囲炉裏に火を熾《おこ》し、衣服を乾かしていた時、どちらからともなく手を握り合い、初めて契《ちぎ》りを交わした。

甚内は天にも昇るような心地であった。逢瀬《おうせ》を重ねる毎《ごと》にその想いは強くなる。

「夫婦《めおと》になろう」

五度目に会った日、甚内は己の腕の中の八重に言った。寝物語ではない。本気である。

「それは……」

今までどんなことにも微笑《ほほえ》みながら頷《うなず》いていた八重が、一瞬口籠るのを見逃さなかった。

「駄目か」

怯えながら聞く甚内に、八重は暫し考え込んだ。

「私は……万石の大名の妻になるのが夢なのです」

「よし、それなら俺は必ず大名になろう」

やんわりと断られたのは解った。だがそれにも己がめげないものだから、八重は目を丸くしている。

「何故……会ったばかりの私にそこまで……」

甚内はごろんと仰向けになり、仄《ほの》かな明かりに照らされた茅舎《ぼうしゃ》の、くすんだ天井を見つめた。

「何故だろうな。強いて言うならば、お主の笑った顔か」

「ふふ。美しいとお褒め下さいますか？」

八重は笑いながら、冗談めかして話す。

「哀《かな》しげでな。俺が傍にいてやりたいと思った」

初めて八重の笑みを見た時に思ったことである。どこかで同じ笑みを見たことがある。ずっと考えていた。最近になってようやく解ったのは、己の母も時折そのような笑みを見せた。もしかしたらそれに重ねているのかもしれない。

「どうした？」

返事がなかったので横を見ると、八重の目に光るものがあった。八重はそれを隠すように身を捻る。甚内は狼狽《ろうばい》して肩に手を添える。

「何か気に障《さわ》ることを申したか……」

「いえ……脇坂様は変わった御方です」

「助作、虎之助、挙句の果てには一等変わった佐吉にも言われたことがある」

甚内は困り顔になって、こめかみを搔《か》いた。

「真面目《まじめ》な片桐様、大人びた加藤様、そして誰とも違う大きなものを見ておられる……脇坂様が一押しの石田様」

同じ小姓組の仲間のことは八重によく話している。八重もしっかり覚えてくれたようで、背中越しに忍び笑うのが解った。

「女に甘すぎるとな」

「脇坂様はお優しいのです」

「庄屋の娘と逢う約束を交わし、六刻も待ち惚《ぼう》けをくらった時には、皆《ま》にげらげらと笑われたものよ」

「まあ、そのような御方が？」

八重は躰を回してこちらをじっと見た。目から涙は流れていない。頰に涙の痕《あと》はあった。

「これはしまった。昔のことだ」

甚内が手をばたつかせて弁明するのが可笑《おか》しかったか、八重はくすりと笑った。

「皆様もお呆れでしょう」

「女に熱を上げておらぬお主はどこか張り合いがない。惚れてこそ甚内。などと揶揄《からか》われておる」

「ふふ……私も皆様に会ってみとうございます」

「一癖も二癖もあるが、きっと八重も気に入るはずだ。そうそう佐吉の眼はな、狐《きつね》のように……」

甚内は指で目を吊《つ》り上げて見せる。それを見てまた八重はくすくすと笑う。返事は聞けなかった。だが明日をも知れぬ戦《いくさ》の最中、このような話を出した己が浅慮であったと思い直し、甚内は目一杯戯《ふざ》けて八重の笑いを誘ってみせた。

六

「甚内、大丈夫か」

三月が経《た》った頃、助作が心配した面持ちで言った。助作だけには八重のことを語ってある。そのことだとすぐに解った。

「やめてくれ」

「明智様に話したほうがよいのではないか」

「女と聞けば、お主のように訝《いぶか》しまれるかもしれぬ。八重は心配ない」

「だといいのだが……それにしても赤井家の諜報《ちょうほう》が解らぬ」

助作はずっと間者働きを続けているが、一向にその手法が解らないらしい。甚内はというと、もう熱心には調べていない。吉見氏の寝返りがあれば、黒井城は容易《たやす》く落ちる。そうなれば第一功は寝返りを主導した己になる。

「助作、手柄は俺が貰うぞ」

「それはどうでもよい」

助作は欲が浅く、負け惜しみでないことをよく知っている。

天正五年（1577年）の秋、遂《つい》に光秀が八千の兵を率いて丹波に入った。吉見家の寝返りを疑っている訳ではなかろうが、それがなくとも十分に落とせる兵数である。

「脇坂殿、吉見はどのような塩梅《あんばい》だ」

光秀は軽輩の己にも丁寧に話しかけてくれる。

「間違いなく。これが証拠でございます」

甚内が差し出した物。それは貂《てん》の皮で作られた馬印である。吉見家の始祖、源範《みなもとののり》頼《より》の次男三郎資重《さぶろうすけしげ》から代々伝わる家宝として、八重はこれを質にと渡してきた。

「これが……か？」

光秀は貂の皮を手に取り、まじまじと見つめた。

「はい。これが吉見の家宝である裏は取っております」

横に並ぶ助作も頷く。丹波では有名らしく、助作が村々から聞き込んでくれた。

「赤井直正は三日後に夜襲に出るつもりのようです。その折、吉見は寝返って背後から攻めかかると」

「よし。それまで兵を休め、一気に崩してやろう」

甚内が八重から聞いた話を告げると、光秀は力強く頷いて決断を下した。

その夜、赤井軍が夜襲に討って出た。三日後だとばかり思っていた明智軍は虚を衝《つ》かれ、百余の死者を出す被害を蒙《こうむ》った。

「どうなっている！」

光秀は黙然としていたが、その甥《おい》で家老の明智左馬助《さまのすけ》が怒鳴る。

「これは……」

甚内はしどろもどろになるが、

「直正は名将。こちらの緩みを見て取ったのかもしれぬ。明日、一当てしてみるぞ」

光秀が静かに左馬助を宥《なだ》めてくれたおかげで、場は収まった。

翌日、明智軍は黒井城に肉迫した。あと少しで二の丸を破れると思ったところで、また不測の事態が起こった。背後の鹿集城から吉見勢が討って出たのである。初めは加勢かと思ったが、吉見勢は背後から矢を射かけて来る。それに合わせて黒井城からも兵が突出し、またもや明智軍は死者二百余を出す敗北を喫した。

「もう我慢ならぬ！　まずは鹿集から摺《す》りつぶしてくれるわ！」

激高する左馬助に、甚内は平身低頭で詫びた。流石《さすが》の光秀もこれにはあからさまな不快を示し、即刻下らねば鹿集城から攻め落とすと伝えよと命じた。

甚内は急いで八重に密書を書き、明朝いつもの樵小屋で落ち合った。

「どうなっているのだ！　このままでは鹿集城が攻められるぞ」

肩を摑んで訴える甚内に対し、八重はさめざめと泣きながら答えた。

「父や兄も夜襲の日が変わったことを知らされていませんでした。また明智軍が攻めているのに、背後を衝かねば寝返りを疑われます。来《きた》る時にそれでは本懐を達せられないと考えたのです」

「事情は分かった。ならば即刻、兵を出して明智軍に加われ」

八重は了承して帰っていった。そして言葉通り、夕刻には吉見父子が三百の軍勢を率いて明智の陣に馳《は》せ参じたのである。光秀は疑念を解いて吉見則重の手を取らんばかりにして喜んだ。

「吉見父子が織田の軍門に降《くだ》ったとあれば、直正も狼狽しておろう。今こそ所領安堵《あんど》を約して降伏を促す」

使者は誰が良いかと思案し、手を打って続けた。

「脇坂殿。此度の調略は貴殿の手柄だ。使者まで務めてくれ」

これで上手《うま》くいけば、功に功を重ねることになる。甚内は喜び勇んで黒井城への使者に発った。

城に入ると、すぐに赤井直正に引き合わされた。太く短い眉《まゆ》、存在感のある大きな鼻、目の下や口回りには肉が垂れたような深い皺《しわ》。口回りの黒々とした髭《ひげ》。赤鬼や悪右衛門と言われるに相応《ふさわ》しい相貌《そうぼう》である。

「如何《いかが》でございましょうか」

甚内は条件を伝えた後、降伏の意思を確かめた。

「どうするかの」

「迷われるお気持ちも解りますが――」

「いや、戦うことは決している」

直正は被せるようにして言い切ったので、甚内は落胆した。しかし、ならば何を迷っているというのか。

「皆、下がれ」

直正の言に家臣たちは戸惑いを見せたが、心配はないと人払いをした。一体、今から何が始まるのか。甚内は得体のしれない恐怖を感じた。

「降伏など片腹痛いが……使者がお主と聞いて会う気になった」

「私をご存知で」

訳が解らない。まさかこの丹波の雄が、己の武勇を聞きつけたのか。それが青い驕《おご》りであったと知るのに、時は掛からなかった。直正は脇《わき》からある物を取り出した。甚内の手が小刻みに震え、やがて全身に波及する。それは貂の皮だったのである。

「吉見家の家宝が何故二つ……まさかお主、八重と通じて……」

相手を忘れて口汚くなった。貂の皮は己が持っている物よりも僅かに大きい。つまりこちらは雄ということ。ならば、実は吉見家の家宝は二体一対のものではないか。甚内の脳裏にさっと浮かんだ筋、それは八重が赤井とも懇《ねんご》ろの関係であり、どう転んでも吉見家を残す為《ため》に二股《ふたまた》を掛けているというものである。

「鎌倉以来の家宝という触れ込みだが、そもそも数百年も貂の皮が朽ちぬと思うか」

「あ……」

言われて気が付いた。毛の質感、色合い、どちらも数百年の時を越えて来たとは思えない。

貂の皮を手にした光秀も訝しんでいたが、恐らく同じことを考えていたのではないか。

「一対の貂の皮。これが女に限らず吉見の常套《じょうとう》なのだ。丹波で儂だけは知っている」

貂の皮の家宝は一つ。そう世間には思わせておいて、対立する両陣営に質として差し出す。一方が滅びればまた失われた片方を作って対にする。長い戦乱の中、吉見家はこの手を使って生き延びて来た。

「儂が叔父と争ったのは知っているな」

赤井家は兄が継ぎ、直正は荻野《おぎの》家に養子に出されていた。その兄が急死したことで赤井家は、直正と叔父で後継ぎを巡って紛糾した。

「儂は攻め込んだ叔父の城の宝物庫にこれがあるのを見た」

「それだけで……」

この絡繰《からく》りに気付いたということがあり得るのか。

「薄々勘付いた儂は、吉見を咎《とが》めようとしたが……だが出来なかったのだ」

黙して見守る甚内に、直正は突拍子もない話を始めた。

「鷦鷯《みそさざい》を知っているか？」

森林や渓流で見かける小さな野鳥である。非常に高く囀《さえず》り、小ぶりの割に鳴き声が大きい。

「ある言い伝えがある」

鶺鴒の雌は、他の雄と通じ子を産んだ場合、人に置き換えれば夫に当たるつがいの雄に、実の子と信じ込ませて育てる。実に強《したた》かな鳥なのだという。直正が何を言いたいのか、甚内には皆目理解出来ない。

「儂は鶺鴒に捕まっていたのよ」

血で血を洗う争いに疲弊する直正の前に、一人の女が現れた。直正は女に心を奪われ、ひと時の癒《いや》しを求めるようになった。

直正は叔父を滅ぼし家督を継ぐと、吉見氏の二股を問い詰めたが認めない。禍根は断つべきだと考え、吉見を滅ぼそうとした直正の前に例の女が現れ、吉見氏の安堵を要求したという。何を訳に吉見氏を庇《かば》い立てするのか。詰め寄った直正に、女は表情一つ変えず言い放った。

——私は吉見の妻でございますれば。

直正は愕然《がくぜん》とした。知らぬこととはいえ、敵方の妻と通じていたのだ。貂の皮の絡

「は……」

繰りが万が一露見してもなお、奥の手を用意していたということである。もっともこれが吉見家総意のことか、女が一人で仕組んだことかは解らない。しかも女はさらに、

――殿の子を身籠りました。

というではないか。直正は言葉を失った。まだ家も安定せぬ時期のこと、敵方の妻を手籠めにしたなどの風聞が流れれば、己の沽券《こけん》に関わる。直正は茫然自失《ぼうぜんじしつ》で要求を呑むしかなかった。その時に貂の皮の片割れも、焼くように頼まれたという。

「幸い生まれたのは女であったが、これが男だったらと思うとさらに複雑だったであろう」

「まさか……」

甚内も愚かではない。話の結末が朧気《おぼろげ》に見え始め、膝が震えるのを手で押し止《とど》めた。

「八重は儂の娘だ。あれの母が鵜鶘なのだ」

「そんな……」

「母は死んだが、それは娘に受け継がれ、今尚《いまなお》、強請《ゆす》られていることになる。私が娘ということは吉見も知らぬ秘事。これを使わねばなりませんと、微笑みながら貂の皮を置いていきおったわ」

直正はその強かさに感心すら覚えたように、大きく溜息《ためいき》を零した。

八重は赤井家と織田家、どちらが勝っても家が残るように画策し、両家にその証左として貂の皮を託したということである。だが甚内には解《げ》せない。八重は赤井家に情報を流し、有利に導いているではないかということだ。

「儂《わし》は初日に明智軍の急襲があると聞いた。故《ゆえ》に先んじて討って出たのだ」

「私は三日目に赤井軍が討って出ると……」

「そのようなことだと思った。両方に虚実混ぜて話しておるとな」

「何故そのようなことを」

「血を分けた娘とはいえ、女は解らぬ。敢《あ》えて理由を求めるとすれば、双方の戦いが激化し、早くの決着を望んでいることくらいか……」

もう一つ、どうしても解らないことが残った。何故、赤井がわざわざ己にその話をするかということである。少なくとも八重は赤井には甚内のことを話している。甚内は知らされていない。これを上手く利用すれば、赤井家に有利に働かせることも能《あた》う。

「お主が不憫《ふびん》でな」

直正はそのように言った。八重に二股膏薬《ふたまたこうやく》を掛けられたことであろう。甚内は精一杯の強がりを見せた。

「いえ、お家を守るためなれば、それくらいの強かさも必要かと」

「家か。お主は吉見家を守る為と思っているだろう。あやつは吉見をとっくに見限っておる」

吉見の家が滅んでも、「大野《おおの》」の家を残して欲しい。八重はそのように言ったらしい。

「大野？」

聞き慣れぬ家名に甚内は首を捻《ひね》った。

「あやつはすでに人の妻よ」

「まさか――」

頭を槌《つち》で殴られたような衝撃が走り、目が眩《くら》む思いであった。

「吉見家の被官、大野定長《さだなが》という男だ。既に子も三人いる」

嘘《うそ》だと叫び出したかった。己が無知なだけか、八重の躰はとても子を産んだようには思えなかった。しかしよくよく考えれば、己は八重のことを何一つ知らぬではないか。一目見た時から惹《ひ》かれ、溺《おぼ》れるように情を交わした。ただそれだけの間柄なのだ。

「鵜鶘の子は鵜鶘。血は争えぬということか……お主が昔の己と同じ様になっているから、不憫と申したのよ」

直正は遠くを見つめるような目になった。それは甚内への憐《あわ》れみというより、己の中の思い出を手繰るような、どこか哀しげな眼であった。

七

降服勧告は不調に終わった。甚内は意識が朦朧《もうろう》とし、そこからどうやって陣に帰ったのか記憶に無い。助作に何度も名を呼ばれて我に返ったほどである。

「甚内、顔が真っ青だ」

自身に降りかかっていることとの整理がつかない。

「いや、何でもない……」

甚内は懐《ふところ》に手を当てて首を振った。そこにはもう一つの貂の皮が収まっている。

八重に脅されているからか、はたまた離れていたとしても血を分けた娘だからか、赤井は二股を知ってなお、戦に勝てば大野家を残すと確約したと言った。そして、

「また同じことは繰り返せぬ」

と、貂の皮を甚内に託したのである。直正は自身が敗れ、明智軍が黒井城に雪崩《なだ》れ込むことも想定しているのだ。

——八重、どうするつもりだ。

八重が人の妻だったこと、子までいたことに衝撃を受けたのは間違いない。人並みに怒りもしている。しかしそれ以上に、八重の笑顔が脳裏から離れず、その身を案じている己がいる。

吉見家はどうするのだ。本心から織田家に付いているのか。それとも赤井家に再び鞍替《くらが》えするのか。吉見家が信用出来ないことを言えば、その被官である大野家もただでは済まない。

光秀の前に出ても、甚内は何と復命すべきか答えが出せずにいた。

「赤井はあくまで戦うと申しております」

「そうか。だが申してくれればよいものを。よくやってくれた」

何の話だ。甚内が呆気《あっけ》に取られていると、光秀は左馬助に目で合図を送った。すると陣幕の中に一人の女が入って来た。八重である。

「吉見家に調略を掛けると同時に、その被官にまで目を付けるとは。羽柴殿の家臣は手抜かりが無い」

光秀が言うにはこうである。甚内が使者に立って間もなく、八重が一人で明智の陣を訪れた。当主大野定長が重病、子は幼いため、妻である己が名代で来たというのだ。そして甚内が熱心に大野家に寝返りを勧めたことで、心動かされたと語ったという。

「赤井にこちらのことが筒抜けであった絡繰りも、八重殿が教えてくれた」

吉見家の女が明智の侍を籠絡《ろうらく》して機密を得て、赤井に報《しら》せていたというのである。

――その女は八重だ……。

甚内の勘はそう告げていた。

「脇坂様、その節はありがとうございました。お蔭《かげ》で明智様に大野家の安堵をお約束頂きました」

八重は涙を湛《たた》えて頭《こうべ》を垂れる。これが演技だということが解ってしまう己が哀しかった。甚内は動揺を必死に抑えて頷いた。

なるほど。赤井にいち早く大野家の安堵を約束させた。これで赤井家が勝てば何の問題も無い。あとは織田家が勝利した場合の生き残りを画策せねばならない。それがこの行動であったという訳である。

「吉見の二股が知れた。明日のことは結果的に脇坂殿の手柄となる」

光秀はひやりとするほどの笑みを浮かべた。穏やかな色を纏うこの老将を、甚内はどこか侮《あなど》っていた節があった。だが織田家において殿と双璧《そうへき》の出世を遂げる男なのだ。

翌日、甚内は己の認識の甘さを改めることになった。馳せ参じていた吉見の陣に、明智軍が流れ込んだのである。ふいを衝かれた吉見軍は何が何だか分からぬまま、皆殺しの憂き目にあった。吉見則重は早朝より鹿集城に戻って城内に差配していたので難を逃れたが、息子の守重は膾《なます》のように斬《き》り殺された。

その日の夜、礼を言いたいと光秀の許可を得て、八重が甚内の元に現れた。

二人きりである。配下に周囲を見張らせており、外に会話が漏れることも無い。無言の時を蛙《かわず》の鳴き声が埋めている。目には見えぬ重い振り子が二人の前を行ったり来たりしているような気がした。そんな中、重い口を始めに開いたのは八重であった。

「お許し下さい」

「ああ」

何に対しての謝辞か、何に対しての応答か。その曖昧《あいまい》さに、踏み込む気力が湧《わ》かぬ。

「私の夫は死の病に罹《かか》り、余命幾許《いくばく》もありません。何をしても三人の子を守らねばならぬのです」

八重は一転、何かを振り払うように凜然《りんぜん》と言った。

「そうだろうと思った」

「はい。では、これにて……」

八重の顔を見ると、今にも降り出しそうな曇天を思い出した。去り行く八重の背を目で追っている最中、思わず声が零《こぼ》れ出た。

「殿に……羽柴様に仕えぬか。俺の手柄の全《すべ》てと引き換えに、必ずや頼んでみる」

八重はぴたりと足を止めた。そして振り返らないまま答えた。

「手柄を無為にするなど愚かなお言葉を仰《おっしゃ》いますな。脇坂様は大名になるのでは。それで惚れた女子を守ると」

だがそれは私ではない。言葉に出していないが、甚内はそこまではきと聞き取った。

「これは一本取られた。だがこのような手柄が無くとも、俺は大名になってみせよう」

甚内は頬を撫《な》でて大袈裟《おおげさ》に笑って見せた。八重の肩が小刻みに震えている。

「私は三人の子もいるのです。再び縁づくことは出来ません」

未亡人となっても子を支えて家を守る。それが武家の慣わしである。

「ああ、そうだな」

「もう……優しくしてくださいますな」

声の中に嗚咽《おえつ》が混じっている。甚内は細く息を吐いて天を仰いだ。夜空には何かに断ち割られたような半月が茫と浮かんでいる。逢えた喜び、別れる哀《かな》しみ、全てが心に溶けこんでいくような心地であった。

「そうさせてくれ。それが俺の生きる道標にもなる」

抱き寄せることは疎《おろ》か、指一本触れることはない。今もこれからも。それでも想いが色褪《いろあ》せることは無いと悟ってしまった。十人いれば十人が嗤《わら》うに違いない。

いや一人だけ、もしかしたら嗤うことなく聞いてくれるのではないか。狐目の仏頂面《ぶっちょうづら》を思い出し、甚内は苦く口を綻《ほころ》ばせた。

八

翌天正六年（1578年）三月、丹波の赤鬼こと赤井直正が病没した。直正を実質的な盟主と仰いでいた丹波国人の連合は瞬《また》く間に瓦解《がかい》し、次々に光秀に降っていった。光秀はその殆《ほと》どを快く容れたが、僅《わず》かな例外もあった。吉見家は降伏を許されず、鹿集城は明智軍の猛攻により陥落し、大半が撫で斬りにされた。

支城を失っても孤軍奮闘していた黒井城だったが、天正七年（1579年）八月九日、明智軍の執拗《しつよう》な攻撃の前に遂に力尽きて、城は炎に包まれた。こうして織田家は丹波を平らげることに成功したのである。

甚内と助作はそこまで見届けることなく播磨に戻された。播磨攻めが本格化してきたからである。

「大野家は丹波を捨てる覚悟です。何卒《なにとぞ》……」

甚内は大野家当主の命が明日にも尽きようとしていること。残されたのは幼子ばかりで、未《いま》だ安定せぬ丹波でやっていくのは心許《こころもと》ないこと。それらを告げて、大野家を家臣として召し抱えて欲しい旨《むね》を殿に告げた。

殿は暫《しば》しの間、じっと己を見つめて黙していたが、口角を上げてにやりと笑い、

「儂には家臣が少ないからな。その代わり励めよ」

と、願いを聞き遂げてくれた。

甚内はこれまで以上に役目に励んだ。大名になるという夢を叶えるためである。なっても結ばれることは無いのは解《わか》っている。それでもそれが八重を守る一助になると信じたのである。

播磨神吉《かんき》城攻めにおいては兜《かぶと》を鉄砲で撃たれて、一間あまりも後ろに吹っ飛んだ。

「甚内!　一度退《ひ》け!」

抱え起こしてくれたのは、新たに加わった小姓組の糟屋助右衛門である。

「こんなところで倒れている訳にはいかんのだ……」

甚内はよろめきながら立ち上がると、雄叫《おたけ》びを上げて突貫した。それにより一番乗りの功を挙げた。褒美《ほうび》として殿から赤母衣《あかほろ》を賜ることとなり、加えてこれに染め抜く

新たな家紋まで考えてくれた。

「白い輪違いなどどうだ」

二つの円が交差している紋である。

——殿は己の想《おも》いを全て見抜いておられる。それでいて口に出さずにいて下さる。

甚内はこの時にそう確信した。穏やかな眼差《まなざ》しの殿を見て、涙が込み上げそうになるのを耐え、甚内は唇を嚙《か》みしめて力強く頷いた。

天正十年（１５８２年）六月、織田信長が斃《たお》れた。討ったのはあの明智光秀である。殿は中国から即座に取って返すことを決断し、これを山崎の合戦で打ち破った。

翌十一年（１５８３年）、天下の覇を争って柴田勝家と賤《しず》ケ岳《たけ》で対峙《たいじ》し、甚内ら小姓組はこの戦の分水嶺《ぶんすいれい》で投入された。甚内は槍《やり》を振るい遮二無二駆けた。

「神部《かんべ》兵左衛門《へいざえもん》を討ち取ったのは……脇坂甚内なるぞ!!」

甚内は敵の中でも名の知れた剛の者を討ち取った時、無意識のうちに天に向かって咆哮《ほうこう》していた。遠く離れた姫路にいる想い人に届けと願っていたのかもしれない。

この戦で功を挙げた者は「賤ケ岳七本槍」として喧伝《けんでん》され、その一人に名を連ねた甚内の名も一躍轟《とどろ》くこととなる。天正十三年（１５８５年）には摂津国能勢《のせ》郡において一万石を賜り、従《じゅ》五位下中務少輔《なかつかさしょう》に叙され、半年の間に大和高取城二万石、淡路洲本《すもと》城三万石と順調に出世を重ねた。

殿は朝廷から関白に補され、殿下と呼ばれるようになり、天下を悉《ことごと》く平らげた。唐入りが行われると聞いたのはその直後である。甚内は千五百の兵を率い、水軍の将として参加することになった。

目まぐるしく世の中が動いてゆき、己の立つ場所も流転《るてん》する。だが時折、甚内は我が身の半分が、あの日の丹波に置いてきぼりをくっている感覚に襲われた。

甚内の元に八重から一通の文が届いたのはそのような頃である。八重は殿下の奥向きの役目に就き、元来の聡《さと》さもあってそちらも出世を重ねているとは聞いていた。

――改めて過日の礼を言いたい。

文の内容はそのようなものであった。甚内は迷わずこれを受けた。どうしても確かめたいことがあったのである。

殿下も己が大野家を救ったことは良く知っている。八重は赦《ゆる》しを得て、甚内の大坂の屋敷に尋ねて来た。

「お久しぶりです」

現れた八重は十年以上経っても時が止まったかのように美しい。変わったことがあ

るとすれば、召し物が豪華になったことくらいであろう。

「達者で何よりだ」

「遂に万石の大名になり遊ばしましたね。奥方も迎えられたとか」

幾ら願ったところで八重と共に生きることは出来ない。家臣の薦めもあって妻《めと》を娶《めと》っていた。


「ああ」

万感の想いが渦巻き、ようやく絞り出したのはそのような何気ない返事である。

「私はお拾《ひろい》様の乳母を仰《おお》せつかりました」

お拾とは殿下と淀《よど》殿との間に生まれた念願の子である。淀殿が旧主の妻であるお市の忘れ形見であることを思えば、やはり時の流れを感じずにはいられない。八重はその乳母を仰せつかり、大蔵卿局《おおくらきょうのつぼね》と呼ばれていると聞いていた。

「お拾様はお世継ぎ。その乳母ともなれば一介の大名よりも出世だ。お主の子らの将来も安泰であろう」

あの日、八重が何をしてでも守ろうとした三人の幼子たち。今では元服をして大野治長《はるなが》、治房《はるふさ》、治胤《はるたね》と名乗っている。

「お気づきになりませんでしたか……？」

「ああ、気付いている」

丹波平定から間もなく没した三人の父の名は大野定長。三人の諱《いみな》に共通する「治」の字はどこから来たのか。

「脇坂様の御名から頂戴《ちょうだい》致しました。私たちの恩人ですので。まずはそのことをお伝えに……」

そうではないかと薄々勘付いていた。だが甚内には、それよりも訊《き》かねばならない重要なことがあった。

「治純《はるずみ》のことだ」

甚内と別れて半年後、八重は四人目の男子を生んだのだ。それが今、治純と名乗っている。

「ええ」

「そうか」

それだけで十分であった。当時の定長は身を起こすことすら困難な病人。子を成すことなどは出来るはずもない。狼狽することはない。むしろ甚内は得体の知れぬ安堵を覚えている。己が八重と生きた数カ月に証《あかし》があったと思えるからか。甚内は溜息をついて訊いた。

「内府殿の厄介になっているとか」

三人の兄たちと異なって、治純は徳川家康の禄《ろく》を食《は》んでいる。

「そのことで話があって参上しました」

甚内は血の気が引くのを覚えた。八重が何を考えているのか視透《みす》けてしまったのだ。

「まさか貂の皮を……」

「はい。豊臣は安泰とは申せません。内府様にも誼《よしみ》を通じておく必要があります」

「お主はお拾様の乳母だぞ……」

「はい。しかし八重はその前に、四人の子の母でございますれば」

八重の芯《しん》は何一つ変わっていない。この女は我が子のためならば魂さえも売る覚悟がある。

「左様か。俺が何か口を出せる訳でもない」

あくまで二人は他人なのだ。その寂寥《せきりょう》が胸に押し寄せて来た。八重も敏感にそれを察したようで、話を他へと転じた。

「まだお伝えしたいことが。加藤主計頭《かずえのかみ》様のことです」

「虎之助か……？」

意外な名が飛び出たので甚内は眉を顰《ひそ》めた。今の虎之助は肥後半国の太守。己とは比べられぬほど出世している。此度の唐入りでは二番備えの大将を務めることになっていた。

「小西摂津殿が何か不可解な動きを見せているようです。恐らく加藤様に害を為《な》すことかと……」

理由は解らないが、小西が半島の辺鄙《へんぴ》な地を求めて認められた。小西と虎之助は唐入りで手柄を争うことになる。何か秘密があるに違いなく、一報を入れておいたほうがよいというのだ。ただこれは内密のことゆえ、話の出所は伏せて欲しいと八重は付け加えた。

「分かった。虎之助の耳に入れておく」

小西摂津などに何の感慨も無い。虎之助に利があるというならば迷うべくもない。ただそのような胡乱《うろん》な話に首を突っ込む八重に、甚内は危うさを感じずにはいられなかった。

九

唐入りが始まると、陸《おか》では圧倒的に優勢な日本軍だったが、甚内が担当する海ではそうはいかなかった。李舜臣《りしゅんしん》率いる朝鮮は互角の戦いに持ち込んで来る。それでも甚内は命を懸けて戦った。八重のことは考えぬようにした。今の己には守る妻、子、家臣たちがいる。今更ながらまともな大名の思考になるように努めた。

慶長《けいちょう》三年（１５９８年）、殿下が先立たれたことを、甚内は朝鮮で聞いた。甚内は異国の空に向けて何度も礼を述べた。晩年の殿下は人変わりしたように残虐《ざんぎゃく》な面も見せた。だが甚内にとっては、丹波に送り出す時、そして戻った時に見せてくれた殿下の顔が全てであった。

殿下亡《な》き後、天下は風雲急を告げ始めた。徳川家康が豊臣の天下簒奪《さんだつ》を目論《もくろ》み、佐吉がそれを防がんと奔走しているのだ。

――佐吉は危うそうだ。

虎之助、市松、孫六は家康に付こうとしていると気付いている。己のような半端《はんぱ》な大名ではない。それぞれの事情や想いもあるのだろう。どうやら佐吉に付くのは、七本槍と呼ばれる者の中では助右衛門だけらしい。

「父上、内府殿に御味方すべきです」

後継ぎの安元《やすもと》はそう迫った。己に似ず武家らしい息子なのだ。だが甚内は諾としなかった。安元が訳を聞かせろと迫ると、苦笑して答えた。

「佐吉が勝った方が、女が笑える世になる」

安元はなおも勝手に東軍へ奔《はし》ろうとしたが、家臣に命じて連れ戻し、甚内は佐吉の西軍に加わることを表明した。

秀頼《ひでより》へと名を変えた殿下の子に、甚内は出陣の前に拝謁《はいえつ》に訪れた。戦は五分五分、いや七分方負けるのではないか。今や秀頼付の家老になっている助作も熱い眼差しを送ってくる。これが今生の別れになるかも知れぬことを解っているのだ。

拝謁を終えた甚内は褒美を取らせると別室で待たされた。黄金十枚を載せた三方《さんぼう》を手に現れたのは八重であった。八重は首を縦に振る。近くに人はいないという意味だろう。八重も別れを告げに来たのだと思った。

「思えばおかしな縁であった」

感慨深く言う甚内に、八重は冷や水を掛けるような一言を放った。

「脇坂様の内通、すでに内府殿に取り付けております」

「な……」

絶句する甚内に八重は畳みかけるように言った。

「小早川中納言《ちゅうなごん》様、吉川《きっかわ》侍従様、その他多数、すでに内府殿に寝返りを約束されております。治部《じぶ》様に万が一も勝ち目はございません。これは私なりの脇坂様への恩返し。

御収め下さい」

そう言いながら三方を前へ差し出す。

「佐吉は女の生きやすい世を作ろうと——」

語調を荒らげかけたが、八重はさっと手を出して声を制した。

「それこそ男の驕りかもしれぬ。女の生き方は女が決めてゆくものかもしれぬ」

八重の言葉が急に科白《せりふじ》染みたものになったので、甚内は眉間《みけん》に皺を寄せた。八重はぽつりと続けた。

「治部様が私に仰ったお言葉です」

「お主、佐吉とそのような話を……」

賤ケ岳の戦いが終わってすぐのことである。八重は奥向きの役目に励んでいた。八重が仕えるのは殿下の奥方たち。そのためにならぬこととあれば、相手が男であろうとも一歩も退かず、丁々発止を繰り広げたという。

男たちは可愛《かわい》げのない女だと面と向かって悪態をついた。女たちは頼りにしたかというとそう単純でもない。奥方たちに気に入られようと躍起になって見苦しい。そのように陰口を叩《たた》かれていたらしい。

そんな時、ふらりと八重の前に現れたのが佐吉であった。

「八重殿だな。噂《うわさ》は聞いている。男どもをやりこめているとか」

「これは……お叱《しか》りに来られたのでしょうか」

「確かに評判はよくないな」

佐吉は眉間に人差し指を置いて目を細めた。八重は甚内が真似《まね》た顔を思い出し、噴き出しそうになるのを堪《こら》えながら答えたという。

「存じ上げています。男からだけではなく女からも……でございましょう」

「女は辛《つら》いものだな。妬心《としん》が強い」

「まあ、男の嫉妬《しっと》こそ恐ろしいものです。それは治部様が一番ご存知のはず」

佐吉は苦笑してこめかみを搔《か》く。

「これは一本取られた。ともかく……諸々と男に従う女の雑言など、気にせずともよい」

「いいえ。その生き方しか出来ぬ皆様の心も痛いほど解ります。私はそのような生き方をしたくないだけ」

「なるほど。どちらも女の姿に間違いはないか……」

佐吉は腕を組んで何かを思案していた。そして八重に向けて続けた。

「私は女の生きる道を敷いてやらねばならぬと思っていた。だが、それこそ男の驕りかもしれぬ。女の生き方は女が決めてゆくものかもしれぬ」

佐吉は納得したように二度三度小さく頷《うなず》くと、

「これからも己が信念で生きられるがよい」

そう結んで、その場を立ち去ろうとした。

「治部様、何かお話があったのでは……？」

八重が呼び止めると、佐吉は振り返って首を横に振る。

「八重殿に会ってみたいと思っただけよ」

「それだけ……」

「甚内はいい男だろう？」

佐吉は横顔で片笑むと、それ以上は何も語らずに立ち去って行った。

話の途中から、甚内は拳《こぶし》を強く握りしめていた。

「あいつは……」

「薄々気付いておられたようです。私を乳母に推して下さったのは治部様でございます」

それも初耳であった。八重は殿下に命じられた時、こっそりとそれを聞いたらしい。

「私は己の信念がため、我が子と脇坂様を守ります」

八重は凛然と言い放った。脇坂の寝返りを請け負う代わりに、大野家の安堵を取り付けているのだ。中にはあなたはもう一人ではない。家を守るために生きろという叱《しっ》咤《た》も含まれているだろう。

「お主という奴《やつ》は……」

甚内は血が滲《にじ》むほど下唇を噛みながら顔を上げて天井を見た。滑らかな美しい桐《きり》材のはずである。それなのに涙で霞《かす》むせいか、あの日のささくれた茅舎《ぼうしゃ》の天井を思い出させた。

関ケ原の決戦はたった一日で幕を閉じた。戦場を離脱した佐吉は長浜の寺で捕らえられ、大津城門で晒《さら》し者にされた。佐吉に怨《うら》みを持つ者はその無様な姿を見るため、旧知を得ていたものは最後の別れのため、城門へと足を運んだ。だが甚内は行かなかった。いや、行けなかったのだ。

同じく逃亡を図っていた小西行長を捕えたとの報が入り、近江草津で出迎えるようにと命が下ったのである。

甚内は内心ではほっとしていた。会うことが恐ろしかったのだ。

そして佐吉は六条河原で首を刎《は》ねられて、天下は一旦《いったん》の静謐《せいひつ》を得た。

十四年後、徳川家康は豊臣家を完全に滅ぼすために軍を興《おこ》した。伊予大洲《おおず》藩五万三千五百石に封じられていた甚内の元にも出陣の命が下った。だが甚内はこれを二度に亘《わた》って拒否した。

「父上、豊臣家への義理立てはもうお止《や》め下され……」

嫡男《ちゃくなん》の安元は一度目には激昂《げきこう》していたが、二度目となると泣き出しそうな情けない面で出陣を訴えた。

殿下には申し訳なかったが、秀頼にはさして情は無かった。秀頼は殿下の子ではないという噂が流布している。淀殿が大野治長と通じた不義の子であるというのだ。確かにそれまで全く子が出来なかった殿下が、高齢になって急に子が出来たのは訝《いぶか》しい。それに噂の相手が治長となれば、甚内にとっては妙に腑《ふ》に落ちてしまった。

――鵜鶘の子は鵜鶘……か。

遥《はる》か昔、直正が言った言葉が過《よぎ》ったのである。

「そうではないのだ」

「では何故……」

「儂が生きて来た中で、唯一《ゆいいつ》守ることが出来た誓いなのだ」

意味が解るはずはない。父は気が触れたのかと思ったのであろう。安元は恐れと呆れの入り混じった顔になった。甚内は己の潤《うるお》いの無くなった手をじっと見た。今でもあの嫋《たお》やかな背の輪郭をまざまざと思い出す。

「安元、行くならばお主が行け。家督を譲る」

「ま、まことですか……ご英断でございます」

安元は喜色を浮かべて何度も頭を下げた。

「ただし、一つだけ条件がある」

「は……」

一転してまた不安げになる安元をちらりと見て甚内は言った。

「此度だけは貂《てん》の皮の馬印を置いてゆけ」

丹波で得た貂の皮。それを脇坂家の馬印とし、全ての戦場にも掲げて来た。八重も籠《こも》っている大坂城攻めである。せめてこれを用いさせたくは無かった。

それだけならば容易《たやす》いことと、安元は揚々として下がっていった。甚内は家臣に命じて、二つで一対の貂の皮を持たせた。

雄と雌。これは夫婦なのだろうか。そもそも同じ時を生きたものなのだろうか。答えは永遠《とわ》に出ないだろう。だがせめてこれだけは、そうであって欲しい。甚内はそのようなことを考え、両手に持った貂の皮をそっと添わせてみた。

四本槍　助作は夢を見ぬ

一

大坂城内の評定の間、助作は頭《こうべ》を垂れて畳の目を見つめている。日々の手入れが行き届いており、ささくれ一つ見当たらない。だが己にとってこの畳は、針の筵《むしろ》にも等しい。

一段高い上座。本来ならばあるべき主君の姿はそこにはない。体調が優れぬとのことであるが、恐らく母である淀の方、乳母を務める大蔵卿局《おおくらきょうのつぼね》、その子の大野治長ら、皆が口を揃《そろ》えて耳に触りのよいことを並べ、出るまでもないと半ば強引に押込めているのだろう。

大坂城の方針を決める少人数での評定ではこれまでもそうであった。助作が主君の顔を見ることが出来るのは、城内の主だった者が一堂に会する場のみになっている。己が主君付きの家老であるにもかかわらずだ。

「東市正《いちのかみ》、もう一度言いやれ」

淀の方が己を官位で呼び、冷たい視線を向ける。助作は口内の肉を嚙《か》みしめて己を奮い立たせた。

「大御所が会見を望んでおります。右府《うふ》様におかれましては……」

「そこではない」

治長はぴしゃりと言うと、溜息《ためいき》交じりに続けた。

「何故《なにゆえ》、殿下が二条城まで足を運ばねばならぬ。大御所が大坂城に罷《まか》り越すのが筋というものではないか」

「しかし修理《しゅり》殿、幕府を開いた後、徳川家の力はますます強大になっている」

治長は己と比して十三も若く、石高も低い。だが官位だけは修理大夫と上をいっている。これには淀の方が家臣を遣い、朝廷に便宜を図るように手を回したとの噂《うわさ》がある。

「それが？」

治長は嘲笑《あざわら》うように口角を上げた。

――小童《こわっぱ》が。

若い頃から助作は周囲には温厚だと言われ続けた。事実、滅多なことで怒ることはない。だが治長のこのような態度は今に始まった訳では無く、腹に据えかねていた。

しかし怒りはおくびにも出さないように努めている。

「それがと申されるが、これを断れば大御所の怒りに触れるやもしれません。最悪の場合、戦《いくさ》にもなりかねないことかと」

「それもまた一興。たとえ大御所が血迷って百万の軍を興《おこ》そうとも、太閤《たいこう》殿下の残された城はびくともせぬ。その前に豊臣恩顧の大名たちが従うまい」

治長の論は全《すべ》てが誤っていると言わざるを得ない。

まず大坂城のことだが、鉄壁の防御を誇るのは確かである。しかしそれは大御所こと徳川家康も重々承知である。調略を始めとする様々な手で防御力を落とそうと画策するだろう。またそれが出来るだけの経験と実績がある。二つ目に豊臣恩顧の大名のことである。

――ことはそう単純ではない。

助作はそう思っている。豊臣恩顧の大名の代表格といえば、元々殿下の小姓を務めていた虎之助、市松など。助作もまた小姓組の出身である。その虎之助、市松らも関ケ原では大御所に付いて、佐吉と矛を交えた。中でも助作と親しくしている甚内などは戦の最中に寝返りを打って、未《いま》だにその訳を話そうとしない。

今から十一年前の関ケ原の戦いにおいてもそうであったのだ。必ずしも豊臣家に味方するとは言い切れない。

「修理殿、大御所は甘くみないほうがよい」

「臆病風《おくびょうかぜ》に吹かれ、右府様の御威光を傷つけんとするのは赦《ゆる》せぬと申しているのだ」

治長は小ぶりの鼻を鳴らした。

「修理、言葉が過ぎますぞ」

先刻から何を考えているのか、ずっと瞑目《めいもく》して聞き入っていた大蔵卿局が口を開いた。

「は……これは失礼致した」

咎《とが》められた治長は詫《わ》びるものの、その口振りには依然侮《あなど》りが滲《にじ》み出ている。

大坂城内では、治長の家老就任を待望する声が高まっていることを知っている。石田治部少《じぶのしょう》にも勝る智謀《ちぼう》の持ち主などと誉めそやす者もいる。

——佐吉の足元にも及ぶか。

そのような話を耳にする度、助作は内心で吐き捨てている。

助作は生まれてこのかた、佐吉ほど怜悧《れいり》な頭脳を持った者を見たことが無い。話しているとは十年は疎《おろ》か、百年先も見通しているのではないかと思えた。現に今、助作が置かれている状況は全て佐吉の言った通りなのである。

生前、佐吉は己が死んだ場合、このような事態が訪れると予知していた。その上で、

「助作、豊臣家を守る鍵《かぎ》はお主だ」

と、珍しく熱っぽく語ったのだ。

そのような優れた智囊《ちのう》を持つ佐吉でさえ敗れた。佐吉本人も戦に絶対の勝ちは無いと語っていたのを思い出した。ともかく豊臣家存続の瀬戸際《せとぎわ》である今、あの男がいてくれればどれほど心強いことだろうか。

――佐吉……何故《なにゆえ》、俺に託した。

助作は視線を上にやった。当然ながら空を見ることは出来ない。まるでこの城に住まう者は皆が井の中の蛙《かわず》。いや蛙さえも井戸枠に縁どられた空を見上げることが出来る。空の欠片《かけら》さえも見えておらず、それぞれの思惑で互いの脚を引っ張り合っている。魑魅魍魎《ちみもうりょう》の住まう魔窟《まくつ》と言ったほうがしっくりくる。そこまで考えると秀麗な伽藍《がらん》さえも妙に禍々《まがまが》しく見え、助作は苦く下唇を噛みしめた。

二

弘治《こうじ》二年（1556年）、片桐助作は近江国浅井郡《あざいぐん》須賀谷《すがたに》に生まれた。父は浅井家

麾下《きか》の国人《こくじん》である片桐直貞《なおさだ》と謂《い》う。戦国の国人領主といえば、猫の額ほどの土地でも取り逃がさず領地を広げようとする。父も多分にその傾向があった。元は南近江の六角氏に味方していたのだが、浅井家の新たな当主である長政が名将であると見抜き、そちらへと鞍替《くらが》えした。

父の賭《か》けは見事に当たり、家督を継いだ長政は飛ぶ鳥を落とす勢いの織田と婚姻を結び、遂《つい》に六角氏を滅ぼすに至る。

「儂《わし》は国人で収まる器ではない。まだまだ大きくなるぞ」

父は誇らしげに笑い、同時に頑《かたく》なに六角氏に付いて領地を失った国人たちを馬鹿《ばか》にしていた。

助作はというと、そんな父に似合わず大人しい子であった。外で快活に遊ぶこともなく、していたことといえば小刀で木彫りの人形を作るようなこと。村に住んでいた老仏師の技を見て、己もしてみたくなったのである。

「助作、凄《すご》いではないですか」

下手くそな木彫りの馬でも作って見せれば、母は手放しで褒めてくれた。だが父は、

「そんなことでは片桐の家は継げぬぞ」

と、外に連れ出して槍《やり》の稽古《けいこ》をつけた。だがこれが特段嫌だったという訳でもない。

たとえしごかれたとしても、父と過ごす時は楽しく思えた。助作は己の我というものが薄い性質《たち》であったのだろう。

時が過ぎて情勢が変わった。浅井家と織田家が決裂したのである。ここで片桐家に二つの選択肢が生まれた。一つはこのまま浅井家に属して織田家と戦うこと。もう一つは織田家に寝返って浅井家を討つ先鋒《せんぽう》を務めること。

「武田《たけだ》家が上洛《じょうらく》すれば、織田家など瞬《またた》く間に粉砕されよう」

この頃の織田家は四方八方に敵を抱えており、中でも精強で鳴らす甲斐の武田家が上洛の構えを見せていた。このことから浅井家に賭けたのである。

しかし武田家当主の信玄《しんげん》が上洛の途中に病没すると、旗色はどんどん悪くなっていった。この時点でも領地の一部の安堵《あんど》を条件に、織田家からの勧誘があった。だが父はこれを諾としなかった。

「儂の目に狂いはない。朝倉と合力すれば勝てる」

なまじ他の国人より視野が広かったせいか、また己一代で領地を広げた自負があったからか、最後まで自説を固持して浅井家に賭け続けた。

天正《てんしょう》元年（１５７３年）、浅井家の本拠である小谷城が落ち、父はその戦で敢《あ》え無く討ち死にした。

父は一端《いっぱし》の小名、あわよくば大名を夢見た。またその自信も持っていた。しかしまさしく井の中の蛙であり、初めて見た大海の藻屑《もくず》となったのだ。その最大の被害者が母であった。

「助作、大層な夢など見なくていいのです。母はあなたが生きてくれさえすれば幸せです」

阿鼻叫喚《あびきょうかん》の中、母は父に殉じることを告げると、助作の肩を抱いて繰り返し諭した。

こうして十八歳の助作は、四つ下の弟の加兵衛《かへえ》と共に織田家に降《くだ》った。片桐家は領地の一切を失い、兄弟で母の遠縁である郷士《ごうし》の家を頼ることになった。

そこでの暮らしはお世辞にも良いとは言えなかった。部屋が全て埋まっているとのことで、元は厩《うまや》だった小屋に寝起きするように言われた。使われなくなって久しいが、獣の臭《にお》いというものは存外しつこい。そこに黴《かび》の臭いも加わり、夏場になると酷《ひど》い悪臭がした。弟の加兵衛は文句一つ零《こぼ》さなかったが、心細さだけはどうにもならないのだろう。夜になると与えられた薄い掻巻《かいまき》に顔を埋《うず》め、啜《すす》り泣いているのを知っていた。

――夢などは見るものではない。

父の一生、母の言葉に加え、この時の境遇が、助作の人生における戒めとなった。

新たな北近江の領主になった羽柴秀吉が人材を求めていると知り、助作は仕官に赴くことにした。立身出世などは望んでいない。一刻も早く自立し、人並みの暮らしを取り戻せればそれでよかった。

三

同じく元浅井麾下の国人の子で、脇坂甚内と謂う男がいる。こちらも浅井家が滅んだことで逼塞《ひっそく》していることを知っていた。甚内は良い女に巡り合うためだけに身を立てたいという変わり種で、周囲から度々小馬鹿にされていたが、助作はその明け透けな理由に好意を抱いていた。食うためか、女のためか、出世を望む訳としては互いに亜流に違いないからであろう。

当初は乗り気でなかった甚内を口説き、助作は秀吉の本拠である長浜へと向かった。仕官を志した多くの浪人が集まっており、役人が名やこれまでの手柄を聞き取っていく。助作が石田佐吉と出逢《であ》ったのは、その時が初めてだった。厳密に言えば佐吉の兄の弥三郎とは面識があり、遠目には見たことがあったが、少なくとも言葉を交わしたのは初めてのこと。

——これは……。

目から鼻に抜けるような受け答えをする。佐吉と役人たちとのやり取りから、すでに秀吉が見出《みいだ》していたらしいことも見て取れ、特別に遇されて奥へと案内されていた。

「初めから出世が約束されているということか」

甚内は横で忌々《いまいま》しそうに舌打ちした。

「歳《とし》は若いが相当に頭が切れる」

短いやり取りだったが、凡人と自認する己でも解《わか》った。

「まあ、それはそうだろうな」

甚内も一目置いているのは間違いないようだが、不満そうに爪先《つまさき》で砂を弄《いじ》っていた。

「気張ろうではないか。お主は女のため、俺は食うため……な？」

助作が慰めると、甚内は上目遣いに見て不敵に口元を緩めた。

助作と甚内は僅《わず》か三石で召し抱えられ、小姓組に組み入れられることになった。ここにいれば、殿と呼ぶようになった秀吉の出世と共に、いかようにも立身出来ると言われた。石高こそ十倍の三十石だが、あの石田佐吉もここに配されていた。

この小姓組、とにかく個性が際立っている。

殿の従弟《いとこ》にあたる市松は、暇さえあれば槍合わせをしようと言う。夕餉《ゆうげ》の後、辺りが暗くなっていてもお構いなしなので皆は辟易《へきえき》してくる。

「佐吉、やろう」

市松が誘うが佐吉は、

「お主の勝ちだ」

と、にべもなく断って雑魚寝《ざこね》の広間へ引き上げる。夜遅くまで、燭台《しょくだい》の薄い光で書物を読むのを日課としているのだ。

「じゃあ、甚内はどうだ」

「勘弁しろ。俺はちと用が……な」

甚内はにやりと笑う。近くの庄屋の娘と懇《ねんご》ろの関係になっており、五日に一度は忍んでいるのだ。

「市松は強いからな。また今度にしてくれ」

古参の権平は声を掛けられる前に、先んじて市松を立てつつ拒否する。

「孫六……」

「嫌だ」

孫六は不思議な男で、普段は茫《ぼう》としている割に、ここぞと言う時には意思をはっきりと示す。流石《さすが》の市松も取り付く島もないとすぐに諦《あきら》めてしまう。

そんな時は決まって皆が無言で己に視線を集める。そして市松はにやりと笑い、

「仕方ない。助作にしよう」

と、肩を叩《たた》くのである。助作は苦笑するものの断らない。飯の途中でも箸《はし》を置いて付き合ってやるものだから、皆から押し付けられるのだ。市松は腕っぷしも強く、槍捌《さば》きも上手《うま》い。結果はさんざんなもので、百回に二、三回勝てればよいほどである。

「もう良い加減にしろ。殿に叱《しか》られるぞ」

呆《あき》れながら止めに入るのは、だいたい分別のある虎之助。それでようやく市松も渋々槍を収めるのだ。

「助作もいちいち付き合うな。怪我《けが》でもしてみろ。いざという時に手柄を立てられぬぞ」

虎之助は、いつもそう心配してくれた。

個性豊かな小姓組であるが、一つだけ共通することがあった。それは理由こそ様々なれども、一様に出世を望み、いつかは大名になるという夢を見ていることである。助作の食っていけさえすればよいというのは、彼らからすれば当然のことで、夢の範《はん》疇《ちゅう》にも入らないだろう。

出世の話題になれば大いに盛り上がり、皆で愚にもつかない話をする。

「俺は百万石を目指すぞ」

と、市松は大言を吐く。それに対して佐吉と虎之助などは、

「十万石でもよいから、畿内《きない》がよいな」

と、意見が一致して顔を見合わせて微笑《ほほえ》む。

「俺は石高《たか》の多寡より、美人のいるところが……」

「そう申すと思った」

身を乗り出した甚内に、権平が呆れ顔で溜息を零す。

「甚内は島がよかろう。閉じ込めておかねば、女探しに果てが無い」

孫六が真顔でぼそりと言う。その提案があまりにも的を射ていたから、一瞬の間が空いて皆がどっと笑った。

「助作は？」

市松は腹を抱えながら尋ねる。

「今のままで俺はいいのよ」

「たった三石で？」

片眉《かたまゆ》を上げて訊《き》いた虎之助は、己を軽くは見ていない。相手が市松だから負けはするものの、今でも二十石は食《は》んで当然の槍だと言ってくれる。

「地道に気張るさ」

「その欲心の無さは、坊主《ぼうず》のほうが向いている」

市松はそういいながら、また大声で笑った。

「それが助作のいいところよ」

佐吉が言うと、虎之助も苦笑しながら頷《うなず》く。

助作としても大名になれるならばありがたい。だがそんな時、決まって欲に身を焦《こ》がした父を思い起こす。出世に固執する心はとっくに捨て去っていた。とにかく助作は小姓組の中では人が善いという評判だけで、特段目立った存在でなかったのは確かである。

助作は自ら宣言した通り、どのような役目でも地道に取り組んだ。ちょっとした使い走りなどは日常茶飯事で、助作があまりに断らないというので、時には奥向きの用事まで回って来ることもあった。三月に一度、よい生地を取り揃えている商人が近江を通る。侍女たちの一存で出入りの商人に出来るはずもない。そろそろの筈《はず》だから市まで様子を見てきて欲しいと頼まれるのだ。助作は非番の日が来るたびに、市まで足を運んで確かめた。

ある日、殿の正室である寧々様が小姓組の部屋に来られた。己に向けて手招きしたものだから、内心は気が気では無かった。

「助作は優しすぎます」

寧々様は腰に手を当てて溜息を零し、他の小姓に聞こえないように囁《ささや》いた。奥向きの雑用のことだと解り、助作は俯《うつむ》き加減に言った。

「申し訳ございません」

「何も叱っているのではありません」

「申し訳ござい……」

「だから、叱っていません」

寧々様はくすりと笑って続けた。

「嫌われるのが怖くてやっている訳でないことは解っています。しかしもう少し己のために生きなさい」

「それが難しゅうございます」

衣食住には事欠いていない。弟の加兵衛も面倒を見てもらっており、後々こちらも取り立てると約束してくれている。助作にはそれだけで十分であった。

「そんな助作だからこそ、出来ることもあるのかもしれませんね」

寧々様は口元に指を添えてひょいと首を捻《ひね》ると、ころころと笑いながら去っていった。

またある日、甚内がお役目中に些細《ささい》なことで諍《いさか》いを起こし、その責任を取る形で丹波の明智光秀の元へ出向を命じられた。殿は誰か介添えが必要だと小姓組の面々を見渡す。そして己のところで目を止めて顔を綻《ほころ》ばせた。

「助作、おみゃあ行け」

その一言で助作が丹波に付き添うことが決し、明智家への体面を考えて一躍百五十石取りに加増された。丹波では甚内と共に間者《かんじゃ》働きをすることになり、ここでも持ち前の真面目《まじめ》さを生かして大いに励んだ。やがて殿から戻るように命じられて播磨戦線に加わることになる。

この頃には小姓組の数もさらに増えている。それで助作には助かったこともあった。市松でも槍で敵《かな》わない、助右衛門と謂う男が加入したのだ。市松は助右衛門ばかりに固執し、助作はようやく解放されることになった。

「助かった。これからも頼む」

助作がこれまでの内情を詳《つまび》らかにすると、助右衛門は、

「まこと面白い奴《やつ》らよ。頼まれた」

と、快活に笑って肩をぽんと叩いた。

やがて転機が訪れた。殿の主君、つまりは織田信長が明智光秀の謀叛《むほん》により本能寺で果てたのである。殿は交戦中の毛利家とすかさず和議を結ぶと、常識を超えた速さで畿内へと引き返して明智光秀を討った。

次に次世代の覇権を争って、織田家の宿老であった柴田勝家と矛を交えた。世に謂う賤《しず》ケ岳《たけ》の戦いである。戦の終盤、あと一押しで敵が崩れるという時、殿は小姓組を投入した。勇む市松を筆頭に小姓組は戦場を駆け抜け、大いに槍を振るった。

――市松の相手もするものだ。

播磨の緒戦でも思ったが、この時ほど感じたことはない。敵の動きがゆっくり見え、手に取るように判《わか》る。

助作は侍首を二つ挙げ、他の小姓組と共に一番槍の功を挙げた。これによって殿が喧伝《けんでん》した「賤ケ岳七本槍《しちほんやり》」の一人に数えられ、摂津に三千石を賜ることとなった。

賤ケ岳の戦いの翌年、家康と対峙《たいじ》した小牧長久手の戦いでは本陣を固め、小姓組の面々が官位を得たのと機を同じくして、助作も従《じゅ》五位下東市正に任じられた。

以降、助作に目立った武功はなかった。佐吉や虎之助らと共に後方の支援を担《にな》うことになったのである。その中でも、助作が担当したのは一等地味な御役目ばかりであった。

方広寺《ほうこうじ》大仏殿の建設での作事奉行を皮切りに、道作奉行として街道での宿場の整備、道の舗装などを務める。

また天正十五年（１５８７年）の九州征伐では軍船を掻《か》き集めることに奔走した。手柄を挙げて立身したいという欲心はやはりなく、幸運な己の境遇に感謝し、目立たぬ裏方で弛《たゆ》まず着実に役目に励んだ。

助作は着々と増えていく豊臣家の領地の検地にも当たった。己の領地のある摂津、甚内の一件で地縁のあった丹波などである。伊予十一万石を領すようになった市松が、検地に手間取っているという報告が入ったのもその頃である。己が出来ないならば配下を使えばよさそうなものだが、市松は武辺者ばかりを召し抱えていたらしく、適した者が皆無であるというのだ。

殿は豊臣の姓を朝廷から下賜《かし》され、殿下と呼ばれるようになっている。その殿下が、

「市松を助けてやってくれい」

苦笑しながら片手で拝んだ。助作の頼まれやすい性質はこの頃でも変わっていない。

「助作！　恩に着る！」

槍を取れば勇猛果敢な市松だが、助作が駆け付けた時は今にも泣き出しそうな顔で喜んだ。

「お主ももう大名だ。これくらいは出来るようにならんとな」

助作が代行することは容易《たやす》い。だが市松はさらに出世を重ねるだろう。その時に自ら出来るようにと、検地の方法も懇切丁寧に教えるつもりである。

「佐吉に教えて貰《もら》ったほうがよい。あれは検地も的確だ」

助作が言うと、市松はあからさまに嫌な顔をした。

「あれは口うるさいのだ」

何でも先日、徳川家康に招かれたという。当然ながら殿下の許可も出ている。そこで家康は自身の家臣にもこれほどの者はいないと、市松の勇猛さを褒めちぎった。市松も悪い気はしなかったが、流石に世辞だとは解っておりそのことを他人に自慢することもない。だが徳川家からその一件が漏れたらしく、あの家康さえも市松に一目置いているとの噂が立った。佐吉はそれを耳に挟んだらしく、

――あいつに媚《こ》びを売るな。

と、藪《やぶ》から棒に言ってきたらしい。

「別に俺が吹聴《ふいちょう》している訳ではない。あの言い様は何だ」

そもそも市松や孫六のように戦場で働く武将と、後方で兵站《へいたん》に当たる佐吉の間では、何度か小競《こぜ》り合《あ》いがあった。虎之助や助右衛門が間に立って上手く取りなしてきたが、その一件で喧嘩《けんか》に発展して互いに口を利《き》いていないという。

「私が取りなそうか？」

佐吉と市松に限らず、小姓組の時も些細なことで喧嘩は度々あった。だが数日もすればどちらともなく話しかけ、知らぬ間に仲が修復される。己が入れば簡単に元通りになると考えた。

「放っておけばいい」

市松は腕を組みながら舌打ちする。

「佐吉もお主を思って言っているのだ」

家康と必要以上に仲がいいと伝わると、殿下にあらぬ疑いを与えるかも知れない。佐吉はそのことを危惧《きぐ》しているのだろう。

「あいつは何を考えておるのか、とんと解らん」

確かに佐吉は滅多に感情を表に出さない。そのことでいらぬ誤解が生じやすいのも事実。

「そう怒るな。あれは俺のような凡人ではないからな。色々と見え過ぎるのだろう」

水の張られた田に陽射《ひざ》しが差し込み、銀の鱗《うろこ》を撒《ま》いたように輝いている。その中で声を掛け合って検地をする者たちを眺めつつ、助作は鷹揚《おうよう》な口調で言った。

「凡人などと蔑《さげす》むな。何でもそつなくこなすお主なのに……」

領地が少ないと言うのだろう。だが口に出せば殿下の批判になる。流石の市松もそこで言葉を途切らせた。

賤ケ岳で得た三千石に加え、検地での功績を認められて千二百石の加増を受けた。しかし肥後半国十九万五千石を食む虎之助、伊予今治十一万三千石を与えられているこの市松らと比べれば、随分と水を開けられている。

「気を揉《も》ませて悪いな。俺はこれで十分満足しているのだ」

ばつが悪そうに俯く市松に向け、助作はくすりと笑うと、神々《こうごう》しく煌《きらめ》きを放つ水田へと再び目を移した。

四

天正十八年（１５９０年）、殿下は惣無事令《そうぶじれい》に違反した北条氏を攻め降し、天下を統《す》べた。これで戦は絶えたかに思われたが、殿下は次に唐に攻め入ることを発表した。

助作も海を渡ったが華々しい活躍はしていない。その役目はやはり作道、軍船の調達といった目立たぬものばかりである。まともに戦をしたのは二度に亘《わた》る晋州城の戦いくらいだが、そもそも率いている手勢は僅か二百。佐吉の下で諾々と指示に従うだけで目立った功も立てていない。

講和により帰国すると、伏見城の普請《ふしん》や、摂津河内で奉行を務め上げたことが認められ、五千八百石の加増を受けた。これで今までの領地と併せて一万石。ようやく大名に列することとなった。

文禄《ぶんろく》五年（1596年）の秋のことである。佐吉から一通の文が届いた。

「殿下が七本槍を？」

文を開いた助作は使者に思わず聞いてしまった。かつて賤ケ岳七本槍と呼ばれた面々に、同時に登城命令が下ったのだ。その当時こそ皆同じ小姓組であったが、身代に差が開いた今、このような括《くく》りで召し出されることは初めてだった。

三年前、殿下に待望の子、拾丸《ひろいまる》が産まれた。四歳の幼児が解るとも思えぬが、何でも拾丸に七本槍の面々を揃えて見せたいというのだ。

謁見の間に七人が揃った。一同が会するのは何年ぶりのことだろう。やや遅れて佐吉が現れて皆に会釈《えしゃく》をし、脇《わき》に着座した。

——時が経《た》ったのだな。

助作は物悲しい気持ちになった。以前ならば畳の上に寝そべって、くだらない話をいつまでもしていた。それが今では息が詰まるような雰囲気が漂っている。会釈をする佐吉に対し、同じく会釈で返すのは己と甚内だけ。虎之助と孫六は何の反応も示さない。

孫六は昔から抜けたところがあるので気づかないだけかもしれないが、虎之助は明らかに一瞥《いちべつ》していた。市松に至っては何が気に喰わないのか鼻を鳴らす。助右衛門と権平はそもそも殿下との謁見《えっけん》が少なく酷く緊張しているようで、必要以上に頭を垂れていた。佐吉が各人と揉めているというのは耳にしている。小さな誤解が、顔を合わせない時、周囲の人、それぞれの立場によって大きな溝になっていく。小姓組の頃は、

——どんな耳に痛いことでも言い合い、共に殿を支えて行こう。

などと皆で約束していたが、それを覚えている者がどれほどいるのか。

——もしかすれば佐吉は……。

そのことを今でも忠実に守ろうとしているのではないか。ふと頭を過《よぎ》って助作は佐吉へ目をやった。佐吉は能面の如《ごと》く無表情で一点を見つめている。

「おう。来たか」

拾丸を抱いて現れた殿下の口調は柔らかい。諸大名たちには見せない態度である。

「拾、これが七本槍じゃぞ。お前たち、ぼさっとしておらんと名乗れ」

殿下は呵々《かか》と笑い、まずはと虎之助が膝《ひざ》をにじらせる。

「お拾様、加藤主計《かずえ》でございます」

「顔が厳《いか》めしい。昔は可愛《かわい》い顔をしておったのに、生意気に髭《ひげ》なんぞ蓄えおって。拾が怖がっておるではないか」

「こ、これは──」

虎之助が慌《あわ》てて髭に手を添えたのをきっかけに、皆は思わず一斉に噴き出した。不思議なもので先ほどまでの重い雰囲気は霧散し、まるであの日の長浜に一瞬のうちに引き戻されたような錯覚を受けた。

「では私が。お拾様、甚内でございますぞ」

甚内が甘たるい声で言い、手で顔を隠してぱっと開く。これは効果があったようで、拾丸はきゃっと高い声で笑った。

「流石、甚内。だが拾……こやつに近づくと女好きが移る」

「殿下のお言葉とも思えませぬ」

甚内は軽口を叩く。普段ならこのようなことは言えようも無いが、今この時は昔のように許される。きっと皆が感じていることだろう。

「これは一本取られた」

殿下は己の額をぴしゃりと叩いた。物事を楽しむ時が減る、共に楽しむ相手が減るということが天下人の宿命だろう。殿下はそのような天下人の暮らしが息苦しく、昔を懐《なつ》かしんで呼び寄せたのかもしれない。助作は深い皺《しわ》を作り、腹を抱えて笑う殿下を見てそのようなことを考えた。

現に皆が順に名乗り、一頻《ひとしき》り話した後、殿下はぽつんと零した。

「懐かしいの。たまにはこのようなものもよい」

皆の顔が明るくなる中、殿下は何か思いついたように手を叩く。

「よし。一月後、今一度登城せよ」

「承知致しました」

皆の声が揃う。これも小姓組の頃以来のことだろう。

「その時に、それぞれが拾に土産を持ってくるというのはどうだ？　誰のものが一番気に入るか勝負じゃ」

殿下は悪戯《いたずら》っぽく笑った。もう一度呼び寄せる口実にして、遊びのようなものである。

「これは難しい……」

市松は早くも唸《うな》って天井を見上げている。

「佐吉、お主も入れ」

「私も……ですか？」

「油断しておったろう」

戸惑う佐吉に対し、殿下は不敵な笑みを投げかけ、市松もそうだそうだと追い立てる。先ほどまでの邪険な様子は消え去り、言葉に刺《とげ》があるものではない。小姓組の頃によく見慣れた光景である。

「承りました」

佐吉が了承したことで、七本槍の面子《めんつ》に佐吉を加えた八人が、再び一月後に土産を手に拝謁することが決まった。

普段ならば適当に挨拶《あいさつ》だけして散り散りになるのに、この日は皆がなかなか解散しない。そして誰もがいつになく多弁であった。

「皆はどうする？」

帰る途中、必死に尋ねていたのは権平である。

「各々《おのおの》が知恵を捻る。そういうものだろう？」

何度も聞かれて辟易したように虎之助が苦笑する。

「虎と俺では差がありすぎるだろう」

権平は消え入るような声で言う。権平の領地は五千石で、七本槍の中で一人だけ未《いま》だ大名になっていない。故に土産に掛けられる金の額が少ないという意味だろう。

「遊びだ。気にするな。何でも殿下はお喜び下さる。俺の身代もたかがしれている」

助右衛門は爽《さわ》やかに笑って権平の肩を叩いた。助右衛門は一万二千石。それをいえば助作も一万石で似たようなものだ。

――どうしようか……。

内心では困り果てていた。権平の言い分ではないが、虎之助や佐吉と比べれば身代は十分の一以下。孫六はあれでいて審美眼がある。それに対して己は何の特技も持ち合わせていない。そこまで考えた時、助作の脳裏に過ったことがあった。

一月後、助作らは再び登城して殿下に謁見した。

「楽しみにしていたぞ」

やはり前回と同様、拾丸を抱いた殿下は嬉々《きき》としている。

「どうしようかのう。孫六からゆくか」

それぞれの土産は次の間に置かれており、その都度運ばれてくる。孫六が用意したものは小ぶりの高麗茶碗《こうらいぢゃわん》であった。

「お拾様が茶の湯を始めなさる時に使って頂ければ」

孫六は朴訥《ぼくとつ》とした口調で言う。

「なるほど。これは小さな手でも収まりが良い。でかした」

殿下に褒められると、孫六は少し気恥ずかしそうにしていた。次は助右衛門。これも孫六と少し似た発想で短い木剣や模造槍である。武芸に興味を持って頂ければという趣旨である。

「ふむふむ。儂はこれが苦手だったからな。出来るにこしたことはない」

殿下は木剣を構えて戯《ふざ》けて見せる。甚内は肌着にでも仕立てて貰えればと反物を用意していた。権平は相当無理をしたのだろう。額の汗を拭《ぬぐ》いつつ錦《にしき》の帯を差し出した。虎之助は朝鮮で狩った虎《とら》の皮の敷物、佐吉は手習いはじめの時にと熊野の筆を取り寄せていた。

「ふふん。勝ちは俺が頂きだ」

市松は鼻息荒く手を叩く。襖《ふすま》が開くとそこには大量の玩具《がんぐ》が山積していた。家臣や出入りの商人を急き立てて、一月で全国各地の玩具を掻き集めさせ《せ》たのだ。市松の言う通り、これればかりは拾丸本人が反応して手を伸ばす。殿下の手から離れた拾丸は、玩具の山の元にたどたどしく駆け寄って目を輝かせていた。

「最後は助作だな」

最後とは運が悪いとしか言いようがない。次の間に視線が注がれる中、助作は苦々しく懐《ふところ》から木彫りの馬を取り出した。

「これにて……」

「何だそれは。不格好な」

市松の無神経さは今に始まったことではない。助作は恥ずかしくなって俯いた。

「某《それがし》が彫ったものなれば……不格好はお許し頂きたい」

「いや、助作らしいもの――」

場を取り繕おうとしてくれたのか、殿下が話し始めたが、その言葉が途中で止まった。

はたはたと軽やかな音が聞こえ、純白の足袋にくるまれた小さな足がちょこんと二つ。俯いていた助作の視野に飛び込んできた。助作がゆっくりと顔を上げると、そこには拾丸がおり、物欲しそうに両手を伸ばしている。

「うま」

拾丸は舌足らずに可愛らしく言う。

「はっ、馬でございます」

助作は慌てて手製の木彫りの馬を、戴《いただ》くようにして差し出した。拾丸はそっと受け取る。そしてぱあと満面の笑みになった。助作にはまるで急に光が差し込んだように、部屋まで明るくなったように思えた。

「うま、うま」

「拾、気に入ったか！　それは助作じゃ」

殿下は膝を打って大笑した。

「すけさく」

何と拾丸は己の名を呼んでくれた。躰《からだ》に雷が走ったような感覚を受け、助作は身震いして平伏した。

「ずるいぞ、助作！　お拾様、市松でござる」

市松はこちらに口を尖《とが》らせるや、拾丸に哀願の目を向ける。

「いじあつ」

「惜しい！」

市松は額に手を当てて仰《の》け反る。それで皆が一斉に笑い声を上げた。前回でも少し垣間見《かいまみ》えたが、今日は完全に長浜時代の光景を取り戻している。もしあの時に拾丸という御子がいれば、きっとこのようになっていただろう。

「お拾様、と、ら、の、す……」

虎之助が身を乗り出してゆっくり己の名を告げようとするが、拾丸の目尻《めじり》がみるみる下がっていく。あわや泣き出しそうな顔になると、殿下の元へ逃げ出した。それでも後生大事そうに、助作の馬を抱いてくれていた。

「お主は髭が怖いのじゃ」

殿下は拾丸の頭を撫《な》でながら、からからと笑った。

「剃《そ》って参る」

虎之助が立ち上がろうとしたものだから、今日一番の笑いの渦が巻き起こった。普段は仏頂面《ぶっちょうづら》の佐吉さえ笑いを堪《こら》え切れず、口に手を添えていた。

「私は甚内でござるぞ。じ、ん、な、い」

次は己だと甚内が優しく呼びかける。

「すけさく」

「違います！　助作はこいつです」

甚内が泣き出しそうになりながら此方《こちら》を手で指し示す。皆の笑い声は途切れることがなく、次は次はと皆が膝をにじらせる。

「も、もう止《や》めよ。腹が痛い……」

殿下は笑い過ぎて目尻に浮かんだ涙を拭った。助作も知らぬ内に頬を伝うものがあり、手の甲でさっと拭う。殿下は大きく吸ったり吐いたりしつつ息を整え、ようやく口を開く。

「勝負は助作の勝ちのようだな」

「ありがたき幸せ」

皆は微笑ましそうに頷く。市松が少し羨望《せんぼう》の眼差《まなざ》しを向けているのが、また可笑《おか》しみを誘った。

「皆の者、大儀であった。これからも拾を頼む」

殿下が言うと、皆一斉に居住まいを正して頭を下げた。長じるにつれて立場や考えも異なってくる。ただ今この時だけは、皆が同じことを考えているに違いない。助作はまだ震えの収まらぬ己の手を見つめていた。

五

慶長《けいちょう》三年（1598年）の五月頃から殿下の体調が芳《かんば》しくなく、伏見城にて床に臥《ふ》せるようになった。

五月十五日、殿下は徳川家康を筆頭とする五大老と、その嫡男《ちゃくなん》、五奉行の一部を呼び寄せた。そして十一箇条の遺言書を出して、これを守るように命じて血判を押させた。殿下がそこまでするということは、己でも死期を悟っておられるということに相違ない。

七月四日には徳川家康に対して、拾丸こと秀頼の後見人になるようにと依頼したが、また不安が擡《もた》げてきたのだろう。翌八月五日にも五大老を枕元《まくらもと》に呼び寄せ、再度遺言書を出して約束させた。そこには五大老以外では佐吉だけが立ち会っていたという。事実上のこの国の頂点が集まる場で、念を押した形になる。助作はいよいよ殿下の余命は短いのだと思い知らされた。

そのような折、八月十五日のことである。夜半、片桐家の伏見屋敷に早馬が駆け込んできた。

――片桐東市正《いちのかみ》殿、至急登城せよ。

何が出来《しゅったい》したと使者に訊いても、知らぬ存ぜぬと返って来るのみ。来るべき時が来たのだと覚悟を決めた。だが奇妙なことに、伏見の城下は静まり返っている。己に報《しら》せが来るということは、大抵の大名が知って当然である。だが登城しようとする者は他には見受けられない。

城に入ると、出迎えたのは佐吉であった。目の下には深い隈《くま》が浮かび、酷く疲れているのが解る。

「殿下は……」

助作は絞り出すように尋ねた。

「来てくれ。お主を呼んでおられる」

「なっ──」

この慌ただしさから、不遜《ふそん》ながら身罷《みまか》られたものだとばかり思っていた。まだ存命のことに加え、己を呼んでいるということに驚きを隠せない。己は数多《あまた》いる小大名の一人に過ぎないのだ。

「ここ数日、殿下は殆《ほとん》ど眠っておられたが、先刻目を覚まされた」

廊下を二人で歩みながら佐吉は説明する。殿下が眠り続けて三日が経っていたが、つい先ほど目を覚まして付きっ切りの侍医に向けて、掠《かす》れた声で話しかけた。誰かを呼べと言っているのだが、侍医には聞いたことの無い名であった。侍医は女中に尋ねたが誰も知らない。城に詰めていた佐吉を呼びに走った。

佐吉はすぐに駆け付けて、殿下の口元に耳を添えた。そして目を見開くと、

──急ぎ、片桐東市正殿をお呼びしろ！

と、命じたというのだ。

「殿下は……」

「ああ、助作を呼べと仰《おっしゃ》っていた」

殿下が臥せている間に辿《たど》り着くと、佐吉は無言で襖を開けた。呼びかけたところで、殿下にはもう返事をする力も残されていないのだ。

厚い布団《ふとん》に殿下が寝ておられる。頬はこけ、首は皮と筋だけ。肌は死人のように黒ずんでいる。往年、馬に跨《また》り、大音声《だいおんじょう》と共に采配《さいはい》を振っていた殿下の姿が頭を過る。それに比べて今の余りにいたわしい姿に、助作は嗚咽《おえつ》を堪えるのに必死であった。

「殿下、助作ですぞ」

枕元で佐吉が言うと、殿下の薄い瞼《まぶた》がゆっくりと上がった。

「助作……呼びたてて……すまんな」

殿下の声は酷《ひど》く乾いたもので、囁くように小さい。だが正気であることは間違いないと確信した。

「何を……私はいつでも命あれば参上致します……」

「助作は夢を見ぬのだったな……」

もう我慢の限界であった。涙が止めどなく溢《あふ》れて来る。数十年前、殿下が己に、皆のように欲心を持てとけしかけたことがある。

——私は夢を見られる程、優れておりませぬ。

と、助作がばつが悪そうに答えた一言を、今も覚えてくれていたのだ。

「役に立たぬ家臣で……申し訳ございませぬ……」

止めどなく涙を流す助作に向け、殿下は息苦しそうに声を絞った。

助作が顔をくしゃくしゃにして頷くと、殿下はゆっくりと、それでいて今日一番はっきりと聞こえる声で言った。あまりの内容に一瞬理解が及ばず、佐吉のほうへと視線をやる。佐吉は力強く頷いて見せた。

「は……お任せ下され」

助作が答えると、殿下の口元が僅かに緩み、瞼を閉じられた。また深い眠りに落ちたのだ。助作は暫《しばら》く身動きが取れず、嗚咽だけが部屋に響いていた。

それから三日後の八月十八日、殿下はその壮大な生涯を終えた。助作への遺言が最後のものとなったらしい。

——秀頼を守ってやってくれ。

それは天下人としてではなく、一個の父としての切なる願いに思えた。公《おおやけ》には記されぬその遺言を汲《く》み、佐吉は方々に手を尽くしてくれた。そして助作は豊臣家の家老職として大坂城に入ることとなったのである。

殿下の死後、徳川家康は豹変《ひょうへん》した。あれほどまでに殿下が念を押した遺言の中に、大名同士の勝手な婚姻は認めないという一文があった。それにも拘《かか》わらず、家康は他家と次々に婚姻を結んだのだ。

五大老の次席である前田大納言《だいなごん》利家がこれを咎めて、一時は開戦も危惧されたが、家康はここではあくまでも謀叛はないと改めて誓紙を出して、一旦《いったん》の落ち着きを見せた。

だが翌慶長四年（1599年）にその利家が世を去ると、家康はもう牙《きば》を隠そうともしなかった。

まず佐吉が追い込まれた。佐吉が唐入りにおいて、現場の諸将の恨みを買っていることは聞いていた。その諸将が佐吉の屋敷を取り囲んだのである。家康はこれを仲裁する代わりに佐吉に隠居を薦めて、佐和山城に押し込めた。

助作はもう己を凡庸などとは思わない。いや厳密にいえば、秀頼を守るという使命を担った以上、そうも言っていられないといったところか。懸命に情報を集めて出し

た結論は、

——話が出来過ぎている。

と、いうことである。諸将は佐吉を襲撃する数日前に家康に会っている。これを焚《た》き付けたのは十中八九、家康で間違いない。それと同時に怒りも湧《わ》いてきた。

——あやつらは何をしているのだ。

佐吉を襲撃した諸将の中に、虎之助、市松、孫六がいたのである。佐吉を除けば家康はますます自由に動く。そうなれば豊臣家の天下は危うい。三人にはそれが見えていないのか。

思えば己はこのように憤《いきどお》ることも皆無であった。今まで何かを成そうと、必死になった経験がなかったからかもしれない。

その年の秋、家康は大坂城に姿を見せた。秀頼に重陽《ちょうよう》の節句の挨拶をするためである。だがそこでまたもや事件が起こる。死んだ前田利家の嫡男である利長《としなが》、五奉行の浅野《あさの》長政《ながまさ》らが家康暗殺計画を企て、大坂城にも内通者がいるとの嫌疑を受けたのである。

「待たれよ！　大坂城に内府《だいふ》殿を狙《ねら》う者はいない。前田殿も何かの間違いだ！」

助作は声を大にして主張した。これも家康の自作自演に違いないと考えたのだ。し

かし淀殿の側近で大蔵卿局の息子、大野治長が何と、

「計画は確かに耳にした。噂《うわさ》だと思い見逃した己にも責がある」

と、証言したのだ。

――何かがおかしい。

助作は違和感を持った。前田家と治長には接点は何もなかったし、実際にそのような動きは微塵《みじん》も感じなかった。何より家康の奸計《かんけい》だと思ったのに、その当人が真《まこと》に怯《おび》えているように見えた。

家康はこれを口実に前田家を討伐することを決めた。利長は無実を訴え続けたが受け入れられず、遂《つい》に家康に屈することになった。

次の標的はまた五大老の一角、上杉《うえすぎ》家である。領国会津で城の改修をし、浪人を雇っていることを謀叛の兆《きざ》しと言いがかりをつけ、家康は軍を興《おこ》した。そして家康が会津に向かう途中、遂に佐吉が決起して、諸将に反徳川の檄《げき》を飛ばしたのである。大将、副大将には残る五大老の二人、毛利輝元、宇喜多秀家を据えてのことで、世間では上杉と共に、家康を挟撃《きょうげき》する策だとひそやかに噂された。

助作に佐吉から一通の文が届いたのはそのような頃である。伏見の陣を離れられぬため、単身で来て欲しいというのだ。

「石田治部の魂胆を確かめて参ります」

助作は淀殿を始めとする大坂城の者にはそう告げた。城内でもどちらを支持すべきか二派に分かれている。佐吉が勝てば良いが、戦《いくさ》に絶対はないことを知っている。助作はあくまで家臣たちの争いであると、中立を主張した。故《ゆえ》に佐吉に呼び出されたから出向くとは、口が裂けても言えなかった。

では何故、危険を冒して会いにゆくのか。それは助作としても、確かめたいことがあったからである。

徳川家康は伏見城に自らの股肱《ここう》の臣、鳥居《とりい》元忠《もとただ》を残していた。佐吉ら西軍は手こずりながら攻め落とした。助作が伏見に入ったのはその翌日のことであった。

「何者か！」

伏見の城下に入ると、すぐに複数の侍に道を阻《はば》まれた。四六時中、間者を警戒してのことだろう。どの者も己よりは一回り以上若い。

「佐吉……いや治部に助作が来たと伝えよ」

助作は供も連れず、馬にも乗っていない。どこぞの奇人が来たのだと思ったか、侍たちに侮《あなど》りの色が見えた。

「それは出来ぬ。何人《なんぴと》たりとも通すことは――」

「小僧、よいから伝えよ。後悔する」

今の己は余程殺気立っているのだろう。助作が低く言うと、侍の喉《のど》がごくりと動く。侍は異様なものを感じたか、佐吉の元に取次に向かった。助作がその侍に伏見の石田屋敷に案内されたのは、それから間もなくのことである。

佐吉の自室に通されると、佐吉は文机《ふづくえ》に向かっているところであった。

「来てくれたか。今片付ける」

佐吉は筆を擱《お》こうとする。

「待つさ。そのままでもよい」

各地の大名に宛てた書状だろう。家康は恐らく上杉への抑えを残して引き返して来る。そう遠からず近江、美濃、尾張あたりのどこかで決戦となるというのが大方の見方であった。佐吉はその前に少しでも味方を増やそうとしているのだ。

「すまぬな。話したいことがあった」

佐吉の横顔をじっと見つめる。まだ昼間だというのに目を細めて筆を滑らせる。目を酷使しすぎたせいか、極度の近目である。

「こちらも尋ねたいことがある」

佐吉の口辺が僅《わず》かに動く。

「先に聞こう」

暫《しば》しの間を筆の動く微《かす》かな音が埋める。助作は意を決して訊《き》いた。

「内府の暗殺未遂……これはお主が企てたのか」

助作の問いに、佐吉は細く溜息《ためいき》をついた。そして筆を擱くとこちらを見て言った。

「ああ」

佐吉が余りにもあっさりと認めたので、助作は些《いささ》か拍子抜けしてしまった。

「内府の自作自演だと思ったが、その割に計画は杜撰《ずさん》過ぎた。治長に露見し——」

そこまで言いかけて助作は言葉を途切らせた。何事も用意周到な佐吉が、このような失態を犯すだろうか。あのことで前田家は対立を強いられて屈服したのだ。

「お主……まさか露見するところまでが策か」

助作は声を上擦らせた。

「そうだ」

「前田家はそれで内府に味方することになったのだぞ」

「親父《おやじ》殿と違い、あの盆暗《ぼんくら》は初めから内府に味方するつもりだった。宇喜多の筋から聞いたことだ。間違いない」

前田家と宇喜多家は姻戚《いんせき》関係にあり繋《つな》がりも深い。さらにその宇喜多家の当主、秀家が佐吉と昵懇《じっこん》であることは周知の事実である。

「では、前田家の去就を明らかにさせるために」

「挙兵後に前田家が内府に付いたとあれば、その影響は計り知れない。事前に炙《あぶ》り出す必要があった」

「しかし大野治長の証言は……」

「私は八重……いや大蔵卿局に誰か証人を用意させただけ。まさかそれを息子に担《にな》わせるとは思ってもみなかったが。何か思惑があるのだろう」

大蔵卿局は丹波の豪族の出で、昔は八重と呼ばれていた。甚内と共に丹波で働いたことのある助作は、そのことをよく知っている。甚内が頼み込んで淀殿の侍女となり、佐吉の推薦で乳母になったことも耳にしている。これも佐吉には恩があると言ってよい。

「お主は何を考えている。さては七将襲撃も……」

「孫六が最後の頼みを聞いてくれた。上杉にけしかけたのも私だ」

目が眩《くら》みそうになった。家康の罠《わな》だと思っていた全《すべ》てが、佐吉の策に拠《よ》るものだったのだ。

「何故《なぜ》だ」

それでは家康側が喧伝《けんでん》するように、世を乱すのは佐吉ということになるではないか。

「一刻も早く戦わねばならなかった」

佐吉が大坂にいれば家康もじっくり腰を構える。己を排除することが家康の野心を助長し、事態を加速させることになると判断したのだという。

だがまだ腑《ふ》に落ちないことがある。家康は当年五十八。秀頼は八歳。当然ながら、時が流れれば流れるほど家康は老い、秀頼は成長する。あと十年もすれば家康が死んでいることもおおいに考え得る。

豊臣家を守ろうとする諸将の中では、出来るだけ時を稼ぐことが有利ということで意見はほぼ固まっている。それなのに佐吉だけが急ぐ訳は何なのか。

「急《せ》いては事を仕損じる。今は耐える時だったのだ」

助作の言葉に佐吉は視線を横に外す。遠くを見つめる目は、はっとするほど哀《かな》しげに見えた。

「虎や市松もそう考えているだろう」

性急に家康を除く賭《か》けに出るよりも、時に解決を委《ゆだ》ねる。虎之助あたりはその為《ため》にも、佐吉に付いて共に滅んではならないと考えていよう。市松は急ぐ佐吉に憤っているかもしれない。何故ならば家康は百戦錬磨で、特に野戦を得意としている。勝てる公算は決して高くないのだ。

「私もそう思う」

助作が続けると、佐吉が口を開いた。

「だがそれは間違いだ。内府は己一代で考えてはいない」

家康の跡取りの秀忠《ひでただ》は決して凡庸ではないが、それでも父に比べれば全ての点において劣ろう。豊臣家には有利に働くのではないか。佐吉は文机に新たに白紙を置くと、手招きをして見せた。助作は腰を浮かせて佐吉の横に並んだ。小姓組の時に共に学問をして以来のことである。

「時が経てば経つほど、何故徳川に有利か。そして何故勝てる見込みがあると思ったか。詳しく話す」

佐吉はそう言うと、紙に筆を走らせ、口を動かし続けた。時に助作は疑問を投げかけ、佐吉はそれにも一々丁寧に答えた。半刻《はんとき》ほど経った時、助作は口を手で覆《おお》って唸《うな》ってしまった。

「理解はした……だが俄《にわ》かには信じ難いが」

「間違いない。故に私は急ぐのだ。私の考えが正しいならば、今が最後の機となる」

「このことを他の者には？」

「無駄だろう」

虎之助、市松、孫六あたりは聞く耳を持たないだろう。甚内と助右衛門は佐吉に付いているし、権平は理解したとしても手勢は余りに少ない。

「では何故、私に……」

助作も豊臣家の家老職とはいえ、小大名の域を出ない。

「それが私の話したかったことでもある。先刻話したように、この戦は勝てる。だが戦に絶対は無い。負けることもあるだろう……」

「そうなればどうなる」

助作は唾《つば》を呑《の》み下した。

「豊家《ほうけ》の天下は終わる。どう足掻《あが》いてもな」

「ならば――」

助作が身を乗り出そうとすると、佐吉はさっと手で制した。

「豊家の天下は終われども、豊家は残る。その道をお主に託したい」

「そのようなこと……」

出来る器量が無い。そう言いかけて俯《うつむ》いた。

「虎や市松は天下を守ろうと無理をする。そうなれば内府の思うつぼ。秀頼様のことだけを考えられるのは、お主しかいない。殿下も同じ思いだろう」

はっと顔を上げる。力強い眼差しで見つめてくる佐吉の向こうに、殿下の姿が重なって見える様な気がした。助作は小刻みに震うほど拳《こぶし》を強く握りしめた。

「解《わか》った。いかにすればよい」

佐吉は頬を緩めて穏やかに笑った。

「私の考えられるだけのことを伝えておく」

それから半刻、二人は再び語り合った。これから天下分け目の戦いに臨むのだ。負けた場合の話をするなど、不吉だと眉《まゆ》を顰《ひそ》める者が大半だろう。だが粛々と語る佐吉には、己がいない世もまた見えているようであった。

六

評定の間での苦々しさを抱えたまま、助作は自室に引っ込むと文机に向い、あの日の佐吉のように黙々と筆を走らせた。佐吉が関ケ原の戦いで敗れ、この世を去って十一年の月日が流れている。あの日、佐吉が語ったことを要約すると、

――天下を手放せ。

と、いうものであった。だがそれが容易《たやす》くはない。秀頼の生母、淀殿にそのつもりは毛頭無い。故に家康が京で会見を申し出ているのに、大坂まで足を運ぶが筋、の一点張りである。

助作は筆を動かす。もはや己一人の説得では難しいと判断し、助けを求める文である。

慶長十六年（1611年）、三月二十八日。秀頼と家康の会見が行われることが決まった。反対する淀殿や大野治長を説き伏せられたのは、助作が助けを求めた男の説得に拠るものが大きい。虎之助である。

虎之助もこの会見を断れば、それを口実に家康が開戦に踏み切ることを危惧《きぐ》した。虎之助はすぐに市松にも協力を求めた上、淀殿に向けて一通の書状を書いてくれた。

――我らが身命を賭《と》して秀頼様を御守り致す。

虎之助は一時たりとも秀頼から離れない。故に会見に臨んで欲しい。それが天下安寧、秀頼様のためにもなるという内容である。

これには淀殿も深く感銘を受けた。大野治長も流石《さすが》に反論出来ず、苦虫を嚙《か》み潰《つぶ》したような顔になっていた。

こうして会見に向かうため、前日未明に秀頼と共に助作は楼船に乗り込んだ。

「市松、頼むぞ」

見送りに来た市松に向け、助作は低く言った。市松も二条城会見に陪席する予定であったが、急遽《きゅうきょ》病と称して半ば強引に大坂城へ入った。虎之助が描いた絵図である。家康が会見で秀頼を害そうとすれば、虎之助か助作が一人でも血路を切り開き、秀頼を大坂城まで逃がす。その時は市松を総大将として大坂城に籠《こも》り、秀頼を守って家康と戦うというものである。

「任せておけ。何かあれば、死んでも秀頼様を大坂に。あとは俺が大暴れして大御所の首を獲《と》る」

大言のように聞こえるが、戦場で市松ほど頼りになる男もいない。真にやり遂げてしまいそうである。

「頼もしいことだ」

「お主……変わったな。目に力がある」

市松は眉間《みけん》に皺を寄せて顔を覗《のぞ》き込んだ。

「夢が出来たでな。秀頼様を御守りするという夢よ」

「そうか。助作らしい」

市松は豪快に笑い、痛いほど肩を叩《たた》いた。

一行は京を目指し、伏見上鳥羽《かみとば》で虎之助が出迎えてくれた。その日は淀で一泊して、明日の会見に臨むことになっている。

一年ぶりの再会である。虎之助を一目見て、助作の脳裏に不安が過《よぎ》った。顔色が酷く悪いのである。そしてその不安は的中した。その日の夜、虎之助から二人で話したいと申し出があり、話を切り出されたのだ。

「俺は間もなく死ぬる」

昨年くらいから病に冒されており、己でも今年の冬までは生きられないのではないかと感じているらしい。助作は絶句した。今後、淀殿を抑えて豊臣家の存続を図るには、虎之助の力は必要不可欠であった。

「備えが無為になる。残念なことだ」

虎之助は虎之助で、今回の事とは別に、独自に秀頼を守る計画を立てていた。東西手切れとなれば大半の大名が家康に付く。その時は自身の心血を注いで作り上げた熊本城に秀頼の動座を願い、幾年でも戦うつもりであったというのだ。大坂城のほうが規模は大きいが、守る兵もその分多く必要となる。熊本城の規模が最もよい。さらに熊本のほうが、江戸からの兵站《へいたん》にも苦労する。奉行から武将に転身した虎之助ならではの思考である。だがそれも虎之助が死ねば水泡と帰す。

「こんなことならば、佐吉と共に戦えばよかったかもしれぬ……だが、あやつは急ぎ過ぎた」

虎之助が愚痴を零《こぼ》すのは珍しいことだった。

「虎之助、実はな……」

助作は関ケ原の直前、佐吉と面会したこと。そこで佐吉が語った全てを打ち明けた。

虎之助の顔色が見る見る変わっていき、最後には蒼白《そうはく》となって項垂《うなだ》れた。

「何故、俺に言わなかった……いや、俺が聞かなかったのか」

虎之助もまた佐吉との間に何かがあったらしい。虎之助は千切れんばかりに唇を嚙みしめていた。

「ともかく佐吉は敗れれば、時を稼ぐのが一転して有効となると申した」

家康は己が死んでも、秀忠の代で天下を獲りに来る。だが豊臣家の存続という一点に絞れば、戦の経験が乏しく、人望にも薄い秀忠のほうが和議に持ち込みやすいと、生前の佐吉は語った。故に助作は家康の時を削ることのみを考えて来た。

「時を削るか……俺に案がある」

虎之助の目がぎらりと光る。口にした策に助作は言葉を失った。

二条城において家康と豊臣秀頼との会見が実現した。虎之助はこの場に立ち会った。秀頼の護衛役としてではなく、間もなく娘婿《むすめむこ》になる徳川頼宣《よりのぶ》の護衛役としてであった。この申し出ならば家康も断ることが出来ないと踏み、果たしてその通りになった。こうして会見は無事終了した。

大坂に帰った助作は西の空を眺めていた。虎之助は今頃、熊本に向けて帰っていることだろう。そしてもう二度と会うことはないのだ。

熊本へ帰る船中、虎之助の体調が急変した。躰が黒く変じ、舌も痙攣《けいれん》して上手《うま》く動かせぬ。家臣たちの中には、会見で家康が毒を盛ったのではないかと憤っている者もいる。その真相を助作は知っていた。

あの会見では食事が出た。用意したのは家康側なのだが、用心深いことにさらに毒見役として家臣の平岩親吉《ひらいわちかよし》を随伴していた。虎之助はこれを逆手に取った。自ら毒を服したのである。

こうすれば家康が毒殺したという憶測が飛び、動き辛《づら》くなることを見越した。残り少ないわが命を燃やし、まさしく時を削ったのである。

家康もこれには辟易《へきえき》したようであるが、ある時を境に噂はあらぬ方に向かった。徳川方の毒見役であった平岩親吉が、年内に死んだのである。これにより噂は家康が毒殺を図ったというものから、第三者が秀頼、家康の両者を毒殺しようとしたというものになった。

——そこまでするか。

助作は肝が寒《こご》えるのを覚えた。恐らく家康は噂を消せぬと判断し、逸《そ》らすために平岩に毒を呑ませた。助作にはそうとしか思えなかった。根拠は無い。敢《あ》えてそれを求めるならば、

——家康は時が来ればなりふり構わず来る。

生前、佐吉がそう言っていたことであろう。

二条城の会見の前後、虎之助だけでなく堀尾吉晴《ほりおよしはる》、池田輝政《いけだてるまさ》、浅野長政、幸長《よしなが》親子など豊臣恩顧の大名が相次いで死んだ。これにより豊臣家はさらに孤立していくことになる。

その中でも助作は東西の融和に努めたが、淀殿は日々追い詰められていく恐怖に耐えかねたか、その美しかった顔は時に般若《はんにゃ》の如《ごと》く厳しいものになっていった。家老職である助作に相談もせず、大野治長に命じて行動を起こすようになる。家康に一報もなく無断で朝廷から官位を得る。兵糧《ひょうろう》や弾薬を買い付ける。新たに浪人を雇

う。挙句の果てには前田家に誼《よしみ》を通じるように文を書いた。

「お願い致します……ご自重下され。文は関東に筒抜けでございます」

助作は畳に頭を擦《こす》り付けて懇願したが、淀殿は聞く耳を持たない。だがそれから程なくして、前田利長が死んだ。淀殿はその報に触れた時、全身を震わせて失神してしまった。怒りと恐れ両方からくるものだろう。

――いよいよ来る。

前田利長を初めとする諸大名を、家康が謀殺した証拠は無い。仮に偶然だとしてもこの機を逃すはずはない。

家康は遂に大きく動いた。豊臣家が再建した方広寺大仏殿の梵鐘《ぼんしょう》の銘文にある「国家安康」が、家康の諱《いみな》を断ち割った呪詛《じゅそ》であると咎《とが》めて来たのだ。

「もはやこれまでだ。開戦あるのみ！」

評定が開かれ、大野治長を筆頭とする城内の急戦派は大いに息を荒らげた。さらに治長は、

「大坂は太閤《たいこう》殿下が残された難攻不落の城。それに不肖、治長もついていますれば万が一もございません」

と煽《あお》ったものだから、淀殿も自信を取り戻しつつある。

——後詰めなど来ぬ籠城戦《ろうじょうせん》が勝てるか。

助作は内心で罵《ののし》った。もはや豊臣家に味方する大名はいない。市松ならば動くかも知れぬとも思うが、家康もそれは重々承知で身動きが取れぬように画策するだろう。

だが城内の大半は治長に同調しており、不戦を訴えてきた助作を臆病者《おくびょうもの》と誹《そし》る者も多い。口に出そうものならば斬《き》り殺されかねない殺伐とした空気が漂っている。皆が開戦を唱える中、助作は無言で上座に座る秀頼に向けて言った。

「殿は如何《いかが》思われます」

皆の声が一斉に鳴り止む。これまで評定といっても家臣たちで論議し、秀頼はそれを見ているだけであった。淀殿が場に出させぬことすらしばしばあったのだ。意見を求められたのはこれが初めてで、秀頼の顔には困惑の色が浮かんだ。

「東市正は反対か」

「はい。まさしく……」

たとえ斬られようとも言わねばならない。これが己の関ケ原の戦いだと思い定め、腹を括《くく》って凛然《りんぜん》と言い放った。

「関東には勝てませぬ」

助作は腹に力を満たして絞るように言い切った。一座は騒然とし、治長が吼《ほ》えたのを皮切りに怒号が飛び交う。その中、助作はじっと秀頼を見つめた。秀頼がすうと手を挙げたことで、雑然としていた場が水を打ったように静まった。

「東市正は今も……余の味方か？」

助作が信用を失しかけている。そう見たようで治長の口元に嘲笑《ちょうしょう》が浮かぶ。

「今も、これからも」

短く力強く言うと、秀頼は薄い唇を綻《ほころ》ばせた。

「今度は和議を彫って見せてくれるか」

瑞々《みずみず》しい威厳と、慈愛の混じったような澄んだ声に、助作ははっとして平伏した。今でも秀頼はたまに木彫りの馬の話をしてくれる。幼い頃は肌身離さず持っていて、転んだ時に落として片足を折ってしまった今でも置いてある。そのような他愛も無い話である。

――やはり殿下の御子だ……。

天下人の気風を備えていると実感した。まだ若く経験も足りぬ故、家康と対峙するのは心許《こころもと》ない。だが家康が世を去って秀忠の時代なれば、この殿となら巻き返せるかもしれない。いずれくる反攻の季節《とき》に備えるため、今は拮抗《きっこう》を引き延ばす。助作が抱いた秀頼を守るという小さな夢は、豊臣の威勢を取り戻すという大きな夢に変わりつつある。

「お任せ下さいませ」

「東市正。頼む」

「畏《かしこ》まりました」

このやり取りに淀殿、治長を始め皆が啞然《あぜん》とし、誰も口を挟む者はいなかった。秀頼の目に薄っすらと膜が張っている。助作にはそのように見えた。

七

助作は家康のいる駿府《すんぷ》に赴き面会を求めた。弁明が聞き遂げられなければ、梵鐘の一件の責は全て己にあると、その場で腹を切る覚悟であった。その上で大坂の面々を説き伏せ、秀頼を江戸に参勤させる。あるいは淀殿を人質として出す。大坂城を退去する。いずれかを吞ませて、一大名としての豊臣家の存続を願うつもりである。ここが互いに譲れる際《きわ》の際《きわ》であると助作は見定めた。

だが家康はその決意を見抜いているのか、一向に会おうとはしない。助作はそれでも諦《あきら》めず何度も面会を申し入れた。

暫くしてことが動いた。大蔵卿局《おおくらきょうのつぼね》が駿府に来たのである。淀殿の意向を受け、己を連れ戻しに来たのだと思ったが、大蔵卿局は意外なことを口にした。

「本多正純《ほんだまさずみ》殿との約束を取り付けました。大御所の許可も得ています」

「何だと……さては関東に内通するつもりか」

本多正純は家康の側近中の側近。この状況ですんなり会えるとは、何か裏がある以外に無い。助作は、女とはいえ、大蔵卿局に摑《つか》み掛からん勢いで詰め寄った。

「助作様、落ち着き下され」

そう呼ばれて我を取り戻した。甚内と共に丹波から引き揚げる時、八重と呼ばれていた大蔵卿局と初めて会った日を思い出したのだ。大蔵卿局は声低く続ける。

「この期《ご》に及べば、助作様だけが頼り。全てを話します」

大蔵卿局も意を決したかのように語り始めた。確かにかつて大蔵卿局は、豊臣家が滅んでも、大野家だけが生き残る道を模索するため、関東に通じようとしていた。

関ケ原前夜、佐吉から家康暗殺をでっちあげるように協力を要請された時、大蔵卿局はこれをまたとない機だと捉《とら》えた。己の嫡男である大野治長に証言させたのだ。治長は噂を見過ごした罪で、家康の元に送られて謹慎生活を送ったが、後に許されて大坂へ戻った。

「治長を家康側に付けるための策だったのか……」

大蔵卿局は小さく頷《うなず》いた。大蔵卿局には治長以外に三人の子がいる。嫡男と四男を徳川家に、次男と三男を豊臣家に付けて大野家の命脈を保とうとしたのだ。

「しかし私の思惑は外れました。治長は大御所が豊臣家を滅ぼそうとしているのを身をもって感じ、却《かえ》って反徳川に傾いてしまったのです。今では私の言うことにも耳を貸しませぬ」

全てが繫がった。これでは大野家は三人までが豊臣と命運を共にすることになる。そして大蔵卿局もまた徳川には抗《あらが》えぬと見ている。四男の手引きで文を往来させ一定の信用は得たものの、独力では和議に至らぬと見定めた。故に助作に協力を申し出たのだ。

「信じてよいものか暫し考えたい」

そう助作が迷っていると、大蔵卿局は一枚の文を取り出した。

「これは……」

文は脇坂甚内からのものである。豊臣家存続に奔走している助作を助けてやって欲しいと切実に書き綴《つづ》られていた。徳川方の甚内は危険を冒して文を書いたことになる。助作は二人の関係に薄々勘付いていたが、これで確信した。

「丹波のように上手くはいかぬぞ」

「覚悟しております」

丹波で出逢《であ》った二人は、随分異なる道を進んだが、ここで初めて目的が重なったことになる。

助作が大蔵卿局の手引きで面会した正純は、才気の塊のような男である。家康も水面下で長年繫がって来た、大蔵卿局の頼みだからこそ聞き遂げたものの、正純に和議を潰させようとする腹が窺《うかが》えた。

「梵鐘の一件、互いに行き違いはあれども、ここまで縺《もつ》れれば開戦止む無く存じますが？」

正純は冷たい笑みを見せた。我が才を信じ抜いているもの特有の匂《にお》いがする。治長に似ているが、正純の才は遥《はる》かに上をゆくだろう。

「ことは梵鐘だけではありません。以前より関東のなされる仕儀は、豊家を刺激なさっております。淀殿らが頑《かたく》なになるのも、そこから──」

大蔵卿局が言いかけるのを制し、正純は顎《あご》を突き出す。

「我らが豊臣家をいつ蔑《ないがし》ろにしました。例を挙げて頂きたい」

「例と申されましても……」

大蔵卿局が口籠った一瞬を見逃さず、正純は畳みかけるように言った。

「豊臣家の方々は初めから徳川を敵と決めつけておられる。故に大御所の好意の数々も、曲がって受け取られるのです」

「お待ち下さい。互いに非がございましょう！」

「では、仰《おっしゃ》って下さい。いつ、どこで、誰が、どのように。さあ」

大蔵卿局も食い下がるが、正純は猫撫《な》で声で追い詰める。大蔵卿局は確かに優れた頭を持っているが、いかんせん女であり、天下諸事の細々したことには疎《うと》い。一方、正純は己のことなどは初めに一瞥《いちべつ》したのみで、案山子《かかし》のようなものと舐《な》め切っている。

「それをご説明頂かねば話になりませんな。感情の話はご勘弁願いたい。真っ当な申し分ならば、私としてもお聞きするのも吝《やぶさ》かではないが……」

「今の言葉に相違はないでしょうか」

正純は案山子が話し始めたとばかりの、驚きの表情になった。

「東市正殿がお答え下さると？」

己が凡庸だと世間で馬鹿《ばか》にされていることは知っている。正純も口を窄《すぼ》めて笑みを必死に堪えている。

「はい」

助作は凜と答えた。正純はどうぞと言ったように手を宙に滑らせた。

「関ケ原のあと、大坂の蔵入りを百万石と定められ、秀頼公を外様の如く扱われていること。これ一つ」

助作は指を一本立て一息つくと、正純に向けて猛然と話し始めた。

「大坂の兵の数を咎められたが、これは関東に対して謀叛《むほん》を起こそうとするものを防ぐため。懸念《けねん》されるのは異なこと。これ二つ。大御所は拙者に豊臣家を頼むと公然で仰《おお》せになった。それなのに面会もされぬとはいかなることか。これ三つ」

正純の頬が引き攣《つ》る。助作の舌は動きを止めない。

「秀忠様の将軍の宣下の時、諸大名には江戸に来るように言っておきながら、大坂にはお申しつけがなかった。江戸城普請《ふしん》の人足を出すという中からも大坂は除されました。他家と異なった扱いをされている証左。これ四つと五つ」

「ま、待て、それは我らが豊臣家を尊んだからこそ――」

「それはそちらの勝手なご判断でしょう。それに尊ぶどころか、蔑ろにもしておられる。朝鮮人、阿蘭陀《おらんだ》人らが来訪の時も、これを大坂には近づかぬよう命じられました。これ六つ。些事《さじ》ではございますが、四座の猿楽から絵師に至るまでも、同様に大坂への立ち入りを禁じられた。これ七つ！」

助作の語調が強まると、正純の肩がびくんと動いた。大蔵卿局も信じられぬという風に唖然としている。

「兵馬を調えることにも異議を挟まれましたが、古来、治に乱を忘れざると申し、武門には当然のこと。ならば徳川の御家は弓を袋にし、太刀を鞘《さや》に納めておられるのか。これ八つ。また大坂の河口が、舟入が悪いため川床を浚《さら》っていたところ、泰平には要害はいらぬとお咎めされた。ならば江戸城の御普請は一体何の為なのでしょう。これ九つ」

まったく反論の隙間《すきま》を与えず、助作は今一度声の高さを落とし、滔々《とうとう》と語った。

「二条城での会見の折、秀頼公に対し、福島、加藤などが豊臣に御入魂《じっこん》である事が、秀忠公に対して無礼と仰せられました。彼らは太閤お取り立ての大名。禽獣《きんじゅう》はいざしらず、いやしくも人倫たる者は恩を忘れませぬ。これは拙者も同様。これ十……」

助作は瞑目《めいもく》していた。瞼《まぶた》の裏に浮かぶのは、長浜時代に下らぬ話で笑い合った皆の姿。そしてそれを好まし気に見つめる殿下の姿であった。助作は眦《まなじり》を決してゆっくりと口を開く。

「秀頼公十五歳とならば天下の政道を任すべし。但《ただ》し、もしその器に非《あら》ずんば譲ってはならない。天下は一人の天下にあらざるなり……これが殿下最後の遺言だと流布《るふ》している不届き者がいますが、あり得ません」

「何故そう言い切れる……」

　正純の声は先刻までと違い、弱々しいものに変わっている。

「拙者が最後の遺言を聞き届けました。秀頼を守ってやってくれ。真実はその一言
……これ十一。以上をもって申し開きと致す。お答え頂きたい」

　正純は歯を食い縛って拳を震わせ、

「諸事、相談してお返事致す。暫しお待ちを……」

　と、言うのが精一杯であった。

「片桐様があれほど雄弁でいらっしゃるとは思いもよりませんでした」

　会談を終え滞在している屋敷に戻る途中、大蔵卿局は溜息交じりに言った。能ある鷹《たか》は爪《つめ》を隠すといったところかとまで言い、感嘆している。

「私は凡人です」

「ご謙遜《けんそん》を……」

「千遍」

「え？」

「あの口上、千遍以上も練習しました」

あれだけではない。起こり得る全ての事態を懸命に考え、その応対を何度も何度も練習した。駿府に向かう間も、着いてからも。立て板に水のように話す、佐吉のような才は己には到底ない。ならば己にはその方法しかなかった。

生まれてからこれまで、物事にそれほどの情熱を抱いたことは無かった。遅ればせながら得た夢が、情熱を生み出し、躰《からだ》を突き動かしている。そう実感している。

家康や他の家臣と相談した上、正純から返答があった。豊臣秀頼を江戸に住まわせること。淀殿を人質に出すこと。豊臣家が転封を受け入れること。この三つの条件のいずれかを呑めば、和議を結ぶというものである。

即時開戦からすれば、大幅な譲歩であった。助作に誇る気持ちは毛頭なかった。ただ何とかやり遂げたという安堵《あんど》の想《おも》いだけを胸に、大坂への帰路へ就いた。

助作は大坂へ戻ると、条件次第で和議は成ることを説いた。

「そのような条件……東市正は豊家を売り飛ばすつもりか！」

淀殿は激昂《げきこう》して眦《つ》を吊り上げた。

「滅相も無い」

「さては家康から領地を約束されたか」

「私は領地などに興味はございませぬ。ただ――」

「黙らっしゃい！　この不忠者！」

大蔵卿局が進み出ようとする。しかし助作は小さく首を振る。

――私だけで十分だ。

大坂に帰って気付いたことは、城内の急戦派がより一層勢いを増していること。今まで大蔵卿局が大野治長を抑えていたのが、城を離れたことが災いした。完全に大野治長が衆を掌握していることが見て取れた。己が失脚すれば、後は大蔵卿局に託すしかない。ここで共倒れさせる訳にはいかなかった。

「殿は如何……」

助作は頭を僅かに上げ、秀頼を見つめる。秀頼は大きな躰に似合わず、温厚な性格である。元来、戦を望むような御方でないことは重々承知している。前回のように秀頼の鶴《つる》の一声があれば、事態は一気に収束すると見た。

「私は……」

助作は目を逸らさない。秀頼は下唇を噛みしめ顔を背けつつ続けた。

「そのような条件を出すのは……やはり不忠と申さざるを得ない」

「それでこそ太閤殿下の御子。よくぞ申しました」

淀殿は歓喜のあまり立ち上がる。衆もそれに続き歓声を上げる。心苦しそうにしているのは大蔵卿局を始め、僅かな家臣たちだけであった。

淀殿の打掛の裾《すそ》が揺れるのがゆっくり見えた。摺箔《すりはく》の施された最上級のものである。この打掛一枚で鉄砲が十挺《ちょう》は買える。弾薬ならば山積みとなる。これまでそのようなことを考えたこともないだろうし、これからも考えはしまい。それは淀殿に褒められ、少しばかり嬉《うれ》しそうに微笑《ほほえ》む秀頼も同じだろう。

――己は何のために戦ってきたのか。

寂寞《せきばく》と虚無が胸を締め付ける。これならば佐吉と共に轡《くつわ》を並べ、死んだほうがどれほど良かっただろう。

――佐吉は解っていたのだ。

秀頼が殿下の才覚や魅力には遠く及ばないことを。故《ゆえ》に勝てる見込みのある内に己が挑み、負けた時のために託した。それは己が夢を持たず、足ることを知る性質だったからではないか。だが老境に際して初めて持った夢はあまりに眩《まぶ》しかった。それに魅せられて夢に夢を重ねてしまったのだ。

和やかに談笑する面々を、助作はゆっくりと見渡した。空虚の風が心に吹き込んでいる。

「殿、お暇《いとま》を賜りとうございます」

助作が震える声で言うと、一瞬場が凍り付いたものの、すぐに淀殿の金切り声が飛んで来た。

「尻尾《しっぽ》を出したな。やはり豊家を売るつもりだったのじゃ。何か申し開きはあるか！」

目に映る秀頼の姿が曇ってゆく。輪郭が滲《にじ》み大きささえも曖昧《あいまい》になる。ぼやけた視界に浮かぶもの。それはあの日、たどたどしく我が名を呼び、満面の笑みを見せてくれた幼子の姿であった。

「やはり……夢は見るものではございませんな」

助作は葉から露が落ちるようにぽつんと言うと、無理やり笑みを作って見せた。

改易された助作は、諸事の引き継ぎを済ませると、弟の貞隆《さだたか》と共に大坂城を退去した。そして東西は手切れとなり戦《いくさ》が始まった。大蔵卿局が粘ったのだろう。一度は和議となったが、翌年再び手切れとなり戦が始まる。難攻不落とされた大坂城は落ち、秀頼は自刃《じじん》して果てた。

その二十日後、旧知にこれまでのことを労《ねぎら》いたいと誘われ、助作は足を運んだ。茶室に通された時、すでに助作の覚悟は決まっていた。茶室は開け放たれ、外の風を取り込んである。助作は穏やかな風を頬に感じながら、出された茶をゆっくりと啜《すす》た。

「お主がやったのだな」

助作は庭に目をやりつつ茶碗《ちゃわん》を畳に置いた。豊臣恩顧の大名が次々と世を去ったのは、家康が謀殺したものと思い定め、助作なりに前後のことを探った。しかしどの者も徳川の手の者と接触した形跡は無い。ただ一人だけ皆が共通して会っていた者がいた。それが眼前のこの男なのだ。

問いかけに返事は無い。ただ手が小刻みに震えているのが解った。

己を除けば、賤ケ岳七本槍に数えられた者も、目の前の男を含めて残りは四人。時の移ろいを感じずにはいられない。

「私ほど凡庸な男に、大御所も念入りなことだ。今更、何が出来ようか」

生涯たった一つだけ抱いた夢は終わったのだ。群雲《むらくも》が流れている。この雲もいずれ散り散りになっていくのだろうか。そのような事を考えながら助作は腰を上げた。

その日の夜半、助作は胸の痛みを訴えてそのまま世を去った。近くには家臣に命じて取り寄せた、鑿《のみ》と欅《けやき》の木材が転がっていた。まだ始めたばかりであったため、何を彫ろうとしていたかは解らない。家臣たちは、秀頼の菩提《ぼだい》を弔うための仏像だったのではないかと話し合った。

五本槍　蟻《あり》の中の孫六

一

孫六は茶室を出ると、供の者たちのほうへと歩を進めた。この後、家康の元を訪ねると伝えてある。その支度を整えて待っていたのだ。足に力が入らず、雲の上を歩むような心地である。

「殿……何かございましたか」

家臣の一人が進み出ると、小さな声で心配そうに尋ねる。

「いや、何もない」

声が擦《かす》れる。酷《ひど》く喉《のど》が渇いていることに気付いた。

「お顔の色が優れません——」

孫六は頬をつるりと撫でた。血の気が引いているのか死人の如《ごと》く冷たい。何より撫でたその手も、小刻みに震えている。

「立ち眩《くら》みだ」

二

永禄《えいろく》六年（1563年）、孫六は三河国幡豆《はず》郡永良《ながら》郷を治める岸三之丞教明《きしさんのじょうのりあき》の嫡男《ちゃくなん》として生まれた。父は松平《まつだいら》家康の麾下《きか》につく豪族であった。領地は決して大きくはないが、永良郷では殿様と呼ばれる身分である。岸家の治める永良郷は、山がちな三河において良田も多く、他の豪族と比べても暮らしは比較的豊かであった。だが孫六には裕福な暮らしの記憶は無い。むしろ物心が付いた時には、明日にも食うに困るといった有様であった。

孫六が生まれた年に、三河で大規模な一向一揆《いっこういっき》が起こった。父は一向一揆側に与《くみ》し、主君家康に弓を引いたことで所領を失った。そのことで父は、母と三つ年上の姉、そして幼い孫六を連れ、諸国を流浪《るろう》することになったのである。

父は各地の大小名に仕官を試みたが、結果は悉《ことごと》く芳《かんば》しくはなかった。一向宗が世を席巻《せっけん》している時代である。宗派に傾倒して主君に背いた父を召し抱えても、また領地で一揆が起こればそちらに走ると考えられたのであろう。それを差し引いても武功の一つや二つあれば、まだ仕官が叶《かな》う可能性はあった。しかし父はこれまでに目立った戦功は何も無く、誠実というほかに特段取り柄の無い人であった。

食うに困った父が始めたのが馬喰稼業《かぎょう》である。腐っても武士。馬の善し悪《よあ》しを見定める目は持っている。なけなしの金で良馬を求め、それに利を乗せて売る。その合間で仕官の口を探すことも続けるというものである。

「お父上は武士だったのですよ」

母は孫六にそう語ってくれた。姉は当時住まっていた館《やかた》も微《かす》かに覚えているというが、孫六が物心付いた頃には父は馬喰を生業《なりわい》としていたので、記憶にはなくどうもぴんとこなかった。

徐々に売り物の馬を増やすようになったが、流浪中に妹が二人でき、一家六人となったことで暮らし向きはさほどよくはならない。一家の中で唯一《ゆいいつ》の男手である孫六は、七つの頃にはもう売り物の馬の世話を手伝っていた。

孫六が十歳になった頃の話である。父は馬を売りに行き、孫六は残りの馬の世話をしていた。軽い運動をさせるのも世話の内である。戻った父は、孫六が一頭の馬に跨っているのを見て驚きの声を上げた。

「孫六、いつの間にそれほど乗れるようになった……」

「こうして動かさないと、馬が苛立《いらだ》つから」

「違う。馬具はどうした」

孫六は鞍《くら》も乗せず、轡《くつわ》も付けず操っていたのだ。その馬は鞍を付けるのを酷く嫌がったので、このようにしていたのだが、父がそこまで驚くとは孫六も思わなかった。どうやら素の馬体に跨り、操るのは相当難しいらしい。らしいというのは、孫六にとってはさして難しいとも思えず、初めからこのように出来たからだ。馬の心を読むといえば大袈裟《おおげさ》だが、孫六にはそれぞれの馬の癖が手に取るように解《わか》ったのだ。

「明日から共に売りに行こう」

父がそう言った時、孫六は嬉《うれ》しくて頬を緩めた。馬の世話はするものの、いざ売りに行くのに同行したことはない。これまでも何度か頼んではみたが、

「お前が一人前になったらな」

と、父は頑として聞き入れてくれなかったのだ。

こうして孫六は父と二人で馬を売りに市に出ることになった。

数日して孫六はあることに気が付いた。客の中に、明らかに馬に興味を持っていない初老の男がいるのだ。歳《とし》は五十ほどか。孫六が子どもだからそう思っただけで、実際は四十にも満たないのかもしれない。

その男は毛並みを確かめるように馬体を撫でるのだが、神経はそちらに向いてはい

ない。父と何やら小声で話している。それが馬の話でないことだけは孫六にも解った。そして話の途中、たまにちらりと孫六を盗むように見る。その視線が妙に冷たく、背に悪寒《おかん》が走った。

男は決まって馬を買わずに帰っていく。そしてまた三月ほどすると現れる。この繰り返しであった。

そのような日々が一年ほど続いたある日、市から父は馬を曳き、孫六はその傍らを歩いて家路に就いた。両側には水田しかない一本道。陽は刻々と落ちていき、茜《あかね》を溶かしたかのように水面《みなも》が染まっている。

「孫六、父は仕官を諦《あきら》めようと思う」

そう言った時も、孫六はさして驚かなかった。ここのところは馬喰稼業だけに専念し、仕官に赴くことも皆無だったからである。何と答えていいか解らずに黙っていた孫六に対し、父はさらに言葉を継いだ。

「お主が仕官しろ。儂《わし》はいわば隠居だな」

「え……私が？」

「儂と違い、お主には馬術の才がある。仕官の糸口になろう」

父が仕官することも、どこか夢物語のように思っていた。だがこの段になって、ようやく父が本気だったと感じた。息子に夢を託すということはその証《あかし》だろう。

「分かりました……」

父に応《こた》えたい一心でそう答えたが、正直なところ孫六には自信が無い。何度か仕官に臨み、叶わなければ父も諦められるだろう。

父の頰がふいに引き締まる。

「孫六、もう一つ話がある」

父がぽつんと言うと、孫六の脳裏にあることが過《よぎ》った。

——あの男のこと……。

市で父と話す、得体の知れない男のことだ。孫六は唇を結んで頷《うなず》く。

「母や姉、妹にも他言無用のことだ」

「はい」

「実はな……」

父は嚙んで含めるように滔々《とうとう》と話した。その全てを聞き終えた時、孫六は愕然《がくぜん》とした。仕官を志せというだけでも、己にとっては青天の霹靂《へきれき》だった。ましてや今聞いたことは、孫六の想像を遥《はる》かに超えていた。

「まずは仕官することだ」

今まで一人で秘事を抱え込んできたのだ。孫六に打ち明けた父の顔は、いつも以上に穏やかで、どこか満足げであった。反対に己の顔は強張《こわば》っているのではないか。孫六は視線を外して頬を撫でた。

路傍に群れて顔を出している大葉子《おおばこ》の穂が、夕風を受けて小刻みに揺れている。それを茫《ぼう》と眺めながら、孫六は未《いま》だ漠然とする己の将来に想《おも》いを馳《は》せた。

三

孫六が十一歳になると、父はいよいよ動き出した。選んだ仕官先は織田家である。

「織田家は、今や日の出の勢いだ」

父は母や姉妹たちにはそう説明した。もっとも織田家ほどの家になれば、そう易々《やすやす》と直臣《じきしん》には取り立てられない。父はその麾下の部将に狙《ねら》いを定めた。

「伝手《つて》がある」

長年、馬喰をしていた父に伝手などあるはずがない。この時も孫六の頭には、市の男の顔が過った。恐らくあの男の紹介だろう。

一家が向かったのは、近江国矢島郷。元は美濃斎藤《さいとう》家の家臣で、今は織田家の麾下に

加わっている加藤景泰《かとうかげやす》という男を訪ねた。案の定、景泰は初対面で挨拶《あいさつ》を交わした後、

「紹介状はすでに受け取っております」

と、言った。

――あの男は何者なのか。

孫六は初めて真剣に考えた。秘事を打ち明けた父であったが、時が来れば解るというのみで、あの男の名だけは語らなかった。

「景泰殿にお主の馬術をご覧頂け」

父に促されて孫六は馬に跨る。孫六の馬術はさらに上達しており、思うままに馬を操れるようになっていた。並足でぐるりと弧を描くように一周すると、すかさず疾駆させる。そして六尺はあろうかという垣根を飛び越えさせるや否《いな》や、手綱を絞って制止してみせた。

「これは……まことに十一か。倅《せがれ》と比べても段違いに上手《うま》い」

景泰は舌を巻いた。景泰の息子は光泰《みつやす》と謂《い》い、齢《よわい》三十七である。景泰の領地とは別に近江国伊香《いか》郡磯野《いその》村において七百貫の知行を食《は》んでいる。謂わば一端《いっぱし》の武士で、それよりも上手いという最上の誉め言葉である。

「どうでしょう。加藤家の末席に加えて頂けますでしょうか」

父が頼むと、景泰はゆっくりと首を横に振った。落胆の色を見せる父に向け、景泰は口元を綻ばせた。

「半ば隠居の儂の元には勿体《もったい》ない。もっとよい御仁に推挙致そう」

「と……いいますと？」

「筑前《ちくぜん》殿よ」

景泰は孫六のほうを見ると、にんまりと笑った。

一家で向かったのは北近江の長浜であった。破竹の織田家中において、最も勢いのある武将。羽柴筑前守秀吉の居城がある町である。

秀吉は百姓から身を起こし、遂《つい》には大名になった。その才覚たるや並々ならぬものらしい。だが如何《いかん》せん出自が百姓であることで、譜代の家臣がいない。大名になった今、新たに有能な士を募っているという。

景泰は孫六の馬術を手許《てもと》に置くのを忍びないと考え、第一線で働く秀吉に推挙してくれたのだ。長浜に着くなり、孫六は父と共に景泰に連れられて長浜城へ向かった。

何と城内の馬場において、秀吉自ら見てくれるのだという。

——あれが筑前様。

床几《しょうぎ》に腰を据えた秀吉は、色黒の小男であった。孫六は大名というからには、巨軀《きょく》の豪傑を想像していたので、些《いささ》か意外であった。

「ゆっくり支度せよ」

孫六のような者にも気軽に話しかけ、支度をしている最中も他の家臣たちと談笑している。とにかくよく話し、よく笑うという印象である。

父は緊張しているのか、肩をいからせて頻繁に喉を動かしていた。孫六は支度を整えると、鐙《あぶみ》に足を掛けて颯爽《さっそう》と跨った。暫《しばら》くの間、自在に操っていると、景泰がこちらに向けて叫んだ。

「孫六、跳ねさせてみよ！」

孫六はこくりと頷く。

——飛んでおくれ。

心の中で念じながら手綱を引くと、天に焦《こ》がれたかのように馬は大きく跳躍する。

「どうですかな。筑前殿」

景泰が秀吉に伺いを立てた。秀吉は顎《あご》に手を添えてこちらをじっと見つめていたが、顔全体を綻《ほころ》ばせるほどの笑みを見せた。

「見事だ。儂とは比べ物にならぬくらい上手い」

普段から軽口を叩《たた》いているのだろう。秀吉がそう言うと、家臣たちがどっと沸いた。

「孫六だったな。台所で飯を食え」

孫六は言葉の意味を解《げ》しかねたが、駆け寄ってきた景泰が小姓組に加われという意味だと教えてくれる。孫六はさっと地に降り立ち、その場に膝《ひざ》を着いて頭を下げた。秀吉も腰を浮かせ、こちらに近づいて来る。

「景泰殿、岸家は……」

「は、いかさま。それだけがちと問題です」

孫六の頭上で、二人が何やら相談を始めた。

「御屋形様は一向宗をお嫌いじゃ」

秀吉が言う御屋形様とは、織田信長であることくらいは孫六でも解った。

「いかがしましょうか」

「うむ……誰かの養子、いやせめて猶子《ゆうし》に出来ればよいのだが」

秀吉が唸《うな》ると、景泰の声が明るいものになった。

「それならば容易《たやす》いこと。私の猶子に致しましょう」

「よいのか。だが父御《ててご》が……の」

そこで孫六が平伏したままなのに気付き、秀吉は顔を上げるように言った。そして少し離れたところで心配そうにしている父に向け、秀吉は手招きをした。

「岸殿、仕官に際し、一つお尋ねしたいがよろしいか」

「は……何なりと」

「倅殿を加藤家の猶子にしたい」

「つまり加藤の姓を名乗れということでございましょうか」

「そうだ。嫌か？」

父は勢いよく首を横に振る。

「滅相も無い。ありがたきお言葉です。もしよろしければ、私も姓を改めさせて頂きます」

秀吉と景泰は顔を見合わせて目を丸くした。家名を捨てるというのは、武士にとっては重いことである。暮らしに困窮しており、そこまでして仕官したいのかと思ったのだろう。

事実、父は強く仕官を望んでいる。これまでも一向宗に帰依《きえ》していることが不利に働いていると察し、聞かれてもいないのに自ら棄教したと語ったこともある。だが仕官を望む訳が、困窮ではないことを孫六だけは知っていた。

「私には娘が三人おります。いずれかが婿《むこ》養子を取り、岸家の名跡が残ればよいと考えております故……」

父が続けて懇願すると、景泰は哀れむような目になり二、三度頷いた。

秀吉は違う。頬は穏やかに緩めるものの、その目は決して笑っていない。父という人物を見定めようとしているかに見えた。

「孫六はよいか……？」

秀吉はこちらに視線を移し、じっと見つめてきた。その真っすぐな眼差《まなざ》しに胸が高鳴る。

「はっ」

孫六は目を逸《そ》らさず、腹に力を込めて短く答えた。

「よし、召し抱える。小姓組に入れ」

秀吉は満面の笑みを浮かべ、己の肩を軽妙に叩いた。こうして孫六は姓を岸から加藤へと改め、長浜十二万石、羽柴筑前守秀吉の小姓組に名を連ねることとなった。

その翌日に孫六は小姓組の部屋に案内された。付いて来るように言ったのは、殿と呼ぶようになった秀吉の御舎弟、小一郎秀長《こいちろうひでなが》であった。羽柴家も一端の大名である。御舎弟が自ら快く案内してくれるあたり、悪く言えばそれに見合った威厳が無く、よく言えば家族のように温かみがあると言える。

襖《ふすま》が少し開いており、敷居を越えて廊下に足がにょきっと出ている。秀長は溜息《ためいき》をついて目尻《めじり》を抑えた。

「市松！」

「はい！」

足が素早く引っ込み、慌《あわ》ただしい音がする。そしてひょいと男が顔を出す。歳は己より少し上か、頬や額などに細かな傷跡があり悪童という呼び名が相応《ふさわ》しいように思えた。

「秀長様！　申し訳――」

秀長はつかつかと進むと、ぽかりと頭に拳骨《げんこつ》を見舞った。

「馬鹿者《ばかもの》。足を放り出す馬鹿があるか」

「先ほどまで槍《やり》の修練をしていましたので躰《からだ》が火照《ほて》りまして。廊下が冷やっこくて気持ちよいと……」

市松と呼ばれた男は頭を抱えながら答える。

「殿はもう大名だ。その小姓にも礼節が求められる。ましてお主は我らの……従弟《いとこ》だ」

秀長は額に手を当て、先ほどよりも大きな溜息をついた。市松は殿や秀長の従弟であり、その縁で小姓組に召し抱えられたらしい。

「虎之助、お主も市松を窘《たしな》めよ」

秀長は部屋の中で文机《ふづくえ》に向かう少年に言った。こちらは市松よりは細身である。目がくっきりとした二重瞼《ふたえまぶた》で、鼻筋も通った明瞭《めいりょう》な顔である。

「は……しかし何度申しても聞かぬので」

「秀長様、こいつは――」

秀長は拳《こぶし》で市松の胸を軽く小突く。

「この方は……」

市松が言い直すと、秀長は頷いて手を孫六のほうへ滑らせた。

「新たに小姓組に加わる者だ。色々教えてやってくれ」

「おお！　遂に新入りですか！」

市松は拳を握りしめて興奮する。虎之助も勢いよく立ち上がり、こちらに向かって来て尋ねた。

「よろしく頼む。名を何と言う」

「加藤孫六です」

「同じか！」

虎之助はやや驚いたように目を見開いた。

「同じ……と、申しますと？」

「俺も加藤姓だ。加藤虎之助と謂う」

虎之助は爽快な笑みを見せた。市松は眉《まゆ》を顰《ひそ》めて二人の加藤を見比べる。

「同じ加藤とはややこしい。よし、虎之助を加藤、孫六を偽《にせ》加藤と呼ぶことに……」

「愚か者」

秀長はまたまた市松の頭に拳骨を放った。先ほどより強く、市松は目尻に涙を浮かべている。

「しかし……」

「ならば殿が羽柴で、儂が偽羽柴だと申すか？」

秀長が冗談めかして問うと、市松は大袈裟に首を横に振った。その姿がおかしく虎之助も噴き出すが、孫六は表情を変えない。初対面で笑うのは礼を失するのではないかという思いもあるが、それ以上にどのように振る舞えばいいのか分からなかった。きょうだいは女ばかり。流浪に次ぐ流浪で、同年代の者と言葉を交わすことすらほとんどなかったから慣れないのだ。

「不愛想な奴《やつ》だ」

市松が苦々しく言うと、秀長が拳に息を吐く。それにぎょっとして市松は跳び下がった。

「何か得意はあるのか？」

代わって虎之助が優しい口調で訊《き》いてきた。

「儂も見たが、孫六の馬術はすさまじい。あの腕ならばどんな山野でも駆け抜けさせるだろう」

秀長が昨日の馬場での様子を説明すると、市松の目が輝いていくのが解った。

「孫六、馬を教えてくれ。俺は乗れないのだ……元は桶屋《おけや》の倅だからな」

市松は恥ずかしそうに顔を顰《しか》める。

「俺にも教えてくれ。武芸はあまり得意ではないが、せめて馬には乗れないとな。俺も元は鍛冶《かじ》職人の子だ」

虎之助がにっこりと笑った。

「はい……」

「何気を遣っている。そこは……応とか勇ましく返事しろ」

市松は歯の隙間から息を漏らしながら言う。

「お、おう」

「出来るじゃないか」

孫六が戸惑いながら言われた通りにすると、市松は大口を開けて笑って肩を叩いてきた。立ち話も何だと虎之助が孫六を部屋の中へ招き入れようとする。踏み出した孫六は、秀長に礼を述べるのを思い出して振り返った。

「孫六、そもそも馬とはどうやって動かす……」

市松は早くも問いをぶつけてくる。秀長は好まし気な目でこちらを見て、鷹揚《おうよう》に首を横に振るとその場を立ち去っていった。

それから間もなくして、たった三人しかいない小姓組が一気に倍増した。羽柴家は急な膨張に際し、多くの家臣を召し抱えており、小姓組にも人が配されることとなったのだ。

まず皆に一歩先んじて来たのが、平野権平。これは己と違って懐《なつ》っこい男で、すぐに市松や虎之助と打ち解けた。いつも軽口ばかり言って皆を楽しませようとしている。続いて脇坂甚内、片桐助作の二人が同時に加わった。甚内は小姓組の最年長になると聞いていたので、市松などは、

「口うるさい男だったら適《かな》わぬ」

と身構えていたのだが、小難しいところは微塵《みじん》もない明るい男であった。それどころか、

「女のためならば、火の中にでも飛び込んでやる」

と言って憚《はばか》らない甚内の変わり者振りに皆が驚いてしまった。

助作はそんな甚内を窘める真面目《まじめ》な男である。個性の強い者が揃《そろ》いつつある小姓組の中にあって、よく言えばまとも、悪く言えば特筆すべき点が無い。本人もそれは重々承知らしく、己は地道にやると言っている。

孫六が最も鮮烈に驚いたのは、その直後に現れた者であった。名を石田佐吉と謂う。何でも殿が領内を視察している時に見出《みいだ》したらしく、小姓組の中でも特に期待されていた。

小姓は武芸だけでなく、様々なことを学ばねばならない。市松は数に疎《うと》く、奉行向きのこと全般が苦手であった。

「大名になると言っているらしいな。ならば検地くらいは出来ねば務まらんぞ」

殿は快活に笑って市松に課題を出された。土地の測量くらい出来ねば、適正に年貢《ねんぐ》も取れぬと言うのだ。文机に向かって唸っていた市松だが、小さな悲鳴を上げて立ち上がると、写本を行なっている佐吉に訊いた。

「佐吉、こんなものどうやって求めるのだ！」

佐吉は一瞥《いちべつ》して写本を続ける。

「私に怒るな」

「怒っていない」

「いや、怒っている」

このようなやり取りは見慣れたもので、皆も苦笑を浮かべるのみである。

「怒っている。だがお主にではなく、数に向けてだ」

「それは苛立っていると言うのが相応しい」

佐吉は眉一つ動かさず、市松は一転して縋《すが》るように言った。

「どっちでもいいだろう。殿に明日までにやって、奉行殿に見せろと命じられているのだ。助けてくれ」

「見せてみろ」

市松が手に持った紙を、佐吉の前にぱっと差し出す。他の小姓組も興味を持ったか、わらわらと佐吉の文机の周りに集まった。孫六は最も遅く、輪の後ろから隙間を覗《のぞ》くようにして見た。図と文字、数などが記入されている。模擬検地というべき課題である。

——これは市松には無理だ。

設問が難しすぎる。まず描かれた田の形が複雑である。この広さを求めるだけでも難しいのだが、問題はそこでは終わらない。

この田の一反から穫《と》れる米の量が「上、中、下」でそれぞれ仮定されており、十年で千石を生み出すことを目標とする。「下」の穫れ高の水田であった場合、何年何ヵ月以内に「中」の水田に、同じくそこから何時《いつ》までに「上」に耕せば達成出来るか。最も早い場合と、最も遅い場合を答えよ。等級を上げるのに最低二年は要し、「下」から「上」に飛び級することはないと仮定する。という難題である。

「難しすぎるだろう……」

権平は目と口を開いて吃驚《びっくり》する。

「まずは広さだな。これは時を掛ければどうにかなりそうだが……」

「ああ、紙と筆を持ってくる」

助作が顎に手を添えて言い、虎之助が己の文机に向かう。

「市松、安心しろ。俺も出来ない」

甚内は目を細め、市松の肩をぽんと叩いた。

孫六としても出来ないことはないだろうが、かなりの時を要することは覚悟せねばならない。皆があゝだこうだと話している中、

「殿もお人が悪い……」

佐吉がぽつんと呟く。他の者には聞こえなかったようだが、押し黙って紙を見ていた孫六の耳には届いた。

「まず結論から言うと、この田の広さは九町八反五畝《せ》となる」

紙と筆を取って戻った虎之助が眉を寄せる。

「真《まこと》か？」

「ああ、そうなる。さらに次の問いだが、最も早いのは二年ごとの昇級。これは考えるまでもない」

「確かに」

虎之助もこれには即座に頷いた。

「そして最も遅い場合は、下から中への昇級が三年一カ月、上への昇級が二年四カ月だ」

「よし、試算するぞ」

虎之助が自らの文机に戻り、皆がぞろぞろとそちらへ移動する。佐吉だけはことなげに写本を続ける。孫六は半信半疑でことの成り行きを見守った。

虎之助と助作は協力して計算を進める。当の市松、甚内はすぐに飽きてしまって、くだらない話をして虎之助に睨《にら》まれ、権平が宥《なだ》めるという時が暫《しば》し続いた。

四半刻《しはんとき》後、虎之助は筆を置くと感嘆の声を上げた。

「佐吉、当たりだ！」

「それはよかった」

佐吉は誇るでもなく言った。その間も筆を止めはしない。

――どんな頭をしている。

この男だけは質《たち》が異なっているとしか思えない。孫六は感心するよりも、むしろ恐怖に似た感情を抱いた。それはきっと、己に後ろめたいことがあるからだろう。日々そのことを考えている訳ではないが、このような時にふと頭を擡《もた》げるのだ。孫六は写本に没頭する佐吉を見つめながら、皆に解らぬように拳を握りしめた。

四

孫六は蟻《あり》を見つめるのが好きであった。

ある日、孫六は庭先で、蟻たちが力を合わせて、自分の躰の数十倍はあろうかという蛾《が》を運んでいるのを見た。

彼らの巣はどこであろうか。どこからともなく現れ、新たに運搬に加わる蟻は何故《なぜ》、蛾の位置が解るのか。そのようなことに興味を持ったのが初めであった。

他にも蟻が行列を組めば、必ずといっていいほど同じ道順を選ぶ。進む先に石があり、一匹が右側を回れば、後続の蟻も決まって右に迂回《うかい》する。

前の蟻を目で追っているのかと思ったが、そうでもないらしい。たまに前に遅れ、間隔を空けて進む蟻もいる。その蟻もまた寸分たがわない道順を辿《たど》るのだ。

観察すればするほど、新たな発見があり興味が尽きず、気が付けば数刻《すうとき》に亘《わた》って見ていることもある。この時だけは無心でいられるのだ。

そのような己を、皆が奇妙に思うのも無理はない。

「蟻が好きなのか……？」

苦笑しながら尋ねてくる助作などはましなほうで、権平は何か哀れな目を向けて通り過ぎていく。市松などは遠慮も何もなく、

「お前は本当に変わった奴だ。何が面白いんだか」

と、指を差してげらげらと笑い、虎之助に叱責《しっせき》されている。そんな中、また佐吉は誰とも違った反応を示した。蟻を茫と眺める孫六の傍らに屈《かが》むと、

「実に面白い。何故、同じ道を辿るのか」

と言ったものだから、孫六ははっと顔を上げた。佐吉は真顔で蟻を見つめている。

「気付いたか」

「ああ、どうも目で見ているという訳ではないようだ」

「そうなのだ。俺は臭《にお》いが関わっているような気がする」

蟻の屍《しかばね》を観察していて、誤って尻を潰《つぶ》してしまったことがある。すると酢のような独特の臭いがした。これは人における血のようなものかと思っていたが、暫く屍をそのままにしておくと、わらわらと蟻が集まって来る。そこでこの体液の臭いを嗅《か》いでいるのではないかと、孫六は仮説を立てた。

「孫六は学者だ」

「大層な。ただ生き物を見るのが好きなだけだ」

幼い頃から馬に携わっていたからかもしれない。これまでも馬だけに留まらず、牛や犬などの獣、蝶《ちょう》や飛蝗《ばった》などの虫にも興味を惹《ひ》かれた。その中にあってどうした訳か、蟻が最も飽きなかった。

「南蛮にはそのような学問もあるらしい」

「真か？」

屈んだまま首を捻《ひね》ると、佐吉は真面目な顔で頷いた。

「殿の供をして南蛮人に会ったことがある」

佐吉が異国の暮らしや政《まつりごと》に興味を持っていることを知った殿は、自身の用が終わった後も、残って南蛮人と語らうことを許してくれたとのこと。そこで佐吉は思うまに疑問をぶつけたという。実に三刻《みとき》。知の欲求に感心していた南蛮人も、最後には辟易《へきえき》するほどだったらしい。

「悠長な国もあるものだ」

「もっとも南蛮でも戦《いくさ》は絶えぬらしい。だが己の好きなことに打ち込める。そんな国になればよいだろうな」

佐吉は視線を落とし、蟻の営みを眺め続けている。

「そんな世になれば、俺も虫の学者を夢とするかもな」

「武士であっても出来る。やってみればいい」

大真面目な顔で佐吉が言うので、孫六は眉を開いた。

「佐吉は変わっているな」

この男は他の者と何か違うと改めて感じた。他の者が見ていない景色を見ているのではないか。

「どんな生き物にでも変わったものはいるものだ」

佐吉が指を差した先。そこには列から外れ、別の方向に進もうとする一匹の蟻がいた。少し歩を進めると、何か思案をするかのように立ち止まる。そして暫くして、意を決したかのように再び歩み出す。

「どこかに行くのか」

孫六は目を逸らさずに言った。

「いや、きっと巣には戻るだろう」

「では仲間を嫌い、列を外れたか」

「それもどうだろう。戻る場所があるから心を奮い立たし、新たな道を切り開けるのではないか」

蟻ではなく、己の話をしている。孫六にはそう思えて仕方がなかった。

「先日の市松の件を覚えているか？」

唐突に佐吉は話題を転じた。

「検地の問いだな」

佐吉は小さく頷いて口を開く。

「あれは市松には難しすぎる。一人では何年かかっても解けはしない」

そこで孫六の脳裏に閃《ひらめ》くものがあった。

「そういうことか。一人で解かず、誰かに頼らせるのが目的……」

「共に補い合えということさ。殿もここが皆の戻る場所になればよいとお考えなのだ」

佐吉は滅多に笑わないのに、こちらを見て微かに口元を綻ばせた。

「戻る場所……か」

殿はこれからさらに出世すると言われている。国持大名になれば、小姓組の中からも大名が出るとも仰《おっしゃ》っている。やがて皆がそれぞれの道を歩むことになるだろう。そんな時、小姓組で過ごした何気ない日々は、まさしく「戻る場所」になるのかもしれない。

孫六は視線を落とした。佐吉の笑みが胸を締め付けたのだ。

――だが俺は蟻ですらないのだ……。

蟻を観察していて気付いたことがある。蟻の巣の中に、ごく稀に全く違う小さな蟋蟀《こおろぎ》が棲《す》んでいる。他種が入り込めば攻撃を受けそうなものだが、襲われている様子はなく自然に巣に出入りしている。方法は解りかねるが、蟻たちを欺《あざむ》いて仲間だと信じ込ませているらしい。

孫六はまさしくその蟋蟀であった。馬市の帰り道、父が孫六に言ったこと。それは、

「我らは今も徳川家の家臣である」

と、いうことだった。初めは父がおかしくなったのかと思った。だが父が詳《つまび》らかに語るにつれ、孫六も信じざるを得なかった。

まず父が一向一揆《いっこういっき》に加わったのは確かに信仰心によるものであった。一揆が鎮圧された後、やがて家臣の大半が帰参することになった。だが一部、誘いを断ったり、父のようにそもそも誘われなかったり、浪人したままの者たちがいる。それらの全《すべ》てが、実は帰参の内諾を得ているというのだ。

諸国に散ってそれぞれが新たに仕官する。そして徳川家に内情を伝え、命じられれば手先となって動くというのだ。他家に埋伏するという訳である。馬市で孫六が見たのは、徳川家の諜報《ちょうほう》の元締めをしている服部半蔵正成《はっとりはんぞうまさしげ》と謂う男らしい。時が来れば家に戻されるということもあるらしく、すでに役目を終えて帰参した者もいるという。ただそれが何時になるかは父も解らない。一年後かもしれぬし、十年後かもしれぬ。

「お主の代になるかもしれぬ」

父は厳しい眼差しを向けた。織田家に入るのが父の役目だったが、中々ことは芳《かんば》しく進まなかった。そこで孫六の馬術の才に目を付け、子ならば仕官出来ると踏んだ。そしてその思惑は見事的中し、孫六は織田家の中でも盛隆する羽柴家に仕えることが叶《かな》った。

孫六は徳川家に何の感慨も持ってはいない。物心付いた時より流浪《るろう》の身なのだから当然といえよう。だが逆らう訳にはいかない。国元には縁戚《えんせき》の者が多数おり、中には己よりも年下の幼子もいるという。逆らえばその者らが鏖《みなごろし》の憂《う》き目に遭うと父に教えられた。孫六らと同じ境遇の者たちもまた、同じように一族を人質にされているらしい。

——時が来れば……。

孫六は羽柴家を去ることになる。それは佐吉たちを裏切る局面かも知れない。未だ見ぬ主君、未だ見ぬ親類のためにだ。

「孫六、どうかしたか？」

余程呆《ほう》けた顔をしていたのか、佐吉が怪訝《けげん》そうな顔で尋ねてきた。それで我に返り、取り繕うように少し前の話題を振った。

「佐吉の夢はなんだ？　その……好きなことが出来る世になればだ」

佐吉は膝に手を突いてすくと立ち上がる。

「そんな国を作るのが私の夢だ」

日輪を背負っているため、佐吉の顔は影になっていて表情がはきとしない。ただ、その語調に一切の迷いはないことだけは確かであった。

小姓組は、殿に用がある時には何人か名指しされて随伴するが、それ以外は武芸に励み、書を読み、己を磨く。それに終始する。

指名を受ける者にも偏《かたよ》りがある。最も殿が重用するのが佐吉で、次に虎之助、助作と続く。市松や甚内は鷹《たか》狩りの供などは命じられるが、畏《かしこ》まったところへはその大雑把な性格もあって連れて行かれない。

孫六は遠乗りに出掛ける時に指名されることが多かった。周王朝の馬を見分ける名人から名を取って、馬の医者を伯楽《はくらく》と呼ぶ。孫六はそこいらの伯楽に負けぬほど、馬の知識を有していたからである。

天正《てんしょう》二年（1574年）の春、ある日の払暁《ふつぎょう》、孫六は殿に呼び出された。火急の用であるという。

「孫六、急いで日野へこの文を届けよ」

と、一通の書状を手渡した。岐阜の御屋形様から連絡があり、急ぎ殿から日野の蒲生家へとつなげと命じられたらしい。蒲生家の嫡男《ちゃくなん》は御屋形様の娘婿。それほどの家への使者に己の如《ごと》き軽輩が選ばれるのは珍しい。どうやらとにかく急ぎらしく、この際そのようなことは言っていられないようだ。そこで馬術に長《た》けた孫六に白羽の矢が立ったという訳である。

「行ってまいります」

孫六は告げるや否《いな》や腰を浮かした。城の外には予《あらかじ》め馬が用意されており、跨ると疾風の如く城下を駆け抜けた。

——ここらで一度、足を落とすぞ。

心中で馬に語り掛け手綱を操る。常に駆っていてはすぐに馬が潰れる。時に並足に、また駆け足に、この塩梅《あんばい》が難しいが、孫六には容易いことであった。

無事に日野へ書状を届けた帰り道、菅笠《すげがさ》をかぶった浪人らしき男が道を尋ねてきた。浪人とはいえ、歳《とし》は己《の》より上だということもあって孫六は馬から降りた。菅笠の下を覗いて孫六は息を呑んだ。かつて馬市で父と話していた男、服部半蔵だったのである。

「岸……いや、加藤孫六だな」

どこか湿りのある声に、孫六は初めから嫌悪感《けんおかん》を抱いた。半蔵特有のものなのか。それとも徳川という家が纏《まと》った雰囲気なのか。佐吉の清廉《せいれん》さと対極のものを感じた。

「ええ、何か？」

「書状の内容を知りたい」

「知る訳がない」

「開けていないのか……使えぬ男だ」

半蔵は吐き捨てるように言う。

――ほざけ。

心中で罵《ののし》った。予め見ろと言われていた訳では無い。中を改めてそれが露見すればどうする。徳川が助けてくれるという訳ではあるまい。怒りを紛らわせるために半蔵の頰にある小さな黒子《ほくろ》を注視していたが、それさえも腹立たしいものに見えて来る。

「思い当たる節は無いか」

「無い」

半蔵はなおも食い下がるが、孫六は愛想無く言った。

「これからは常に徳川に利することを考えておけ。お主の眷属《けんぞく》が苦労することになる」

耳元に口を近づけて囁《ささや》くと、半蔵は身を翻《ひるがえ》して足早に立ち去って行った。

「ほざけ……」

生まれながらに運命の手綱を握られているのだ。己の一生が忌々《いまいま》しく思え、今度は口を衝《つ》いて零《こぼ》れ出た。孫六は春一番に景色が揺れる中、小さくなった半蔵の背をいつまでも睨《にら》み続けた。

五

槍を遣って汗を流した後、孫六は茫《ぼう》と庭の木を見上げていた。己が見つめた時に、いつも都合良く蟻が姿を見せる訳ではない。代わりではないが、今日は珍しく高い枝に橿鳥《かけす》がとまっているのを見つけ、それをじっと見つめていたのだ。

「何かいるのか？」

呼ばれて振り返ると、人が立っていた。目に飛び込んできたのは腹の辺りで、視線をゆっくりと上げる。虎之助である。ここの所、ぐんぐんと背が伸びて五尺九寸に迫ろうとしていた。

「橿鳥がな」

「橿鳥？」

虎之助は首を捻った。興味の無い者が知っている鳥の種など、雀《すずめ》や烏《からす》、燕《つばめ》に鶯《うぐいす》くらいがせいぜいだろう。

「鳥だ」

孫六が指差すと、手を庇代《ひさし》わりにして虎之助は見上げた。

「どれどれ……おお、大きい。それに変わった色をしている」

橿鳥は一尺ほどの体長で、黒に白、そこに青が混じった斑《まだら》な羽を持つ。またその鳴き声も少し変わっていた。

「じぇえ、じぇえと鳴くのだ」

「なるほど。流石《さすが》に詳しいな」

虎之助は微笑《ほほえ》んだ。初めの頃と違い、己が生き物を観察することが好きだと徐々に知れ渡り、最近では以前のような奇異な目で見られることもなくなっている。市松などは変わった鳥や虫を見かける度、

「孫六！　何だあの青い鳥は……もしや俺が初めて見つけた鳥かも知れぬぞ」

などと指差して喚《わめ》き、

「あれは尾長だ。残念だが珍しくない」

と答えると、可愛《かわい》らしく肩を落とすといったことも度々あった。

「どうかしたか？」

何か話があるのではないかと、孫六は尋ねた。

「ああ、実はな……」

虎之助が語ったことはこうである。

佐吉が幼い頃に修行していた寺には、樹齢も定かではない古い大木があり、願掛けをすると必ず叶うという言い伝えがあると住職が語っていたという。佐吉は話半分で聞いていたようだが、故郷の話をしてふと話題に上ったということである。

「共に行ってみようではないか」

　市松はすぐに乗り気になった。言い出したら聞かない性格である。何事にも反対の意を示さない権平がまず同調し、助作も気を遣って相槌《あいづち》を打つ。甚内は女のことにも霊験《れいげん》があるのかと身を乗り出す。虎之助は佐吉と顔を見合わせて苦笑し、お役目に差し障《さわ》りないならばと了承した。そして孫六も誘いに来たという訳である。

「なるほど」

「嫌ならば無理をせずともよい。俺から市松に……」

「いや、行こう」

「そうか」

　虎之助は片眉を上げて頬を緩めた。

　殿が留守の間、許可を得て件《くだん》の寺に向かったのはそれから十日余り経《た》った、麗《うら》らかに晴れた日のことであった。桜は散り、新緑が息吹《いぶ》く中、佐吉の案内で寺を目指した。寺の名は法華寺《ほっけじ》と謂い、伊吹山の山麓《さんろく》にあるという。途中険しい山道を登ることになる。案内役の佐吉が息を切らしている中、市松は揚々としていた。

「改めて……迷信だと言っておく」

　佐吉は声を途切らせながら言った。市松の期待のように不安を感じたのだろう。

「しかしそれで出世をした者もいるのだろう？」

「良き妻に巡り合った者もいると言ったぞ」

市松、続いて甚内が詰め寄り、佐吉は大きな溜息を漏らした。

「言ったのは私ではなく住職だ。それに願った者、皆が叶ったという訳ではないだろう……千人が願って一人か二人かもしれない。叶ったのは願ったからではなく、その者たちが努めたから……」

ぶつぶつと呟《つぶや》く佐吉に向け、助作は穏やかな笑みを浮かべた。

「よいではないか。これもよい思い出になる」

「まあ……そうか」

そのような会話をしている内に、山道が開けてやや広い場所に出て、目的の寺院が目に飛び込んできた。周囲には野面《のづら》積みの石垣、空堀なども施されており、有事の時には要塞《ようさい》にもなる構造らしい。

「これが三珠院《さんじゅいん》だ」

佐吉が一際《ひときわ》大きな建物を見て言った。

「確か、お主が殿と出逢《であ》ったのも……」

記憶を手繰りよせるかのように虎之助が呟く。

「そう、ここだ」

「小賢《こざか》しい三杯の茶の話か」

市松が茶化してからからと笑う。

「小賢しいは余計だ」

佐吉は一瞥して鼻を鳴らした。

鷹狩りの途中、殿が法華寺に立ち寄って茶を所望した。最初は大きな碗《わん》にぬるい茶を。もう一杯頼むと、次は中くらいの碗に先ほどよりやや熱く。さらに要望すると小さな碗に熱い茶が出て来た。喉《のど》の渇き具合に合わせた絶妙の心配りに、殿は誰がこれを用意したのかと尋ねた。それがこの寺の小坊主《こぼうず》であった佐吉であった。殿はその才に感じ入り、己に仕官することを勧めたという。

殿自らも吹聴《ふいちょう》し、今では羽柴家中だけではなく他家にまで知れ始めている逸話であった。

「実はな……殿は四杯目の茶を所望された」

「え……」

図らずも皆の声が重なった。そのようなことは初耳である。

「ああ、私は四杯目の答えが解らなかった。故《ゆえ》に恥を忍び、どのような茶をお望みかと尋ねた」

佐吉は怜悧《れいり》な頭脳でいかなる答えも導き出す。そのような姿しか見ていないため想像し難い。

「殿は何と？」

権平が率直に問いかける。

「お主は見所があるから、家に来いと」

「ほう……」

虎之助は口を尖《とが》らし梟《ふくろう》のように感嘆した。ここからは皆が耳にした逸話通りということか。

「あと、小賢しいだけならば誘いはしなかったとも」

「ほれ見ろ！　小賢しいで間違いなかった」

市松は鬼の首でも取ったかのように嬉々《きき》として言う。

「私が小賢しいならば、お主は無賢しいになる」

佐吉も瞬時に造語を生み出して反論し、市松は大袈裟《おおげさ》に怒った顔を作る。

「寺の前でほたえるな。住職殿にご挨拶《あいさつ》をせねば……」

助作が言いかけた時、孫六の目にこちらをにこやかに見る老僧の姿が飛び込んで来て、佐吉の袖《そで》をちょいと引いた。

「こ、これは……倫恵《りんえ》様」

「佐吉、久しいな。達者にしていたか」

法華寺の住職で、佐吉が仏門に入っていた時の師である。事前に文で伺う旨《むね》は伝えてあった。佐吉は恥じるように頬を赤らめて俯《うつむ》いた。

「ご無沙汰《ぶさた》しております。醜態をお見せ致しました」

「ふふ……まこと佐吉か。まるで別人なので、狐狸《こり》が化けて出たかと思ったわ」

倫恵は笑うと深い皺《しわ》が口辺に浮かぶ。

「顔が変わりましたか……？」

「柔らかくはなった」

「これで、柔らかく!? ならば昔は氷のような面《つら》だったのでは」

驚きのあまり割って入る市松の肩を、佐吉は肘《ひじ》で突いた。

「お主は黙っておれ」

「そのように人と楽しげに交わる姿を見るとはな……願いは叶ったようだ」

「願い？」

これにも市松が喰いつき、佐吉は目尻《めじり》を抑えて溜息《ためいき》をついた。

「今日、各々方《おのおのがた》はこの大杉に願掛けにこられたのだろう？　佐吉はすでに願掛けを済ましておるのじゃ」

皆がにんまりとした顔で佐吉を見る。

「確かに……いや、悪かった」

「何を願ったのだ」

市松は顔を背ける佐吉の正面に回り込む。

「うるさい」

佐吉が苦々しく言うと、微笑みながら倫恵が口を開く。

「佐吉が願ったことと申しますのは……」

「倫恵様！　人に話せば願掛けは霧散するはず」

佐吉は両手を勢いよく前に突き出して制止する。

「はて、そのような言い伝えがあったかの」

「ありました」

「そもそも倫恵殿にもう話しているのでは……」

独り言のつもりで思わず口から零れ出て、孫六はあっと小さく声を上げた。佐吉が狐《きつね》のように目を細めこちらを睨んでいたのだ。

「孫六……お主まで」

「いや、その……」

「一回はいいのだ。二回で願掛けは霧散する。そういう言い伝えなのだ」

苦し紛れの言い訳だと分かったが、佐吉の剣幕に押され、こくこくと頷いた。

「ともかく佐吉の願いが叶ったならば、ご利益《りやく》があることが解《わか》った。市松、願掛けしようではないか」

虎之助が言ったことで、市松は勇んだ返事をして大杉の前へと歩んでいく。虎之助は佐吉に向けて微笑んだ。助け船を出したのだ。

「手を叩《たた》くのか？」

と、市松が問う。

「寺領なのだから合わせるだけでよかろう」

すぐさま権平が答えた。倫恵は笑みを絶やさず、決まった形はなく心で念じればよいと言う。大杉を取り囲み、皆は思い思いの恰好《かっこう》で願いを掛けた。

孫六はこの話が持ち上がった時からずっと困っていた。掛ける願いが思い浮かばないのだ。ここに来るまでもずっと考えていたが、やはりこれといってはない。一族の安泰か。いやその事を思い出せば、三河の顔も見たことのない親類のことが頭を過《よぎ》る。

「孫六は何もないのか」

振り返ると、一人輪から外れた佐吉がいる。

「佐吉は……」

「先ほど露見したように……私はすでに願掛けをしていた。二度も願うのは強欲なことだ」

佐吉らしい真面目な口ぶりである。

「これといって思い浮かばんのだ」

「何でもよい。己への約束のようなものだ」

佐吉はふっと笑って皆を見渡した。虎之助や助作は真摯《しんし》に黙禱《もくとう》し、権平は瞑目《めいもく》して眉間《みけん》に皺を寄せる。甚内などは手を擦り合わせて、

「よい女に巡り合えるように……」

と、声が漏れている。市松は豁《かっ》と目を見開いて大樹を見上げていた。

孫六はそっと手を合わせ、心の中で呟いた。

――このような日々が続きますよう。

生まれた時から寂しさは感じなかった。父も、母も、姉妹たちもいる。だが馬喰稼《ばくろうか》業《ぎょう》で流浪していたため、故郷も無ければ、家族以外の人との関りも希薄であった。

村々、町々で連れ立って遊ぶ子どもたちを羨望《せんぼう》の目で見ていたのをよく覚えている。一人遊びしかなく、虫を眺め、魚を捕まえ、時に鳥に話しかけた。思えば己が蟻に特に心惹かれる訳は、皆で力を合わせる姿に憧《あこが》れを持ったからかもしれない。

倫恵はゆるりとしていくように薦めたが、今日中には戻るつもりであったためそのまま帰路に就く。その途中、自然と何を願ったかの話になった。市松と権平は大名への出世、虎之助は天下を動かす男になりたい、助作は平穏無事な暮らし、甚内は口にも出していたように女のこと、皆の願いは予想の範疇《はんちゅう》の域を出ない。孫六も迫られて遂《つい》に口にすると、皆は一斉に噴き出した。

「女子《おなご》のような願いだ」

と、またもや市松は揶揄《からか》う。

「孫六がそう思っていたとは意外だな」

権平は団子鼻を擦《こす》りながら孫六の顔を覗き込む。

「時に諍《いさか》いもするが、殿を守り立ててゆくという皆の心はいつまでも同じ。変わるはずがなかろう」

助作はやはり優しい口調であった。

「そうだ。誰かが窮地に陥るような時があれば……あそこに集まろう」

虎之助が振り返り、皆がそれに続く。一際大きな杉の木が、風を受けて微笑むかのようにさざめき、無数の鳥が大空へと飛び立った。

誰からともなく顔を合わせ、一行は再び家路に就いた。噎《む》せ返るような青葉の香りが胸に染《し》みわたるような気がし、孫六は微《かす》かに口元を綻《ほころ》ばせた。

六

本能寺の変で御屋形様が横死すると、備中にいた羽柴軍は電撃の如き速さで畿内《きない》に戻り、謀叛人《むほんにん》明智光秀を討ち果たした。続いて織田家の後継者の座を争い、柴田勝家と北近江の賤ケ岳《しずたけ》で戦った。この戦で孫六は他の小姓組の面々と共に、一番槍《やり》の手柄を挙げ「賤ケ岳七本槍」との名で呼ばれることになった。

そして遂に孫六にその時がやってきた。羽柴家が徳川家と対峙《たいじ》したのである。孫六が危惧《きぐ》した通り、すぐに徳川家から接触があった。百姓を装《よそお》った半蔵の配下より、密書が届いたのである。内容は、

——羽柴の陣容、作戦を随時伝えよ。

というもので、ご丁寧に親類二十五人の命はお前に掛かっていると念押しまでされ

ている。孫六が羽柴家に仕えた時、親類の数は十九人と聞いていた。時が経ったのだから増えたのだろう。だが孫六にとってはどうしてもただ数が増えたようにしか思えなかった。孫六は徳川の呪縛《じゅばく》から逃れる意を決した。密書に対し無視を決め込んだのである。

戦は常時、徳川優勢で進んだ。殿は局地戦での不利を感じ、和議でもって徳川を屈服させた。戦が終わって一月ほど経ったある日、兵糧《ひょうろう》の調達を命じられて奔走する孫六に、道端で声を掛けてきた男がいた。

「服部半蔵……」

孫六は絞るように言った。今では孫六も家臣を持つようになっている。その者たちが半蔵を不審者と思い、止めに入ろうとするのを孫六は制した。

「旧知だ。離れておれ」

今は決別したとはいえ、己が埋伏していた過去は知られたくなかった。

「堂々としたものだ」

黙する半蔵に得体の知れぬ恐怖を感じ、いつになく舌が動いた。

「遂に報《しら》せてこなかったな」

「それが答えだ」

「眷属二十五人が……」

「血の繋《つな》がりがあるというだけ。悪いが何とも思わぬ。そもそも、そのような者たちは存在するのか」

「父御が哀《かな》しむぞ」

「親不孝かも知れぬが、俺は俺の一生を行くと決めた」

ここまで矢継ぎ早に話していたが、半蔵は額の中央を指で掻《か》いて間を取った。

「血の繋がりがあるというだけ……か。これではどうだ」

懐《ふところ》から包み紙を取り出して開く。そこには紐《ひも》で纏《まと》められた髪が四束あった。

「貴様……」

「母御、姉妹四人がどうなってもよい……と、いうのだな。当然、父御も腹を召されるだろう」

怒りで全身が震える。孫六は口内の肉を強く嚙《か》み締め、刀の柄《つか》に手を掛けた。腹の底から斬《き》り伏せてやりたい衝動が込み上がって来る。

「拙者を斬っても同じことよ」

半蔵は嘲《あざけ》るように言って眉《まゆ》を開いた。解ってはいたが柄から手を離せない。

「いきり立つな。だが……次は無いから覚悟しておけ」

半蔵は孫六の肩を叩こうと手を伸ばしたが、途中で止めて身を翻した。恐らく己は修羅の形相に違いない。孫六は己の運命を激しく呪《のろ》った。この姿勢を崩さないのは精一杯の虚勢ではないか。そう思うと狂おしいほど情けなくもなる。家臣たちが心配そうに遠目に見つめる中、半蔵が立ち去っても、孫六は暫しそのまま身動きを取ることが出来なかった。

天正十四年（１５８６年）、孫六は淡路国一万五千石の大名となった。遠目には見たことがあったが、この頃になってようやく家康と顔を合わせる機会もあった。

「加藤左馬助《さまのすけ》殿であるな。武功の数々は耳にしておりますぞ」

家康は目を細めて己を官位で呼ぶと、仏を彷彿《ほうふつ》とさせる笑みを見せた。

――こいつは知っている。

初対面で改めて思った。僅《わず》かに覗《のぞ》く瞳《ひとみ》の奥が笑っていない。裏切るなよと恫喝《どうかつ》しているると感じ、孫六は下唇を噛みしめて小さく頷《うなず》いた。残った印象は嫌悪である。それは未《いま》だ覚悟の定まらぬ己に向いたものかもしれない。

次いで唐入りでも孫六は水軍の大将として、甚内と共に戦って功を挙げ伊予国六万石、慶長の役でも活躍し十万石の加増を受けた。こと石高だけにおいて言えば、小姓組出身では虎之助、市松、佐吉に次ぐ出世頭であった。

太閤《たいこう》殿下の死によって唐入りが終わると、徳川家康は露骨に天下を窺《うかが》うようになった。それに佐吉が頑強に対抗していることも解っていた。

半蔵は二年前に死に、その子息の二代目の半蔵が継いだが、孫六との関係は何も変わらなかった。初代半蔵と瓜《うり》二つの顔、卑《いや》しい目つきで見つめてくる。親子は様々なことを受け継ぐものだが、滅入《めい》るほどの暗さまで見事に引き継いでいる。

家康、いやその意を受けた半蔵は、豊臣恩顧の大名を離間しろと命じて来た。孫六は沸々と湧《わ》き上がる怒りを抑え込み、命に従って対立を煽《あお》るように努めていた。

佐吉と会う機会は減っていた。むしろ孫六が努めて避けていたといえる。家康は佐吉を最も警戒している。佐吉に近づけば近づくほど、家康に利することを伝えねばならない。敢《あ》えて面会を求める気にはどうしてもなれなかったのだ。

だが何度か文通はあった。その中に佐吉の動向に関することがあれば、徳川家に伝えている。佐吉は孫六を疑う素振りは一切無かった。それ故に余計に心が痛んだが、家族の無事を思えば仕方ないと懸命に己に言い聞かせた。父母は老いたがまだ健在、姉妹も恙《つつが》無く暮らしている。加えて孫六は妻を迎え、三男二女を授かっている。他にも十万石の大名となったからには二千以上の家臣、その家族の暮らしが己の双肩《そうけん》に掛かっている。もう運命に身を委《ゆだ》ねる他ないと諦《あきら》めきっていた。

慶長《けいちょう》四年（1599年）、佐吉から一通の書状が届いた。この書状がこれまでと違うのは、膝《ひざ》を突き合わせて相談したいことがあると、面会の要望があったことであった。

——今、会っては家康に疑われる。

孫六はすぐに徳川家に通報して、今後の行動の指示を仰いだ。返事は懐に飛び込み、何の話かを聞き出してこいというものであった。

了承の旨を伝えると、佐吉はこちらから出向くと言い、孫六の屋敷を訪ねて来た。通したのは茶室である。ここならば余人の目を気にせずに話せる。

簡単な挨拶を交わしただけで、二人の間は無言。釜《かま》の湯の沸々とした音だけが流れた。孫六は亭主となって茶を点《た》てると、畳の上を滑らせて差し出す。佐吉はゆるりと茶を喫した。

「見事なお点前《てまえ》で」

「気を遣わずともよい。大名となって覚えた付け焼刃の作法だ」

「いや、旨《うま》いぞ。市松は未《いま》だに苦手らしい」

「知っている」

佐吉は微かに息を漏らして笑った。

「もう一杯、頂いてもよいか」

「よかろう」

孫六が再び茶の支度をしている間、佐吉は庭の木を眺めながら語り始めた。

「孫六、私に話すことはないか」

「何のことだ」

平静を装って、柄杓《ひしゃく》で湯を掬《すく》う。

「我らの間柄だ。回りくどいことは無しにしよう……内府《だいふ》に内通しているな」

「内通か……確かに内府殿に近づいているのは事実だ。家の安泰を図るため、徳川家に誼《よしみ》を通じるのは悪くはない」

二杯目の茶を点て終え、佐吉は先ほどのように時を掛けて味わう。そして空となった茶碗を畳の上に置くと、すうと押し戻した。

「三杯の茶か……」

孫六は呟くと、火箸《ひばし》で炭を動かした。湯が冷え過ぎていると感じたのだ。

「過日、私が多賀の社を一人で詣《もう》でると文に書いたのを覚えているか？」

佐吉は話を転じた。北近江にある大社である。どうしても一人で祈願したいことがある。物騒な世だから心許す何人かには伝えておく。その最中に何かあれば、それは事故ではなく暗殺だと思ってくれと書かれていた。

孫六が調べたところによると、佐吉は確かに孫六に文を出した日、他の者たちにも書状を出していることが解った。大名、商人、大坂城内の家臣、宛先《あてさき》は様々であった。

「多賀に刺客《しかく》がいた」

「ふむ。やはり一人歩きはもう止《や》めた方が良い」

茶筅《ちゃせん》を持つ手が微かに震えたが、動かしているため気づかれない。

家康は佐吉を除きたいと考えているようで、一人になる機を知れば必ず伝えて来いと釘《くぎ》を刺されていた。他の者にも書状を出したとあれば、どこから家康の耳に届くとも限らない。そうなればまた報告を怠ったと咎《とが》められるだろう。孫六は心を鬼にしてそのことを伝えたのだ。

「伝えたのはお主だ」

「しつこいぞ」

「お主しか知らないのだ」

「馬鹿《ばか》な。他の者にも報せたと書いていただろう」

後日調べたことは伏せねばならず、その数までは言えなかったが、佐吉は実に三十七通もの書状を出していた。

佐吉は無言で懐から折り畳んだ半紙を取り出し、眼前に差し出した。それを開いた孫六は驚きのあまり、暫し息をするのも忘れた。様々な名と、場所が対になって書かれている。

「疑いのあった者は三十七人。それぞれ別の場所に行くと示した。刺客が出た場所は二箇所。そのうち一つは建部《たけべ》。これは大坂城内のさる女に伝えた場所だ」

先が読めてしまい、佐吉の視線に耐えきれず孫六は顔を僅かに背けた。

「もう一つは多賀。孫六に教えた場所だ」

何と答えればよいのか解らず、孫六はただ躰《からだ》を強張《こわば》らせた。佐吉は真っすぐな目で見つめて続けた。

「いつからだ。私はお主の父の代からだと目している」

——この男だけはやはりものが違う。

逃れられぬと悟った。だがこれでもう誰も謀《たばか》る必要はないのだ。恐ろしさと同時に、どこか安堵《あんど》している己を感じていた。

「佐吉、俺を斬れ」

これで認めたことになる。真に斬られても構わないと思っていた。佐吉はゆっくりと頭を横に振る。

「ああ……ここで斬れば、またあらぬことを吹聴されるな。大坂へ差し出してくれ。内通していたことを証言しよう」

不思議な心持ちであった。単純に秘密が露見して肩の荷が降りたというだけではない。今まで佐吉を始め、他の小姓組を思えば、良心の呵責《かしゃく》に耐えきれないでいた。それはきっと己が皆と同じ「蟻《あり》」になることを諦めきれていなかったからだろう。だが、その心配ももういらない。ずっと騙《だま》してきたとあれば、皆は己を大いに蔑《さげす》むに違いない。それで当然である。

「孫六」

「早く家臣を呼べ。俺が逃げようとしたらどうする」

己が何を言い訳しようが、もう元には戻らないと思えば本当に諦めがついた。故に、妙に開き直ったような態度を取ってしまった。

「法華寺の大杉を覚えているか？」

佐吉の唐突な一言に、孫六は眉間に皺を寄せた。

「ああ……」

あの時の己の願いを引き合いに出し、罵るのだと思った。

「俺が大杉に願ったのは、共に夢を語らえる仲間が欲しいということだったのだ」

佐吉は少々照れ臭そうに苦笑して視線を外した。佐吉ならばもっと壮大な願いをしていると思っていた。何を言い出すのかと呆気《あっけ》に取られた孫六を再び見つめ、佐吉は擦《かす》れる声で言った。

「苦しい日々だったな。辛《つら》かったろう」

孫六の頬を一筋の滴《しずく》が伝うと、それは間もなく滂沱《ぼうだ》の涙へと変わった。半生がその一言で溶け出したかのように、己でもどうにもすることが出来ない。

「俺は……お主の命を狙《ねら》ったのだぞ……ずっと殿を……お主らを裏切っていたのだ」

「一族を質に取られている。大凡《おおよそ》そのようなところだろう。頂くぞ」

点てている途中の茶碗を取ると、佐吉は三度《みたび》呑み干した。

「これが私なりの四杯目の答えだ」

朧気《おぼろげ》ではあるが、何を言わんとするか解る気がした。佐吉は四杯目の茶の答えに詰まり、殿の御心を素直に訊《き》いた。つまり人の身になろうと努めるということだろう。

「佐吉……」

家族のこともこの男の智謀《ちぼう》ならば、解決の糸口が見つかるかもしれない。今からでも遅くなければ、共に戦う。そう言おうとした時、佐吉は厳しい表情になって首を横に振った。

「腹を決めろ、孫六。内府は半身で許すほど生易しくはない。やるからにはとことんやるのだ。でなければ家や一族を守れぬ」

本心かどうかは解らない。ただ己のことを考えてくれていることだけは、ひしひしと伝わった。

「すまない……」

「一つだけ、最後の頼みを聞いてくれ。お主の不利益にはならぬ頼みだ」

佐吉はそう言うと、口の周りに付いた緑の泡を指で拭《ぬぐ》った。

七

孫六はまず虎之助、市松に使いを出して呼び寄せ、低く絞るように語った。

「佐吉は暴走している。頭を冷やさせるしかない」

豊臣家はこのままでは瓦解《がかい》する。その前に佐吉を止めねばならないという訳である。他に佐吉に怨《うら》みを持つ黒田長政、細川忠興《ほそかわただおき》、浅野幸長、池田輝政らの諸将も誘いこむ。捕縛監禁して政道を取り戻すという名目である。

孫六を含む七将は佐吉の屋敷を襲撃した。だが佐吉は間一髪のところで屋敷を脱出して逃れてしまった。

家康はこの事態を重く見て、佐吉に隠居して居城の佐和山城へ移ることを勧めた。事実上の蟄居《ちっきょ》といえる。

——これでよいのだな。佐吉……。

これらは全《すべ》てあの日、佐吉が己に頼んできたことであった。佐吉は家康に挑むならば出来るだけ早いほうがよい。今が最後の機会であると熱弁を振るった。佐吉の智謀が優れていることは重々承知している。佐吉が言うからにはそうなのだろうと、妙に腑《ふ》に落ちたのも確かであった。

佐吉は五大老の毛利輝元、宇喜多秀家らを担《かつ》ぎ上げ、家康討伐の兵を上げた。

——俺は俺の道を行くぞ。

孫六は家康率いる東軍に加わった。佐吉が自らの信念で動くように、孫六も腹を括《くく》ったのだ。

東西両軍は関ケ原で激突した。孫六の軍は他の味方と共に佐吉の陣に攻めかかった。大量の鉄砲に加え、大筒まで持ち出して佐吉は奮戦する。数倍の敵を相手に一歩も退《ひ》かず、途中までは西軍が優勢であった。

松尾山の小早川軍が寝返ったことで潮目が変わった。山麓《さんろく》に布陣していた西軍の諸将も、雪崩《なだれ》を打ってそれに追従した。甚内もその一人である。

西軍は総崩れとなり、たった一日で勝敗は決した。佐吉は戦場を離脱して逃走を図った。黒田長政の隊があと少しというところに迫った。その時、西軍に加わっていた同じ七本槍出身の助右衛門が颯爽《さっそう》と現れ、獅子《しし》奮迅《ふんじん》の暴れ振りで遮ったという。その助右衛門も孤軍奮闘虚《むな》しく、全身に銃弾を受けて逝《い》った。

そこから東軍の苛烈《かれつ》な落ち武者狩りが始まった。文字通り草の根を分けて捜し、動くものとあらば何でも追い回すという徹底ぶりである。

孫六も当然それに加わった。落ち武者を見つけては斬ったが、首謀者たる佐吉の足取りは杳《よう》として摑《つか》めない。

家康は佐吉が大坂を目指すと踏んでいる。幼主秀頼を担いで難攻不落の大坂城に立て籠《こ》もり、もう一戦挑もうとしていると考えていた。故に大坂へと続く東山道に大半の兵を差し向けた。

一方で豊臣家の家老になっている助作に、佐吉が来ても城に入れるな。招いたならば豊臣家が佐吉を裏で操っていたものと思う。といった内容の書状を送って先手を打った。

六日経った。しかし佐吉は一向に見つからない。かといって大坂にも辿《たど》り着いてはいない。数万の兵が探索しているのに、その足取りさえ摑めないのだ。

——佐吉、そのまま遠くへ行け。

孫六は心中でそう呼びかけ続けていた。佐吉には何の怨みもない。それどころか己の苦しみを慮《おもんぱか》ってくれ、間者《かんじゃ》であることも誰にも告げずにいてくれた。上手《うま》く海に辿り着き、そのまま大陸に逃げればいい。佐吉ならそれくらいのことはしてのけそうである。

思えば小姓組の生き方は全く異なるものとなった。西軍には当然ながら佐吉。そしてそれを援《たす》けて散った助右衛門。甚内は戦《いくさ》の最中に東軍へと寝返りを打った。東軍では市松が先鋒《せんぽう》となって奮戦し、虎之助は領地の肥後にあって周囲の西軍と戦っている。権平は家康の後継ぎである秀忠の別動隊に属し、こちらに向かっている頃だろう。そして己は運命に逆らえず、恩人である佐吉の祈願を打ち砕くのに手を貸した。そこまで考えた時、孫六ははっと息を呑《の》んだ。

「祈願……」

馬上で茫然《ぼうぜん》とする孫六を、家臣たちは怪訝《けげん》そうに見つめる。

「いかがなさいました」

「まさか……あり得るのか。いや……ならば見つからぬのも辻褄《つじつま》が合う」

独り言を零《こぼ》し、家臣たちをさらに心配させた。

「殿、お疲れでは……顔が真《ま》っ蒼《さお》でございますぞ」

「来い。馬を寄せよ」

家老に目掛けて手招きをした。轡《くつわ》を並べる恰好になると、孫六は身を乗り出して耳打ちした。

「陣を空ける」

「なっ――」

吃驚《びっくり》する家老を、首を素早く横に振って制す。

「どうしても一人で確かめたいことがある」

「しかし……外聞が悪うございますぞ」

「必ず、俺が行かねばならない」

有無を言わさぬ調子で言い切った。何のことかは解らないだろうが、孫六に気圧《けお》されて家老はこくりと頷く。

「まずは懇意の地侍に一人で会って、治部《じぶ》の足取りを尋ねている、次にお躰の調子が優れぬと言います。ただしごまかすのは、三日……いや二日が限界です」

「分かった。してのけてみせる」

家老が周囲の者に説明を始める中、孫六はそっと皆から離れていく。天から見ればまるで一匹の蟻が、行列とは違う方向に進んでいくように見えるに違いない。

「頼む。力を貸してくれ」

孫六は愛馬の鬣《たてがみ》を撫《な》でると、山野に分け入った。伊吹山麓の森林を抜けるつもりである。地のあちこちに大振りの石が落ち、木の根が飛び出している。それを躱《かわ》し、飛び越え、時に駆り、時に宥《なだ》めて馬を走らせる。

孫六は己の馬術の全てを遣い、鬱蒼《うっそう》とする森を駆け抜けた。吉槻《よしつき》から七廻《ななまわり》峠を抜け、草野川に突き当たると、川沿いに西を目指す。黒坂峠、山田峠を抜けて北近江に至り、そこから北上して古橋村に出る。

景色はさほど変わっていない。いや、己の心があの日に戻ろうとしているから、そう見えるだけなのかもしれない。

山道を抜け突き進むと寺院が見えて来た。法華寺三珠院、そして乾きを帯びた杉の大木が、悠然とこちらを見下ろしている。その傍らにそっと佇《たたず》む男がいた。背を向けており顔は見えない。頭を剃《そ》り上げた僧体であるが、背格好は佐吉に酷似している。

「佐吉！」

馬から飛び降りた勢いで、つんのめって転んだ。掌《てのひら》を擦りむいたことも気にならず、すぐに身を起こす。

「どなた様で……」

佐吉ではない。歳《とし》の頃は同じであるが、全くの別人であった。

「私は加藤左馬助と申す者……」

僧は驚きの顔に変わる。こちらのことを知っていると察した。

「加藤孫六様……」

「その名を何故《なぜ》!?」

大名だから知っているのだと思った。しかし諱《いみな》や左馬助の官位を知っていても、孫六の名を知っている者はもう僅かしかいない。僧は唇を巻き込んで肩を震わせる。

「佐吉が……来たのだな」

問いに肯否をせず僧は名乗った。

「私はこの寺を預かる薫恵《くんえ》と申します」

聞けば先代の倫恵はすでに世を去り、十年前に住職を継いだらしい。歳は佐吉の一つ下、共に机を並べて学んだ時期もあったという。

「佐吉はどこだ」

薫恵はゆっくりと首を振った。

「拙者は捕えにきた訳ではない」

東軍に付いたことを知っていれば、そう思うのも無理は無い。孫六が思いの丈を語ろうとした時、薫恵が口を開いた。

「石田様は昨日、田中吉政《たなかよしまさ》殿の手の者に連れられ……」

孫六は唖然《あぜん》として声を失った。

一足遅かった。昨日のうちに田中吉政の隊によって捕縛され、すでに連行されたというのだ。

――俺は何なのだ……。

己の醜さが嫌になり、血が滲《にじ》むほど拳《こぶし》を握りしめた。

徳川の間者として羽柴家に埋伏し、そこを居場所と思い定めて親類を見捨てようとした。しかしその対象が身近な家族になるや一転、再び徳川の手先となる。今度こそ迷わぬと覚悟を決めたはずだった。それなのにこうして家族や家臣を危険に晒《さら》して、旧知を救おうとする。潮流に身を任せる灌木《かんぼく》のように、己の人生の中に己は存在していない。

薫恵は唇を窄《すぼ》めて一歩踏み出す。

「石田様は虎之助、市松、甚内、助作、権平……そして孫六。いずれかがここに来たら、伝えてくれと」

「何を……」

「解っている……ただ一言そう伝えてくれればいいと」

孫六は膝から頽《くずお》れ落ち、気が狂《ふ》れたように何度も激しく地を叩きつけた。己でも知らぬうちに、呻《うめ》き声はやがて慟哭《どうこく》に変わる。

涙と洟《はなみず》を垂らしながら顔を擡《もた》げた時、目に飛び込んで来たのはそそり立つ大杉。枝にとまる雲雀《ひばり》が数羽、訝《いぶか》しむように首を小刻みに振っていた。下唇を嚙み、目で数え始めたその時、一陣の風が吹き抜けて飛び立っていく。孫六は眉を垂らし、ゆっくりと瞑目した。

八

六条河原で佐吉は斬首《ざんしゅ》された。そこから天下の流れは一気に徳川に傾いていった。こうなったからには多少強引でも、家康は天下を獲《と》りに掛かるだろう。

だが豊臣家には天下無双の大坂城がある。相当に戦が長引くことが予想され、そうなれば豊臣恩顧の大名たちの中には、大坂方に走る者が現れることが十分に予想出来る。家康の要望が孫六に伝えられた。真綿に包《くる》んだ言い方をすれば、

——豊臣恩顧の大名を削りたい。

と、いうものである。

孫六はもう迷わなかった。己には二つのものを守る力は無い。己にしか守れないもののため、鬼となる覚悟を決めた。それを教えてくれたのは佐吉であった。

浅野長政、幸長親子、池田輝政と茶席に招いて毒を盛った。皆が己と同様、関ケ原では東軍に付いた者たちである。伊予二十万石の大名である己が仕掛けて来るなど、露ほども思わなかったに違いない。

虎之助も除けと命が下った時、手が震えた。孫六がなかなか行動に移せなかった時、虎之助は急に具合が悪くなりそのまま帰らぬ人となった。秀頼との会見後、すぐのことであったので世間でも毒殺の噂《うわさ》が流れた。

これをお主が迷おうとも、我々は手を下すのだという徳川の警告と取った。もう後に退くことは出来ないのだ。

豊臣恩顧の大名の力が半減した矢先、徳川と豊臣は手切れとなり戦が始まった。冬、夏、二度に亘《わた》って豊臣家は頑強な抵抗を見せたが、最後には力尽きた。

それから間もなくのことである。これが最後だとも付け加えられた上、再び家康から暗殺の命が下った。相手は片桐助作である。

豊臣家が滅んだのに、助作を除く訳が分からず、初めて孫六は理由を問いただす書状を記した。

――奴《やつ》はやる気だ。

家康の返答はそれだけの短いものだった。助作がこの期《ご》に及んで、一家だけで反旗を翻《ひるがえ》すとは思えなかったが、もはや孫六に抗《あらが》うことは出来なかった。こうして孫六は、助作を労《ねぎら》うという名目で自らの茶室に招いた。

己が点じた毒入りの茶を、助作は噛むように喫する。

「なあ、助作……」

視線を畳の上に落とし、孫六は関ケ原の合戦から六日後の話を語った。

「不思議な男だ。私などの凡人とは違う……だが今ならば解ることもある」

助作の声が頭上を越えていく。暫《しば》し間が空き、助作はしみじみとした調子で続けた。

「私ほど凡庸な男に、大御所も念入りなことだ。今更、何が出来ようか」

はっと顔を上げた時には、助作は早くも腰を浮かしていた。躙《にじ》り口から出ようとする助作は振り向かぬまま、柔らかな声で言った。

「孫六、私も解っている」

孫六はじっと壁の一点を見つめ続けた。漆喰に黒点が一つ。目を凝らせば小さな蜘《く》蛛《も》である。

過ぎ去りし日の、佐吉の一言が思い起こされた。

「好きなことに打ち込める世……か」

もしそのような世に生まれ落ちていれば、己たちはどのような関係であったろうか。時に喧嘩《けんか》もしながら、それでも共に笑い合っていた。そのような気がしてならない。いや、想像しても詮無《せんな》き事である。泰平の世ならば、そもそも出逢《であ》うことすらなかったかもしれないのだから。

己が生き抜くための巣を、ここに作ろうとするのか。蜘蛛は壁の隅にまで進み、何かを思案しているように孫六には思えた。

「それでいい」

己に言い聞かせるように独《ひと》り言《ご》ち、孫六もようやくゆっくりと腰を擡げた。狭い躙り口から出ると、眩《まばゆ》い光を浴びて目を細めた。そよ風に吹かれて木々の生い茂った葉が揺れる。ふと、あの日のような青い香りがした気がした。だがそれも柔らかな風に流され、すぐに遠い空へと消えていった。

六本檜　権平は笑っているか

一

昨夜からの雨はさらに強さを増し、信濃路の深い緑を洗い流すように降り注いでいる。横殴りの雨の為《ため》、兜《かぶと》の庇《ひさし》も役に立たずに顔は濡《ぬ》れ、まるで水中を泳いでいるような心地となる。

懸命に手綱を操ってぬかるむ路《みち》を行く。馬上の権平は目に飛び込んできた雨粒を拭《ぬぐ》いながら、歯を食い縛った。

すでに本隊は美濃で決戦を始めているかもしれない。それなのに己の属する別動隊は、真田昌幸《さなだまさゆき》に翻弄《ほんろう》されて予定より大きく遅れて進んでいる。さらにこの雨により、ただでさえ決して足場のよくない信濃路は、凄惨《せいさん》なまでの悪路に変じている。あちこちの川が増水し、渡河にも思いの外時を要していた。

——佐吉の想《おも》いを無にする訳にはいかぬ。

苛立《いらだ》ちを隠せず、拳《こぶし》で甲冑《かっちゅう》の草摺《くさずり》を殴打《おうだ》した。

もし心中の思いを他者が聞いたら、一斉に首を傾《かし》げるに違いない。権平は東軍に属しており、その敵方の大将が石田治部少《じぶのしょう》こと、佐吉なのである。別動隊の三万八千が美濃に到着すれば、佐吉は劣勢を強いられる。この遅滞は佐吉にとって好都合。そもそも真田家と図って思い描いた絵図であろう。

それが何故《なぜ》、佐吉の想いを無にすることになるのか。並の者ならば当然、長年付き合いのある元小姓組の面々でも解《わか》らないだろう。

人並み外れた智謀《ちぼう》の持ち主である佐吉でも、流石《さすが》に己がこの別動隊に配されることまでは予想出来なかったはず。佐吉は己が戦場にいることを想定し、ある一言を告げてくれていた。

――権平、家康に付け。

「佐吉、待っていろ」

権平は声を震わせた。その声も強い雨に叩《たた》き落とされてすぐに地に消える。何か言ったかと家臣の一人がこちらを向くが、気のせいと思ったのかすぐに自身の馬を取り回すことに集中していた。

己の心に渦巻く焦燥は遅れからくるものか、いや別のもののような気がする。だが自らの心を長く欺《あざむ》いてきたからか、己の感情すらはきと摑《つか》めないでいた。

甲冑の隙間《すきま》から染《し》み込んだ水が躰《からだ》を冷やして強張《こわば》らせる。舞い上がる土の香りを鼻《び》腔《こう》に吸い上げながら、権平は雨霞《あまがすみ》に遮られた西の空を見つめた。

二

権平は永禄《えいろく》二年（１５５９年）に尾張国中島郡平野《ひらの》村に、地侍である平野家の三男として生まれた。

平野家は早くから織田家の麾下《きか》に加わっていた。だが領する平野村は小さく、小豪族というにも憚《はばか》られる。地侍と称するのが最も適当であろう。

さらに父が凡庸であることは早くから世間に知れ渡っており、矢面に送られることなく後方の兵站《へいたん》ばかり命じられている。その兵站すら度々小さなしくじりをし、同輩から侮《あなど》られていた。つまり平野家はこのまま仕えても、出世の道はなく、せいぜい平野村を守り切るのが精一杯だという訳だ。

二人の兄も相貌《そうぼう》も含めて父によく似ている。温厚で優しいのだが、槍《やり》も学問も人並み以下。次代も平野家は一介の地侍のままだろうと、同じ郡内の領主たちに陰口を叩かれていた。

だが権平が長じた時、潮目が変わった。

――平野家の三男が非凡らしい。

との噂《うわさ》が郡内を駆け巡ったのである。

権平は槍を取れば同年代は当然のこと、十歳になる時には腕に覚えのある大人にも勝つ。同じころには難しい兵書もすらすらと音読することが出来、郡内の者たちを驚かせた。

権平は中島郡で神童の名をほしいままにした。一族の中には二人の兄を差し置いて、権平に家督を譲ってはどうかと薦める者もいたという。何より普通は面白くないはずの二人の兄たちまで口々に、

「権平は俺たちとものが違う」

「平野家を守り立ててくれるはず」

と、父に熱っぽく語る始末。そこも父に似て、人の好《よ》い兄たちなのだ。凡庸な者が代々続いた平野家に突如生まれた、権平という異才に、純粋に期待を寄せてくれていたのだろう。

「権平はこんな片田舎で収まる器ではない。名のある将に仕えたほうがよかろう」

父は己のことを語る時、いつも興奮気味であった。自身は他家から平野家へ養子に

入ったものの、うだつが上がらず周囲から小言を零《こぼ》されていた。忸怩《じくじ》たる思いがあったのだろう。権平に自身を投影していたように思う。

では権平はどうであったか。一族だけでなく、中島郡内の者たちに誉めそやされることに悪い気はしない。謙遜《けんそん》はしていても、実際に文武共に突出しているのは事実。己はどこか特別なのだと考えるようになっていた。それに、一族や故郷の者の期待に応《こた》えたいという気持ちもある。

――俺は万石の大名になってみせる。

権平はいつの日か、広い世に羽ばたく己の姿を夢想するようになっていった。

織田家にあって最も頭角を現している武将、羽柴秀吉が新規召し抱えの家臣を募っていると父が聞きつけてきたのは、天正《てんしょう》二年（１５７４年）の夏頃の話であった。

「権平、どうだ！」

父は頬を紅潮させて勧めた。羽柴家は急成長した家ということもあり、譜代の家臣が少ない。新規召し抱えでも才さえあれば、ゆくゆくは大名に取り立てられるという触れ込みである。

「権平ならば申し分ない」

「中島郡で無二のお主だ。きっと羽柴殿も重宝して下さるだろう」

二人の兄も口を揃《そろ》えて熱弁を振るった。

「お主が足掛かりを得れば、儂《わし》も家督を譲って世話になるか。お主らも仕官が叶《かな》うやもしれぬぞ」

父は軽口を飛ばして家族で笑い合う。それらを好ましく見ていた母も、

「皆、気が早いのだから。権平が困っているでしょう」

と窘《たしな》めはするものの、まんざらではない様子であった。

「お任せ下さい。必ずや名を馳《は》せてみせましょう」

こうして平野家の、いや郷里の期待を一身に背負って羽柴家の領する近江国長浜に向かった。時に権平十六歳のことである。

羽柴家の面接において槍捌《さば》きを見せ、兵法書を諳《そら》んじてみせるとすぐに仕官が決まった。権平としては、

――当然のこと。

であった。己の目標はこのようなところではない。万石の大名へ出世し、天下に名を轟《とどろ》かせる将になるつもりでいる。

権平が配されたのは小姓組。殿である秀吉の近衛《このえ》のような役割で、いずれはこの中

から子飼いの大名が出るとも言われている。権平にとってはもっとも望ましい配置で、揚々として小姓組に加わった。

権平の絶頂はここまでであった。一月もすると、他の小姓組の才が己の遥《はる》かに上を行っていることに気付き始めたのだ。

まず中島郡では無双であった槍は、金剛の如《ごと》き怪力の市松はまだしも、へらへらと女の話ばかりしている甚内、茫洋《ぼうよう》として戦意の欠片《かけら》も見せぬ孫六、控えめで己を全く誇示しない助作にも全く歯が立たない。槍が苦手だと零していた虎之助にも僅《わず》か数カ月で負かされた。勝ち越せるのは、いつも文机《ふづくえ》に向かっている佐吉だけである。

——腕っぷしだけで出世は出来ん。

そのように強がっていた時期も僅かにあったが、その思いもすぐに打ち砕かれた。

まず佐吉。これはもう住む場所が違うとしか言いようがない智嚢《ちのう》を持っている。殿の問いにも即妙に答え、今すぐにでも奉行が務まりそうなほど。しかも当人は兵法にも興味を持っているらしく、研究に余念がない。

これと唯一《ゆいいつ》互角に話し合えるのは虎之助である。将来は羽柴家の一切を取りしきれる奉行になりたいと口にしている。次いで助作、孫六、甚内も己よりも頭の回転が速い。権平が勝っていると言えるのは、

「俺は槍だけで大名になってみせる」

と、大言を吐く市松だけであった。

──俺は小さな蛙《かわず》だったのか……。

世は広いと皆が言う。権平も己に匹敵する者がいるとは考えてもいた。御屋形様や殿のような英傑がいることも知っている。だが己くらいの者ならば、ごろごろと巷《ちまた》に溢《あふ》れているとは思わなかった。中島郡という小さな井戸から見える、雄大な空の一部しか見て来なかったのだ。

小姓組になって後、権平も努力しない訳ではなかった。毎日槍の修練に明け暮れ、日が暮れた後も勉学に励んだ。鰯《いわし》油の行燈《あんどん》は煙や悪臭も酷《ひど》く、何より灯りが暗い。煙がしみて零れる涙を拭《ふ》きつつ、這《は》うように書物を読み漁《あさ》った。だが他の者についていくのがやっとである。気を抜けばどんどん引き離されていく。生まれながらの才に差があるとしか思えない。

故郷に逃げ帰ることを考えたこともある。戻りさえすれば、郷里では一番になれるだろう。だがそんな時に父母や兄たちの顔が過《よぎ》る。何とかして小姓組に居続け、出世の足掛かりを摑まねばならない。

そう考えた権平が取った行動、それは「笑う」ということである。意識したというより自然とそうなっていた。誰にでも同調して笑い、才人溢れる小姓組の中で贋物《にせもの》だと露見しないように懸命に努めた。その度に心に薄暗いものが滲《にじ》むが、それから目を背けて必死に立ち回った。自然、皆からの評は、

「権平は気安く、面白い男だ」

と、いうものになった。

個性の強烈な小姓組である。些細《ささい》なことから喧嘩《けんか》に発展することも少なくない。そんな時、権平は率先して間に入った。人と人との潤滑を促す、蠟《ろう》の如き者であろうとした。そうすれば、己もこの小姓組に存在する意味がある。皆がそう思ってくれると考えたからである。

「お主、もう一度言え！」

席を立って怒鳴り声を上げる市松。

「何度でも言う。そのくらいの算術は子どもでも出来る」

一歩も退《ひ》くことなく目を細める佐吉。特にこの二人の諍《いさか》いは多かった。市松は言葉では敵《かな》わぬと、最後には佐吉の胸倉を摑む。そんな時、決まって権平は二人の間に身を捩《ね》じ入れて仲裁に入る。

「落ち着け。佐吉はお主のためを思って言っているのだ。佐吉もちと言葉が過ぎ……

おい、皆も止めてくれ」

仕舞いにはもみくちゃにされながらも、権平はやはり笑みを絶やさなかった。

三

小姓組に入って五年の月日が流れた。殿は御屋形様に命じられて、中国の雄である毛利家と戦うことになった。まずは中国筋への入口である播磨を攻めることになる。そこでまた新たに小姓組に一人加わった。志村助右衛門という男である。

――また化物か……。

助右衛門の槍を見た時、権平は絶句してしまった。小姓組の中では最強を誇る市松が、まるで歯が立たないのだ。助右衛門は大人が子どもをあしらうように勝ってしまう。市松は口惜《くちお》しがって何度も挑むが、結果は全く同じであった。

「助右衛門……どのようにしてそのような技を身に付けた」

権平は興味を抱いて尋ねてみた。

「兄上……と、いっても異父兄だが、その方に稽古《けいこ》をつけて貰《もら》った」

助右衛門は日焼けした褐色の肌から、真っ白な歯を覗《のぞ》かせる。

「ほう。ではその兄上が槍の達人なのか」

「ああ、恐ろしく強い。だがようやく十度に二、三度は勝てるようになった」

何とも無邪気な笑みを浮かべる助右衛門を見て、権平は泣き出したい心地になった。己は市松から一本も取ったことが無い。その市松も助右衛門の前では子ども同然。さらに助右衛門すら敵わぬ相手がこの播磨にはいる。改めて己の非力さ、矮小《わいしょう》さを知ることになった。

故郷の父や母、兄たちは権平が羽柴家の将来を担《にな》うとも言われている小姓組で活躍していると思っている。父などはすでに兄に家督を譲って、

――そろそろ儂もそちらの厄介になろうかと思う。

などと、お気楽な文が届く始末である。小姓組の最高の石高を得ている虎之助でも三百石。権平に至ってはまだ高々百石取りの身分のままなのだ。とてもではないが胸を張って会える状態ではない。

焦《あせ》りを覚える権平の思いとは裏腹に、羽柴軍は時に苦戦しながらも着々と毛利の領国を侵略していった。

そのような中、羽柴軍の前に大きな障壁が現れた。備中高松城である。周囲を大規模な湿地が取り囲んでおり、寄せ手は足を取られている間に狙《ねら》い撃ちにされる。難攻

不落の名城の呼び声が高い堅固な城である。しかも城将の清水宗治《しみずむねはる》は気骨のある男。兵の士気も頗《すこぶ》る高い。

羽柴軍は城の周りに壮大な堰堤《えんてい》を作り、川の水を引き込んで水攻めにするという手法を採った。これは殿の側近である黒田官兵衛の発案であるという。凡人には何度生まれ変わっても思いつかないであろう。しかし権平が驚嘆したのには別の訳がある。それより一月も前に、佐吉がこの構想を己に話していたのだ。

権平は佐吉と努めて二人切りにならぬようにした。この小姓組きっての才人と二人になれば、いよいよ己が小者に思えて仕方がなかったからである。

その日は間が悪く、皆が殿の警護の役目に就いており、反対に珍しくも最も重宝される佐吉が一両日の休暇を得ていた。それで小姓組の陣の中で二人切りになってしまったのだ。

佐吉は休暇にもかかわらず、骨を休めることなく何やら難しい本を読んでいる。権平は槍の手入れをしながら、時々振り返る。人を円滑にするだけの日々を過ごしていく中で、無言の間に耐えられない体質になっていた。

「佐吉」

「む？　どうした」

佐吉は意外といったような顔で振り向く。

「この戦《いくさ》はまだ長引くと思うか」

世間話のつもりで何気なく振った。いくら佐吉とはいえ、小姓組などに大局のことは解らない。どうだろう、といった何気ない応答が返ってくるものと権平は思っていた。

「備中高松城は固い。このまま力攻めをすれば、味方の被害も大きくなる」

「ならば三木や鳥取のようになるか」

殿はこれまで三木城、鳥取城と兵糧《ひょうろう》攻めで陥落させてきた。これにより無用な消耗を抑えられ、長期の遠征が可能となっている。

「いや兵糧攻めはもう無い。時として却《かえ》って被害が大きくなることを、殿もご存知だ」

「あれか……」

権平の脳裏にもまざまざと凄惨な光景が蘇り、思わず唾《つば》を呑《の》み込んだ。三木城の合戦の折、追い詰められた別所軍は、死人のようになって羽柴の陣に殺到した。突いても斬《き》っても向かってくる別所軍に、羽柴軍も多くの兵を失った。権平も死に物狂いで槍を振るって窮地を脱したのである。

「もっと早く、心を折る策は無いかと考えている」

佐吉はまるで己が一軍の大将にでもなったかのような口ぶりで言うので、権平は思わず鼻を鳴らしそうになるのをぐっと堪《こら》えた。代わりに日々のように口元を綻《ほころ》ばせる。

「お主ならどうする？」

珍しく佐吉が答えに窮する姿を見てみたいという、多少の意地悪心もあったかもしれない。

「丁度、先ほど一案が思いついたところだ。水攻めがよいのではないか」

「水攻め？」

権平は聞き慣れぬ言葉に首を捻《ひね》った。

「城を囲む湿地の、さらに外に堤を築き川の水を引き入れる。低地に建つ高松城は水に没するだろう」

「馬鹿《ばか》な。いったいどれほどの労力がいる。それに、そんな戦術など聞いたことがない」

「この国に例は無いが、唐や南蛮では決して珍しくない戦術だ。もっともこれ程の長さの堤を築くのは類を見ないが……出来ると見た」

佐吉の表情は真面目《まじめ》そのもの。気が狂《ふ》れたという訳ではないらしい。暫《しば》し茫然とした権平だが、ふとあることに気が付いた。

「お主、唐天竺《からてんじく》はともかく、南蛮のそのような話、どうして知っている」

孫子《そんし》、司馬法《しばほう》、尉繚子《うつりょうし》、六韜《りくとう》など大陸の兵法書はこの国にも写本が出回っている。佐吉も元は近江の国人の生まれ。手に入れようと思えば出来たであろう。しかし南蛮の兵法書があるなどは、とんと耳にしたことが無い。

「これに書いてある」

佐吉は机の上を、軽く人差し指で二度叩いた。権平はすっかり止まっていた手から槍を離すと、佐吉の文机まで近づく。

「おい……これは……」

「伴天連《ばてれん》から貰った。南蛮の兵法書と謂《い》えば大袈裟《おおげさ》か。古今の戦の推移を書き記したものだ」

「お主……これが読めるのか？」

紙面には皆目解らない蚯蚓《みみず》の這ったような字が羅列されている。これが南蛮の文字だということは権平も何とか知っていた。佐吉が読んでいたのはてっきり訳本かと思っていたが、これは原文のままなのである。

「正直なところ難しい。だが穴が空くほど眺めていれば、大凡《おおよそ》のことが解るようになってきた。それでもどうしても解らぬ語は、伴天連に会った時に訊《き》くのだ」

佐吉は紙面を指差した。小さく点々と朱が入れられている。これが解らない語彙だということらしい。

――こんな男に勝てる訳がない。

小姓組に入って何度も挫折《ざせつ》を味わったが、この時ほど激しく心が折れた時はなかった。

この一月後、佐吉の言った通り古今未曽有《みぞう》の規模の水攻めが実際に行われることになる。黒田官兵衛の献策と耳にしたが、実際は佐吉が殿か、あるいは官兵衛に話したのではないか。権平にはそう思えて仕方なかった。

四

権平に転機が来た。運が向いたと言ってもよい。

織田信長が本能寺で明智光秀に討たれたのである。殿はすぐさま毛利と和睦《わぼく》を結び、兵を畿内に返して謀叛人《むほんにん》明智光秀を討ち果たした。

続いて織田家、いや天下の覇権を懸けて織田家宿老の柴田勝家と対峙《たいじ》した。両者が激突した賤《しず》ケ岳《たけ》の戦いにおいて、権平は他の小姓組に追い縋《すが》ろうと懸命に駆けた。市松や虎之助に比べれば敵は遥かに脆《もろ》かった。途中、凶悪な敵と邂逅《かいこう》した時も、小姓組で最強を鳴らす助右衛門が引き受けてくれ、権平は脇《わき》をすり抜けてひた走った。無我夢中で槍を振るい、戦が終わった時には、侍首三つの大殊勲を挙げていた。

このことで七人の小姓組と並んで一番槍の手柄を讃《たた》えられ、「賤ケ岳七本槍」の一人に数えられるようになったのである。石高も百石から一躍三千石にまで跳ね上がり、父から届いた文には、故郷でもその話題で持ち切りだと書かれていた。

——何とかやり切った。

この時の権平の心を占めていたのは、歓喜よりもむしろ安堵《あんど》が大きかった。肩を並べた者たちは皆、優秀な男たちであることを知っている。これで出世の道が開けたと思ったのだ。

周囲の反応も激変した。これまでは数多くいる小姓組の一人といった扱いだったのに、ことあるごとに、

「七本槍の……」

との枕詞《まくらことば》が付けられ、一目置かれるようになり、将来を嘱望されるようになった。

「俺は運が良かっただけだ」

初めは大真面目にそう答えていた権平だが、何度も煽《おだ》てられていくうちに、

——やはり俺は才があったのだ。

と、思うようになっていった。槍にしても学問にしても、早熟の者もいれば、大器晩成の者もいる。己は彼らに比べて遅咲きだったのだ。そう己を納得させるうち、知らず知らずにそれを疑うこともなくなっていった。

翌天正十二年(1584年)、膨張を続ける羽柴家と、かつての信長の盟友である徳川家康が小牧長久手で激突した。

終始戦は徳川有利で、殿は状況を打破するため、養子羽柴秀次を大将として敵の本国である三河を衝《つ》くという策に出た。これは中入りという戦法で、当たれば敵を総崩れに持ち込めるが、古今成功の例は少ないという危険な賭《か》けである。権平もこの隊に配属されることになった。

殿のこの賭けは見事に外れた。敵に察知されて、秀次隊は反対に総崩れに陥ったのである。

「賤ケ岳七本槍の平野権平ここにあり!」

皆が敗走する中、権平は反対に取って返した。七本槍の名は敵にも轟いているようで、名乗るだけで怯《ひる》む者もおり効果は覿面《てきめん》であった。慄《おのの》く者を三、四人突き伏せたところで、敵の足も大いに鈍る。それが秀次隊退却の一助となったことで、権平の勇名はまたしても高まることとなった。権平は一度崩れかけた自信を、これを契機に完全に取り戻すことになったのである。

小牧長久手の戦いの後、せがまれて父母を招き寄せた。父は手放しで喜んで、

「権平がやってくれた！」

と、中島郡の者たちに恥ずかしくなるほど喧伝《けんでん》していたという。そのこともあって故郷から権平の家臣になろうとする者、あるいは仕官の伝手《つて》を求めて上洛《じょうらく》してくる者が後を絶たなかった。

――中島郡で他に誰がこんなことが出来る。

故郷に錦《にしき》を飾るとは、このようなことを言うのだろう。権平も悪い気はしなかった。出世にあやかろうとするのか、多くの後進たちがすり寄ってくるようにもなった。

「平野様のご武勇をお聞かせ下さい」

どの者も、前のめりになって目を輝かせる。

――俺は人に慕われる性質《たち》らしい。

権平は集まって来る後進たちを眺めて思った。小姓組の中では武芸も、勉学も下のほうではある。しかし個性の強い面々の間に入り、いつも上手《うま》く回るように努めて来た。その経験が生きて、こうして人を惹《ひ》きつけるに違いない。

「よいか、武辺話を聞きたがる者は、誰はそこで討死した、誰はそこで首を取った、

負けるだの勝つだのなどとばかりよ。これは聞き方がよくない。その戦いは何故負けた、どのように勝ったと尋ねることこそ武辺物語よ」

権平が得意顔で答えると、皆が感嘆の声を上げる。権平は一軍の将を務めたことはなく、戦の勝敗の機微も実際のところ解らない。かつて市松や甚内が、小姓部屋に来られた殿に同じように武辺話を尋ねた。その時の殿の答えの受け売りなのだ。それでも後進たちは解らず、権平の言葉として受け入れる。

「これは殿の……」

受け売りだ。そう言おうとしたが、興奮した後進たちから称賛の声が飛ぶ。

「さすが平野様。歴戦の士《つわもの》は違いまするな」

「ああ……」

褒められたことで切っ掛けを失い言葉が引っ込む。多少後ろめたい気持ちにもなったが、すぐに考えを改めた。

――俺は直《じか》に殿に兵法を教えて貰ったのだ。

そのことを次世代に教えているに過ぎず、わざわざ受け売りなどと言う必要は無かろう。こうして権平は殿を始め、その弟の羽柴秀長、軍師を務めていた黒田官兵衛などの上役、時には佐吉や虎之助などの同輩の言葉を、さも己の話のように話した。後進たちは一々感心し、話をせがむのだから仕方が無い。いつしか権平は何が己の話で、何が人の話かの見分けさえもつかなくなっていった。

この頃の権平は、家族や後進に囲まれ、己の人生の中でも最も得意な時を過ごしていた。

五

光陰矢の如しと言う。歳月は恐るべき速さで権平の頭上を過ぎ去って行った。殿は天下を悉《ことごと》く統《す》べられた。その間、殿は朝廷から豊臣の姓と、関白の位を賜り、殿下と呼ばれるようにもなっている。世は静謐《せいひつ》を迎えたかと思ったが、殿下は日ノ本だけに飽き足りないのか唐入りを決められ、権平も他の諸将と同様に大陸に渡ることとなった。

小姓組の者たちはどうなっているかというと、まず虎之助は九州を平らげた後、すぐに肥後半国十九万五千石の大大名に取り立てられた。唐入りでも二番備えの大将として、おおいに活躍して敵方にもその名は轟いた。

「権平、遂《つい》にやったぞ！」

大坂の町でたまたま会った時、伊予十一万三千石を得た直後だった市松が、無邪気に喜んでいた顔が脳裏から離れないでいる。

この二人には若干見劣りはするが、孫六は六万石、甚内は三万三千石、助右衛門は一万二千石を食む大名になっていた。助作の石高は一万石と大名の条件を満たすぎりぎりであるが、どのような役目もこなすことから殿下に重宝されていると聞く。

そして何よりの出世頭は、小姓組一の智謀の男、石田佐吉である。十九万四千石と石高も虎之助に次いで二番手、豊臣家の蔵入り地の多くも預かっており、実質動かせるのは百万石とも二百万石とも言われている。また殿下の側近中の側近にして奉行の一人に任じられており、天下の政《まつりごと》を牛耳っていた。

石高だけでない。官位でもそうだ。天正十三年（１５８５年）に殿下が関白に任じられた時に、皆一様に従《じゅ》五位下の官位に任じられている。

では権平はどうか。長い間、何一つの加増もなければ、官位叙任の面子《めんつ》からも外されていた。今から三年前の文禄《ぶんろく》四年（１５９５年）に、忘れていたかのように二千石の加増があっただけ。官位においてはさらに遅く、昨年にようやく従五位下遠江守《とおとうみのかみ》に任じられた。皆から十二年も遅い叙任である。

つまり権平の石高は賤ケ岳の戦いの後に賜った三千石と合わせて、たった五千石。

っている。
七本槍の中で唯一大名に列せられていないのだ。完全に皆と水を開けられた格好とな
——俺は何をしていた。
毎夜思うことである。違うのは歳《とし》を重ねる度、そう浮かべる数が増えていくだけ。
殿下はすっかり己のことなど忘れている。故《ゆえ》に出世が遅かったとずっと思って来た。
——だがそれも違った。
殿下は唯一の子である拾丸に対し、七本槍の面々を見せたいと仰《おお》せになり、珍しく
も城に呼ばれたことがあった。己のことをきちんと覚えていたのである。
その時、ひょんな成り行きから、一月後に拾丸に各々《おのおの》の思った土産を持ち寄ること
になった。他の者たちと実入りが違うのだ。それでも何とか恰好《かっこう》を付けようと、家財
を数点売り払って金を用立て、上等の錦の帯を用意した。せめてこのようなことだけ
でも、皆に必死に付いていこうとした。
権平を取り巻く状況も次第に変わっていった。それは砂浜で拵《こしら》えた山が、波に少し
ずつ削られるように遅々たるものであったが、確実に変わっていったのだ。
父は虎之助が大名に取り立てられた時に、
「権平ももうすぐだな」

などと興奮していたが、市松、孫六、甚内までが大名の身分となったことで、

「どうなっている！　倅《せがれ》が劣るというのか！」

と、思わず殿下の批判とも取れることを口走り、悔しそうに畳を叩いたので権平も思わず止めた。この頃でも権平は焦らなかった。いずれ己にもお鉢が回って来ると思っていたのだ。

その後、助右衛門、助作と大名となり、七本槍に数えられていない小姓組も次々に大名となった。

「お主はいつになったら一族を喜ばしてくれるのか……」

少し前までは殿下に憤然としていた父だが、その頃になると権平にちくりと皮肉の一つも言うようになった。あの温厚だった父の面影はなく、どこか捻《ひね》くれたような目で、日がな庭を眺めている。

──勝手に期待しておいてその言い草はあるか。

権平も苛立って内心で罵声《ばせい》を飛ばしたこともある。だが、ずっと己の才を信じ抜いてくれていた父の丸まった背を見ていると、同時に無理はないと思い、薄ら笑いを浮かべて宥《なだ》めることしか出来なかった。

後進たちの態度も変わっていった。初めは己の武勇を聞きたがっていたのに、ある

時からは、

「加藤主計《かずえ》様は昔からあのようにご立派であったのでしょうか」

「石田様は何か特別な学問をされていたので？」

といったように、他の元小姓組のことを尋ねられることが多くなったのだ。

「昔、虎之助は躰もこう細くて、槍合わせでも勝ったものよ」

権平が胸の辺りに両手を添わせ、当時の虎之助の躰の小ささを表現すると、ある者は思わず噴き出し、またある者は驚嘆の声を上げる。

嘘《うそ》ではない。当初の虎之助は瘦《や》せ型で、難なく倒せた。それがいつの間にかぐんぐんと背が伸び、胸にも固い肉が付き、槍でもいつの間にか敵わなくなった。

「佐吉は賢かった。だがあれは臆病《おくびょう》なところがあってなあ。肝試しなどではよく震えていたものよ」

これもまた事実である。物の怪《け》が出るという柳の噂があり、誰が言い出したか皆で見に行った。佐吉は初めから下らないと乗り気でなかったが、市松に強引に引っ張られて来た。野犬が飛び出て来て、驚きの余りに皆が声を上げた時、佐吉が小便を漏らしたと言い出した者がいた。これも市松だったように思う。佐吉は顔を真っ赤にして反論していたのをよく覚えている。

「いや、俺こそ少し漏らしたようだ」

権平は戯けたように言うと、茂みに向かって立小便を始めた。皆は佐吉のことを忘れ、げらげらと腹を抱えて笑ったものである。

流石にこの話まではしなかったが、佐吉の臆病話はいつも笑いが巻き起こった。完全無欠のように思われている佐吉の、そのような一面を知ることで皆が安心をするのだろう。

せがまれて昔話をするようになって数年。後進のある者は出世して、またある者は父の遺領を引き継いで大名になっていった。

「たまには酒を酌《く》み交わそうぞ」

大坂や伏見で見かけ、権平から肩を叩いて声を掛けるのだが、

「この後に所用がありまして……またの御機会に」

と、大抵の者がばつの悪そうな顔になり、肩を窄《すぼ》めて足早にその場を立ち去る。

権平も気付かぬ訳ではない。後進たちも大名となったことで多忙を極め、己のような軽輩と付き合っている暇が無いのだろう。己と関わることで、今後の出世にも影響するとすら考えているかもしれない。ありありと顔にそう書いてある者もいた。権平はあまり外に出歩くことが無くなり、一人屋敷で親の仇《かたき》を討つかのように酒を呷《あお》る

日々が続いた。

六

時が経《た》つにつれ権平は他の小姓組とはあまり交友を持たなくなったが、たった一人例外がいた。加藤孫六である。孫六だけは頻繁に文を寄こして、たまには遊びに来いと誘ってくれた。

孫六は馬術に長《た》けていたが、それを誇るような素振りは昔から見せたことは無い。後は生き物に詳しいという以外には取り立てることが無く、ずっと蟻《あり》の行列を見つめているような変わり者だった。故に小姓組にいた頃は特に話すこともなかったが、皆の出世に気後れしていた権平にとって、こうして気安くしてくれることは正直なところ嬉《うれ》しかった。

孫六も今や伊予の大名である。屋敷を訪ねる時は姓名を名乗り、取次に案内して貰わねばならない。

「我らは同じ釜《かま》の飯を食った者どうし。家臣には話してあるから遠慮はいらぬ」

孫六は初めに格式ばったことは無用だと言ってくれた。己の居室に引き入れてくれ、ごろりと畳の上に肘《ひじ》を突いて横になって話す。そのままの恰好で酒を酌み交わすのだ。行儀のよいことではないが、小姓組にいた頃を思えば珍しくもない。話す内容といえば他愛も無い昔話がほとんどであった。

市松が一日の内に殿下、秀長、皆が「蜂須賀《はちすか》の叔父」と呼ぶ蜂須賀正勝《まさかつ》に叱《しか》られて拳骨《げんこつ》をくらったこと。

虎之助が市井《しせい》の娘に一目惚《ぼ》れして悶々《もんもん》としており、それを見かねた甚内がお節介にも勝手に気持ちを伝えた。結果は袖《そで》にされて虎之助が珍しく激昂《げきこう》し、甚内が掌《てのひら》を擦《こす》り合わせて詫《わ》びたこと。

美作《みまさか》の陣の折、助作が酔った宇喜多家中の侍の喧嘩に遭遇して止めに入ったが、もみくちゃになって怪我を負って戻って来た。その時には助右衛門、孫六、権平が小姓組の陣にいた。助作は心配無いというのだが、助右衛門が詫びさせると単身で向かおうとするので、孫六と権平も同調した。結果は大乱闘に発展し、雁首《がんくび》を並べて殿下にこっぴどく叱られた。後日、市松や虎之助、佐吉さえも、何故俺たちを誘わなかったと憤然としていたという落ちまで付いている。

そのような思い出話に花を咲かせ、二人して笑い合いつつ酒を呑むことが十度ほど続いたある時、権平はふと切り出した。

「そう言えば、猿はどうなった？」

孫六は指を唇に添えて、しっと息を吐いた。昔、殿下は旧主からそのように呼ばれていたことがある。別に殿下がそれに不快を示した訳ではないが、皆が忖度《そんたく》して猿という言葉すら極力使わないようにしている。

だが権平が言った「猿」は勿論《もちろん》殿下のことではない。孫六の中間《ちゅうげん》にそのように呼ばれていた男がいたのだ。目端の利《き》く男で、皆が仕込めば一角の武士になるのではないかと言っていたのを思い出したのである。

「まだ当家にいる」

「そうか。それは良かった」

権平は身を起こした。このような戦乱の世である。見知った者が戦で散っていくのはよくあることである。

「ところで近頃……」

「今も中間なのか？」

孫六が興味なさげに話を転じようとするので、権平は重ねて問うた。

「いや……今は士分だ」

「やはり皆で言っていた通りになったか。二百石取りほどにはなったか」

「今少し……な」

孫六の奥歯に物が挟まったような口振りが、権平は妙に気に掛かった。

「三百石」

「いや」

「五百か！　流石《さすが》、六万石の大名ともなれば豪儀なことだ」

嫌味で言った訳ではない。他の小姓組に引けを感じていたが、孫六の出世は素直に喜べるようになっている。孫六の顔に戸惑いの色が浮かんでいるのに、そこで初めて気が付いた。

権平は息を呑んで暫し黙っていたが、やがて恐る恐る尋ねた。

「千石か？」

孫六は迷っていたように見えたが、意を決したように首を横に振った。

「五千石……当家の家老を務めている」

権平は盃《さかずき》を落としそうになるのを必死に堪えた。部屋に静寂の時が流れ、孫六の言葉がずっと宙に漂っているかのように思えた。孫六が何かを言い出そうとする。それを察して、権平は先に口を開いた。

「そうか、それは祝着《しゅうちゃく》なことだ」

権平は満面の笑みを見せた。最初のうちは皆の間柄を潤滑にするために作った笑顔。それはすっかり権平の一生に染《し》み付き、このような時も零《こぼ》れ出た。

「少し過ごしすぎた。帰るとする」

ゆっくりと盃を置くと、権平は立ち上がった。孫六はやはり何かを言おうとしたが、それを振り切るように部屋を出る。意地のようなものかもしれない。往来に出ても笑みを崩すことはなかった。いや崩すことが出来なかった。

——これを捨てれば俺には何もなくなる。

だが意識して力を込めた頰に温かいものを感じ、権平は慌《あわ》てて袖で拭《ぬぐ》った。誰に見られているという訳ではない。むしろ往来を行く人々は己なぞ眼中にも無い。天を見上げると雁が群れて飛んでいる。悠然と空を行く中、懸命に羽を動かしている最後尾の雁を見つめ、権平の笑みは自嘲《じちょう》的なものへと変わった。

その日以降、権平は一度も孫六を訪ねなかった。孫六からの誘いがなかった訳ではない。むしろ日を空けずに誘いの文が来たが、所用があると言って断ってしまったのだ。だが実際のところ、特筆すべき役目に就いている訳でもない権平に所用などそうはない。

この頃の権平はとっくに己を諦《あきら》めていた。だが人とは厄介なもので、だからといって現実を直視することに耐えられるという訳では無い。目を背けて見ないようにしていたに過ぎない。小姓組の中にあって、孫六といる時だけは不思議と己を取り巻く状況を考えずに済んだ。

だが例の一件。猿と呼ばれていた中間が、五千石取りの家老となっていたという事実を知った時のこと。狼狽《うろた》える権平が見たのは、筆舌に尽くしがたい何とも言えぬ孫六の目であった。

――孫六も俺を憐《あわ》れんでいたのだ。

だから頻繁に誘ってくれていた。いや、あるいは凋落《ちょうらく》した己を見て、心の中でほくそ笑んでいたのかもしれない。些《いささ》か捻くれ過ぎかもしれないが、そう考えるようになった。

唐入りの再開が決まり、世が慌ただしく流動している中、驚くことが起こった。佐吉がふらりと己を尋ねて来たのである。しかも二十万石近い大名であるというのに、供の一人も連れずに身一つで訪ねて来たというのだ。

切れ者の佐吉のこと、己が在宅していることなど調べ上げているに違いない。流石に天下の奉行を門前払いにする訳にもいかず、屋敷に招き入れた。家臣たちなどはこの意外過ぎる大物の来訪に、家が取り潰《つぶ》されるのではないかと恐々としており、己も少なからず恐怖を覚えていた。

「人払いを頼めるか」

部屋に入るなり佐吉は言い、権平はそれに従った。酒肴《しゅこう》の用意もいらぬという。二人きりとなったところで、間に耐えきれずに権平は笑みを作りつつ話しかけた。

「石田治部少殿が訪ねてこられるとは珍しい。何か拙者に……」

「外では佐吉と呼んでおろう」

権平は肩を強張《こわば》らせ言葉を止めた。佐吉は目を細め続ける。

「私だけではない。虎之助、市松、孫六、甚内と呼んでいると聞いている」

「そ、それは……」

声が震えた。外で他の者に旧小姓組のことを気安く呼ぶことへの苦情だと思った。己の虚勢であった。今を煌《きら》めく綺羅星《きらぼし》のような将と、己は同じ釜の飯を食って過ごしたのだ。そうすれば周囲の目が変わることを知っていたし、今やたった五千石の己にとって、他に自慢する種など皆無であった。

「佐吉と呼べばよい」

「え……」

「私も含め、誰一人それに怒っている者などおるまい」

咎《とが》めに来たと身構えたが、どうやらそうではないらしい。

「用は何でしょう」

改まった口調で言うと、佐吉は少し呆《あき》れたような顔になる。

「孫六のことだ」

こちらであったか。あれから何度か孫六が文をくれたが、返信すらしない時があった。孫六は伊予六万石の大名。これが不遜《ふそん》だと叱責《しっせき》しようというのだ。

「こちらも多忙故……」

「権平に今出ている役目はないはずだ」

この男は政の中枢《ちゅうすう》にいながら、末端のことまで知り尽くしている。こちらが何の役目も担っていないことも知っているのだ。

「このところ躰《からだ》が優れず、却って迷惑を掛けると考えました」

言い終わると、佐吉は深い溜息《ためいき》を零した。

「猿と呼ばれた元中間が五千石の家老となった。そのことを聞いて気を悪くしたか」

佐吉は言葉を真綿に包《くる》むということを知らぬのか。あまりの直言に絶句してしまった。

事の発端は助作が孫六と役目で一緒になった時である。酷《ひど》く孫六が気落ちしているように思え、何があったかと問い詰めた。七本槍《しちほんやり》の中では特に目立つことが無く、聞き上手な助作に、孫六は遂に権平との一件を吐露した。

助作は聞いたはいいものの、解決する術《すべ》は思い浮かばない。そこでこれもまた奉行の仕事で席を同じくした佐吉に相談した。佐吉ならば何かよい知恵があると考えたのだ。佐吉は、

――直に権平と話す。

と、策も何もない正攻法に出たので、助作は大層驚いていたらしい。

「そのようなこと……孫六が気を回し過ぎなのだ」

「笑うな」

佐吉は鋭く言い放った。口辺をなぞって気付く。己は薄ら笑いを浮かべている。笑うことを咎められたのは初めてで、権平は唾を呑み下した。

「孫六は杉の木に、このような日々が続きますよう……と祈るような心優しき男だ。ただ裸の心でお主と付き合おうとしていたのではないか」

その昔、佐吉が育った寺に祈願をすると叶《かな》うという大杉があると聞き付けた市松の誘いで、皆で共に訪れたことがある。皆が出世や女などを祈る中、孫六は確かにそのように祈り、皆で笑い合ったのを覚えている。

何故《なにゆえ》この男にここまで言われねばならぬ。長年鬱積《うっせき》してきた感情が抑えきれず、怒

りとなって溢《あふ》れ出た。

「孫六は俺を嘲笑《あざわら》っているのよ」

「貴様！」

佐吉は立ち上がって胸倉を摑《つか》もうとした。幾ら助右衛門や市松に敵《かな》わぬとはいえ、最も腕力の無かった佐吉に負ける己ではない。その腕を摑んで反対に引き倒した。

「孫六はお主とも疎遠《そえん》というではないか。虎之助や市松とも間を置いている。昔のように付き合いたいと願っているのではない証拠だ。最も出世の遅れた俺を手許《てもと》に引き寄せたいだけだ！」

「違う！　孫六には事情があるのだ！」

「事情とは何だ！」

「それは……私もまだはきと解《わか》っている訳ではない」

凄《すさ》まじい剣幕だった佐吉が急に口籠《くちごも》る。

「見たか、詭弁《きべん》ではないか！」

怒鳴る声が屋敷にこだましている。何事かと伺いも立てずに襖《ふすま》が開かれる。そこには数名の家臣が立っていた。己の主人が天下の権を握る奉行と取っ組み合いの喧嘩《けんか》をしているのだ。どの者も愕然《がくぜん》とした顔になる。

我に返ってどうすべきかと困惑する権平より先に、何と佐吉が吼《ほ》えた。

「と、殿！　お止《や》め――」

「下がっていろ！」

「しかし石田様……」

「これは私と権平の喧嘩だ！　斬り合いなどするか！」

家臣たちは雷に打たれたかのように固まった。恐怖という訳ではない。むしろ感動して身を震わせている者もいる。主人が佐吉や虎之助と同輩だったということは知っているが、それを裏付ける様な光景は殆《ほとん》ど見て来なかった。唯一《ゆいいつ》の例外が孫六であったが、これも二人が語っているところを見た訳では無く、半信半疑であったのだろう。だが今目の前で繰り広げられている光景、佐吉の一言は、権平が自慢げに語って来た日々の裏付けとしては十分であった。

「はっ！」

己の家臣であるのに、佐吉の言う通り素直に家臣は引き下がっていく。それが妙におかしく思えて、ふいに笑いが込み上げてきた。権平は佐吉の手を離して胡坐《あぐら》を掻《か》く。

「すまない」

「こちらも言い過ぎた」

「市松なら十数発は殴られていたぞ」

「こちらの科白《せりふ》よ」

佐吉も微《かす》かに笑んで衣服を整えた。権平は天に向けて細く息を吐く。

「あの頃は横並びであったのに、随分と差が開いたものだ……」

「やはりそれか」

佐吉は歯に衣《きぬ》着せない。そして言葉をゆっくりと継いだ。

「権平、私は言葉を取り繕うのが嫌いだ」

「知っている」

ようやく視線を降ろして権平は佐吉を見た。出来ないのではなく嫌いだと言うあたり、佐吉の性格は変わっていない。

「共に過ごしたお主らには、飾ることなく話したい」

「解っている」

権平が言ったのは嘘ではない。そうでもなければ人の屋敷にいきなり訪ねてきて、幾ら身分は下になったとはいえ、屋敷の主人に摑み掛かる真似《まね》などはしまい。

「殿下が何故、お主を大名に取り立てなかったか考えたことがあるか」

「それは……」

長年、忘れられていたと思っていたがそれも違うことが解った。答えは一つしかない。だがどうしても認められずに苦しんでいた。その思いを初めて口にする。

「俺に才がないからだ……」

「違う」

「慰めは止《よ》せ。お主たちはものが違う……特にお主はな。一時でも肩を並べていたことが奇跡のようなものだ」

「違うと申している」

「では何故――」

「それはお主が学ぶことを止めたからだ」

佐吉は訥々《とつとつ》と語り始めた。小姓組に入ってから他の者に負けぬよう、権平が一人で槍の修練や、夜更《よふ》けにも勉学に励んでいたことを皆が知っていたという。また皆もそんな権平に負けぬようにと、それぞれが己を磨いた。

「その結果が賤ケ岳だ。あの時は悔しかったものだ」

意外な一言に権平は目を瞠《みは》った。この男には挫折など無縁だと思っていたのだ。実は佐吉も槍で手柄を立てる気だったという。だがいくら訓練をしても、小姓組の他の面々に比べて上達しない。加えて賤ケ岳の戦いでは負傷した味方の救出を優先し、皆より手柄が一等落ちるものとなった。

「そこから私はさらに己を磨こうとした」

佐吉は槍に限界を覚えた。それにこれから必要とされるのは、個の槍働きではないと見越してもいた。古今東西の政、戦《いくさ》に関する書を読み、時には人に教えも請《こ》うた。頭角を現して奉行になり、多忙を極める日々が続いても、それは変わらなかったという。

「他の者もそうだ」

佐吉は一人ずつ名を挙げて説明していく。

虎之助は唐入りの戦いの中で、鍋島や相良などの諸将に積極的に教えを請い、軍略の才を開花させた。帰国する頃には、豊臣家随一の名将だとの呼び声も高くなった。

淡路国を与えられた甚内は、他に負けぬ唯一のものを得ようとし、元海賊を多く招《しょう》聘《へい》して自身も水軍の知識を身に付けた。同じく海に面した領地を持つ孫六もこれに目を付け、甚内のやり方を模倣することになる。無論冗談であるが、甚内は孫六に向けて、

「孫六、真似をするな！」

と、泣き顔を作って戯《ふざ》けて見せたという。

助作は己の向き不向きを問わず、どんな役目も引き受けて真正面から取り組んだ。故に幅の広い素養を身に付け、殿下も助作は仕事こそ早くはないが、大きな失敗をし

ないと褒めていたらしい。

あの市松ですら大領を得た後は、政の重要性を思い知り、助作が断らない性質なのをいいことに、ことあるごとに訪ねて相談しているという。近頃では虎之助が築城に長けていると聞き付け、そちらにも度々足を運んでいるということだ。

「俺は……」

佐吉の言わんとすることを察して権平は肩を落とした。賤ケ岳の戦い以降、有頂天となって学ぶことを止めた。直後の小牧長久手での活躍で、権平がこれまで他の者に負けぬようにと懸命に蓄えてきた、努力の財産が底をついたということだろう。以降は全く振るわなかった。

「私や虎が話したことを覚えているか？」

小牧長久手の頃、佐吉も虎之助も後方を担《にな》う奉行であった。その時に権平にこちらに来ないかと誘ったことがある。槍働きでの出世はここらが限界、新たな知識や技術を付けねば大名への道は開けない。佐吉に至ってははっきりと直言した。

その時の権平は今考えても、最も驕《おご》っている時であった。佐吉は槍働きがそもそも苦手。虎之助は長けているのに殿下は戦場に投入されない。故に、

——あいつらは俺を妬《ねた》んでいるのだ。

と、考えていた。

「甚内も、助作も、助右衛門も、時期はまちまちだが、似たようなことを申したであろう。市松の意見は当てにならなかったろうが……」

確かにそのような記憶はある。だが今の今まで不思議とすっぽりと抜けていた。その時々に相手を軽んじ、あるいは己に言い訳をして生返事をしていたのだ。そう市松などは、

「権平、とっとと大名になれ」

などと言って会う度に肩を叩《たた》いた。相変わらずの無神経さに辟易《へきえき》したものだが、思えばあれは市松なりに奮起させようとしてくれていたのかもしれない。ともかく権平は、そのようなことを言われるのを疎《うと》んじて、皆から徐々に距離を取っていった。

「孫六はお主が望むならば……万石で家に迎えようとしていた。だがお主の誇りを傷つけるのではないかと、中々切り出せずにいたようだ」

そんな時、権平が図らずも中間の話を出し、それが五千石の家老になっていることを知った。その時の権平の様子から、やはり口にせず正解だったと孫六は考えたという。

「そうか……俺は皆に気を遣わせてばかりいて、何もしてこなかったのだな」

権平は己の額をごつんと強く叩き歯を食い縛った。

「早くに相談をすればよいものを。逃げ回りおって」

佐吉は苦い表情になった。

「拾丸様の時もそうだったな」

拾丸の土産のことで揃《そろ》って登城した後、甚内が久しぶりに酒を酌み交わそうと提案した。しかし権平は用があると、逃げるように帰路に就いたのだ。

「あれは権平が逃げずとも、行われなかっただろう。私もあまり好かれてはいない」

佐吉の顔にさっと翳《かげ》が差す。佐吉と虎之助や市松、孫六の間に不穏な空気が流れていることは気付いていた。そのことを言っているのだろう。

「佐吉にも色々あるか」

「偉そうなことを申しているが、私も何でも思い通りに行く訳ではない」

苦笑する佐吉はどこか哀《かな》しげに見えた。

「言いにくいことを話させた。すまなかった……もっと早くに俺が聞く耳を持てばよかった」

「もう諦めているのか？」

佐吉は怪訝《けげん》そうに眉間《みけん》に皺《しわ》を寄せる。権平の唇から息が漏れる。

「もう気を遣うな。俺は唐入りでは名護屋詰め。目立った手柄は立てられまい。つまり五千石のままよ」

豊臣家はすでに日ノ本の全《すべ》ての大名を屈服させた。戦は絶えたかに思われたが、殿下は明を攻め取り、天竺まで進もうとされた。だが一度目の唐入りで、流石の権平にもこれは成し遂げられぬと解った。つまりどのような形であれ、唐入りが終われば二度と戦は起こらず、手柄を立てる機会は無いのだ。

「まだ機会はある。必ず戦は起こる」

「まさか……」

「時が来れば、私は必ずお主に報《しら》せる。その時は逃げるな」

軽口や慰めで言っている様子は無いが、権平にはそのような事態が起きるとは俄《にわ》かに信じられなかった。

「話半分で聞いておくさ」

権平が答えた直後、外から家臣が伺いを立ててきた。どうやら指示を仰がねばならぬことが出来《しゅったい》したらしく、佐吉の家臣が訪ねてきたというのだ。

「すまぬが、もう行かねばならぬ」

「ああ、多忙だな」

皮肉で言った訳ではない。誰かに必要とされている佐吉が、ただ眩《まぶ》しく見えた。

「権平、約束だぞ」

佐吉は念を押して帰っていった。権平は部屋に一人残り、茫《ぼう》と宙を眺めた。長年胸に閊《つか》えていたものが霧散し、今の己をようやく認められるような気がした。眦《まなじり》を上げて唾《つば》を飛ばす佐吉の手は震えていた。臆病なところは未《いま》だ直っていないらしい。権平はそれを思い出し、くすりと微笑《ほほえ》んだ。

七

慶長《けいちょう》三年（1598年）葉月、殿下が身罷《みまか》られた。唐入りは即時取り止めとなり、諸将は順に帰国の途に就く。

この時から天下は風雲急を告げ始めたのである。五大老筆頭の徳川家康が天下の簒《さん》奪《だつ》を目論《もくろ》むような動きに出た。法度《はっと》破りの婚姻をして佐吉ら奉行に咎められると、忘れていたと放言する始末。

それどころか佐吉と折り合いの悪い、現場の諸将とさらに誼《よしみ》を通じようとしている。佐吉もそれに対抗し、家康以外の五大老と頻繁にやり取りをしていると噂《うわさ》になっている。

――佐吉の言った通りだ。

佐吉は殿下の死後、家康が牙《きば》を剝《む》くことを想定していたのである。

——平野遠江守、登城せよ。

と、大坂から命が下ったのもこの頃である。拾丸の一件以降、権平がこのように呼ばれたことはない。何事かと至急城へ登ると、迎えたのは同じく元小姓組にして、七本槍の一人でもある片桐助作であった。殿下の死と前後して、これまでの地道な功績が認められ豊臣家の家老に任じられた。つまり殿下の忘れ形見である拾丸の後見という大役である。

助作は一間に招き入れ、襖を閉じると小声で話した。

「権平、呼んだのは私だ。よく来てくれた」

「来ないと思ったか？」

権平は苦笑した。己は散々皆から距離を取って来た。そう思われるのも無理は無い。

「まあ、そうだ。だが今の権平は必ず来ると申した者がいた」

「佐吉……」

助作は頷《うなず》くと、意外な一言を放った。

「隣の間にいる」

「え……」

「お主との約束があるので、私に呼び出して欲しいとな」

意味が解らない。呼び出すならば自らの屋敷に招けばよい。もしくは以前のようにふらりと訪ねてきてもよさそうなものだ。

「私は席を外す。二人で話せ」

助作は顎《あご》をしゃくって隣に行くように促す。権平は膝《ひざ》を突いて立ち上がり、ゆっくりと襖を開いた。そこには黙然と座る佐吉の姿が確かにある。権平は足を踏み入れ襖を閉めると、佐吉に相対して座った。

「来てくれたか」

「何故……」

このような場所に。そう言おうとするより先に佐吉が話し始めた。

「権平、万石の機会が来たぞ」

声が弾んでいる。このような佐吉は滅多に見ることはない。唯一見たことがあるのは、共に若い頃を過ごした小姓組の面々だけであろう。

──そういうことか。

まもなく徳川家康と、他の五大老を担《かつ》ぎ出す佐吉の間で戦になると、市井の者たちまで囁《ささや》いている。つまり佐吉は自陣営に己を迎え入れ、勝利の暁には大名にすると言うつもりなのだろう。

「佐吉、俺は何万石になる？」

別に言質《げんち》を取ろうというつもりはない。昔ながらの軽口のつもりである。それが大名として最低の一万石でも、佐吉の味方をする気でいた。今から虎之助たちのように十数万石を稼ぐのは流石に難しい。ならば五千石の微力ではあるが、己に真正面から向き合おうとしたこの男の力になってやりたい。

「解らん」

「また四角四面に……まあ、諸将との兼ね合いもあろうから、明言は出来ないだろうが、ここは景気よく五万とでも言って見せろ。それで結果一万石でも俺は……」

権平は笑いながらつらつらと話すが、佐吉はゆっくりと首を振る。

「私が決める訳ではない」

「では毛利中納言《ちゅうなごん》か？　それとも宇喜多中納言……」

この二人の大老は佐吉と同心する見込みだと、専《もっぱ》らの評判である。

「内府《だいふ》だ」

「何だと……」

「向こうに付け。権平」

頭が混乱して、権平は口を開いたまま身動きが取れない。

「勝敗は戦の常。どちらが勝つかは解らん。だが私は七割方内府の勝ちだと見ている。賭《か》けるならばそちらだ」

「ま、待て。ではお主は三割方の勝ちと見てなお、内府に挑むつもりか」

「時が経てば経つほど、勝つ見込みは減る」

「そんなことはあるまい。内府は若くはない。いずれ死ねば……」

聞かれたとしても隣の間にいる助作だけである。自然と発言も過激になる。

時が経てばやがて高齢の家康は死ぬ。後を継ぐのは、経験も浅く求心力の劣る秀忠である。一方の豊臣家の拾丸はすくすくと育っていき、その頃には元服も済ませるだろう。豊臣家に忠義を尽くさんとする者、豊臣家贔屓《ひいき》の商人、皆が時を稼ぐことこそ肝要だと考えている。それなのに佐吉はその反対の見解なのだ。

「確かに秀忠は家康より劣る。だが個の力が戦に与える影響は、この五十年の間に減る一方だ」

「馬鹿《ばか》な……」

そのような話は聞いたことも無い。古くから戦というものは、将の器量に拠《よ》って大きく左右されると言われてきている。孫子や六韜などの兵法書にも、そのように書かれているのだ。

「私はこの十数年、古今東西の戦を具《つぶ》さに調べ続けた。それでようやく一つの理《ことわり》を見《み》出《いだ》した」

「理……？」

鸚鵡《おうむ》返しに問うと、佐吉は力強く頷いた。

「ああ、戦の勝敗は数で説明が付く」

このような事態を想定していたのだろう。部屋の隅に文机《ふづくえ》があり、紙と筆も用意されている。佐吉は机ごと部屋の中央に運ぶと、紙に筆を滑らせつつ説明を始めた。

「まず我らが生まれる以前の戦いを例に取る。この頃の戦の主な飛び道具は弓。最後には必ずといってよいほど刀槍《とうそう》で決着が付いている」

「確かに」

「詰まりこの戦は、一対一の集まりと言えるのだ。故《ゆえ》に基本は数が多い方が勝つ」

「将の力はどうなる？　誰でも同じということはあるまい」

「その通り。そこが重要だ。乗じるのだ」

仮に甲の力を百。兵数を千だとするならば、それを乗じて甲は十万。乙の力を三十、兵数は二千だとすると、こちらは六万。これは理の上では甲が勝つという。対比に直すと五対三。両者の士気が落ちずに最後の最後まで戦ったならば、甲は四割の兵が生き残ることになるという。ただ実戦ではその前に乙が潰走《かいそう》するだろうと付け加える。

「兵の数で劣っていても、将が良ければ勝つということか」

「うむ。だが実際のところ将の力は厳密には計れぬ。だが私が内府に劣っていることは確かだ」

佐吉の説明は理路整然としており解りやすい。よい手習いの師匠になりそうだなどと、権平はふと考えた。

「時を経て、鉄砲が使われ始めて理に大きな変化が生まれた」

最も顕著なのは長篠《ながしの》の戦い。明らかに先の理に当て嵌《は》まらず、以後の戦も同じだという。

「一対複数の戦。理が変じたのだ」

兵数を二重に乗じる。つまり先ほどの例でいくと、甲の兵は千。二重に乗じて百万という数が出る。これに将の力である百をさらに乗じる。するとあまり馴染《なじ》みの無い億という数になる。

一方の乙は二千を二重に乗じて四百万。これに将の力の三十を乗じれば、

「一億二千万。比すれば五対六」

「そうだ。兵の数がさらに重要となり、将才の影響は極めて少なくなっている」

言われてみれば、漠然とではあるが時代が下るにつれ、寡兵《かへい》が大軍を破ることは少なくなっているような気がする。兵数の多いほうが順当に勝っているのだ。

「実際には？」

「鉄砲が広まる前と後、数百の戦を理に当て嵌めたが、かなり近しい数が弾《はじ》き出された」

佐吉は理と呼ぶ数式に当て嵌め、目の前で二、三の戦を検証してみた。確かに史実として伝わっている結果と誤差が殆ど無い。全てに当て嵌まるとすれば、戦わずして勝敗を占うことが出来ることになる。

「内府が私の二倍の将才だとしても、当方は二倍の兵を要する必要はない。理の上では四割増で互角」

佐吉は素早く筆を動かして自らが編み出した理に、数を代入していく。計算の上では確かに互角となることが権平にも解った。

「だが相手が秀忠になれば、さらに有利になるのは変わらぬはず」

「乙が逆転した……」

倍の能力を、四割増しの兵力で埋められることは解った。だが相手が弱いに越したことはない。

「権平の言う通りだ。だがここにもう一点、重要なことがある。内府は金山……」

佐吉が言いかけた時、襖越しに助作の声が聞こえた。

「まずい佐吉。細川越中が登城した」

細川越中守忠興。家康に接近しており、敵方と見てよい男である。この密談に気付けばすぐに家康に報告に走るだろう。

「あの悋気《りんき》病みめ。何用だ」

悋気病みとは嫉妬《しっと》深いという意である。忠興は妻を溺愛《できあい》しており、盗み見たというだけで庭師を斬殺《ざんさつ》した男である。

「機嫌伺いとのことだが、小賢《こざか》しい男だ。何かに気が付いたのかもしれぬ。今のうちに城を出ろ」

「解った。すぐに終わる」

佐吉は短く言うと、権平に向き直って話し始めた。

「時が経《た》てば内府は凄まじく膨張し、勝てる見込みは減る一方なのだ。今、やるのが最善」

「だが四割増しも集められるのか？」

「正直なところ厳しい。だがこの理は正面からぶつかった時のみ。そこに様々な不確定な要素が出る。兵法もその一つ。何とか差を埋めて見せるが、勝てる公算は決して高く無い」

佐吉は畳みかけるように一気に話した。

「だから俺に内府に付けと……？」

「まさしく」

そもそもなぜ佐吉が屋敷に己を呼び付けず、回りくどく助作を通じてここに呼んだか。つまり佐吉は初めから己に内府に付くように説得し、その上で密談していたなどと噂が立たぬように配慮したのだ。

「ふざけるな！」

権平は唇を嚙《か》みしめていたが、感情を抑えきれずに声を荒らげ、佐吉の胸倉を摑んで思い切り引き寄せた。以前と全く反対の恰好《かっこう》である。

「兵が必要なのだろう……何故《なぜ》、俺に声を掛けぬ！　俺がたった百二十名ほどしか兵を持たぬ五千石だからか！」

「違う！」

「おい！　声が大きい」

助作が慌てて襖を開けて飛び込んで来て、二人の間に入ろうとした。小姓組ではいつも権平が務めていた立ち位置である。

「権平……お主が小馬鹿にされ、私たちが口惜しいと思わなかったとでも思うのか」

息が出来ずに苦しいのだろう。佐吉は顔を真っ赤に染め呻《うめ》くように言った。止めに入った助作も目に涙を湛《たた》えて、佐吉に同調するように頷く。

「それは……」

「夢を叶えろ……叶えて見返してやれ」

権平はすっと手を緩めると、佐吉は咳《せ》き込みながら襟を正した。

「佐吉……」

「俺も夢を追う。手柄を挙げろ」

熱い眼差《まなざ》しを向ける佐吉に、権平は何も返すことが出来なかった。

「佐吉」

助作に急《せ》かされた佐吉は廊下に出ると、一度足を止めて振り返った。

「達者でな。また会おう」

佐吉は微笑みを残して足早に立ち去った。それはかつて権平が作って来たようなものと違い、慈愛に満ち溢れた真《まこと》の笑みに思え、権平は己の頰をつるりと撫《な》でた。

権平は東軍に加わった。佐吉の言に従った恰好となる。だが権平が配された別動隊は、信濃で大きく後れを取った。佐吉は一兵でも欲しいというのが本音であっただろう。それを差し置いて、より勝つ可能性の高い方を示し、己を大名に押し上げようとしてくれた。権平は何としても本戦に辿《たど》り着こうとしたが、これればかりはどうにもならなかった。別動隊が信濃路で悪路に手間取っている間に、決戦はすでに終わっていたのだ。

慶長五年（1600年）長月十五日、佐吉が実質的な大将を務める西軍と、徳川家康率いる東軍が美濃関ケ原で激突した。戦はたった一日で東軍の勝ちで幕を閉じた。佐吉は戦場から離脱したが、後に捕縛されて京の六条河原で首を落とされた。

権平はさしたる手柄も挙げることは出来ず、依然として五千石のまま据え置かれた。何か役目を与えられた訳でもない。持て余す時が再び訪れた権平は、度々出かけるようになった。

行き先は関ケ原、あるいは本戦に参戦した諸将のところである。佐吉が示した「理」が真であったか否《いな》か、確かめたくなったのである。

実に十二年。権平は徹底的に後世にはきっと「関ケ原の戦い」と呼ばれるだろう一戦を調査した。そして遂《つい》に一つの答えに辿り着いたのである。

――佐吉の理は間違っていなかった。

ということである。そもそも佐吉は目標の四割増の兵を展開出来なかった。西軍八万、東軍七万四千、一割増にも満たぬ数である。

「佐吉は四割を作ろうとしたのだ」

佐吉が陣を布《し》いた笹尾山《ささおやま》に足を運び、権平はある結論に辿り着いた。実質の大将であり、諸将から憎しみを買っている割に前面に出過ぎている。当時の佐吉の兵力は五千八百。

それに攻めかかったのは黒田長政五千四百、細川忠興五千、筒井定次《つついさだつぐ》二千八百五十、田中吉政三千、古田重勝《ふるたしげかつ》千二十、織田有楽斎《うらくさい》四百五十、金森長近《かなもりながちか》千百四十、生駒一正《いこまかずまさ》千八百三十、最後に加藤孫六の三千。石田軍は締めて約二万四千もの兵を一手に引き受けた。

西軍から石田軍の五千八百、東軍から諸大名の二万四千を引くと、

「七万四千と五万……四割八分増……」

つまり他の隊が普通に戦えば、理上は東軍を撃破出来たことになる。佐吉は実に四倍もの敵を引き受けねばならなかったが、一歩も退《ひ》かぬどころか寧《むし》ろ押していたほど

らしい。権平は笹尾山に残った土塁に上がり、東に広がる平野を眺めつつ指を宙に走らせた。

「天然の城、大筒で埋めたのだな」

まず笹尾山はそれほど高い山ではないが、幾重にも堀、土塁、柵《さく》を設ければ、関ケ原では十分に城になり得る。佐吉の編み出した理はあくまで野戦であり、攻城戦には当て嵌まらないと言った。古今城攻めには五倍の兵力が必要と言われている。佐吉は笹尾山を城として四倍の兵を引き付けた。

佐吉は領内にある国友村に命じ、突貫で大筒を作らせており、関ケ原にまで持ってきていた。大筒は取り回しが難しく、野戦への投入には向かぬと言われている。佐吉が野戦ではなく、攻城戦に持ち込もうとしていた証左とも言える。佐吉はこの一手で四割以上の優勢を生み出したのだ。

――己は何のために、このようなことをしているのか。

権平は寒風の吹き抜ける関ケ原を見渡した。佐吉が生み出した理の検証をするためだけか。

いや違う。家康は佐吉のことを無謀な戦に挑んで敗れた愚将だと流布《るふ》している。佐吉は己に汚名を雪《すす》ぐ機会をくれた。今度は己がこれをもって、佐吉の名誉を取り戻すつもりでいる。

八

慶長二十年（1615年）、徳川家康は遂に豊臣家を滅ぼさんと軍を興《おこ》した。豊臣家は恩顧の大名に檄《げき》を飛ばしたが、誰一人馳《は》せ参じる者はいなかった。

例外が二人いる。一人は市松。本人は大坂城に馳せ参じるつもりであったが、家康はそれを危惧《きぐ》しており、軍を興す前に身柄を拘束したのである。

そして今一人こそが権平であった。こちらは高々五千石。誰一人として警戒はしていない。権平は家康のいる駿府城に一人で向かうと、取次の者に静かに言い放った。

「平野遠江守長泰、太閤《たいこう》殿下の旧恩に報いるため、大坂へ馳せ参じます。暇《いとま》を頂きに参った」

駿府城は騒然となった。権平が豊臣家から得たのは五千石。その何十倍を得ている者でも、大坂に向かう者は皆無。しかも堂々と暇請《いとまご》いに現れたのだ。皆が権平の気が狂《ふ》れたと思ったに違いない。

流石《さすが》に大坂に向かうと宣言されては、家康も会わざるを得ない。権平はこれが軽輩の己が家康と面会する唯一の方法だと考えた。

権平は徳川家臣がずらりと並ぶ謁見《えっけん》の間に通された。上座の家康はまじまじと見つめて来る。正気かどうかを見定めているのだ。

「遠州、何が狙《ねら》いだ」

家康は粘り気のある低い声で訊《き》いた。権平が無言でいると、鼻で嗤《わら》って続けた。

「誠に大坂に入るつもりならば、わざわざ儂《わし》を訪ねずに、そのまま走るだろう」

「お見通しのようで」

権平は微かに口元を緩めた。

「何が……」

重ねて問おうとする家康を遮り、権平は笑みを崩さぬまま刺すように言った。

「大御所の過《あやま》ちを糺《ただ》しに参りました」

「この木端《こっぱ》侍が！」

家臣の一人が激昂《げきこう》して膝を立てる。

「短気は躰に悪うござるぞ。この程度で激昂するなど、辛抱が足りぬ」

己が受けた嘲笑《ちょうしょう》、侮蔑《ぶべつ》はこの程度ではない。権平は笑みを崩さずに宥《なだ》める。それが癇《かん》に障《さわ》ったようで、他の家臣たちも一斉に立ち上がろうとした。

「待て」

家康が手を挙げると、家臣たちも渋々腰を降ろした。

「過ちとは何ぞ」

家康の語気に怒りが籠っている。

「大御所は、石田治部少は兵法を全く知らぬ凡愚と仰《おお》せになっていると耳にしました」

「現に儂は勝った」

「これを」

権平は懐《ふところ》から紙の束を取り出した。十五年に亘《わた》り調べ尽くした一切合切である。

「読み上げても？」

「待て。佐渡と小姓だけ残り、他は下がれ」

家康の目に怯《おび》えが浮かぶのが見て取れた。流石に間もなく天下を獲《と》る男、これが己にとって不利益なものだと天性の嗅覚《きゅうかく》で察知している。再び家康は強い語調で命じ、本多《ほんだ》佐渡守正信《まさのぶ》、小姓二名だけを残して他は退席した。

「それは何だ」

「理でござる」

権平は紙を一枚ずつ畳の上に並べると、あの日の佐吉のように古今東西の戦を理路整然と数で説明していく。そして最後に関ケ原の戦いにおいて、佐吉が何を思い、いかに勝とうとしていたか。権平は身に佐吉が乗り移ったかのように滔々《とうとう》と語った。

小姓の二人は話が皆目呑《の》み込めないようだが、家康、正信の顔色は途中から真っ青に染まっていた。

「佐渡……これは……」

「はい。他にも試してみないことには、はきとは申せませんが……恐らく」

「遠州、この『理』を見つけたのは治部で相違ないか」

権平は首をゆっくりと縦に振った。

「はい。間違いなく」

「恐ろしい男だ……」

家康は紙面を順に見直し、ぽつりと呟《つぶや》いた。

「しかし佐吉は大御所に敗れました」

戦の途中、小早川秀秋の寝返りを切っ掛けに西軍は総崩れとなった。佐吉にとって不幸だったのは、小早川の内通はある程度想定していたようだが、その抑えに配置していた脇坂甚内までもが寝返りを打ったこと。これによって赤座、小川、朽木までがそれに続いた。

「脇坂のこと耳にしているか？」

城内は今、大御所の命を無視して軍を出そうとしない甚内の話で持ち切りとなっている。関ケ原で寝返っておいて、この期《ご》に及んでその態度は説明が付かない。

「はい。佐吉が見出した戦の理に間違いはありませぬが……人は理では語れぬようです」

大御所に一言物申す。たったそれだけのために権平は来た。たとえここで手討ちにあったとしても。他者から見れば何と愚かしく思えるだろう。家康は二度、三度頷くと、並べられた紙を指差して言った。

「遠州、これを貰《もら》ってもよいか？」

家康は軍学に造詣《ぞうけい》が深い。きっと興味を持つと思っていた。正信もすっかりこの理に魅了されているようで、話の最中も紙をちらちらと覗《のぞ》き見ている。

「どうぞ。天下安寧にお役に立てて頂ければ」

「よくぞ調べ上げた。褒美《ほうび》を取らす。河内に一万石でよいか」

人払いをして正解だったと顔に書いてある。紙一重で敗れていたとあれば、家康の面子《めんつ》が立たない。これには口止め料も含まれていると察した。

――万石の大名か……。

遂に望み続けた大名になれる。十数年前の己ならば小躍りして喜んだに違いない。だが権平は頬をそっと緩めて首を横に振った。

「いえ、結構でございます」

「何故だ、悪い話では……」

「立小便でございます」

「は？」

意外な一言に、家康は目を丸くした。

「大名になれば何かと恰好を構えねばならぬと聞きます。立小便も出来ぬのでは、息が詰まります故」

暫《しば》し無言の時が流れた。家康は口止め料を拒むことに猜疑心《さいぎしん》を持ったようだが、やがて思い直したかのように息を漏らして口辺に皺を寄せた。

「人は……」

「理では語れぬものと」

「大儀であった。治部は恐ろしい男であったと覚えておこう」

権平は深く頭を下げ、駿府の城を後にした。城を出ると数名が追いかけてきて、江戸にて留守居をするように告げた。大坂に奔《はし》らぬよう念のために江戸まで付いてくるという。

「恩は返したさ」

権平はそう短く言い、江戸に足を向けた。己が大坂に加わったところで大勢に影響などない。それを承知で死に向かうほど、今の豊臣家に対して恩義がある訳でも無かった。五千石とはそういう石高である。

東海道を権平は行く。興津《おきつ》を過ぎて由比《ゆい》に向かう途中、薩埵《さった》と謂《い》う峠に差し掛かった。勾配《こうばい》を上っていくと、眼下には大海が広がり、その先には勇壮に聳《そび》える富士の山も見ることが出来た。あまりに爽快《そうかい》な景観に自然と鼻唄《はなうた》が口を衝《つ》いて出た。

「猿は五千石、平野も五千石……」

ろくに詞も思い浮かばず、それを様々な節に乗せる陳腐な唄である。見張りのために随伴している者たちは、反応に困り、目を背けて気付かぬふりをしている。

「猿は五千石、平野も五千石……」

大きく息を吸いこみ、宙に溶かすかのように口ずさむ。今、ようやく己は心から笑っていると思えた。

晴れ渡った空の下、鼻唄が薩埵峠を越えていく。その調子に合わせるかのように、どこまでも続く海は穏やかに煌《きら》めきを放っていた。

七本槍　槍を捜す市松

一

市松は震える脚を拳《こぶし》で強く叩《たた》いた。幾多の戦場を渡り歩いてきたが、このようなことは初めてである。すぐ先を曲がれば大津城の城門が見えて来る。その前にあの男が晒《さら》し者になっていると聞いていた。

――どうする。

心に問いかけるが未《いま》だ答えは出ない。訊《き》けば、何か恐ろしいことが飛び出すのではないか。ここ数日の間、ずっと脅迫されているに似た感情が渦巻いている。

市松が疑義を抱いたのは、関ケ原で西軍を打ち破って僅《わず》か三日後のことであった。西軍の実質的大将を務めたあの男の居城、佐和山城は東軍一万五千の兵に取り囲まれた。これが戦いの二日後のこと。家康は大勝しても些《いささ》かの油断も無い。この迅速な動きに市松は舌を巻いた。

己でも家康が隙《すき》あらば、天下を簒奪《さんだつ》しようとしていることくらい解《わか》る。

「俺たちが付いて負ければ、豊臣家は真《まこと》に滅びる」

その虎之助の一言が市松に東軍に付くことを決心させた。虎之助に限らず、豊臣家を守らんとする者の大半の意見が、

――内府《だいふ》家康亡《な》き後ならば、徳川を封じ込められる。

と、いったものであった。殿下の忘れ形見である秀頼も元服して間もない今、家康を排除しようなど危険が大きすぎる。小姓組の同輩として同じ釜《かま》の飯を食った仲とはいえ、長じれば付き合う者も変わって疎遠《そえん》になることは解る。だが己たちに一言も諮《はか》らずに、あの男が無謀な戦《いくさ》を起こしたことに憤《いきどお》りを覚えていたのも事実である。

佐和山城攻めの一番隊は小早川、小川、朽木など、戦の中の寝返った諸隊。この中にやはり同じ小姓組出身にして、これも同じ「賤《しず》ケ岳七本槍《たけしちほんやり》」に数えられた脇坂甚内もいる。

――甚内も下らぬ男になった。

市松は内心で見下していた。それぞれ葛藤《かっとう》はあったろうが、一度身の振り方を決めたからには立場を貫くべし。寝返りを打つなど、市松の矜持《きょうじ》から最も外れた行為であった。

――それに比べ……。

鞣革《なめしがわ》のような褐色の肌から、白い歯を覗《のぞ》かせる姿を思い起こした。糟屋助右衛門、やはり己や甚内と経歴を同じくする男である。

助右衛門は己が唯一《ゆいいつ》認めた槍の達人であった。だが小牧長久手で失態を犯して以降、それを恥じたのか二度と前線に姿を見せることはなかった。だがこの関ケ原という大舞台に、助右衛門は颯爽《さっそう》と舞い戻って来た。十数年ぶりの槍合わせを望んだが、慌《あわ》てた家臣に制止された。市松にとって助右衛門の復帰はそれほど喜ばしいことであったのだ。

その時、丁度潮目が変わった。松尾山の小早川秀秋が寝返りを打ったのである。

「おのれ……金吾」

市松は槍を握る手を震わせ、奥歯を嚙《か》みしめた。だがその直後、市松の怒りは天を衝《つ》いた。

「甚内まで！　見損なったぞ！」

小早川隊が寝返った直後、いや時をほぼ同じくして脇坂隊も反旗を翻《ひるがえ》したのだ。

「あれは何か事情がありそうだ。そう怒るな」

宥《なだ》めたのは家臣ではなく敵方の助右衛門である。自身に向けて繰り出された槍を難なく払って苦笑している。

「しかしだな――」

「市松、この戦は負けだ。悪いが俺には行かねばならぬところがある」

それがどこなのか。市松には何となく解った。助右衛門も葛藤の末、決めた道なのだろう。

「そうか。残念だ！」

「さらばだ」

去り際《ぎわ》、助右衛門が奇異な行動を取った。石突《いしづき》辺りを摑《つか》み、槍を直立に高々と掲げる。そして手綱を離した左手で穂先を指差すと、すうと宙を下に滑らせたのだ。戦いの最中に遊んでいるとも思えない。現にこれを隙と見て向かってきた穂先を、すぐに槍を旋回させて搦《から》め飛ばした。

――それは何だ。

そう呼びかけようとした時、すでに助右衛門は馬首を巡らせて颯爽と駆け去っていた。そして助右衛門は散った。

その助右衛門が最後にあのように言い残したとはいえ、市松は甚内を赦《ゆる》すことが出来ず、戦が終わっても一切口を利《き》いていない。

佐和山城を攻めるのは、そのような寝返りの諸隊に加え、田中、藤堂《とうどう》、池田、そして己の部隊。瞬《またた》く間に蹂躙《じゅうりん》出来ると思った。しかし城方は思いの外、頑強な抵抗を見せた。ようやく突破出来るかと思った時に日が暮れ、その日は兵を収めることになった。

ここで家康は西軍が壊滅したことを城内に報《しら》せ、城を明け渡すように勧告した。援軍の見込めない戦いである。城方も、城主一族の自刃《じじん》と引き替えに、兵と女子どもを助ける、という条件で講和を飲んだ。

事件が起こったのはその翌日。戦から三日後。つまり市松が、

――何かがおかしい。

と、感じたのはこの日のことであった。

払暁《ふつぎょう》、城の明け渡しが決まっているにもかかわらず、田中勢が急遽《きゅうきょ》兵を動かし、城内に乱入したのだ。初めは田中勢の抜け駆けかと思った。しかし一向に引き鐘は打たれない。つまり家康は戦を続行しろというのである。

「殿、我らも行きましょう！　田中に先を越されてはなりませんぞ！」

「待て……」

関ケ原では先鋒《せんぽう》を任されていながら、松平忠吉《まつだいらただよし》、井伊直政に抜け駆けをされ、市松は喉《のど》が裂けんばかりに怒り狂った。そんな己が制止するのだ。家臣は夢でも見ている

と思ったのか、目を擦《こす》る。

やはりおかしい。放っておいても佐和山城は落ちる。大坂には依然、毛利輝元などの四万が籠《こも》っており、状況次第では決戦もあり得る。今は一兵でも損じたくないはず。それなのにこれを黙認するとはどういうことだ。

城に寄せてはみたものの、完全に福島隊は出遅れ、戦いに加わる隙も無い。やがて城から火の手が上がり、火薬の爆《は》ぜる音が黎明《れいめい》にこだまする。

「あれは——」

本丸横の崖《がけ》から飛び降りている者がいる。目を凝らして見ると、どうやら女や子どものようである。身投げをしているのだ。この奇襲が無ければ助かっていたはずの者たち。市松は覚悟を持って戦場に臨む兵を討つことは何とも思わないが、これに関しては同情を禁じ得ない。

「殿、敵が！」

玉砕覚悟で城方が打って出たらしい。市松は咄嗟《とっさ》に馬に跨《また》り単騎で駆けた。慌てて家臣たちも追おうとするが、間に合わない。市松は怒号を飛ばして軍を割り、喚声の元に近づいて行く。

衆を分けて辿《たど》り着いた市松は驚愕《きょうがく》した。城方の兵十一名が、味方の一人を人質に取ってじりじりと本陣に近づいているところであった。驚いたのはその行為ではない。人質に取られているのが甚内だったのだ。

「甚内！　何をしている！」

「おお、市松」

甚内はまるで往来で出逢《であ》ったかのように手を上げる。それを見て毒気が抜かれた。この男は何も変わっていない。

周りの者が言うには、十一名は脇坂の兵の一人を人質に取った。そこに甚内が駆け付け、

――その者を離せ。人質の値は俺のほうが高い。

と、身代わりを申し出たというのだ。

「馬鹿者《ばかもの》が……」

十一人の中に見覚えある者たちがいた。津田清幽《つだきよふか》、重氏《しげうじ》という豪の者と知られた父子である。

「津田殿、止《や》めろ。勝敗は決した！」

「福島様」

清幽はこの緊迫した中にもかかわらず顔を綻《ほころ》ばせた。

「いくら甚内が人質といえども、内府の首には届かぬ」

「存じております。我らはその為《ため》にこのような真似《まね》をしているのではありません」

答えたのは息子の重氏である。引き取って再び清幽が口を開く。

「殿は策を授けて下さいました。まず抵抗して手強《てごわ》きことを見せろ。後に女子ども、兵を助けることを条件に講和を引き出せ。そうすれば兵を無駄にしたくない内府は必ずや応じると」

「何……」

あれほどの大戦に臨むのに、負けることもあの男が想定していたというのが意外過ぎる。

「さらに、己は戦場で命を落とすかもしれぬ。その時には必ず講和の席で内府に『一言』申せとも。しかしこのような事態になり……それを伝えるために本陣に向かっている次第」

「一言だと」

恨み言という訳ではあるまい。それを察したからこそ甚内は自ら人質になり、その目的を果たさせてやろうとしていると悟った。

「早う、内府を呼べ！　さもないと全《すべ》てをぶちまけるぞ！」

重氏の口振りから何か秘事があると感じた。場が膠着《こうちゃく》したのも束《つか》の間《ま》、衆にどよめきが起こった。何と真に家康が現れたのだ。身を危険に晒してでも甚内を助けようとしている。周りはそう取って中には感涙している者もいる。だが市松にはそうは思えない。家康は臆病《おくびょう》すぎるほど用心深い男。それが強さの秘訣《ひけつ》だと知っている。

「津田殿、中書《ちゅうしょ》を離してやってくだされ」

家康は穏やかな口調で話しかける。中書とは甚内の官位、中務少輔《なかつかさしょう》の唐名である。

「真に現れたか……」

重氏も驚いている。つまり主君からの伝言の重みを、自身も理解していなかったことになる。

「儂《わし》に物を申したいとか？　ならば先に離すがよい。もう人質を取らずとも話せる」

「離した刹那《せつな》、鉄砲を撃ちかけようとなさっておられるように思うが」

確かに家康の左右には、火縄を燻《くすぶ》らせた鉄砲隊がずらりと侍っている。

「離さぬならば致し方ない。中書、すまぬ……」

「待て！」

家康が悲哀の顔色を浮かべて手を上げようとしたその時、津田親子、そして市松の声がぴたりと重なった。

「離す……脇坂様。ご無礼仕《つかまつ》った」

清幽は甚内に近づき深々と礼をした。五を数えるほどの慇懃《いんぎん》な礼である。その後、甚内は離されて家臣たちの元に逃げ込む。

「よし。聞いてやろう。本陣へ来るがよい」

津田父子ら十一名は、銃口に晒されながら歩く。重氏はこちらに目礼をしたように見えた。家康に引っ立てられていった後、周囲にいた者は家康の律儀《りちぎ》さを褒め称《たた》えた。

そんな中、甚内がこちらに向かって歩いて来る。市松は鐙《あぶみ》を蹴《け》って地に降りた。

「あれは何かある」

甚内は顔を近づけて話しかけて来た。

「ああ、故《ゆえ》に人質を買って出たな」

「そうだ」

甚内への怒りはとっくに氷解し、共に過ごした昔に飛び戻ったような心地である。

「清幽は何と言っていた」

家康には背を向けた恰好《かっこう》であるため見えないだろうが、長々とお辞儀をしている時、市松には清幽の唇が動いているのが見えた。

「殿は家康に呪詛《じゅそ》を掛けると仰《おっしゃ》いました……と」

「呪詛だと」

額面通りの意味ではあるまい。何か裏があるのは確か。薄々は家康もそれに気付いているからこそ、こうして危険を承知で出てきたに違いない。

甚内は下唇を噛みしめていたが、意を決したように切り出した。

「すまない。卑怯《ひきょう》を嫌うお主のことだ。蔑《さげす》まれても当然だ」

「甚内……」

「時とは厄介なものだな。生きるほどに絡《から》みついて人の一生を翻弄《ほんろう》する」

甚内にも様々な葛藤があったということを悟った。どんな時も剽《ひょう》げたこの男の目尻《めじり》に、光るものが浮かんでいる。よく見ると、鬢《びん》や髭《ひげ》に白いものが混じり、額の皺《しわ》も深くなった。甚内の言葉を借りれば、これこそ絡みついた時の中を潜《くぐ》り抜けてきた証左であろう。

甚内は業火《ごうか》に包まれてゆく佐和山城を見上げながら続けた。

「だがあいつは違う。時などに生き方を曲げさせぬ男よ」

市松は何も答えなかった。己も痛いほど知っている。そんな姿をどこか眩《まぶ》しく思い、同時に疎《うと》ましく思っていたのではないか。焰《ほのお》に焦《こ》がされた明けゆく空を見上げながら、市松は小さく舌を打った。

二

大津城に「招かれた」のは己だけではない。関ケ原で戦ったほぼ全ての将がこの地に集まっている。

少し先を歩くのは細川忠興。数多くの戦場を共にしたが、市松は一向に好きになれなかった。その訳は妻を溺愛《できあい》していること。それだけ聞くと可愛《かわい》げもあるが、この男の場合は常軌を逸している。妻を覗《のぞ》き見た者を斬殺《ざんさつ》するほどの悋気《りんき》病みなのだ。此度《こたび》の戦の前には、人質になるくらいならば死ねと言ったと嬉々《きき》と話していた。そしてそれが現実になったと報告を受けた時の、細川の安堵《あんど》した表情を見て吐き気を催すほど嫌悪《けんお》した。

――二代目は俺たちとは違う。

己や虎之助は亡き殿下と血の繫《つな》がりがあるとはいえ、元は桶屋《おけや》と鍛冶屋《かじや》の倅《せがれ》。他の小姓組の者たちは武士の生まれには違いないが、どの家も何らかの理由で没落していた。皆が台所で飯を食い、数石の俸給に飛び上がって喜び、千石を得た時には、涙を浮かべて肩を叩き合った。だが奴《やつ》は生まれながらにしての殿様。己たちとはどこかが違う。

だが人とはおかしなものである。いくら違うとはいえ、ここ十年立場を同じくした細川の心境は、同感こそしないが手に取るように解ってしまう。反面、若い頃にあれほど語り合っても今が疎遠ならば、あの男が何を考えているのか解らなくなっていた。

「福島殿」

後ろから呼ばれたが、市松は振り返らない。

「福島殿、お待ちを」

聞こえなかったのかと思い、男が横に並び立ったので一瞥《いちべつ》した。黒田長政である。この男もいわゆる二代目。大軍略家の父の才を受け継いだと錯覚しているが、市松から見れば小賢《こざか》しいことこの上無い。

「なるほどな」

思わず声が漏れた。黒田の背後に、身を揉《も》むようにする小早川秀秋がいる。同じ殿下の親類だと思うと虫唾《むしず》が走る。寝返りの張本人としては、一人でここを通るのは大層気まずかろう。長政は気を回して同伴してやっているということ。このようなところが黒田は猪口才《ちょこざい》なのだ。

――やはり何かおかしい。

秀秋がここにいることで疑惑を強めた。佐和山城で己と話した後、甚内はすぐに家康に呼び立てられた。西軍の将の一人、小西行長が捕縛された報が入ったので、それを徳川の臣である村越直吉《むらこしなおよし》と共に近江草津で迎えよとの命だという。市松はこれを、寝返りの将を大津城に近づかせないための配慮だと取ったが、どうやら別の意図があるらしい。

甚内は人質になることを買って出た。その時、何か聞いていないかを家康は恐れているのではあるまいか。

――佐和山城の蔵もそうだ。

天下の奉行も務めた男。多くの蔵入り地の管理を任されており、石高以上の実入りもあったはず。諸大名から大量に賄賂《わいろ》を取っていたとも噂《うわさ》されている。それなのに落城後、隅々まで捜したが小判の一枚すら無かったというのだ。一つ一つは小さな疑問であるが、市松が持った微《かす》かな違和感は日に日に膨張している。

「……しま殿。福島殿」

黒田に呼ばれて我に返った。思考を巡らせすぎたせいか足が止まっている。先に行けばよかろうものだが、それではまずいらしい。己があの男と対面すれば小競《こぜ》り合《あ》いになると予想し、それを利用してその隙に小早川を連れて脇《わき》をすり抜けようとしているのだ。小早川に恩を売ろうとする黒田の卑《いや》しさが疎ましい。

市松は露骨な舌打ちを見舞って再び歩き始めた。やがて角に差し掛かり、ゆっくりと躰《からだ》を横に向けた。半町足らず先、城門の前に畳が敷かれており、その上に縄を掛けられたあの男がいる。不思議なもので、これほど離れていても、男の視線は先を行く細川を飛び越え、己としっかりと合っている。

細川は会釈《えしゃく》だけをして城門を潜る。やはりあの男の視線は己に向いたまま。憎悪すべき小早川が背後にいるはずだが、それでも変わりはしない。十間、五間、三間、そして遂《つい》に息の音まで聞こえそうなほど近くに来た。

「おう」

戦が終わった時は、怒鳴り散らしてやろうと思っていた。だがどうした訳かその気持ちは霧散している。まるで小姓組の部屋に戻った時、文机《ふづくえ》に向かっていたので一言掛けるような、己の耳朶《じだ》にも懐《なつ》かしい調子で呼びかけた。

「うむ」

この返しもあの日のまま。若き日に何十、何百と繰り返されたやり取りである。

「佐吉、訊きたいことがある」

市松はその名で呼んだ。それと同時に柔らかな風が吹きぬける。石畳の上を転がる砂粒を見て、時が巻き戻ったような錯覚を受けた。佐吉のほどかれた髪も、頬に寄り添うように揺れている。

「市松、俺を罵《ののし》れ」

佐吉は問いに答えず、ちらりと己の背後を見ると小声で囁《ささや》いた。

「そのつもりだったが今は……」

「違う。早く怒鳴れ」

ようやく気が付いた。黒田は小早川の付き添いに来ている訳ではない。

――俺を見張っているのか。

そう覚《さと》られぬため、小早川を擬態に利用しているのだ。これも昔から変わっていない。己は小姓組の中で最も鈍く、佐吉は最も賢しい。もう後ろの二人は囁きも聞こえるほどの距離に来ている。

「汝《なんじ》は無益な戦を起こし、その有様は何事なるぞ!!」

市松の咆哮《ほうこう》に小早川だけでなく、黒田までがびくんと躰を強張らせた。

「武運つたなく、お主を生け捕りに出来なかった事が無念よ」

だが佐吉はぴくりとも動かない。それどころか、すかさず痛烈に言い返した。その顔にはお主には怒鳴られ慣れていると書かれており、市松は黒田らから見えぬ方の頬を上げて片笑んだ。佐吉は堰《せき》を切ったように続ける。

「お主以外の忘恩の徒にも一言申したかったが、虎之助は肥後、権平は信濃、孫六と甚内は恐ろしくて顔も見せられぬようだ。この後、私は大坂に引き立てられるだろうが、助作も震えて出てこぬであろうな！」

佐吉は天にも届かんばかりに高笑いした。黒田らには軽輩の頃の名を呼んで侮《あなど》っているように映るだろう。だが市松にはそうでないことが分かる。

――元小姓組の中で、俺にしか会えそうにないということか。

つまり今、この時が最後の機会だと佐吉は言わんとしている。

「この期《ご》に及んで何故切腹もせず、辱《はずかし》めを受けて生き恥を曝《さら》しておる」

お前は何がしたいと問うたつもりである。佐吉は目を細めた。この顔は何度も見たことがあった。

己は学問が得意ではなかった。中でも算術が苦手で考えれば頭から煙が出そうになる。これでは大名になっても検地も出来ぬと、殿下に算術の課題を何度も出されたものだ。どうしても解らない時、頼るのは眼前のこの男。代わりに解いてくれればよいものを、必ず己に一通り解かせてから、間違っていれば、下唇を噛んで指摘をした。そして合っていたならば、このように目を細め、

（合っているぞ。市松）

と、愛想も無く言い放った。つまり互いに罵りの蓑《みの》に隠しながらも、この会話は噛み合っているということ。

「将たるもの、最後の一時まで知を巡らし、機を待つものよ。もっとも私は死んでも一泡吹かせてやるがな」

「死んで何が出来る。呪詛でも掛けようというのか」

佐吉は眉《まゆ》を開いて微かに驚きの表情を見せた。お主、何故それを知っていると言わんばかりの顔である。

「ああ……そうだ。金吾！」

呼ばれた小早川は顔を蒼白《そうはく》にさせ、黒田の後ろに半身を隠した。佐吉はきっと睨《にら》みつけて続ける。

「貴様に二心《ふたごころ》ありと気付かなかった。この恩知らずの禽獣《きんじゅう》よ。泉下で太閤《たいこう》殿下にご報告奉《たてまつ》るゆえ心得ておけ！　そして私の呪詛でこちらに招いてやる」

「そのようなことが出来るはず……」

小早川はか細い声で反論しようとするが、佐吉の舌鋒は止《とど》まることを知らない。

「いや、出来る。たとえ内府であろうとも、十年は身動き出来ぬような呪詛だ。貴様如《ごと》き小童《こわっぱ》ならば、必ずや息の根を止めて見せる」

佐吉が不気味な笑みを浮かべ、小早川は激しく肩を震わせた。

――内府の動きを十年止める……。

虚勢を張るならば、内府も呪《のろ》い殺せると言えばよい。そう言わなかったということは、つまり家康の動きを十年封じる策を仕込んだということではあるまいか。

「甲州、甲州、甲州！」

佐吉は気が触れたように連呼する。黒田の官位は甲斐《かい》守でありそのように俗称する。

「ああ、どうした」

小早川と異なり、黒田は流石《さすが》に動じずに一歩踏み出す。

「内府の懐刀《ふところがたな》に成り下がったようだな。内府はこれからも甲州を頼りにするだろう。いや、その程度ではない。甲州こそ内府の秘策そのものと言ってよい」

「まさか褒められるとはな……」

黒田は己も痛罵《つうば》されると思っていたのであろう。些か唖然《あぜん》となっている。

「甲州が生み出すものこそ警戒すべし……そう世の人は言うであろうな」

佐吉はこちらに向き直ってじっと見つめてきた。生み出すものとは策を指しているのか。現に小早川の調略を成し遂げたのは黒田である。だがこれまでの佐吉の発言には裏があった。他の意味があるのではないかと考えるが、これだけは一向に解らない。

こちらが理解していないことを察したか、佐吉は下唇を噛みしめ、話を再び元に戻した。

「貴様も金吾と同様、殿下の御恩を忘れ、大坂の秀頼様を亡き者にしようとするのだろう」

佐吉はこちらに向き直って唾《つば》を飛ばす。演技とはいえこの一言には、真に怒りが込み上げて来る。

「馬鹿な！　我らは豊臣家のためを思って貴様を止めたまでよ！」

佐吉は再び目を狐《きつね》の如く細めた。こちらが激昂《げきこう》するのも想定済みという訳である。

「ほう。気骨のあることを申すのは虎之助だけかと思ったぞ。あとは秀頼様の後見を務める助作くらいか。すでに助右衛門は冥府《めいふ》に旅立った……孫六や甚内は囚《とら》われ者のように身動き出来ぬ。権平五千石にそれを課すのはちと荷が重い」

佐吉は嘲るようにけらけらと笑う。このような姿は一度たりとも見たことが無い。佐吉一世一代の演技であろう。

助右衛門は確かにすでにこの世にはいない。孫六と甚内が動けぬということに、わざわざ囚われ者という表現を付け加えた。つまり奴らは何らかの訳で、家康に表立って逆らえぬということを佐吉は察知している。最後に五千石しか食《は》んでいない権平には確かに難しいと付け加える。

――虎、助作と力を合わせろということか。

佐吉は無謀にも暴走して家康と激突した。しかし豊臣家への想《おも》いはやはり些かも色《いろ》褪《あ》せてはいない。あとは先刻解らなかった「甲州」のことを、何とか訊き出さねばならない。

ふと脇を見ると、黒田が怪訝《けげん》そうな顔をしている。佐吉は元来察しが悪い己のため、露見する際《きわ》の際《きわ》を見計らって話していたが、黒田に二人の会話が何やらおかしいと勘付かれたようだ。

黒田はひたひたと近づいてくる。そして自らの陣羽織を脱いで佐吉の肩に乗せ、穏やかな口調で言った。

「戦の勝敗は天運とはいえ、天下の奉行である貴殿がこのような境遇になろうとは、さぞかしご無念であろう……福島殿、金吾殿をお連れして下され。私にも二人で物語る猶予《ゆうよ》を頂きたい」

黒田は梃子《てこ》でも動かぬといった意思の強い目を向けた。時はもう尽きたのだ。

佐吉が俯《うつむ》く。一見、黒田の優しさに耐えいっているように見えよう。だが市松には裂けんばかりに下唇を噛みしめているのが見えた。

「佐吉、俺たちに任せて冥土から見ておれ」

市松が低く言うと、佐吉ははっと頭を擡《もた》げた。

「福島殿……これ以上、敗残の将を罵るとあれば、内府殿にも言上せねばなるまい」

黒田が怪しんでいることは最早《もはや》疑いようはない。佐吉の肩に手を乗せて脅した。

「左様か」

市松は鼻を鳴らし、城門に向けて歩み始めた。小早川も生まれたての小鹿《こじか》のように、覚束ない足取りで逃げるように続く。

「市松!!」

「石田殿！」

黒田が遮るのも聞かずに佐吉はなおも吼《ほ》えた。

「俺も七本槍に数えられたかったものよ！」

市松はもう振り向かない。佐吉はたとえ死を目前としても、そのような泣き言を零《こぼ》す男ではない。最後の最後で大きな手掛かりをくれたのだ。

――残りの槍に訊けば解るのだな。

拳を強く握ることで返事とした。佐吉がこれに気付いているのかは解らない。いや届いているはず。確証はないがそのような気がしてならなかった。

三

佐吉が六条河原で首を刎《は》ねられたのは、大津城で会ってから十日余り後のことであった。

それから一年もした頃、市松は己の認識が甘かったことに気付いた。豹変《ひょうへん》したかのように家康が天下取りの野心を顕《あら》わにしたのである。見抜けなかったのは己だけではない。戦の前には虎之助も、

「我ら豊臣恩顧の大名がいる限り、そう露骨には動けまい。内府が死ぬまで耐えきれば勝ちだ」

と、自信を漲《みなぎ》らせていた。だからこそ佐吉の軽卒な動きを怨《うら》みもしたのだ。だが蓋《ふた》を開けてみれば、家康は我らなど歯牙《しが》にもかけずに躍動している。そもそも虎之助が豊臣恩顧の大名と呼んだ者の、大半が家康に尾を振っている始末である。

——俺たちは舐《な》められているぞ。

市松は共に過ごした者を順に思い浮かべながら歯嚙みしたが、佐吉の残した策を探

ることにした。それを知ったほうが、より豊臣家を守りやすいと考えたからである。佐吉を疑うことはもう無い。何故ならばたった一年で、佐吉が危惧《きぐ》した通りの世になっているのだ。

市松がまず会おうとしたのは、最も気心の知れた虎之助であった。しかしこれが中々に難しい。まず虎之助は領地の肥後に大半は滞在しており、そこまで会いに行く訳にはいかない。京や大坂に出ている時を見計らうしかないが、不用意に訪ねては家康の警戒を生んでしまうことになる。

しかも市松は関ケ原の功で、新たに安芸《あき》広島、備後《びんご》鞆《とも》四十九万八千石を得ており、検地から始まる領内の政《まつりごと》にも奔走せねばならない。何から何までが、ふらりと訪ねられた昔とは異なるのだ。

家康が強大であることは知っている。領地、人望、政、戦略、智謀《ちぼう》。どれをとっても己には対抗出来ぬ。唯一勝っているのは腕力だけであろうが、それが今になって何の役に立とうか。ただ一点、己に有利なことがある。

――大御所は俺を阿呆《あほう》だと思っていることだ。

事実、己の頭は佐吉の足元にも及ばぬ。だが阿呆と思われているならば、徹底的に阿呆を演じるつもりになっている。有能な家臣を召し抱えて政を任せ、己は酒を呷《あお》って時に醜態を晒した。

ようやく機会が巡ってきたのは、関ケ原の合戦から四年後。幕府を開いた家康の命で、諸城の修築を命じられた時である。これに虎之助も参加していた。

昼間は普請《ふしん》に当たり、日が暮れるや否《いな》や酒を呑《の》む。桃色の吐息を吐きながら、虎之助の宿坊を訪ねた。家康も二人の間柄を知っている。そもそも訪ねないほうが怪しいほどである。

「市松、もう酔って……」

迎えた虎之助は呆《あき》れたように言いかけたが、すぐに言葉を止めた。己が真顔に戻っていることに気付いたのである。

「虎之助、訊きたいことがある。佐吉のことだ」

あの日、大津城で交わした「罵り合い」について語ると、何か思い当たる節は無いかと尋ねた。

「残念だが、佐吉の策は俺には解らぬ」

「何かないか。些細《ささい》なことでもいいのだ」

「あれか……」

虎之助は手を顎《あご》に添えて語り始めた。

まず佐吉は唐入りを止めようとしていたという。その方法は商人を使って国内の米を買い占めて隠させ、慢性的な兵糧《ひょうろう》不足に陥らせるというものであった。

「さらに佐吉は摂津に入れ知恵をした」

虎之助が摂津と呼ぶのは、関ケ原で西軍に加わり、佐吉と共に首を落とされた小西行長のことである。佐吉は小西に咸鏡南道端川《かんきょうなんどうたんせん》郡の金銀山を押さえさせようとした。日ノ本にある金銀山は全てが豊臣家の直轄《ちょっかつ》。自由に動かせる金銀を得るためである。

庶民は金銀を滅多に目にしない。貨幣の代わりとなるものは米。元は吏僚で財務に明るい虎之助いわく、それは金の価《あたい》と秤《はかり》のように連動しているらしい。商人に隠させた大量の米、市井《しせい》に流れない金銀。この二つを手にすれば、理《ことわり》の上では双方の値を操ることが出来、無限に富を生み出せる。しかも米価を下落させれば、当時二百四十五万石の大領を治めていた家康にとっては大打撃。米の弾丸でもって家康の力を削ろうとしていたらしい。

「あいつは化物か……」

改めて佐吉の智謀の深さを知り、市松は絶句した。

「だがそれで多くの兵が飢え死んだのだ」

それは現場に立っていた市松も知る所であった。異国に屍《しかばね》を晒した家臣のことを思えば怒りも湧《わ》いて来る。ただ今の市松には、それを乗り越えてでもやらねばならぬことが見えている。虎之助は大きく溜息《ためいき》をついて続けた。

「佐吉は我らとは違うものを見ている」

虎之助が最後に会った時、佐吉は己が思い描く、遥《はる》か先のこの国の形を訥々《とつとつ》と語った。それは虎之助には到底信じられぬことであったという。

「武士を消し去るだと……？」

市松が言うと、虎之助は腕を組んで頷《うなず》いた。

佐吉いわく、従来の武士が治める形では、もうこの国は立ち行かぬという。百姓は米を生み、職人は物を生む。商人はそれらを隅々にまで行き渡らせる。武士は何も生み出さずにただ消費する。

「武士がいなくなれば、政は誰が当たる。異国が攻めてくれば如何《いか》にする」

市松は早口で捲《まく》し立てた。確かに一理あるが、武士にも役目はある。それは戦国の世が終わっても変わらない。佐吉ら奉行衆が天下の政の舵《かじ》を切ったように、あるいは己ら武将が一揆《いっき》の鎮圧、異国の脅威に備えるように、存在する意義はあるのではないか。

「あの日の俺も同じように言った……だが佐吉はこう言い切った。それらを含め、この国の人の数の二分五厘《りん》の数で事足りると」

虎之助は苦笑し、佐吉が言ったことを詳《つまび》らかに語り始めた。そもそも豊臣家が天下を統《す》べた時に始めた検地は、税の取りはぐれを防ぐためだけでなく、この国に生きる人の数を調べるという側面もあったらしい。把握しきれていない者もいるが、それらも含んで佐吉は凡《およ》そ千六百万人だと弾《はじ》き出した。そこに二分五厘を乗じると、

「四十万人」

虎之助は短く言い切った。

「そんなに少なくていいのか……」

今の武士の数は軽く百万人は超える。地侍と呼ばれる者を含めればさらに多くなるだろう。

「いや佐吉の見立てでは、戦が絶え安寧の時代が来れば、石高は凄《すさ》まじい早さで跳ね上がり、人の数もあっという間に増えることになると」

今では己も一端《いっぱし》の大名。石高を増やすことが人の増加に繋がることは解る。

「どれくらいだ」

「百年で三千万を超えると試算していた。武士はその二分五厘。つまりは七十五万人だ」

それでも今の武士の数よりも少ない。豊臣家の天下を覆《くつがえ》さんとする者が現れ、残り九割七分五厘の大多数の庶民を扇動すれば、とてもではないが抑えきれないのではないか。そのことをぶつけると、虎之助は少し顔を上げ遠くを見つめながら言った。

「力で頂に立てば、いつか必ずその座から滑り落ちる」

市松は目を細めた。虎之助に佐吉が重なって見えたのである。

「それも……」

「ああ、そうだ。天下盤石《ばんじゃく》の礎《いしずえ》を築いた後、佐吉は豊臣家の権を渡すと」

「何だと。誰に渡すのだ。徳川か、前田か……まさか朝廷……」

市松は思いつく限り口にするが、虎之助は鷹揚《おうよう》に首を横に振った。

「民だ」

「民……訳《わか》が解らぬ」

鸚鵡《おうむ》返しに尋ね返すと、虎之助はそのことも言葉を探すように、ぽつぽつと語り始める。その時に佐吉が言ったことを、出来る限り忠実に話そうとしているようであった。

「鎌倉幕府、室町幕府、我らの知るところでは織田家、明智家……いずれも次に天下を覗《うかが》う者によって倒されている。佐吉は豊臣家の政をどれほどうまくやったとて、三百年ほどで限りがあると見ていた」

「三百年でも十分ではないか」

それほど続いた武家政権は無い。三百年後など己は当然生きてはおらず、どこか現実味の無い話に思える。

「たとえ己が生きていない世だとしても、己の『家』が潰《つぶ》れて欲しいと望む者はいまい……佐吉は大真面目《おおまじめ》にそう言い放ちおった」

では豊臣家が永劫《えいごう》生きていく道は何か。その手掛かりはすでに世に溢《あふ》れている。そこまで聞いて市松の脳裏に閃《ひらめ》くものがあった。

「公家《くげ》か」

虎之助は鋭い形の眉を寄せてこくりと頷く。

「ただ今の公家はあまりに貧しい。佐吉が目指したのは皇族に次ぐ名家にして、摂河《せっか》泉《せん》六十五万石を有する大貴族の豊臣家だ」

その上で身の回りの世話をする最少の家臣だけ残し、兵というものを持たない。故に六十五万石も収入があれば十分すぎるほど。兵を持たなければ警戒されることもない。そう考えると朝廷に熱心に働きかけ、新たに豊臣の姓を賜ったのも、その下準備の一つであったといえばしっくりくる。

「では民に天下の権を渡すというのは……？」

「戸籍を完成させ、ある一定の歳《とし》を迎えた民、全員の入れ札で政を為《な》す者を決めるつもりだと」

「なっ――」

市松は吃驚《びっくり》して息を呑んだ。途方もなく遠大な計画である。だが落ち着いて考えてみれば、豊臣家を永劫残すというためには、これ以上ない妙案かもしれない。施政者がどれほど入れ替っても、豊臣家は天皇家を補佐する王侯のような形で末代まで残るのではないか。それにこの方策ならば、政権が変わる度に戦《いくさ》が起こる今のようなことはなく、国が疲弊することも無い。

「俺も信じられなんだ。だが佐吉は見えていたのかもしれぬ……千年後の国の形が」

虎之助の声が微かに震えていた。古い付き合いだからこそ解る。その途轍《とてつ》も無い夢を、共に信じてやればよかったと後悔し始めているのだ。

それを必死に押し殺し、己の信じた道を行こうとしている。膝《ひざ》の上に置いた拳《こぶし》を強く握りしめる虎之助に、市松は掛ける言葉が見つからなかった。

己と虎之助を除き、残る七本槍は五人。次に面会するのは誰がよいか。どのようにすればよいか。しかも五人の内、助右衛門はもうこの世にはいない。

四

そこまで考えた時、頭に過《よぎ》ったことがある。

——助右衛門のあの素振りは何だったのだ。

関ケ原の戦いで別れ際にした、手で穂先を指してから、宙を下に滑らせたあの仕草である。戦いとはまったく関係の無い、むしろ敵に隙《すき》を与えるだけの恰好であるが、助右衛門の意図が、何か隠されているに違いない。助右衛門を真似て、市松は何度も同じ動きを繰り返した。

「穂先を見ろ……見上げろ……」

ぶつぶつと独り言を言っている時、胸の鼓動が高くなった。意味することが分かった気がした。

「大杉か……」

佐吉が育った寺に見上げるほどの大杉がある。そこに願掛けをすれば叶《かな》うというもので、長浜にいた頃に皆で足を運んだことがある。その時は助右衛門はまだ小姓組ではなかったが、中国大返しから賤ケ岳の戦いまでの間、

「お前はまだ願掛けをしておらんだろう。共に行くぞ」

と、己が言ったことをきっかけに、今一度全員で訪ねたのだ。助右衛門は、俺もようやく皆の仲間と認めてもらえたかと冗談交じりに言っていたが、見るからに嬉《うれ》しそうだったのを覚えている。

関ケ原の後、足取りが杳《よう》として知れなかった佐吉が見つかったのも、その寺の近くの洞穴だった。

――佐吉はあそこに行くから逃がしてやってくれ。

助右衛門の伝えたかったことは、それではないか。

「助右衛門……すまぬ」

笑う膝を諸手《もろて》で押さえながら、市松は天を見上げて唇を噛《か》みしめた。せめて今からでも行こう。何も解らないかもしれないが、今気づいたのも助右衛門の導きではないか。そう思えて市松は寺を訪ねることを決意した。

「治部《じぶ》が震えて隠れておった洞穴を見物してやろう」

市松は酩酊《めいてい》してそのように吹聴《ふいちょう》した。己はあくまでも佐吉を憎んでいる。嘲笑うた

めに行くのだ。そう家康に思わせるためである。悪趣味なことだと軽蔑《けいべつ》の声もちらほら聞こえてくる頃を見計らい、市松は僅《わず》かな従者を連れて近江の法華寺《ほっけじ》三珠院《さんじゅいん》に向かった。

険しく曲がりくねった山道を行くと、遠目に聳《そび》え立つ杉の大木が目に入った。さらに歩を進めると、木々が途切れ、寺院が見えてくる。寺院を横目に大木まで近づき、そっと手を添えて見上げた。

二十数年前の記憶が一気に蘇《よみがえ》り、鼻孔の奥に懐かしい香りが広がる。振り返ると、少し息を弾ませた家臣が二名、どうしたのかといった顔でこちらを見る。もしかしたら今が夢の中で、振り返れば皆がいるのではないかと思えたのだ。

「何でもない」

自嘲《じちょう》気味に笑い、今度は寺院を訪ねる。こちらは昔よりも随分と寂れた印象を受ける。姓名を告げ、少し話を聞きたい旨《むね》を伝えると、一人の坊主《ぼうず》が足早に現れた。歳の頃は己とそう変わりそうもない。

「私は当寺院を預かる薫恵と申します」

「福島左衛門大夫だ」

薫恵は何か躊躇《ためら》ったような様子を見せたが、喉《のど》を大きく動かして恐る恐るといったように言った。

「市松様ですね」

「何故《なぜ》、その名を……」

「石田様……佐吉様からご伝言です。解っていると」

鷲摑《わしづか》みにされたように胸が締め付けられた。誰かに難があった時、ここに集まって助けようという約束。己は助右衛門の示唆《しさ》がなければすっかり忘れていた。だが佐吉は覚えており、やはりこの大木の元に来た。あの日の約束を信じていたのだ。

「誰も来なかったのだな……」

市松は掌《てのひら》で口辺を荒々しくなぞった。その時、薫恵の顔に微かな変化があったのを見逃さなかった。

「待て、誰か来たのか」

薫恵は心苦しそうに唇を内側に巻き込む。市松は薫恵の両肩に手を置いてなおも続ける。

「心配無い。俺は他言せぬ。教えてくれ……誰が来た」

薫恵は細く息を吐く。そして背後に控える家臣たちを一瞥し、耳元に口を近づけてそっと囁いた。

市松は再び大木を見た。囀《さえず》りが聞こえて目を泳がせる。幹に番《つが》いの鳥が止まっているのが見えた。何という鳥かは己には解らない。あの男ならばきっと判《わか》るのだろう。たった今、薫恵から聞いた名を心で反芻《はんすう》しながら、そのようなことを考えた。

溜息さえも沈んでしまうのではないかというほど、場は重々しい雰囲気に包まれている。法華寺三珠院を訪ねた三月後、京の屋敷に滞在していると耳にし、市松は国元の広島から雷の如き速さで馬を駆って来た。

そして今、孫六が眼前で項垂《うなだ》れている。聞き得たことをぶつけると、孫六は酷《ひど》く狼《ろう》狽《ばい》して席を立とうとした。袖《そで》を摑んで引き留め、市松は他の小姓組にも口が裂けても言わぬ。だから何があったのかを教えて欲しい。佐吉が残した策が何かを調べようとしていると滔々《とうとう》と説いた。

孫六は暫《しば》し黙った。しかしやがてはたはたと畳の上に涙を落とし、己の境遇、そして佐吉がそれを知りながら、誰にも告げずに東軍に送り出してくれたことなど、一切を吐露した。

「すまない……」

何も答えずにいると、孫六は真っ赤にした目をこちらに向け言葉を継いだ。

「俺をここで斬《き》れ」

「いや。佐吉と同じく俺も墓まで持っていこう」

凛然《りんぜん》と答えると、孫六はまた感極まったように洟《はな》を啜《すす》り始めた。歳を重ねると涙脆《もろ》くなるという。昨今、己も夜に一人で酒を呑んでいて、ふっと涙が零れる時がある。それは我が人生を振り返った時、置き去りにしてきたものが、余りに多くなっていると気付くからかもしれない。

「佐吉はこれが……四杯目の茶の答えと……」

孫六もまた遠い昔を振り返っている。いや人の一生には、忘れ得ぬ瞬間というものがある。孫六にとっては佐吉と庭で言葉を交わした日も、その一つなのだろうか。

「四杯目の茶の答えか……」

昔から己が小賢しいと揶揄《からか》った、佐吉が亡《な》き殿下に仕えた時の逸話。今では諸将で知らぬ者がおらぬほど有名である。その逸話には実は続きがある。殿下は四杯目を所望した。困り果てた佐吉は遂にどのようにすればよいか、殿下に直接尋ねたという。困った時につまらない誇りを捨て、真摯《しんし》に尋ねることが出来るか。人の身になって物事を考えられるか。殿下はそれを試されたのだろうと佐吉は取っていたらしい。

「勘違いされやすいが、あれほど心優しき男もおらぬ」

「そうだな」

市松は短く、それでいて己でも驚くほど優しい調子で答えた。孫六はそれが少し意外だったようで、また嗚咽《おえつ》しそうになるのを我慢している。この十年ほど、己と佐吉が不仲であったことは周知の事実なのだ。

孫六は唇を絞るようにし、鼻孔を広げて大きく息を吸いこむ。そして腹を括《くく》ったような目つきになって、口を開いた。

「市松……佐吉の残したものを探すなら、俺が知っている手掛かりになりそうなことは二つ。まず一つ、大御所は佐吉の残した金を血眼で探している」

「それは無かったはずだ」

佐和山城が落城した後、天下の奉行はいかほど貯《た》め込んでいるのかと皆が興味を持った。しかし実際は小判どころか、永楽銭《えいらくせん》の一枚さえも無かった。身銭を切って政をしていた故、蓄財が無かったのだと、民の中にはそのように佐吉の清廉《せいれん》を讃《たた》える者も後を絶たない。

「いや、あるのだ。関ケ原の決戦の一月ほど前、夜半に佐和山城から長蛇の荷駄が出たのを見た者がいる」

徳川家は大量の草を佐吉の領内に送り込み、昼夜問わず監視していたから間違いないと孫六は断言した。

「どこかに隠したということか……だがいくら奉行を務めていたとはいえ、二十万石足らずの大名。家康が目を皿のようにして探すほどではあるまい」

孫六は口を真一文字に結んで首を横に振る。

「さらに遡《さかのぼ》ること半年前、豊臣家が直轄する全国の金銀山から、大量の金銀が運び出されたらしい」

「らしい……とは？」

「石田家の家臣が方々の金銀山に派遣された。現地の鉱夫を使うことなく、二日ほどで荷駄が仕立てられたのだ」

荷造りに加わった者は、佐吉の息の掛かった者のみ。徳川家の間者《かんじゃ》を警戒したものであろう。

「まさかそれが」

「ああ、豊臣家の蔵に収める前に、質を確かめると言い、一切合切、佐和山城に運び込まれている」

「どれほどだ。実際に掘った鉱夫ならば、荷造りに加わらずとも凡その量が判ろう」

「いや、それも判らない。掘り出した金銀は少し離れた蔵に厳重に保管される。当人たちは今どれほど蔵にあり、大坂に向けて何時《いつ》どれほど運び出されたかすら知らない。蔵の規模、数から二、三年分は貯蔵出来ることは確かだ」

「もし蔵が満たされていたとすれば……」

「家康の旧領、関八州の十年分もの実入りに相当する」

米に換算すれば実に二千五百万石。途轍も無い額であり、喉から手が出るほど家康が欲するのも理解出来る。

「佐和山から運び出された先は解っていないのか」

行列を確かめたというならば、当然尾行もしていよう。

「それが……消えたのだ」

夜半に出立した行列は、夜明けと共に伊吹山中に入っていった。山に深く分け入ったところで、間者は息を呑んだという。予《あらかじ》めここに隠すつもりで準備をしてきたのだろう。地に幾つもの大きな穴が掘られていたのである。

荷駄の者の半数は穴の場所に残り、もう半数は槍を手に怪しいものがいないか周囲を探索し始めた。間者は留まれば見つかると判断し、一旦《いったん》その場を離れた。穴の位置を確かめればもう十分と思ったこともある。

日が暮れ、やがて東雲《しののめ》が薄紅に染まる頃、荷駄の者たちは手ぶらで引き上げた。それを見届けた間者が穴の場所に戻ると、荷駄車が散乱しており、穴はすっかり埋め立てられていた。念入りに枯れ葉で隠してあったが、払い除ければ土の色に違いがあり間違いない。

間者はこれを上に報じ、仲間を派してもらって改めて穴があった場所へ戻った。掘り返して全《すべ》て奪えと命じられたのだ。間者は目を疑った。幾ら掘り進めども、銭の一枚も出て来なかったのだ。

「それが罠《わな》で他の場所に移したのではないか？　佐吉ならばそれくらいやりかねん」

「荷駄車が捨てられていたのだぞ」

布が掛けられていたが、確かに荷は車に積まれていた。山道を行くとき、引き手は顔を赤くしていたし、轍《わだち》に嵌《は》まれば十数人掛かりで持ち上げていたのだ。だが帰りは手ぶらであった。荷駄車を用いずにそれほどの量を運ぶことは出来ない。獣道に毛の生えたような一本道で、露見せずに他から運び出すことも不可能であるという。

二人でいくら話したとて、金銀の行方は判らない。市松はもう一つの手掛かりは何か訊《き》いた。

「同じ七本槍で隠そうともせず、不穏な動きをしている者がいる。毎日のように関ケ原をうろついていたのだ……もしかすると金銀の行方を知っているのかも知れぬ」

「誰だ」

市松は足に肘《ひじ》を突いてぐいと身を乗り出した。

「権平よ」

五

佐吉と同様、権平ともすっかり疎遠《そえん》になっていた。それは己だけでなく他の小姓組も同様であったらしい。ただその中で孫六だけが一時期、頻繁に会っていた。故《ゆえ》に権平が関ケ原の辺りで何かをしていると聞き、ずっと心配していたという。それは家康の耳にも当然届いていたが、幸か不幸か、

――五千石が金の在《あ》り処《か》を知っている訳なかろう。

と、一笑に付した。念のため、権平が関ケ原付近に来た時に、尾行させているだけらしい。故に市松が権平を訪ねるのも他の者に比べれば、遥かに容易《たやす》かった。

「市松、いきなりどうした」

突然訪ねてきたので権平は面食らっていたが、どこかここ数年と様子が違う。常に感じていた媚《こ》びのようなものが、ごっそりと削《そ》げ落ちているような気がしたのだ。

「単刀直入に言う。お主は佐吉の金銀の行方を知っているか」

「金銀？」

権平は眉根を寄せた。真に知らぬようだとすぐに判った。

「では何のために関ケ原に」

「それか……」

権平は少し気恥ずかしいような、苦いような、どちら付かずの笑みを浮かべながら続けた。

「しなければならないことがある」

「何だ」

「時が来るまで、大御所には知られる訳にはいかんのだ」

「馬鹿《ばか》、どれほどの付き合いだと思っている。俺が言う訳なかろう」

同じ小姓組の中でも、今日の権平は一等昔と変わらぬ雰囲気を纏《まと》っている。故に思わずこちらも長浜時代のような口調になってしまった。権平は一瞬きょとんとしたが、口元を綻《ほころ》ばせる。

「ふふ、そうだな。見せたいものがある」

そう前置きだけして一度奥に引っ込むと、紙の束を持って戻って来た。

「それは？」

「理《ことわり》さ」

権平は目の前にどさりと置いて片笑んだ。そこから半刻《はんとき》、権平の話に耳を傾け続けた。今では随分とましになったが、時に苦手な算術も用いねばならない。市松が暗算で数を見失ったならば、権平は文机《ふづくえ》のところに手招きする。二人はそれこそ昔のように、肩を寄せて文机に向かった。

「これを……佐吉が？」

「ああ、まだ七割方しか調べられておらぬが……関ケ原でもほぼ同様に推移していた」

佐吉は長年に亘《わた》って古今東西の戦を調べ上げ、この理を見出《みいだ》したらしい。そしてこの理の上では、関ケ原の時点でも東軍が有利。それでもまだ佐吉にも勝つ見込みがあり、これ以降は日に日に見込みは減っていくと断言したようである。

「おかしくはないか」

市松は疑問を投げかけた。刀槍《とうそう》中心の戦から、鉄砲中心の戦になり、将才が与える影響が減った。仮にそうだとしても、全く無くなった訳ではないのだ。百戦錬磨の家康よりも、戦の経験に乏しい秀忠を相手にするにこしたことはない。つまり時を掛けて家康の死を待ったほうがよいのではないか。

「俺も同じことを問うた。だがその時に邪魔が入り、その真相を聞くことが出来なかったのだ。だがこの理に向き合った今なら、一つの仮説が見えてきている」

権平は説明に用いた紙を指差した。

「兵の数……」

「そうだ。この理に当て嵌め、これより後はますます勝ちにくくなるということ。つまり佐吉は敵の兵数がまだ増加することを見通していたということになる」

「時が過ぎれば、家康に靡《なび》く大名がさらに増えると見ていたということか」

「どうだろうな。あの時に最後まで聞いておけばよかった」

権平は口惜しそうに舌を鳴らしたが、突如はっとした顔つきになった。

「どうした？」

「俺と佐吉が話した場所を言っていなかったな」

そもそも権平がこの話を佐吉から聞いたのは、大坂城内であったという。時勢が時勢、佐吉と懇意にしていると思われれば権平が不利益を蒙《こうむ》る。佐吉はそれを配慮してくれたのだ。では大坂城に呼び出したのは誰か、これも佐吉であれば結局同じことになる。故に別の男に呼び出されたというのだ。

「なるほど、あいつか」

「助作。佐吉とはずっと奉行で同じ。往来があったようだ」

次に会うのは助作。そう決めた市松は権平の屋敷を辞そうとした。権平は先ほど持ってきた紙を纏め始める。

「理の証明をまだ続けるのか？」

「ああ、佐吉は無謀な戦で散った愚か者と言われている……癪《しゃく》に障《さわ》るのだ。まるで我らが馬鹿にされたようでな」

権平は不敵な笑みを見せた。元来笑みの絶えない男である。だが今の笑顔は、これまでの中で最も精悍《せいかん》に見えた。

六

市松がここまで調べ終えた時、すでに関ケ原から七年の歳月が過ぎていた。あまり頻繁に大坂を訪ねては、豊臣家にも迷惑が掛かる。ことは慎重に起こさねばならないと考えていた矢先のことである。

年が明けた慶長《けいちょう》十三年（１６０８年）、殿下の忘れ形見である秀頼が病に倒れたという報が入った。矢も楯《たて》もたまらず市松は馬を飛ばしてすぐに駆け付けた。

「福島左衛門大夫でございます」

謁見《えっけん》の間に通され、市松は深々と頭《こうべ》を垂れた。幸いにも秀頼の症状は軽く、命に別状は無いということであった。あと十日もすれば本復する見込みらしい。

主君の座は空いており、脇《わき》に秀頼の生母である淀殿が鎮座している。そして両脇に家臣が居並んでいるという恰好《かっこう》である。その中に、豊臣家附きの家老を命じられている助作の姿もあった。

「大儀である。この機会に福島殿に訊きたいことがあります」

淀殿の声は妙に甲高く、市松は昔から苦手であった。

「は……何なりと」

「もしも東西手切れとなった時、福島殿はどちらの陣に馳《は》せ参じるつもりじゃ」

――どうなっている。

市松は俯き加減で首を曲げて助作を見た。助作もそれに気付いたようで、他の者に悟られぬほど小さく頷いてみせ、淀殿に向けて話し始めた。

「御方様、滅多なことを口になさってはなりませぬ」

「片桐殿、御方様が尋ねておられるのだ。余計な口出しは無用」

助作より下座から声が飛んできた。大野治長と謂《い》う才気走った男で、市松は初対面からいけ好かなかった。必要に迫られて二、三度だけ言葉を交わしたこともあるが、結果は初めに抱いた悪感情を増幅させるだけだった。

「治長、口が過ぎますぞ」

今度口を開いたのは大蔵卿局《おおくらきょうのつぼね》。治長の母であり、八重と呼ばれていた頃、丹波で間者働きをしていた甚内の口利《くちき》きで仕えることになった女である。

「黙らっしゃい、大蔵。私は福島殿と話しているのです」

淀殿がぴしゃりと言い、大蔵卿局も二の句を封じられた。市松は覚悟を決めて、上座の淀殿をじっと見つめた。

「私は豊臣家の存続を誰よりも願っております」

「おお、では……」

淀殿の言葉を遮り、市松は一気に捲し立てる。

「しかし、東西が手切れになることなどは天地が逆様になっても有り得ぬこと。戯《たわむ》れでも口にしてはなりませぬ。それが秀頼様のため、ひいては豊臣家のためでございます」

「万が一のことを……」

また横から治長が何か言おうとした時、市松は堰《せき》を切ったように捲し立てた。

「お主も豊臣の家臣ならば、諫《いさ》めるべきであろうが！　何度でも言う。東西手切れは有り得ぬ。御方様が秀頼様を心配なされるのは至極当然。だが万が一といえども、我ら家臣が軽々しく口にすることではないぞ！」

場が凍り付いたようになった。治長は身を竦《すく》め、声こそ出していないものの、助作は感嘆したような表情になっている。

「御方様、何卒《なにとぞ》ご自重のほどを」

顔を紅潮させる淀殿に向け、市松は深々と頭を下げた。

謁見の間から下がり、自領の検地の相談という名目で助作の居室を訪ねる。昔、己はこの手の政が苦手で、度々助作に頼っていたことは周知の事実である。

「どうなっているのだ」

二人になると、市松は先ほど心の中で問いかけた言葉を真っ先に口にした。

「見ての通りだ。御方の寵愛《ちょうあい》を受けた修理《しゅり》を中心に、勇ましいことを口にする者ばかりが溢れておる……私と同様、自重を考えているのはどうやら大蔵卿局のみ」

治長を官位で呼び、助作は苦々しく頬を歪《ゆが》めた。

「大坂城が堅城といえども、天下の軍勢を引き受ければ危うい。後詰は俺と虎之助くらいしか期待出来ぬぞ」

「それでは……」

「俺たちはやる」

虎之助と会った時、そのことを互いに確かめた。東西手切れとなった時、共に起《た》って全国に檄《げき》を飛ばす。虎之助は築城に長《た》けており、熊本城を大坂城に負けぬ名城に仕上げつつある。それに比べれば己の広島城は劣る。虎之助に縄張りの相談をし、突貫で普請を進めているところである。

「だが家康が死ぬのを待つのが上策だ」

市松は付け加えると、助作は力強く頷いた。家康が世を去れば徳川の威勢は弱まり、西国大名を中心に表立って豊臣家に味方する者も増えるだろう。徳川は焦《あせ》って兵を起こすかもしれない。その時は、

「再び関ケ原で迎え撃つ」

市松が低く言うと、助作は雷に打たれたように身を震わせた。虎之助、市松の手勢、合わせて二万五千で上洛《じょうらく》。大坂城に一部の兵を入れ、徳川の無法を訴える。諸大名を糾合して関ケ原まで進み、決戦をするという計画であった。虎之助の将才は家康にも匹敵すると市松は見ている。権平が佐吉から受け継いだ「理」に当て嵌めれば、八割

まで兵を集めれば撃破出来よう。その時には己は一部将となって、本陣に斬り込んで秀忠のそっ首を落としてやるつもりである。

「だからこそ今は耐える。時を稼ぐ。いや……すでに稼いでくれている」

「虎之助か？」

「いや……佐吉だ」

老境に入った家康としては、一刻も早く天下を平らげたいと思っているに違いない。関ケ原の戦いから八年。世の情勢は大きく徳川家へ傾いている。今の時点、江戸に幕府を開いた五年前でも、その気になれば豊臣家を潰せたとみている。それなのに出来ないでいるのは、佐吉が「呪詛《じゅそ》」と呼んだ何かが、家康の躰《からだ》に絡《から》みついて抑えているとしか思えないのだ。

これまで他の小姓組に会って、その呪詛の正体を確かめようとしていることを告げた。誰から聞いたかには触れず、調べ得たことを包み隠さずに話す。

「市松がそのようなことをしているとは……」

助作は真に驚いたように目を丸くした。

「何か知らぬか」

市松が迫ると、助作はそっと顎に手を添えて小さく唸《うな》った。

「佐吉がこれ以上、時を掛けられないと思った訳ならば心当たりがある」

「真か!?」

助作は指を口に添え鋭く息を吐いた。

「声が大きい」

「それは何だ」

「金山よ」

助作は滔々と語り始めた。本能寺で織田信長が倒れるや、家康は甲斐信濃の武田家旧領に攻め込んで、かの地を併呑《へいどん》した。その後、殿下と対峙《たいじ》して屈服。小田原の北条家を滅ぼすと、その領地である関八州二百四十五万石に封じられた。

家康が一時治めていた甲斐には、武田家の隆盛を支えた大規模な金山がある。もっとも金の産出量などはどの大名も極秘にするため、正確なことは解らない。だが甲斐金山が家康の手から離れ、豊臣家の直轄《ちょっかつ》になった時に気付いたことがあるというのだ。

「まだまだ採れるのだ」

助作は指を下に向けながら続けた。

武田家が治めていた頃から、金の産出量が激減していると噂《うわさ》されていた。家康も関東に移る折には、

──我らの掘り方が拙《まず》いのかもしれませぬが、金はもう枯渇《こかつ》しておりました。と、報告しているという。しかし実際、金山を掘り進めれば大量の金が産出し、豊臣家の財政を大いに潤《うるお》した。

「掘り方が拙いのかもしれぬ……その枕詞《まくらことば》に佐吉は引っ掛かった」

豊臣家の統治時代に金が出たのは、奉行の手腕がいいからであるという言い訳と捉《とら》えた。だが現地へ赴くと、それほど労を掛けずとも金は出る。徳川家の者でも容易に採れたはずである。

「つまり……」

市松は唾《つば》を呑《の》み下す。家康が関東に移封を命じられたのが、天正《てんしょう》十八年（１５９０年）七月十三日。甲斐を占拠してから八年もの間、

「家康は金を乱獲して、今なお隠している」

「甲斐……甲州……そういうことか」

最後に言葉を交わした時、佐吉は必要以上に「甲州」という言葉を連呼していた。黒田長政が甲斐守の官職であることに目を付け、怪しまれぬように懸命に手掛かりを伝えようとしていたのだ。

「それほどの大金を家康が持っているなど、その時は俄《にわ》かには信じられなかったが

……改めて甲斐金山の産出量を調べて有り得ぬ話ではないと思った。これを軍備に投入されることを、佐吉は恐れたのだろう」

「ふむ……」

相槌《あいづち》を打ったものの腑《ふ》に落ちぬこともある。家康が得たのは甲斐から上がる金の八年分。そこから豊臣家が引き継いで、関ケ原の時点でも十年。こちらは枯渇させることを恐れて調節はするだろうが、豊臣家のほうが金を得た時は長い。そもそも甲斐以外の殆《ほとん》どの金銀山は豊臣家が押さえていた。金の多寡《たか》でいえばこちらが優位を保ち続けるのだ。いくら奉行でも自由自在に豊臣家の金庫から出納《すいとう》出来ないとはいえ、それほどに恐れることなのか。

「佐吉は合戦の前に、豊臣家の鉱山から佐和山に金銀を集めたらしいな……その家康の隠し金に対抗するためか」

この話の元は孫六だけあって、話すのが最も後になった。だが、助作は豊臣家家老に任じられた後も、未《いま》だ現役の奉行も務めており、数か所の鉱山も受け持っている。当然知っていると思い口にした。

「何？　そうなのか？」

「知らぬのか？」

互いに問い合う恰好となり、場に一瞬の静寂が流れた。

「いや、待て……確かに佐吉の家臣が来た。だがあれは視察と聞いているぞ」

「お主にも黙って運び出したということは？」

「有り得ない。頼まれれば騙《だま》されてやったかもしれぬが……他の奉行が許す保証は無い」

「どういうことだ……」

金を諸国の金山から集めていないのならば、伊吹山中に埋めようとしたものは何なのだ。もっとも埋めたと思われる穴からも何も見つかっていない。佐吉は相貌《そうぼう》が狐《きつね》に似ているとよく揶揄《やゆ》されたが、まさしく狐に摘まれたような心地である。助作と頭を突き合わせて考えたが、答えは一向に見えてこない。

「佐吉の残した呪詛が何か解れば、交渉に使えるかもしれぬが……」

助作は拳で額を小突きながら言った。

「交渉？」

「今、関東から秀頼様と面会の場を持ちたいと打診が来ておる。だが……」

「あの様子では中々難しそうだな」

家康の本心としては江戸に来させたいところ。しかし淀殿や今の大坂城内の雰囲気から見るに、家康が大坂まで足を運ぶのが筋と突っぱねるだろう。どこか第三の場所での会談が落とし所になるだろうが、それとて説得するのは大層骨が折れそうだった。

「関東の要請を無下にすれば、戦に持ち込まれるかもしれぬ。お主の力が頼りだ。時が来ればこちらに文で報《しら》せよ。俺から虎之助にも頼む」

市松が強く言い切ると、助作の顔が少し和らいだ。

「佐吉の呪詛が何かは未だ判らないが……今回も効くとは限らん。これまでの奴《やつ》の想《おも》いを無駄には出来ぬ」

市松が続けて言うと、助作は嘆息を漏らす。

「お主……変わったな」

「そうかの」

当初は勝手に戦を起こし、結果的に豊臣家の力を削ることになった佐吉を憎んでいた。しかしその足跡、考えていたことを、知れば知るほど考えは変わっていっている。佐吉のいうように、あの時しか家康を排除する機会は無かったのかもしれない。さらに佐吉は負けた時のことも考え、一計を打っていたとなると、悔しいが己よりも遥《はる》かに人物が上だったと認めざるを得ない。

その直後、助作の表情は曖昧《あいまい》に変わり、重々しく言った。

「私はな……豊臣家は天下を離してもよいと思っているのだ」

「大公家《くげ》の構想だな」

「お主、知っているのか——」

助作は今日一番の驚きの顔を見せた。

「虎之助も聞いていた。あやつはその時は、佐吉の話を信じなかったようだが……長きに亘り対峙すれば家康も死ぬ。決戦するほど兵が集まる見込みがなければ、そのあたりで和議を結ぶことは能《あた》うやもしれぬ」

家康が死んだとて諸大名がもう一度豊臣家に靡くとも限らない。そうなればいくら己や虎之助でも二家だけで、関東を相手取ることは難しい。その時の第二案として、豊臣家を公家化させて和議を結ぶ道を考えていた。

「何時からそれほど思慮深くなった。見違えたぞ」

助作は苦笑しつつも嬉しそうである。

「俺はもともと伸び代《しろ》が多い男だ」

「確かに、物覚えは悪くない。算術以外はな」

「こいつめ。あの小便垂れに、俺も出来るというところを目に物見せてやろうと思っているのよ」

嘯《うそぶ》くと、助作は思わず噴き出した。小姓組の者しか解りえない話である。青き日々を共に過ごし、そのつもりはなくともいつの日か袂《たもと》を分かち、そして今になって回帰している。ここのところの市松は、そんな不思議な感覚を持ち始めている。

七

佐吉の呪詛の正体はまだ判らない。だがそれを調べる以外にもやらねばならぬことは山積している。まずは自領安芸の検地から始まる政《まつりごと》。同時に広島城の大修復にも乗り出している。

さらに助作が話した、東西会談の一件である。事前に虎之助には状況は伝えておいた。助作と会って二年の月日が流れた時、ついに力を貸してほしいと要請の文が届いた。

市松と虎之助は上方に駆け付けると、大坂城に登った。そして秀頼、淀殿、大野治長を始めとする豊臣家家臣の前で、

「会談が成れば、我らは身命を賭《と》してお守り致す」

と、説き伏せた。これに淀殿が安堵《あんど》したこの機を逃さず、助作はすかさず会談を纏

め上げた。

両家の会談は京の二条城で行われることとなった。これには虎之助、助作が陪席する。本来ならば己も付き従う予定であったが、急遽《きゅうきょ》病を訴えて手勢一万と共に大坂城に残った。

——よからぬ事を考えれば、俺が相手をするぞ。

という、家康への威嚇《いかく》である。これがどれほど効果を示すかは判らないが、少なくとも全員で行くよりはましな結果を生むだろうと考えた。

会談は無事終了した。表向きではあろうが家康は、秀頼の成長を喜んでいた。そのような一報も、すぐに大坂にもたらされた。

秀頼が大坂に帰ると共に、助作、虎之助も戻って来た。虎之助はここから国元の肥後に帰ることになる。当日、市松は船に乗る虎之助を見送りに出た。虎之助が唐突に切り出したのは、その時のことである。

「すでに助作には話したが……」

市松は虎之助の告白に絶句した。虎之助の躰を病魔が蝕《むしば》んでいるというのだ。

「腕のいい医者を——」

「いや、俺はもう長くない」

「何故《なぜ》早くに言わなかった」

虎之助はこめかみを掻《か》きつつ答えた。

「俺とお主は小姓組が出来た頃からの仲だ。なかなか話しにくくてな……」

「あとどれくらいだ」

「これでお主に会うのも最後になろう」

「そんな……」

日々、武士は人の生死を見ており慣れている。だが身近な者となると、こうまで違うのか。それは殿下、佐吉、助右衛門の死を通して知った。そして今、虎之助も死出の旅に立とうとしている。

「市松、俺はこの命を燃やし、時を削ろうと思う」

何度驚けばよいのか。市松は言葉を失いつつ、虎之助の話に耳を傾けた。虎之助は帰国の途中、船上で自ら毒を呑むというのだ。会談直後の不審な死。家康に嫌疑が掛かることになる。そうなれば諸大名の中には家康を警戒する者も現れ、足を引っ張ることになろうという目論見《もくろみ》である。

「佐吉の呪詛の話で思いついた。家康には俺の呪詛も受けて貰《もら》う」

病と聞いたからか、片笑む虎之助の口辺が酷く乾いて見えた。

虎之助はぱんと手を叩《たた》き、明るい語調で話を転じた。

「そうだ。俺が教えてやったように、広島城の縄張りを引いたか？」

「ああ、虎口《ここう》を……」

「いや、そこは違う。そもそも虎口というものは……ええい、紙と筆がないと説明し辛《づら》いわ」

虎之助はそう言いながら周りを見渡す。

「お、丁度いい棒きれがある。屈《かが》め」

言われるがまま膝《ひざ》を折る。虎之助は地に城の縄張りを描きながら説明を始める。きっと傍から見れば、子どもが落書きをしているのと変わらなく見えるのではないか。

市松は半ばうわのそらで、茫《ぼう》とそのようなことを考えた。

「そういえば、孫六はこうして蟻《あり》を眺めていたな。時折、佐吉も横に並んで……」

「ああ、あいつらは変わり者だからな」

飽きもせず蟻の行列を眺める孫六。それに何かを問いかける佐吉の姿を思い出し、唇から微《かす》かに息が漏れた。

「いつだったか馬の得意な小姓組の一人が、孫六に負けた腹いせに蟻塚を踏みにじろうとしたのを覚えているか？」

「そんなこともあったな。すぐに他家に回された奴だ。名も忘れた」

「二人でそこに通りかかった時、お主は激昂《げきこう》してその男を殴った。卑怯《ひきょう》な真似《まね》をするな……とな」

虎之助は思い出して可笑《おか》しみが込み上げたか、からからと笑った。

「忘れた」

「甚内が女を守って丹羽家の者を斬ってしまった時も、殿下に甚内は何も悪くないと庇《かば》い、お主が出るとややこしい。黙っておれと叱責《しっせき》された」

「そんなこともあったかな」

そう惚《とぼ》けてみせたが、本当のところは全て覚えている。

「助右衛門が落ち込んでいると聞きつけては、ずっと文を送って励ましていたと聞いた」

「俺を槍で倒した唯一《ゆいいつ》の男だぞ。歯痒《はがゆ》かったのだ」

「権平もそう。秀頼様への拝謁から漏れていたのを、七本槍皆でと殿下に言上したのもお主よ」

市松はもう何も言わなかった。虎之助は痰《たん》を切るような咳《しわぶき》をして続ける。

「助作ほどの男の出世が遅れているのはおかしいと、これも殿下に申したそうだな。

殿下は儂《わし》にも考えがあるのにと零《こぼ》しておられたぞ」

「お怒りであったか……」

「いいや。あいつだけは全く変わらんと笑っておられた」

虎之助は穏やかな笑みを見せ、言葉をゆっくりと継ぐ。

「俺のせいだろう。佐吉と言い争いになったのは」

虎之助は佐吉と共に、天下の政をしたいと望んでいた。佐吉は凄《すさ》まじい才を持っているから、支えられる男になるためには努力せねばならん。そう言って虎之助は日夜勉学に励んでいた。だから肥後に封じられた時、

——虎之助がどんな思いだったか、お主には解らんのか！

と、いきなり胸倉を摑《つか》んで怒声を放ってしまった。小姓組の頃は喧嘩《けんか》しても、翌日も顔を合わせて知らぬ内に元通りの仲になった。だが大人になれば、互いに大名になればそうはいかない。あの時を切っ掛けに何となく疎遠になっていったことは確かだ。己は殿下の言ったように、何も変わらぬ小姓組の頃のままのつもりだったのかもしれない。

「なあ、市松。佐吉は何故お主に託したと思う」

「俺しかいなかっただけだ」

市松はぽつんと零した。小姓組の中では最も対極の性格。事あるごとに喧嘩ばかりしていた。本当は己以外に託したかったはず。ただ己にしか会う機会がなく、否応《いやおう》なかっただけであろう。

「いいや、あやつのことだ。お主が来ることも読んでいる」

確かに言われてみればそのような気がしてくる。尾張清洲《きよす》に領地を持っていた己は、決戦の場にいることになると想像出来るかもしれない。

「誰よりも我らの家を大切に想《おも》う……そんなお主だからこそ託したかったのだろうよ」

「虎之助……」

「昔話ばかりしてしまう。俺たちも随分と歳《とし》を取ったということか」

虎之助は何時しか生やし始めた虎髭《とらひげ》を、ごしごしと撫《な》ぜながら遠くを見つめた。

「前から言おうと思っていたが、その髭。似合っておらぬぞ」

「うるさい。家臣には評判がいいのだ」

「お主に気を遣っているだけよ」

「間もなく死ぬというのだ。優しい言葉の一つでも掛けろ」

「俺たちがそんな間柄か」

「違いない」

暫《しば》し無言が続き、虎之助は縄張りの手本を描き上げる。ひょいと棒きれを放ると、こちらをじっと見つめた。

「お主に託す。あとは頼んだ」

虎之助は笑った。丁度、虎之助の後ろから陽の光が差し込み、笑みをさらに儚《はかな》いものにする。市松は下唇を嚙《か》みしめ、頷《うなず》くことしか出来なかった。

虎之助が逝《い》った。肌は黒ずみ、呂律《ろれつ》が回らぬほど舌が痺《しび》れて昏倒《こんとう》し、そのまま目を覚ますことなく死んだという。家康の仕業だという憶測が飛び交ったが、それも長くは続かなかった。同じく会談に同席していた家康の家臣、平岩親吉もまた急死したのだ。恐らくこれは家康の策である。家臣も被害に遭っていると主張することで、己への嫌疑を晴らそうとしたのだろう。

市松はと言うと、広島城の築城に明け暮れる日々が続いた。虎之助の命懸けの呪詛はそう効果を発揮しなかった。佐吉のものもいつ途切れるのか分からない。せめてその真相だけでも知れれば。毎夜、床に就く時に悶々《もんもん》と考える日々が続いた。

慶長十九年（1614年）の春、ついに家康が動いた。豊臣家が再建していた方広寺大仏殿の梵鐘《ぼんしょう》に、家康を呪《のろ》う文言が彫られていたと難癖をつけてきたのだ。

――限界だ。

助作から届いた文には悲痛な文字が並んでいた。助作は陳述のために家康のいる駿府に向かうとある。一方でたとえ腹を切ることになろうとも、和議の条件を引き出して見せると、温厚な助作に似ぬ意気込みも書き綴《つづ》られていた。

――もうやるしかない。

市松は堤に腰を下ろし、川の流れを見つめながら茫と考えていた。洪水に備え、城側の堤は対岸より高く作った。これは佐吉がよくやった手法だと、助作伝いに聞いていた。

ここの所、雨が降っていないため水の量は少ない。だが夏になればさらに水は減り不足に陥る年もある。そうなれば行商が売る冷水さえ高騰《こうとう》してしまう。だが一度野分《のわき》が来れば川は奔流となり、冷水売りも掌《てのひら》を返したように値を下げてしまう。たかが水におかしなものだ。

愚にもつかぬことを考えていた時、市松の脳裏に様々な光景が流れた。甚内、助右衛門、孫六、権平、助作、虎之助、そして佐吉。死の直前に見るという走馬燈《そうまとう》はこのようなものなのかもしれない。

「佐吉……ようやく解ったぞ」

佐吉の残した呪詛の正体である。家康がどうして十四年もの間、豊臣家に手を下せなかったのか。何を恐れていたのか。全てが繋《つな》がった。

「金と米だ」

市松は独り言を零し、近くに落ちていた棒きれで地に数を書き始める。

佐吉は唐入りで金銀山を探して押さえようとしていた。それは金と米、二つの通貨を操って米を暴落させるため。仮に米の値が十分の一にまでなれば、当時二百四十五万石を有していた家康は二十四万五千石相当の国力に落ちる。当然その打撃は佐吉も受けようが、十九万石が一万九千石になるだけ。国力の差は二百二十六万石から二十二万六千石に一気に縮まる。

「米が下落するということは、金が高騰するということ」

ここで考えねばならないのは、家康が八年に亘って甲斐金山から採掘して隠したと思われる金。この価値が十倍に跳ね上がる。家康はこの危機を逆手に取り、金で武具や馬の買い付けに走るに違いない。とはいえ唐入りの直後は天下に不穏な空気が漂っていた。いくら高いとはいえ米も備蓄せねばならない。

だが佐吉は唐入りの前後から、懇意の商人を使って米を買い占めている。

「それを徐々に家康に売る……」

米俵に見立てた丸を幾つも地に描いた。

唐入り程の大事業の中で集めた米。その量は膨大で米価を操るには十分。家康はいつまでも高値で米を買わされ、凄まじい勢いで保有する金を吐き出さねばなるまい。

「そこで大陸から運んで来た金を使うつもりだったか」

まるで眼前に佐吉がいるように独り話した。

本来は国に流れるはずの無かった大陸の金を、調節しながら市井《しせい》に投下する。すると熱病が覚めたように金の値は落ち着き、市場は本来の形を取り戻す。

米と金の値は常に連動しているため、家康は大量の金を使ったとしても、得られた米の量は価《あたい》が落ち着いていた頃と変わらない量である。

「家康は並の米を得て、蓄えの金を失うことになるか」

一方で豊臣家には国が一年食えるほどの莫大《ばくだい》な米がある。蔵には唸《うな》るほどの金があり、しかも各地の金銀山から再び発掘して蓄えることが出来る。

次は米を市場に流して、家康の保有する米を下落させつつ市場の金を回収。このような相場の操作を何度も行えば、

「徳川家は破綻《はたん》する」

いや徳川家だけではない。この国の全《すべ》ての大名が家を維持出来ない事態に陥る。全ての大名が疲弊した中、味方に付く大名だけに米と金を貸し与えて、徳川家を一気に揺《す》り潰《つぶ》すつもりであったのだ。

天下簒奪《さんだつ》を狙《ねら》う徳川家が消えた後は、疲弊した大名家を緩やかに公家化させていき、最後に豊臣家も政を手放し、民に政を担《にな》わせてゆくのだ。豊臣家は朝廷を補佐する大公家として永劫《えいごう》残る。佐吉はそこまで見通していたように思えた。

だが佐吉の計画は大きく狂った。大陸の金銀を保有出来なかったのである。この矢玉の代わりに米と金を使った戦《いくさ》は、市場に知られていない米と金をいかに多く持つかが勝敗の鍵《かぎ》になる。その点、家康には甲斐から得た金があるが、佐吉は一切保有していない。

「このままでは反対に家康に食われると見て、急ぎ戦を起こしたのだな」

権平に語った理《ことわり》に当て嵌《は》めれば、今が勝ちうる際《きわ》だと判断したのだろう。関ケ原の戦いはこうして行われた。しかし結果は惨敗《ざんぱい》。だが佐吉は次善の策を打っていた。己や虎之助を始め、豊臣家を想う殆どの者が考えていた、時を稼ぐというものである。

——家康は豊臣家の莫大な金を恐れている……。

市松は拳《こぶし》で額を小突きながら考えを巡らせる。

金を消費させないことには、戦は極めて長引くことになる。そうなれば己を始め豊臣恩顧の大名が寝返らぬとも限らない。和議を結んで引き下がろうものならば、家康の威信は地に落ち、やはり天下は遠のいてしまう。短期間で一気に使わせるため、家康が取る策は、

「佐吉と同様、米と金を使った相場の操作……」

家康もまた気付いているとしか思えない。家康にとって真に恐るべきは、同じ思考の持ち主であった佐吉。己たちが気付かない水面下でずっと戦は繰り広げられていた。

そして家康は同じ手で豊臣家の力を削《そ》ごうとすると、佐吉は踏んだ。

これに対抗するには再び、世に知られていない金を作らねばならない。それがあれば家康が放出した金の値が書き換えられるかも知れず、安易に動くことは出来なくなる。家康はその見えぬ金を警戒し、城普請や寺社の再建で、長い時を掛けて少しずつ豊臣家の金を削る方法に舵《かじ》を切らざるを得なかったのだ。

「だが……そんな金は無いのだな」

市松は茜《あかね》に染まりつつある天を見上げた。

戦の前、各地の豊臣家直轄鉱山から金銀を佐和山に集めたように見せかける。さらにそれを、伊吹山中に埋める様子を敢《あ》えて見せる。しかし穴からは何も出て来ない。

凡《およ》そ荷駄が運んでいたのは石なのではないか。それならば山中に撒《ま》くよう捨てれば見抜かれない。そして佐和山城にもその金は無い。さらに家臣に真意は教えず、

――お捜しのものは信ずる者に託した。

とでも家康に伝えたならば、恐るべき「呪詛」が完成する。

家康も眉唾《まゆつば》だと考えたこともあろう。だがこの策の恐ろしいところは、実際に自身の金を放出してみねば確かめようのないところ。家康はあと一歩で天下を獲《と》れるところまで来ている。その地位を失うかもしれぬとあれば、己の命が消える間際まで賭《か》けには出られない。

「見事だ」

群れ雁《がん》が飛ぶのを目で追いながら呟《つぶや》いた。

佐吉の事績を探り、十余年の時を掛けてようやく辿《たど》り着いた今だからこそ解《わか》る。このような遠大な策を用いた者は他に類を見ない。同時に、己がいかに眼前のものしか見ていなかったかを思い知った。

だがその呪詛の効力も間もなく切れようとしている。家康に残された寿命が少なくなっているのだ。

市松は動向を見守りながら、助作の交渉の結果を待った。当初描いていた決戦構想

は画餅《がべい》に帰している。家康がすでに死んでおり、さらに己と虎之助が二人同時に起つことで、初めて檄にも応じる諸大名が出て来る可能性がある。そのどちらの点も満たしてはいないのである。

「大坂の蔵屋敷に米を集めよ」

市松は待っている間に打てる手を全て打とうと、家臣にそのように命じた。最悪の場合、己が大坂城に入り、浪人を集めて戦うしかない。兵糧《ひょうろう》は幾らあっても困るということはないのだ。

――三箇条の条件の内、一つ呑めば和議を結べることになった。

助作から途中経過を報じる文が届いた。筆が躍っているようで、嬉々《きき》とした気持ちが文面から伝わって来る。

一つ目は豊臣秀頼を江戸に住まわせること。二つ目は淀殿を人質に出すこと。最後に豊臣家が転封を受け入れること。条件というのはこの三つである。情勢から見て、正直なところここまでの好条件を引き出せるとは思わなかった。この内、呑むならば断然二つ目。秀頼と大坂城を失わない限り、まだまだ天下の趨勢《すうせい》を覗《うかが》うことが出来る。

さらに文を読み進めると意外なことが記されていた。当初は面会することすら拒まれたらしいが、助作の後、大坂から大蔵卿局が派されて席を設けるに一役買ったと言う。驚いたのはその大蔵卿局に、甚内が助作を助けてやって欲しいと頼んだというのだ。

「甚内の女好きも馬鹿《ばか》に出来ぬな」

市松は思わず苦笑した。まだ八重と呼ばれていた頃の大蔵卿局と、甚内の間に何かがあったことを、元小姓組の者ならば皆が察している。ただ丹波から大蔵卿局を伴ってきた甚内が、あまりに哀《かな》しそうな表情を浮かべていたので、敢えて誰も触れなかっただけに過ぎない。

それから数日後、また助作から文が来た。

「馬鹿な……」

市松は怒りを通して呆《あき》れてしまった。一通目の文の時に感じた、一抹の不安が現実のものとなったのだ。助作が持ち帰った三つの条件、豊臣家はどれも呑まないと撥《は》ねつけたのである。それどころか助作が家康の手先に堕《お》ちたと非難し、家老職を免じて城から追い出すという愚挙に出た。

市松は文を畳むと、次の間に控えた家臣に向けて静かに言い放った。

「大坂へ行く」

八

市松はたった独り大坂へ向かった。船のほうが速いが、それでは家臣を帯同させなくてはならない。あくまでも目立たぬように、伴も連れずに単騎で馬を走らせた。

今の己は陪臣を含めると一万を超える家臣と、その家族を守らねばならぬ身。己が夢にまで焦《こ》がれた大名という存在は、思いの外息苦しいものであった。家臣たちにこれが最後の我《わ》が儘《まま》だと心中で詫《わ》び、市松は久しぶりにたった一個の男に立ち戻った。

突如、己が訪ねて来たことで大坂城は騒然とした。早くも参陣したと勘違いし、浮かれている者どもを横目に市松は謁見《えっけん》の間に進む。

「左衛門大夫、大儀じゃ。面を上げよ」

頭の上を越えていく秀頼の声にも喜色が浮かんでいる。市松はゆっくりと顔を上げた。

身丈六尺に迫るほど体格は良い。だが飽食のせいか、武芸や馬術の鍛錬を欠いているせいか、肉は締まりなく弛《ゆる》み、肌も日焼けとは無縁のように白い。瓜実《うりざね》顔に目鼻が主張なくちょこんと並び、厚みの無い唇を綻《ほころ》ばせている。野趣の奥に愛嬌《あいきょう》と威厳を感じる殿下とは、何もかもが異なる相貌である。

これほど似ていないため、殿下の子でないという噂も流れたが、そこは疑ったことはない。人と謂《い》うものは周りを取り巻くものによって、顔付きまで変わっていくものなのだ。

市松が無言でいると、秀頼はちらりと淀殿を見た。自身では何を話すかさえ決められぬ様子である。

「手勢はどこじゃ」

金物を釘《くぎ》で搔いたような淀殿の声が降って来た。

「いえ、拙者独りでございます」

「取り急ぎ単騎で駆け付けたということか。殊勝なことじゃ。で、手勢はどの辺りに……」

市松は緩やかに首を横に振った。

「来ません」

「何……大坂の米蔵に八万石もの米を入れたと聞きましたぞ」

「お好きにお使い下され」

「どういうことじゃ……」

淀殿は状況を呑み込めずに顔を顰《しか》め、秀頼は不安そうに横を見る。居並ぶ家臣たちのさざめきにも動揺が感じられた。

「助作……片桐東市正《いちのかみ》を追放なさったとか」

市松が言うと、脇から大野治長が取り繕うように口を開く。

「そのことを怒っておいでか。片桐殿は関東に籠絡《ろうらく》され――」

「黙れ、小僧」

顎《あご》を引いて横に眼光を走らせる。声は決して大きく無い。だがその場にいた全員が躰を強張《こわば》らせるのが分かった。市松は正面に向き直ると、一転して柔らかく続けた。

「今戦えば、豊臣家の滅亡は必至。東市正が伝えた三箇条のどれかをお呑み下され」

「な、何と無礼な！　左衛門大夫まで家康に籠絡されたか！」

「いえ」

市松は短く否定するが、淀殿は頬を上気させてさらに激昂する。

「では何か！　秀頼を江戸に住まわせよと。太閤殿下が残して下さった大坂城を捨てよと申すか！」

呆れて思わず息が漏れた。

「御方様、条件は三つのはず」

静かに返すと、淀殿は眩暈《めまい》がしたように額を抑えた。これに何と、暫し黙していた秀頼が声を荒らげた。

「母上を人質に出すなどは有り得ぬ。そのような臆病《おくびょう》な真似をするくらいならば、関東と手切れも致し方なし！　大坂城で迎え撃とうぞ！」

謁見の間に感嘆の声が満ち溢《あふ》れる。秀頼は淀殿に微笑《ほほえ》みかけ、また淀殿は口を両手で押さえて頷き返す。

——これは何だ。

たとえ言い争いになろうとも、相手のためならば厳しい事も言い合った己たちとは違う。ここにいる全ての者の間に偽善が流れているように思えた。耳朶《じだ》は声を捉えているが雑踏の中にいるほどに頭には入らない。ふと周りを見渡せば、共に糟糠《そうこう》を食らったような者たちは誰一人いない。何時《いつ》から仕えたのかも判《わか》らぬような者もしばしばいる。まるで他人の「家」に上がり込んだような錯覚に襲われた。

顔を緩めていた淀殿は、一転して薄ら笑いを浮かべつつ、早口で捲《まく》し立ててきた。

「かつて七本槍に数えられた勇士の何と嘆かわしい姿よ。今の荒《すさ》んだ世は人の心を傲《ごう》慢《まん》に、悪くしていくばかりらしい」

嘲笑《ちょうしょう》されても不思議と悔しさは感じなかった。淀殿の言うことの真偽をふと考えてしまったということもある。市松は首を少し捻《ひね》りながら返す。

「悪くなる一方ではありますまい。人は何かの弾みに美しさを取り戻すものかと。そうでなければ世は悪人だらけになります。ここにおられる全ての方も悪人ということに……」

佐吉は皆が羨《うらや》むほどの権を握った。だが一点の清らかさだけは失わなかったらしい。それは佐吉が心の中に、いつも原点に立ち返る「家」を持っていたからではないか。

「全てとは何事……この場には秀頼も……」

淀殿は般若《はんにゃ》の如《ごと》く眦《まなじり》を吊《つ》り上げ、わなわなと躰を震わせ続けた。

「もうよい、これまでもこの城と秀頼の威光によって、大坂は守られてきた。もう誰にも頼るものか。七本槍が何をしてくれた……金輪際、豊臣恩顧などと名乗るではないぞ！」

痛罵を正面から受け止め、市松は糸を吐くように細く息をした。

「御方様……これまで大坂城と秀頼様のご威光で、ここが守られてきたと？」

「まだ嬲《なぶ》るか。まさか七本槍が守ったなどと戯言《ざれごと》を申すではあるまいな！」

「いえ、この城を守ってきたのは……」

市松は目を細めて首を横に振る。そして眦を決して淀殿を見据えると凜然《りんぜん》と言い放った。

「八本目の槍でござる」

秀頼に向けて頭《こうべ》を垂れ、市松はさっと立ち上がると、罵詈雑言《ばりぞうごん》が飛び交う謁見の間から立ち去った。

下城して帰路に就くために町に出ると、数人の武士が現れて路《みち》を塞《ふさ》いだ。馬上で振り返ると、背後も同じように立ちはだかっている武士がいる。男たちはじりじりと馬を取り囲み、一団の首領格らしき男が口を開いた。

「大御所が江戸でゆるりと休まれよと」

「そうか」

「手向かいなされれば、福島様の為《ため》になりませぬぞ」

「する気は無い」

市松は憫笑《びんしょう》して再び振り返った。目に捉えているのは己を捕縛しようとする男たちではない。その向こう、もっと高く、己が先ほどまでいた大坂城の荘厳《そうごん》な天守であった。

——俺たちの家は無くなったわ。

心中で呼びかけた時、耳に無邪気な声が飛び込んで来て首を捻った。雑踏の中を駆けまわって遊ぶ子どもたちがいる。子どもたちはこちらの剣呑な雰囲気にも気付かず、すぐ脇《わき》を走り抜けていった。その背を見つめていると、いつの日かの陽に焼かれる肌の感触、新緑を閉じ込めたような風の香りまで甦《よみがえ》って来る。

「福島殿」

呼ばれて我に返ると、それらは再びそっと胸の中に還《かえ》っていった。

「ああ、行こう」

手綱を曳《ひ》かれて大坂の町を進む。また子どもの声が聞こえれば、鮮明に甦るのではないか。馬上で視線を動かしたが、そう上手《うま》くは見つからないものである。

さてこれから何をするか。落ち着いたら、ずっと苦手で家臣に任せきりだった検地を、自らの手でしてみようか。そのようなことを考えて遥か昔の小言を思い出し、市松は雲一つ無い蒼天《そうてん》を仰いで口を綻ばせた。

解説

縄田一男

二〇二二年一月十九日、午後十一時、私はテレビの「news23」にチャンネルを合わせた。この番組には今村翔吾がコメンテイターとして出演している。が、この日は違う。彼は第一六六回直木賞受賞者としてゲスト出演したのである。

番組は作家となって五年、編集者と共に連絡を待っていた今村が受賞の事実を知るや、初めて小説を書いた日が思い出されたと感極まって涙する様や、八本の連載を抱えつつ大阪で書店を経営している日常等を紹介していた。

歴史小説との出会いは、小学五年生の時の池波正太郎『真田太平記』だった。その後、ぼんやりと作家になりたいと思い続けていたが、死にもの狂いで小説を書き始めたのは三十代になってからの事。二十代はダンスのインストラクターをしており、教え子の子供達に、おそらくは自分は作家になる夢があると言ったのであろう、夢を諦《あきら》めるなと言った時に、自分は夢を諦めているくせにと言い返されて、ならば三十代になってから、残りの人生で証明するという〝子供達との約束〟が一番の原動力だったと言う。

受賞作の『塞王《さいおう》の楯《たて》』は、戦国時代の石垣職人・穴太衆《あのうしゅう》と、鉄砲職人・国友衆《くにともしゅう》のこの世から戦いを無くすために行われるすさまじいまでの逆説的闘争を迫真の筆致で描いた作品である。

作者は歴史小説を書くにあたって、現代と変わってしまった事、変わらない事があり、後者が現代の問題点をあぶり出すと指摘していた。

受賞作で言えば、私見になるが、トルストイの『戦争と平和』の昔より、一群の優れた作家達は真に戦争が無くなる事を祈りつつ作品を紡《つむ》いできた。今村翔吾も間違いなくその一人であると私は確信している。

前述の書店経営についてだが、今村は、地元で五十年以上続いた書店が廃業の危機にあると知って経営に乗り出すという、本の未来にも思いを寄せる熱い男でもある。

今村は、直木賞受賞以前にも『火喰鳥《ひくいどり》 羽州ぼろ鳶《とび》組』で第七回歴史時代作家クラブ賞・文庫書き下ろし新人賞を、『童《わらべ》の神』(受賞時は「童神」)で第十回角川春樹小説賞を、『じんかん』で第十一回山田風太郎賞を受賞。このように華やかな受賞歴の持ち主で、本書『八本目の槍』も第四十一回吉川英治文学新人賞の受賞作である。

この作品は「小説新潮」二〇一八年十月号〜二〇一九年四月号にかけて連載され同一九年七月新潮社から刊行された長篇。その受賞の際の代表的選評を一つ挙げれば次のようになる。

現状考え得る理想的な歴史小説のスタイルを模索しているという点で高く評価したい。スタイルに固執するあまりやや窮屈になってしまっている面もあるのだが、史料や研究成果をきちんと反映し、歴史的事実（と考えられている事象）を改変することなく、その行間を埋めることで新鮮な人物評に導くというテクニックは、結末が決まっている物語を面白く読ませるという意味でも、反面、奇矯な〝読まれ方〟を排除するという意味においても、極めて真っ当である。敢《あ》えて主役を中心に据えないという手法も功を奏しているだろう。稗史《はいし》や巷説《こうせつ》にもきちんと目配せが利《き》いているところは、作者ならではであろう」（京極夏彦）

この京極夏彦の讃辞が『八本目の槍』の特徴を最もよく捉《とら》えており、今村翔吾はこれに対して、

「（吉川英治文学新人賞は）憧《あこが》れの先生たちが、さらなる大海に漕《こ》ぎ出し始めた時に手に入れた切符。若い私の目には本賞がそのように映っていました。（中略）今春に転居が決まっており、少しずつスタッフが荷を纏《まと》めてくれています。最も多い荷はやはり本です。最低限の資料を残して段ボールに詰めてもらっているのですが、一度だけ、

「ごめん。それはまだ暫《しばら》くは詰めないで」

と止めたのは、生まれた時から傍にあり、物心ついて読破した昭和五十四年発刊の吉川英治全集でした。間違いなく私という作家の血肉となった大切な本で、現在、書架にはこの全集だけが並んでいます。受賞の連絡を受けて帰宅後、深夜に全集の頁《ページ》をはらはらと開いていると、まだまだここからという声が聞こえてきたような気がして、慌《あわ》てて机に向かいました」

と答えている。

＊

さて私は、解説を書くにあたり久々にこの一巻を読み終え、再び余りの出来栄えと

感動に打ちのめされ、これは一晩寝かせないと書けないと、いまようやく机に向かっているのだが、その思いは一向に収まるところを知らない。だが、その興奮の中で、己の文芸評論家としての良心に問いかければ、本書は、平成・令和を通じても一、二を争う歴史小説の収穫となるだろう。絶品といってもいい。

作者は石田《いしだ》三成《みつなり》を、賤《しず》ケ岳《たけ》の八本目の槍《やり》とする発想をどこで手に入れたのか。うわべだけを見れば、それは『一柳家記《ひとつやなぎかき》』において、いわゆる〝賤ケ岳七本槍〟以外にも、石田三成や大谷《おおたに》吉継《よしつぐ》ら、秀吉配下の十四人の武将が最前線で武勲を上げたと残されていることなどがあげられる。

が、本書の持つ、粛然として読者が襟を正さざるを得ないような迫力はそんなことではすまされない。この一巻に示されている作者の三成観は、自身にとっての理想であり、ひとつの信念にまで昇華したものだ。

そうした作者の意志は、最新の歴史研究と相まって、三成と武闘派の諸将との対立という、これまで飽きるほど書かれてきた図式を無化していく。本書は、〝七本槍〟の目を通して、多面体としての三成を描き出し、ラストにおいてそれが一つになるという構成を持っているが、巻頭、まず最初に登場するのは、虎之《とらの》助《すけ》こと加《か》藤《とう》清正《きよまさ》——彼は、朝鮮出兵後、黒田《くろだ》長政《ながまさ》らが、三成がやったことは「米や武具を送るだけではないか」と憤《いきどお》るのに対し、「それがいかに難しいか、お主は知るまい」とやり返したい気持ちを抑えられない。

この清正が猛将にして財務・民政において優れていたとする解釈は、前述の如《ごと》く、最新の研究を踏まえていなければ出てこない。そして巻末を飾るのは、清正と並ぶ猛将、市松《いちまつ》こと福島正則《ふくしままさのり》。作者は、彼に、三成の真の遺志をさぐるため、〝七本槍〟のあいだをまわって、本書の伏線を回収させる役割を負わせているではないか。

石田三成を描いた作品は多い。それにしても、これほどの魅力的な三成像を提出した作品を私は知らない。〝七本槍〟は、その後、三成と敵対するか否《いな》か、あるいは、豊臣と大御所（家康側）のどちらに転ぶかは別として、この戦国の世を三成のことばによって生かされていく。

たとえば、助右衛門《すけえもん》こと糟屋武則《かすやたけのり》は、三成の「お主に泰平の世の武士のあるべき姿を見た」という一言に救われ、女に惚《ほ》れやすい甚内《じんない》こと脇坂安治《わきざかやすはる》は、「女の生き方は女が決めてゆくもの」という三成の一言を知るが故《ゆえ》に、大坂方を裏切る。彼らは、兄の非業《ひごう》の最期《さいご》や母に捨てられたという過去を同時に乗り越えることになる。そして、脇坂安治を描くあたりから作者の筆は、小道具にも冴《さ》えを見せる。と、ここまできて私はどうやら筆を急ぎすぎたかもしれない。冒頭の加藤清正を主人公とした話でも、作者は小西行長《こにしゆきなが》が何故、朝鮮出兵の際、安辺《あんぺん》を目指すのかというストーリーで読者の興味をつなぎ、一方で作中に〈知〉と〈情〉の構図を持ち込んでいく。前者は、行長が安辺を求めた理由であり、更には三成の理想とする世界を小出しにしていく事でもある。そして後者は、「雪合戦を覚えているか」という三成の台詞《せりふ》に始まる秀吉の小姓組時代の思い出から、やがて解け始める、三成と清正の蟠《わだかま》りを示している。

〈知〉と〈情〉という二つのモチーフを据えていくという手法は、前述の助右衛門を描く箇所の、武士は変わる事を恐れ、自らを特別だと思っている、そして本来、等しくあるはずの命に差異をつけるという業をもっている、ひいては武士があまりに多すぎるといった視座に顕著に現れている。これは、夢を見ることを捨てた男、助作《すけさく》と片桐且元《かたぎりかつもと》を描くくだりでも同様で最後の四行はたまらない。ここでは「露見するところまでが策」という三成の智謀《ちぼう》の凄《すさ》まじさも描かれ、助作は、秀吉と三成の二重のことばにより負のバイアスをもって生かされてゆく。また学究肌の孫六《まごろく》こと加藤嘉明《かとうよしあき》は、三成の「己の好きなことに打ち込める。そんな国になればよいだろうな」という一言と、南蛮の政に興味を持つ姿に己の理想の像を見る。そして、三成の小姓組時代からの仲間への思いは、争いを避け、常に卑屈な笑いを張り付かせた権平《ごんぺい》こと平野長泰《ひらのながやす》に対する「権平……お主が小馬鹿にされ、私たちが口惜しいと思わなかったとでも思うのか」で炸裂する。が、この権平への台詞ばかりではなく、一例を挙げれば、助作が今わの際《きわ》に何を彫ろうとしたのかを知った時、私たちのクライマックスへの期待はますます募っていくことだろう。それだけではない、ついに捕えられ、生き恥を曝《さら》している三成は、家康の動きを十年止めるという呪詛《じゅそ》を放ったと言っているのである。杉の木にある事を祈った孫六の優しき心と、それを充分、承知しつつも三成から放たれる〝戦の理《ことわり》〟の凄まじさはどうだ。

本書の幕を下ろすのは、三成のすべてを知った上で淀君に放たれる福島正則の一言。本書はとうとうこの段で、私の批評する心を奪い、かつ、私を号泣の淵《ふち》に叩《たた》き込むのである。最後の最後まで予断を許さず、怒濤《どとう》の展開が感動とともに押し寄せてくるのだから、このような読書体験は、十年に一度と言っても過言ではないのではあるまいか。今村翔吾の術中に陥るその心地良さは本書を味読した者だけが知るであろう。

（令和四年三月、文芸評論家）

この作品は令和元年七月新潮社より刊行された。

八《はち》本《ほん》目《め》の槍《やり》

新潮文庫　い－145－1

令和四年五月一日発行
令和五年十二月十五日四刷

著者　今《いま》村《むら》翔《しょう》吾《ご》

発行者　佐藤隆信
発行所　株式会社　新潮社
郵便番号　一六二―八七一一
東京都新宿区矢来町七一
電話　編集部(〇三)三二六六―五四四〇
　　　読者係(〇三)三二六六―五一一一
https://www.shinchosha.co.jp

価格はカバーに表示してあります。

乱丁・落丁本は、ご面倒ですが小社読者係宛ご送付ください。送料小社負担にてお取替えいたします。

印刷・大日本印刷株式会社　製本・加藤製本株式会社

ISBN978-4-10-103941-1　C0193